CEIRI

I Jini Page a Bob Llys Ifan, fy rhieni

CEIRI

HYWEL WILLIAMS

y olfa

Argraffiad cyntaf: 2025

Cynllun y clawr: Sion Ilar

Rhif Llyfr Rhyngwladol: 978-1-80099-553-6

Dymuna'r cyhoeddwyr gydnabod cymorth ariannol
Cyngor Llyfrau Cymru

Cyhoeddwyd ac argraffwyd yng Nghymru
ar bapur o goedwigoedd cynaliadwy gan
Y Lolfa Cyf., Talybont, Ceredigion SY24 5HE
e-bost ylolfa@ylolfa.com
gwefan www.ylolfa.com
ffôn 01970 832 304

1

'Weli di?' gofynnodd Guto. 'Weli di 'mo Werddon, Elsbeth? Ar y gorwel? Edrycha! Efo gola'r haul y tu ôl i'r brynia.'

Welai hi ddim byd, ond y dwnsiwn enfawr oddi tani. Yna'r môr eang tuag at Gaergybi.

'Maen nhw'n creu gwlad newydd 'na,' parhaodd yntau. 'Yn adeiladu'r dyfodol. Dim eistedd yn ôl a disgwyl i rywun arall neud y gwaith drostyn nhw.'

Pwysai ei fraich dde'n drwm ar ei hysgwydd a sylwodd hithau fod gwawr goch annymunol ar wyneb Guto wrth iddo syllu a phwyntio ar draws y môr i gyfeiriad y machlud. Efallai ei fod o'n gweld rhywbeth ar y gorwel, meddyliodd. Rhyw gysgod ar ymyl y byd. Ond welai hi ddim byd. Dim ond gwylan wen yn esgyn ac yn disgyn, yn troi ac yn hofran, yn hedfan yn rhydd ar y gwynt. Symudodd ychydig o'i afael.

'Tyd yn dy flaen,' meddai wrtho. 'Neu mi fydd hi wedi twllu a ninna ar y gamffordd. Mae'r Allt Fawr yn ddigon anodd gefn gola dydd.'

'Rhyfedd fel mae'r tywydd yn tynnu amdanon ni o'r tir,' atebodd Guto wrth syllu i gyfeiriad Eryri. Roedd cymylau duon i'r dwyrain, yn cuddio'r Bwlch Mawr ac yn lledu i lawr i Gwm Corun, a'r wylan wen wedi diflannu erbyn hyn.

'O, tyd yn dy flaen, da chdi,' meddai Elsbeth eto o dan ei gwynt. Fesul un cychwynnodd y ddau ar hyd y llwybr defaid am y pentref ymhell oddi tanynt.

‘’Dan ni fel Indiaid Cochion mewn ffilm,’ meddai Guto gan chwerthin wrth ei dilyn. Cododd bluen. ‘Dyro hon yn dy wallt fy sgŵo,’ chwarddodd.

‘Storm gei di o godi pluen ddu oddi ar y llawr, Guto Tomos, fel y gwyddost ti’n iawn. Ac o ran hynny, dim dy sgwô di ydw i ’chwaith.’

‘Gwrthryfel yn y camp? Ia? Ond ble mae’r cowboi da ar gefn ’i geffyl gwyn yn carlamu i dy achub di, felly?’

‘Wnaiff dyn ar droed mewn côt fawr ddu a het feddal y tro i ti?’ gofynnodd Elsbeth gyda chwerthiniad sych. ‘Yli. Dacw fo.’

Roedd rhywun ar y mynydd uwchlaw iddynt yn dod i lawr o’r copa ar hyd y grib.

‘Wel ia, dacw fo,’ atebodd Guto yn ddistaw. ‘Dacw fo unwaith eto.’

‘Mae o ’di’n gweld ni,’ meddai Elsbeth wrth sefyll ar flaenau ei thraed a chodi ei llaw.

‘Tyd yn dy flaen,’ atebodd Guto. ‘Neith o’n cyfarfod ni wrth yr Hen Offis, mae’n siŵr. Cyn iddi dwllu a dy dad yn ’y meio i am dy fod ti’n hwyr yn dod adra.’

Roedd y gamffordd yn serth a chyrhaeddodd y dyn furddun yr Hen Offis ymhell o’u blaenau.

‘A ble fuoch chi’ch dau, felly?’ gofynnodd gyda gwên, gan bwyso ar feic roedd wedi ei dynnu o hoywal yr adeilad.

‘I ben Garreg i weld a welen ni Werddon,’ meddai Elsbeth. ‘Ond welson ni ’mond y môr a’r gwylanod.’

‘Welist ti ddim byd, naddo,’ meddai Guto ar ei thraws. ‘Wyddost ti be, Dafydd, roedd Werddon i’w gweld yn ddigon clir, i unrhyw un a fyddai wedi agor ’i llygaid.’

‘Ond roedd ’na glamp o fachlud hyfryd,’ meddai hithau.

‘Felly y gwelwn inna o’r copa,’ meddai Dafydd. ‘Synnwn i ddim ’chwaith na welais inna Iwerddon fy hun. Wyddost ti

Guto, weithia bydd amlinell brynia Wiclo i'w gweld ar y gorwel wrth i'r haul fachlud.'

'Taw â sôn.'

'Y brynia i'r de o Ddulyn, wyddoch chi Elsbeth. Rown i yno efo'r Adran yr haf diwetha, yn cloddio mewn safle yn perthyn i Oes yr Efydd.'

'Ond, heddiw a 'fory, trennydd a thradwy sy'n bwysig 'nte, nid ddoe, nac echdoe yn unig,' meddai Guto cyn iddo orffen.

'Welsoch chi long Werddon?' mentrodd Dafydd. 'Mi fydd hi i mewn cyn iddi nosi, mae'n siŵr.'

'Hen bryd hefyd, a hitha'n long newydd,' atebodd Guto. 'Mae llwyth o gerrig yn barod iddi ers dyddia'n y chwarel.'

'Felly mae hi yno?' holodd Dafydd.

'Ia, does dim trefn yn y byd acw,' atebodd Elsbeth. 'Ond o leia, caiff y dynion 'u talu.'

'Does dim trefn ers i'r hen Mr Johnston fynd o 'ma,' ychwanegodd Guto. 'Tydy'r mab dwy a dima 'na fawr o help. Da i ddim fuodd Robat Lerpwl erioed, heblaw am afradu arian 'i dad. Rheiny wedi 'u ca'l trwy 'yn llafur caled ni, a hynny am y nesa peth i ddim o gyflog...'

'Roeddach chi'n ddigon o ffrindia pan fydda fo'n dod yma ar 'i wyliau,' torrodd Elsbeth ar ei draws. 'Ond ta waeth. Dowch am adra da chi, mae hi'n twllu,' meddai cyn cychwyn yn benderfynol i lawr y llethr.

'Falla bod hynny'n wir, Elsbeth,' meddai Guto wrth ei dilyn, 'ond ers talwm oedd hynny. Nid yr un Robat Lerpwl ydy o rŵan. Sut mae hi'n mynd hefo chdi felly, Dafydd, ar ben yr hen fynydd 'na? Dy gyflog di'n saff mae'n siŵr?'

'Mi fuodd Mr Johnston yn ddigon hael, gan gynnwys rhoi lle i mi fyw, ac mae'r mab wedi cadw at addewid 'i dad. Ond go brin medra i neud cyfiawnder â'r gwaith efo dim ond dyrnaid o fyfyrwyr yn dod draw o Fangor.'

'Ydy Robat Lerpwl am ddod i dy weld di? Falla y medra fo wedyn daro heibio i'w chwarel a sylweddoli mai 'yn gwaith caled ni sy'n talu am 'i foetha fo.'

'Wn i ddim a deud y gwir. Mi wnes i yrru adroddiad ato fo ryw bythefnos yn ôl, ond ches i ddim ateb. Does ganddo fo 'mo'r un diddordeb mewn archaeoleg â'i dad.'

'Ia, wel, roedd gan yr hen foi ddiddordeb ym mhob dim, 'doedd? Cofio fo'n dod ata i a minna'n straffaglu efo rhyw hen sglyfath o garrag. "Sylwch ar wely'r garrag, Guto," medda fo. "Bydd hi'n sicr o dorri ar 'i gwely. Mae graen i bob carrag a ffordd i'w thorri... fel bod pob set yn sgwâr a'r cyfan yn ffitio'n iawn fel y dylen nhw, wrth greu lôn." A dyma fo'n taro'r garrag a hitha'n torri'n daclus.'

'Mae hynny'n ddigon gwir,' meddai Elsbeth dros ei hysgwydd. 'Roedd ganddo fo ddiddordeb yn 'i weithwyr, heb sôn am fedru torri sets cystal ag unrhyw un yn y chwarel. Roedd pobl yn 'i barchu fo.'

'Mae Dafydd yn cofio hynny, debyg. Pryd aethost ti o 'ma Dafydd?'

'Wel, mi gafodd 'Nhad yr ofalaeth yn Southport a minna'n bedair ar ddeg oed.'

'Bu'n braf iawn mynd i ffwrdd, a cha'l mynd i ysgol fawr.'

'Cest titha fynd i'r chwarel.'

'Yli, dw i'n falch o fod yn setsmon. Yn falch o wisgo'r trywsus ffustian gwyn a cha'l clem fawr ar fy esgid.'

'Wel, tydy hi'n braf arnoch chi'ch dau'n ca'l gneud fel y mynnoch chi. Finna'n athrawes heb ysgol, yn afradu'n amser yn swyddfa'r chwarel. Ond chaiff merched ddim chwarae'r blydi gêm fach wirion yma mae'n siŵr.'

'Elsbeth!' meddai Guto mewn syndod. 'Ble ddysgaist ti'r fath araith?'

Prin fod Dafydd yn cofio Elsbeth Cadwaladr a hithau bum mlynedd yn iau nag o. Gwenodd iddo'i hun. 'Mi rydach chi'n blaen iawn eich tafod, Elsbeth,' mentrodd.

'Tydy addysg ddim yn siwtio merched o gwbl,' meddai Guto gan frasgamu ar ei hôl.

'Ennill gradd a cholli gwreiddiau.'

'Dynion sydd i ddangos y ffordd i ni ferched, felly? Wel, fyddai hi'n fain iawn arna i heb addysg. 'Nhad yn 'i wely heb gyflog. Fyddai 'na ddim torth ar y bwrdd, na blanced ar y gwely 'chwaith. Y dôl fyddai hi i mi, fel i gymaint o rai eraill, y dôl neu fudo.'

'Digon hawdd altro hynny ond i ti newid dy enw,' atebodd Guto'n ddistaw. Ond doedd Elsbeth Cadwaladr ddim am gydio yn yr abwyd hwnnw.

'Does fawr ddim 'di newid yma ers i mi 'madael,' meddai Dafydd wrth iddynt oedi wrth gyrraedd y lôn bost.

Rhyw hanner milltir ymhellach i lawr yr allt gorweddai'r pentref ar lethrau isaf Mynydd y Ceiri.

'Wel, mi ddaru nhw orffan codi tai cyngor Trem y Môr y llynedd,' atebodd Guto.

'Nid "Trem y Môr",' ychwanegodd Elsbeth gyda chwerthiniad boenus. '"Sea View Terrace" iff iw plis ac mae hynny'n dân ar 'y nghroen i. Ond eto, gwell tŷ clyd, beth bynnag fo'r enw, na sgwatio mewn rhyw hen dyddyn llaith.'

'Paid ti â phoeni, Elsbeth,' meddai Guto. 'Mae gen i gynllunia mawr i'r lle acw...'

'Oni fedrwn ni wella petha yma heb golli'r iaith?' gofynnodd Dafydd braidd yn ddiamynedd.

'Yn union,' dechreuodd Elsbeth. 'Pam fod rhaid i bob dim

newydd fod yn Saesneg? Cymraeg ydy popeth yn y chwarel a hynny heb drafferth i neb…' Ond daeth sŵn o gyfeiriad Allt Goch ar ei thraws.

'Moto,' meddai Guto. 'Sgwn i pwy ydy o?'

Trodd y tri i wynebu'r car a ddeuai dros fwlch Swngwn, car gwyn cyflym yr olwg, efo to meddal. Fe'u dallwyd gan ei olau llachar wrth iddo yrru i lawr trwy'r pentref heb arafu.

'Rargian, roedd hwnna'n mynd yn gwit. Welist ti pwy oedd o, Elsbeth?' gofynnodd Guto. 'Do'n i ddim yn nabod y car o gwbl.'

'Dim syniad. Ond daeth â'r glaw efo fo,' meddai Elsbeth wrth iddi ddechrau pigo bwrw.

'Dw i am wybod pwy oedd o. Dowch,' meddai gan roi ei gap yn ôl am ei ben a brasgamu am y pentref.

'Mae Guto'n bendant iawn 'i ffordd,' mentrodd Dafydd.

'Felly y gwêl rhai o,' atebodd hithau gan dynnu ar gantel ei het. 'Felly buodd rhaid iddo fo fod.'

'I Merica aeth 'i dad o, ynte? Pan adawsom ni am Southport.'

'Ia, tua'r un adeg mae'n siŵr. Hogan fach oeddwn i. Gorfod mudo mae pobl rŵan hefyd. Chwarel Mynydd Mawr wedi cau y llynedd. A Cwm Corun ar stop ers blynyddoedd.'

'At eich tad aeth Guto o'r ysgol.'

'Aeth i fyw yn y Plas efo'i fodryb ac ar ôl 'madael â'r ysgol aeth i ddysgu'i grefft efo 'Nhad yn y chwarel. Roedd Mr Johnston yn daer iawn medda fo. "Dyliech chi neud tro da â thad Guto ac ynta'n bartner i chi c'hyd, Jim," medda fo a 'Nhad yn cytuno yn y diwadd.'

'Mae Guto yn ffrind i chi ers tro hefyd?'

Ciledrychodd Elsbeth arno am yr eiliad lleiaf cyn camu yn ei blaen yn gynt.

'Mae'n ddrwg gen i,' meddai Dafydd yn gyflym wrth sylweddoli iddo gymryd cam gwag. 'Do'n i ddim yn bwriadu eich holi… yn amhriodol,' meddai wrth godi coler ei gôt.

Distawrwydd fu rhyngddynt wedyn. Cadwodd Dafydd lathen ofalus rhyngddo ac Elsbeth. Ond sylwodd ei bod hi'n ciledrych arno o dro i dro wrth iddynt gydgerdded. Yng nghanol y pentref safai Guto wrth ddrws yr Albert Arms yn holi Mrs Blake y dafarnwraig.

'Na, wn i ddim, Guto bach. Ond yn y Plas mae o am aros efo dy Anti Fflori.'

'Mrs Blake yn deud mai manajyr newydd y chwarel ydy o,' meddai Guto wrth i'r ddau gyrraedd. 'A'i fod ynta'n aros yn y Plas hefyd, Dafydd.'

'Wel, felly glywais i, syr,' meddai Mrs Blake gan droi at Dafydd. 'Wedi dod yma ar gais mab Mr Johnston, gan 'i fod o'i hun yn brysur efo'i waith yn yr erffors.'

'Manajyr…' dechreuodd Elsbeth. 'Soniodd neb ddim…'

'Wel tydan ni bobl busnas ddim yn rhoi gwbod am bob un dim i ryw glerc bach yn yr offis,' meddai Mrs Blake yn swta. 'Rŵan, mae hi'n bell wedi naw ac yn hen bryd i mi gloi'r drws. Nos da i chi.' Ac ar hynny trodd ar ei sawdl a chau drws y dafarn yn glep. Dechreuodd y tri am Fryn Pin, cartref Elsbeth.

'Ddeudodd Fflori ddim gair am reolwr newydd adeg brecwast bora 'ma,' meddai Dafydd. 'Pam roedd ledi'r dafarn mor flin?'

'Un oriog fuodd Mrs Blake 'rioed,' atebodd Guto. '"Dowch i mewn Guto bach. 'Steddwch wrth y tân. Mi wna i nôl y jwg rŵan hyn i chi ga'l rhyw lymad." A'r munud nesaf, wedi derbyn y pres, yn mynd drwodd i'r salŵn fel llong ar hwylia. Byddai rhywun yn meddwl 'i bod hi'n cadw'r Adelffi 'i hun, nid tŷ potas y pentra. Ond mae rhai wedi eu geni'n fawreddog, mae'n siŵr gen i.'

'Na,' meddai Elsbeth yn dawel. 'Fi sy'n dân ar 'i chroen hi. Wedi mynd i'r coleg a hitha heb ga'l y cyfla. Clarcio yn y chwarel yn hytrach na morol am 'Nhad. Dibynnu ar Anti Jini i neud y gwaith trwm a hitha mewn oed mawr. Hi'n ddynas fusnas ac yn gwybod yn iawn am gampa genod ifanc. Dyna be ddwedodd hi wrtha i…'

'Mi rwyt ti'n wirion yn cymryd sylw o'r hen sgrech coed,' meddai Guto ar ei thraws. 'Mae 'na ddigon yn y Ceiri 'ma yn barod i daflu sweips, ond tydyn nhw'n werth dim o'u cymharu â chdi.'

Bu saib o ddistawrwydd chwithig rhyngddynt hyd nes iddynt gyrraedd cartref Elsbeth.

'Wel. Nos da,' meddai hi wrth ddrws Bryn Pin. 'Bydd 'Nhad yn meddwl ble dw i 'di bod mor hir.'

'Byddai'n well i minna 'i throi hi am y Plas,' meddai Dafydd wedyn gan droi at ei feic. 'Mae'r glaw yn drymach.'

'Ddo i efo chdi am dro, os nad oes ots gen ti beidio reidio. Pwy a ŵyr, falla gwelwn ni'r dyn newydd, neu 'i gar. Beth bynnag, tydw i ddim 'di gweld Anti Fflori ers y Sul.'

2

Wrth i Elsbeth gau'r drws galwodd y llais cyfarwydd arni o'r llofft ffrynt.

'Ble fuost ti c'hyd?'

Oedodd Elsbeth am eiliad wrth droed y grisiau. Yna, daeth sŵn cyfarwydd arall, sŵn curo ffon ar lawr y llofft.

'Elsbeth, chdi sy 'na?'

Yna, sŵn curo'r ffon unwaith eto.

'Ia 'Nhad. Fi sy 'ma. Bydda i fyny rŵan hyn.'

Rheolwr newydd ar y chwarel a hithau ond yn rhyw glerc bach, meddyliodd. Tynnodd ei het a'i chôt ac edrych arni hi ei hun yn y gwydr wrth y drws. Wyneb digon cyffredin byddai rhai'n ei ddweud, mae'n siŵr – braidd yn denau; y trwyn ychydig yn rhy hir a'r gwallt brown tywyll yn rhy donnog. Wyneb clerc mewn rhyw swyddfa ddinod? Wyneb i'w weld efallai am eiliad mewn ffenestr bws ar ei ffordd i faestref rhyw ddinas anhysbys ar noson lawog? Yna craffodd – yr aeliau siapus; y llygaid brown, deallus, medden nhw; y bochau uchel; y gwefusau llawn. Gallai dyn dorri ei galon yn hawdd o'i herwydd hi, o gallai. Clerc yn wir!

Sŵn curo ffon ar lawr drachefn. Cymerodd gip arni ei hun yn y gwydr eto a chodi ei gwallt trwchus â'i dwy law a'i wthio yn ôl. Trodd ei phen ychydig naill ochr a gwenu. Rhyfedd fel y câi'r fath foddhad wrth weld ei hun yn y drych hen ffasiwn. Cofiai'r embaras wrth glywed geiriau trwsgl Guto. Gwenodd eto. Cododd y lamp gyfuwch â'i hysgwydd a throi am y grisiau a llofft y claf.

'Fuost ti'n hir. Mae Robat Jôs Sowldiwr wedi mynd am adra ers meitin,' meddai ei thad o'i wely.

'Mae'n ddrwg gen i 'Nhad. Aros i siarad efo Dafydd Aspinall, mab y mans gynt, ddaru ni. Dowch i mi ga'l eich troi chi.'

'Guto a Dafydd bach y Mans efo'i gilydd. Hmm...' meddai'r hen ŵr, cyn ychwanegu'n fwy pendant, 'Mab y gweinidog Methodus 'na heglodd hi o 'ma, ti'n 'i feddwl. Tydy Methodus byth yn lecio trwbwl, wyddost ti. Cybyddlyd hefyd, Methodus.'

'Dim ond hogyn oedd Dafydd 'Nhad. Peidiwch â bod mor hallt eich beirniadaeth. A cha'l galwad ddaru Mr Aspinall.'

Tynnodd ar ysgwydd ei thad â'i holl nerth.

'Ca'l galwad, ta 'i bachu hi o 'ma ddaru o? Paid â chydio mor dynn! Galwad i borfeydd brasach. Dyna'r math gora o alwad, debyg.'

'Mae'n ddrwg gen i, ond mae'n rhaid i mi eich troi chi neu mi fydd y briwia'n gwaethygu eto.'

'Digon gwir, 'ngenath i. Mae'r briwia'n drywirod i gyd fel ag y mae hi a minna 'di bod yn wanglaf c'hyd. Ond ceisia beidio gwasgu cymaint, da chdi... Sgwennis i lythyr at bapur C'narfon bryd hynny wyddost ti, i gwyno bod y bugail yn gadael 'i braidd yn amddifad yn awr ein cyfyngdar. Ond, chyhoeddodd y golygydd mohono fo. Am 'mod i'n well bardd na fo, cofia! Dim ond bardd cwch mwd oedd o,' ychwanegodd yn ysmala.

'Dylswn i fod wedi martsio i G'narfon i'w offis o ar y Maes a deud wrth y llipryn, "Gwranda di 'ngwas i, mi rwyt ti'n ormod o ŵr mawr, ar gefn dy geffyl yn llyfu sgidia buddugions. Cofia, tydy sgwennu soned neu ddwy ddim yn dy neud ti'n fardd go-iawn yng ngolwg y bobl sy'n cyfri. A dwyt ti ddim yn ddigon o ben 'chwaith i ddallt 'y mhetha i, heb sôn am wrthod 'u cyhoeddi".'

'Fedra fo ddim,' meddai Elsbeth wrth dwtio dillad y gwely.

'Fedra fo ddim be?'

'Llyfu sgidia buddugions a fynta ar gefn 'i geffyl!'

'Go dda, rŵan,' meddai ei thad gan chwerthin. 'Ai dyna pam ddaru ni dy yrru di i'r coleg, i neud hwyl am ben hen ŵr dy dad?'

Chwarddodd y ddau.

'Beth bynnag. Doedd dim ots go-iawn 'i fod o'n gwrthod fy llythyra bryd hynny. Gwrthdaro iach rhwng coch a glas wyddost ti, Elsbeth. Dyna sut buodd hi 'rioed rhwng llafur a chyfalaf a nhw'n gwadu'n hawl ni i siarad efo'n pobl ni'n hunan trwy'u papura. Ninna'n ymateb trwy farddoni a chreu pamffledi. Cwympo wnân nhw'n y pen draw, cei di weld. Ond mae celfyddyd yn fater gwahanol yn tydy?'

'Mae 'na olygydd newydd ar y papur rŵan, 'ndoes...'

'Oes! A'r cythral newydd 'na'n gwrthod cyhoeddi 'mhenillion i hefyd. Mae hynny'n brifo go-iawn. Diolch byth am Luned Pari a'r *Utgorn* ym Mhwllheli, er gresyn na fydda 'i gylchrediad o'n uwch.'

'Tydw i ddim yn meddwl buodd y golygydd newydd yn riportar lleol, wyddoch chi 'Nhad. Dod yma o un o'r papura mawr ddaru o, i ga'l mwy o brofiad ac ynta prin 'di 'madael â Choleg yr Iesu. Dyna ddwedodd Mrs Pari yn ei llythyr y diwrnod o'r blaen, beth bynnag.'

'Ia, dw i'n cofio, rŵan i ti sôn. Ac yn gwybod pwy ydy o go-iawn hefyd o ran hynny. Un o hen deulu o dwrneiod yn G'narfon. Twrna Cig Moch oeddan nhw'n galw 'i hen daid o, wn i ddim pam. Ond roedd o'n un garw am hel diod meddan nhw. Roedd 'i daid o wedyn yn farnwr reit uchel ac yn rhy grand o lawer i aros yma. Am Lundain aeth o. Ei fam o wedyn, wel... a i ddim i sôn... A rŵan yr ŵyr yn ôl yn Dre. Fo a'i goleg a'i ragfarna.'

'Dyna chi,' meddai Elsbeth yn sefyll yn ôl o erchwyn y gwely. 'Rŵan, gymerwch chi rwbeth arall cyn noswylio?'

'Na, mi dwi'n reit ddel, diolch i ti 'mach i. Mi rwyt ti'n hogan dda, Elsbeth. Rhy dda i'r lle 'ma. Taswn i'n medru codi mi ddown i efo ti i rwla. I Lundain hyd yn oed. Wyddost ti 'mod i 'di bod yn byw yn Llundain?'

'Wel, mi ddaru chi sôn 'Nhad,' meddai Elsbeth, yn ceisio cuddio'r blinder yn ei llais.

'Ia, yn byw ar yr Old Kent Road ac yn gweithio mewn siop bwtsiar yn yr Eliffant. Rargian roedd rheiny'n ddyddia da. Minna'n ennill cyflog anrhydeddus, a dy fam yn gweini'n y Byro, hi a'r Fflori Roberts gegog 'na. Y miwsig hôls. Wyddost ti i ni weld Chaplin ar y llwyfan droeon, cyn iddo fudo i Mericia a gneud 'i ffortiwn?'

'Tewch â sôn 'Nhad,' meddai Elsbeth gan guddio'r ffug syndod yn ei llais.

'Ninna'n trefnu consart wedyn i hel pres i'r Coleg ar y Bryn. Adrodd oeddwn i, wrth gwrs. Luned Pari... yn y coleg roedd hi bryd hynny, hitha ar y delyn, a dy fam yn canu. Dyna lais oedd ganddi hi... dyna lais... I Mericia y dylsen ninna fod wedi mynd hefyd pan ddaeth y cyfla cyn i'r rhyfel dorri. I dy fam ga'l haul, awyr iach a gwres sych iddi fendio. 'Blaw, yn annisgwyl, dyma titha'n landio arnom ni. Ond ddyfaris i 'rioed. Naddo wir, na dy fam 'chwaith. Ti oedd cannwyll 'i llygad hi.'

Oedodd am eiliad gan edrych at waelod y gwely.

'Be ddaw ohona i wir? Dw i yma, yn y gwely 'ma, fel rhyw hen lambedyddiol yn sownd ar draeth. Yma yn hel meddylia.

Yn ailadrodd yr un hen betha. Yn dy ddal di'n ôl a titha'n hogan 'di ca'l addysg.'

'Peidiwch â meddwl felly, 'Nhad.'

'Rown i rwbeth am ga'l gweld dy fam eto, wyddost ti. Pum mlynadd fydd hi. Pum mlynadd i fis Medi nesa ers pan dorrodd y gwaed yn ei mynwes hi am y tro olaf, druan fach. Ond falla na fydd hi ddim yn rhy hir cyn ein cyfarfyddiad nesa 'chwaith. Rhyfadd 'te. Marcsydd efo gobaith am y byd a ddaw! Ond dw i bron â rhoi 'nghap i lawr.'

'Peidiwch â siarad fel 'na 'Nhad wir. Chi sy'n deud eich bod chi rhyw fymryn yn well yn ddiweddar. Dydd Sul pan ddaeth yr hogia i edrych amdanoch chi wedi capel.'

'Ia, ond dim ond deud oedd hynny. Choda i fyth eto o'r gwely 'ma.'

'Daeth 'na gar trwy'r pentra heno, wyddoch chi,' meddai Elsbeth gan fentro troi'r sgwrs at yr hyn oedd yn ei phoeni.

'Ia. Manajyr newydd y chwarel yn cyrraedd, mae'n siŵr,' atebodd yntau, heb sylwi ar y pryder ar ei hwyneb. 'Ac yn dod â thywydd aflawen efo fo hefyd.'

'Sut gwyddoch chi fod rhywun newydd yn dod i redag y chwarel?' holodd Elsbeth mewn syndod.

'O, dy Anti Jini ddwedodd bora 'ma...' atebodd yn barod i lithro at ei gwsg. 'Fflori wedi deud wrthi hi. Anghofiais sôn wrthat ti.'

'O, wel. Nos da rŵan, 'Nhad.'

Aeth Elsbeth drwodd i'w llofft ei hun a'i meddwl ar ras. Rheolwr newydd yn ei gar peryglus. Rhoddodd y golau i lawr ar y bwrdd bach a wnâi fel desg iddi. Chwiliodd am rywbeth i dynnu ei sylw. Roedd ei stori epistolaidd bron â gorffen ac yn disgwyl amdani, ers dyddiau, nesaf at ei nodiadau ar gyfer stori arall ramantus a ddechreusai fis union yn ôl. Felly hefyd y llythyr at Madame Le Mer efo dim ond ei chyfeiriad hi ei hun wedi ei ysgrifennu ar y papur can. Cofiodd gyda gwên y diwrnod y cyrhaeddodd Montrwle fel athrawes gynorthwyol newydd. Cofiodd y ffwdan wrth i'r hen wraig ddod o hyd i borthor o'r diwedd ym mhen pellaf yr orsaf fawr, swnllyd. A hwnnw'n gwneud cymaint o sioe wedyn o gario ei ches a dod o hyd i dacsi i gludo'r ddwy i'r tŷ ar y *corniche.* Dechreuodd ddadwisgo. Ond yna ail-ystyriodd ac aeth ati i frwsio ei gwallt gan wylio'i hun yn y gwydr uwchben ei bwrdd ymolchi.

Meddyliodd am ei rhieni. Mor agos, mor gariadus, mor ofalus o'i gilydd. Ond eto'n ffraeo'n ffyrnig hefyd. A ddylai ei mam bleidleisio oedd y ddadl fawr olaf rhyngddynt. Nid pwy ddylai gael ei phleidlais, ond yn hytrach, paham y dylai hi gymryd rhan mewn sioe wag a'r un sosialydd o Gymro yn ddigon da yn ei barn hi yn sefyll. Yntau'n mynnu y dylai hi gefnogi'r un a wrthwynebai'r Llywodraeth Genedlaethol, boed o'n ffŵl defnyddiol neu beidio. Hithau yn gwrthod. Yntau'n fflamio. Hithau'n crio. Yntau'n cymodi. Ond yn y diwedd aeth hi'n rhy wael ei hiechyd i adael y tŷ beth bynnag, a chafodd neb groes ganddi. Bu fyw yn ddigon hir i weld canlyniadau trychinebus etholiad 1931. Y caledi. Y plant mor aml heb ddim am eu traed a fawr ddim yn eu boliau. Y mudo.

A beth amdani hithau a Guto. Fy 'sgwô', dyna galwodd o hi. A sôn am 'newid ei henw'! Tra bu yn y brifysgol roedd y llwdn a fu'n dilyn ei thad o gwmpas wedi tyfu'n ddyn golygus, yn dywyll, cydnerth a phendant ei ffordd. Roedd atyniad corfforol amlwg rhyngddynt yn syth. Ond hefyd cydymdeimlad syml a'r ddau wedi colli eu mamau i'r dicáu. Byddai eu trafodaethau gwleidyddol yn ei chyffroi, hyd nes iddi sylweddoli mai'r hyn a glywai ganddo mewn gwirionedd oedd adlais cymysglyd o ddaliadau ei thad. Gwyddai'n iawn bellach hefyd mai pwdu syml oedd y synfyfyrio dwfn a chymhleth a ganfu mor ddeniadol ynddo yn gyntaf. Wedyn cymerai'n ganiataol fod perthynas o ddifri rhyngddynt ac y byddai hi'n credu pob dim ac yn dioddef pob dim. Sgwô wir!

Doedd 'run ffordd resymol o weld unrhyw fater heblaw am ei ffordd o. Fo oedd yn iawn bob tro, wrth gwrs, er bod ei benderfyniadau'n fyrbwyll a'i ddelfrydiaeth yn anobeithiol o naïf.

Yn amlwg doedd Guto ddim yn ei charu hi go iawn. Rhyw arferiad yn unig oedd o. Neu yn ddyfnach efallai, ei fod wedi claddu'r clwyf emosiynol o golli ei fam ac yna ei dad yn ymadael, ac wedi magu cragen arwynebol rhag ymrwymo ei hun yn iawn i unrhyw un

A beth oedd ar ei phen hithau? Yn gadael i dwymyn o hunan-dwyll rhamantaidd, wedi ei finiogi gan unigrwydd a hunandosturi ei meddiannu hi. A siom hefyd, roedd yn rhaid iddi gyfaddef. Siom gyda chwrs ei bywyd. Yn ôl yn nhŷ ei rhieni yn wynebu gwaith beunyddiol diflas a'r pwysau o ofalu am ei thad. Oes ar y silff, neu'r caethiwed o briodi a phlanta. Cysur cymdogaeth glos, er y mân raniadau a'r cecru. Ond ble bellach oedd yr her ddeallusol penfeddwol a deimlai yn y brifysgol? Doedd o ddim i'w gael, iddi hi o leiaf, mewn crefydd gyfundrefnol, nac ychwaith ym Marcsiaeth ddeddfol ei thad.

Mae'n siŵr fod Guto wedi camarwain Dafydd hefyd meddyliodd, yn jarffio amdani hi. Doedd o a Dafydd ddim yn gyfeillion agos, ond gwyddai'n iawn erbyn hyn am dueddiad Guto i gymryd at bobl ddeallus, neu at rai mewn awdurdod.

Beth am Dafydd felly? Roedd o'n ddirgelwch iddi... ac felly, wrth gwrs, yn ddiddorol. Cofiodd amdano'n cerdded efo hi am y pentref ac yn amlwg iawn yn cadw pellter parchus rhyngddynt. Yna'n gwrido o feddwl ei fod wedi bod yn bowld yn ei holi. Ond wir, wedi misoedd o ddioddef haerllugrwydd difeddwl Guto roedd y fath swildod yn hudolus. Rhyfedd ei fod mor ansicr ohono ei hun efo hi weithiau. Doedd dim rheswm iddo fod felly wrth gwrs...

Clywai lais Mrs Pari fel petai hi'n sefyll wrth ei hysgwydd yn dweud, 'Dywed sut un ydy o felly, da chdi.' Wel, meddyliodd, yr un taldra â Guto, ond ychydig yn feinach. Dwylo meinach ganddo fo, a rhai Guto fel rhawiau. Golygus, mewn ffordd fachgennaidd, efo ciw-pi yn aml yn mynnu disgyn yn afreolus dros ei dalcen. Gwallt goleuach hefyd, efo cochni ynddo fo yng ngolau'r haul. Roedd rhyw dristwch annelwig yn ei lygaid llwyd a'i wên lachar achlysurol felly cymaint mwy trawiadol. A phan fyddai hi'n ei ddal o'n craffu arni'n slei bach byddai cyffro'n ei meddiannu'n llwyr am eiliad cyn i wrid trychinebus ddod i'w gruddiau.

Er hynny i gyd, delfrydwr diniwed braidd oedd Dafydd yn sôn am urddas gwaith corfforol a'r gwerinwr dysgedig. Digon hawdd credu'r fath beth o gysur llyfrgell prifysgol, meddyliodd. Paham wir na allai o fod yn fwy pendant efo hi! Yna dwrdiodd ei hun am fod yn sinigaidd ac yn angharedig.

Roedd wedi dewis gadael i'r berthynas rhwng Guto a hithau rygnu ymlaen yn rhy hir gan obeithio y byddai ef yn gweld drosto'i hun nad oedd unrhyw bwrpas parhau. Ond yn amlwg, doedd ganddo fo ddim syniad. Dim syniad o gwbl. Byddai'n rhaid iddi ladd yr ychydig deimladau oedd ganddi tuag ato'n hollol fwriadol.

Rhoddodd y brwsh i lawr. Gwelai adlewyrchiad sglein ei gwallt yn y golau pŵl. *Ciarosgwro* meddyliodd. Byddai'n rhaid iddi gael hyd i le yn ei stori anorffenedig i air mor hudolus. Edrychodd ar y llythyr yn dal heb ei ddechrau. Eisteddodd wrth ei desg a symud y papurau o'r neilltu. Gwisgodd y sbectol gron y bu'n rhaid iddi ei defnyddio yn ddiweddar, o leiaf ym mhreifatrwydd ei llofft. Cymerodd ddalen lân o'r pentwr ar ei bwrdd.

"Annwyl Guto..." dechreuodd. Ond roedd y geiriau a ddeuai mor rhwydd i'w meddwl yn ei dicter, wedi ffoi. Dechreuodd eto, gan lamu ati a defnyddio geiriau cyhuddgar er mwyn dod â'r sioe wag a gwirion i ben. Ond wnâi hynny mo'r tro ychwaith. Rhwygodd y ddalen gan gymryd pleser rhyfedd o weld y brawddegau angerddol yn dipia.

Bodlonodd ar ei phedwaredd ymgais. Digon cwrtais, ychydig yn stiff, ychydig yn oer, ond â neges syml, cwbl glir. Estynnodd amlen a'i chyfeirio at Mr G Tomos yn hytrach nag at Guto. Byddai'n ei bostio yn y blwch wrth y Groes ar y ffordd i'w gwaith yn y bore. Gallai'r postman gario ei neges i'r Foty wir.

3

Cododd John Spinks o'r car gwyn chwim a throi yn llawn diddordeb at ei lety newydd. Adeiladwyd Plas Ceiri tua milltir o'r chwarel. Sylwodd ar y polion trydan, yn codi o'r gwaith yn un rhes, heibio'r pentref heb wyro, ac yn syth at y tŷ. Hwnnw yn honglad llwyd ar ochr y mynydd yng nghanol rhyw acer o ardd flêr a redai i lawr i gyfeiriad y môr. Roedd paent y ffenestri yn plicio a sawl llechen yn y to wedi llithro. Er hynny, meddyliodd, gellid adfer y lle'n weddol hawdd, pe bai rhywun yn wirioneddol awyddus. Yna, dechreuodd restru'r deunyddiau a gâi o'i ddymchwel. Roedd y cerrig o'r chwarel yn rhai da, er mai pris bach a geid amdanynt, gan fod llafur mor rhad. Doedd y llechi 'chwaith fawr o werth, am yr un rheswm. Tynnodd ar gadwyn y gloch a'i chlywed yn canu rhywle yn y pellter. Caeodd fotwm uchaf ei gôt fawr newydd wrth i'r glaw mân chwythu i'w wyneb.

Trodd i edrych allan trwy'r gwyll ar lawnt o redyn, mieri a chrawcwellt, heibio'r rhododendrons llipa wrth y fynedfa, y giatiau oedd yn gorwedd oddi ar eu bachau a thros fur isaf yr ardd. Gwelai stemar fechan yn ei gwneud hi am y cei ymhell oddi tano. Tipyn llai na'r llong a'i cludodd o Dde Affrica, meddyliodd. Crafwyd y drws yn agored gan wraig dal, oedrannus.

'Mr John Spinks?' cyhoeddodd.

'Ia debyg,' meddai hithau gan droi ar ei sawdl. 'Rydach chi'n hwyr, Spinks. Rown i'n eich disgwyl chi yma am chwech.

Tynnwch y drws ar eich hôl, da chi. Mae'r lle ma'n ddigon drafftiog fel ag y mae hi.'

'Y tywydd...' dechreuodd yntau. Ond roedd yr howscipar eisoes wedi mynd drwodd am y gegin. Cydiodd yn ei ges a'i dilyn i mewn i'r tŷ. Roedd hi'n ddigon cynnes yn y cyntedd, ond sylwodd Spinks ar unwaith bod rhyw aroglau sur-felys, llaith i'w deimlo, fel petai'r awyr heb symud ers dyddiau.

'Mae 'na frechdana i chi, cig oen oer ac mi wna i de i chi rŵan,' meddai'r howscipar dros ei hysgwydd wrth estyn hambwrdd a'i osod ar fwrdd mawr y gegin. Safodd Spinks yn ei unfan.

'Fflori ydw i,' meddai hi wedyn wrth symud y tegell i ferwi.

'Ie, rown i wedi dyfalu hynny, Miss Roberts...' dechreuodd Spinks yn bendant. Ond torrodd hi ar ei draws.

'O, iawn, Miss Roberts ta, neu Miss Fflorens Roberts os mynnwch chi. Er Fflori fydda i'n 'i lecio, fel taswn i haws. Prin fod neb yn dod ar gyfyl y lle 'ma bellach i 'ngalw i wrth unrhyw enw. 'Blaw bod Mr Aspinall yma, yn ystod y *dig*, wrth gwrs. 'Steddwch.'

Ond safodd John Spinks wrth y drws gan afael yn dynn yn nolen ei ges.

'Dim felly oedd hi pan fyddai'r teulu'n dod yma o Lerpwl i aros am yr haf, cofiwch. Yr hen hogyn bach yn gweiddi, "Fflori? Fflori? Lle-wt-ti?" Ond Lerpwl ydy pob dim ganddo fo rŵan. Fawr o olwg ganddo fo ar y tŷ, na'r chwarel 'chwaith. Wyddoch chi, pan...'

Ond Spinks dorrodd ar ei thraws hi'r tro yma. 'Miss Roberts. Diolch, a diddorol iawn. 'Newch chi ddod â'r swper i'm hystafell, os gwelwch yn dda, gan fod 'da fi lawer i'w wneud eto heno. Dw i'n bwriadu bod yn y chwarel cyn i'r dynion gyrraedd bore 'fory.'

'Fel y gwelwch chi ora,' atebodd hithau. 'A i â chi i fyny felly ac mi fydd y te'n barod gyda hyn.' Gwthiodd heibio John Spinks gan ei lygadu'n feirniadol cyn ei arwain yn ôl ar hyd y pasej ac i fyny'r grisiau gwichlyd, tywyll.

'Meddwl oeddwn i y byddai'n well i chi ga'l rŵm yr hen Mr Johnston pan fyddai o yma o Lerpwl, gan ych bod chi efo'r ffyrm ac yma yn 'i le fo, fel 'tae,' meddai dros ei hysgwydd. 'Neu'n hytrach yn lle 'i fab o bellach.' Agorodd ddrws y llofft. 'Mae hi'n rŵm fawr braf a'r ddesg wedi ei gosod o dan y ffenast, er mwyn i chi ga'l gola dydd iawn i weithio pan fyddwch chi yma o'r chwarel. Er digon tywyll ydy hi heno.' Trodd y golau ymlaen. 'Handi ydy lectric,' meddai wrth gau'r llenni trwm.

Sylwodd John Spinks fod patrwm y papur wal yn aneglur bellach. Roedd yno wely dwbl ac yn syth o'i flaen safai bwrdd gwisgo a wardrob dywyll o fahogani, gyferbyn â'r ffenestr fwa enfawr. O dan y ffenestr roedd y ddesg lydan yn barod amdano. 'Fe wnaiff hon i'r dim, Miss Roberts,' meddai gan osod ei ges yn ofalus arni. 'Mae 'da fi ychwaneg o bethau yn y car, ond fe gaiff y rheiny aros yno tan 'fory. Nawr te, swper Miss Roberts, os gwelwch chi fod yn dda.'

Trodd at y ddesg a disgwyl iddi gau'r drws ar ei hôl cyn datgloi ac agor ei ges. Yno, ar ben popeth arall, roedd yr amlen fawr papur llwyd. Darllenodd ei enw, wedi ei ysgrifennu arni mewn inc du. "Mr John Spinks, Manager, Ceiri Mountain Granite Quarry, Ceiri, Caerns," ac yna stamp y cwmni, Leicester and Liverpool Aggregates Company Ltd. Darllenodd ei enw a'i deitl unwaith eto gyda gwên. Fe gâi drefn ar Chwarel Ithfaen y Ceiri, o câi. Fe ddangosai i bobl y wlad fechan, drwblus hon sut i weithredu'n gadarn.

Roedd y llythyr yn drwchus. Gwthiodd flaen ei fys yn ofalus o dan y labed a'i rhyddhau. Cyrhaeddodd y cwyr coch gyda sêl y Pennaeth ei hun arno, a'i dorri. Tynnodd swp mawr o bapurau a'u gosod mewn trefn ar y ddesg. Yna, sythodd wrth i ddrws y llofft agor a daeth Fflori i mewn wysg ei chefn, cyn troi a gosod yr hambwrdd ar y ddesg.

'Miss Roberts!' meddai wrth droi a chuddio'r amlen a gweddill y papurau y tu cefn iddo cystal ag y medrai.

'Ia?' meddai hithau mewn syndod, heb edrych ato.

'O, dim,' atebodd yntau. 'Diolch a nos da.'

'Fydd hanner awr wedi chwech yn iawn i chi ar gyfer brecwast? Dyna pryd y bydd Mr Aspinall yn ca'l 'i frecwast o.'

'Mr Aspinall?' gofynnodd.

'Ia, Mr Dafydd Aspinall, o'r coleg yn Llundain. Soniais i amdano fo gynna. Mae o yma ar *dig*... ers mis... yn tyllu hen gytia'r Gwyddelod ar ben y mynydd. Mr Johnston wedi gaddo iddo fo y caiff aros yma dros yr haf. Roeddach chi'n gwbod hynny, debyg?'

'Own, wrth gwrs,' smaliodd Spinks. Byddai'n rhaid iddo esbonio i'r howscipar rhyw dro nad cwmni Johnston a'i Fab oedd pia'r chwarel bellach, na'r tŷ o ran hynny. Ond gallai hynny aros.

'Wel, bydd hanner awr wedi chwech yn iawn i chi, felly?' meddai'r howscipar drachefn.

'Na, brecwast am chwech, rwy'n credu. Fel 'mod i'n yn y chwarel cyn caniad y corn. Ie, chwech o'r gloch amdani. Campus. Nawr te, diolch, a nos da.'

'Mae dŵr poeth, os leiciwch chi. Lawr y landin ar y chwith.'

'Iawn, diolch. Nos da nawr.'

'Nos da, Spinks.'

Rhoddodd y papurau i gyd yn ôl yn yr amlen a honno wedyn yn ôl yn y ces a'i gloi drachefn. Bwytodd ei swper yn gyflym. Roedd y cig oen yn ddiflas o seimllyd ond roedd y daith hir wedi rhoi stumog iddo. Wedyn, rhoddodd yr hambwrdd ar y llawr y tu allan i ddrws ei ystafell. Aeth draw i'r ystafell ymolchi, rhedodd y dŵr ac ymolchodd yn swnllyd. Roedd lliain streipiog ar y rholer ar gefn y drws a'r defnydd yn arw, ond yn sych ac yn lân. Rhwbiodd ei wyneb nes ei fod yn pigo. Dychwelodd i'w lofft a chloi'r drws. Ailagorodd y ces, a gosod yr amlen yn ôl yn union ar ganol y ddesg. Tynnodd ei ddillad nos o'r ces a'u rhoi'n daclus ar droed y gwely. Gwagiodd weddill y ces i'r bwrdd gwisgo, pob dim heblaw am dri pheth.

Yng ngwaelod y ces roedd cwdyn lledr garw yr olwg wedi ei gau efo careiau duon. Agorodd y careiau a chydio mewn bwnsied mawr o allweddi, rhai'r swyddfa a phrif adeiladau'r chwarel ac allweddi'r seff. Rhoddodd y rheiny ym mhoced ei gôt fawr at y bore.

Roedd dau beth ar ôl. Am eiliad edmygodd Spinks y wain ledr frown sgleiniog a'r carn gwyn a'r metel du a oedd i'w weld. Gadawodd ei bistol yn y ces, ynghyd â'r blwch yn llawn o fwledi, ei gloi a'i osod o'r golwg ar ben y wardrob. Aeth drosodd at y ffenestr. Symudodd y llenni rhyw ychydig ac edrych i gyfeiriad y môr. Doedd dim golwg o'r cei nac o'r stemar yn y niwl. Eisteddodd wrth y ddesg a thynnu'r papurau o'r amlen. Roedd nodyn ato oddi wrth Bennaeth y Leicester and Liverpool yn eu mysg, ar bapur mor denau â phapur sidan. Darllenodd y nodyn:

Confirmation of your appointment

Note: This matter and the papers enclosed are strictly private and confidential.

This is to confirm your appointment as the General Manager of the Ceiri Mountain Granite Quarry Company and the extension of your duties in respect of other government related work.

Enclosed are documents concerning the development plans for the quarry and other matters as discussed with you at our meeting. You will see that we have given careful consideration to the way that Johnston & Son have been running the business. I hardly need to emphasise to you that although the business is profitable as it is, there is a dire need for a complete change both to management and to working practices at the quarry.

The maps and the geological survey show clearly that there are substantial and valuable resources which have remained untouched despite the recent strengthening market. But, as you will also see from the financial analysis, there is an immediate need for proper control, a review of product lines, a restructuring of the work-force and for the introduction of modern methods of production, work-force management and discipline.

As a Board we have great confidence in you, particularly given your notable success in transforming our interests in the Transvaal. But I emphasise to you again that you should not abandon or modify our plans, particularly our tactics in respect of the work-force without prior consultation with me or a properly authorized Board Member.

I am also happy to confirm our final agreement to the financial terms of your employment, particularly the portion contingent on cost savings in general, specific matters which are outside the scope of this confirmatory letter and most importantly a substantial growth in profits.

Roedd neges y llythyr yn ddigon plaen. Byddai cyflog mawr am ei waith a bwrw ei fod yn llwyddo wrth gwrs. Agorodd fapiau'r chwarel ar y ddesg. Byseddodd y papur trwm cefn lliain. Da iawn, meddyliodd. Ansawdd da. Byddai angen iddo eu defnyddio ar y mynydd ym mhob tywydd. Yna ar y mapiau, gosododd y swp trwchus o ffigyrau a chynlluniau gwaith.

Ond nid oedd rhaid darllen y dogfennau'n hir cyn cadarnhau'r darlun o ddirywiad araf o dan oruchwyliaeth Cwmni Johnston a'i Fab, a'r dirywiad hwnnw'n cyflymu'n arw wedi i'r hen ŵr farw. Roedd beiau amlwg heb eu cywiro, stoc yn hel, cyflawni archebion yn hwyr, methu ordro deunyddiau mewn da bryd, diffyg cadw cyfri a'r costau'n codi. Lleihau yn gyflym roedd y galw am sets, ond roedd y chwarel yn parhau i'w cynhyrchu ar yr un raddfa. Roedd y galw am fetlin ar gyfer lonydd tarmac yn cynyddu pob chwarter ond roedd cynnyrch y chwarel yn aros yn ddigyfnewid. Ar ben hyn oll roedd cynhyrchiant y gweithwyr yn dirywio a dim sôn am adolygu'r gwaith na'r gweithlu.

'Robert bach, does rhyfedd dy fod wedi bod mor barod i ildio a gwerthu'r chwarel i ni,' meddai Spinks wrtho'i hun. 'A does rhyfedd ein bod wedi cael y lle am bris mor hynod o resymol.' Gwelai, pe byddai'r diffyg arweiniad yn parhau, na fyddai Chwarel Ithfaen y Ceiri, er yn broffidiol ar raddfa fach, yn goroesi fawr yn hirach. Ond eto i gyd, roedd y cynlluniau gwaith yn dangos ffordd eglur ymlaen, o gael arweiniad cryf.

Rhoddodd y goflen ffigyrau a'r cynlluniau yn ôl yn yr amlen ac edrych ar fapiau'r chwarel. Roedd pedair ponc, y pedair wedi eu gweithio i ryw raddau, ond heb ddigon o olwg ar systemau cynllunio na rheoli modern. Ponc Sir Fôn, yr uchaf un oedd yr orau a'r Bonc Isaf, yr un agosaf at y cei, oedd y salaf. Wnâi hynny mo'r tro. Prin ddegfed rhan o wyneb y mynydd oedd wedi ei agor yn iawn. Roedd hen ddigon o le i ehangu a heb 'run rheswm dros beidio, o gael gweithlu a fyddai'n barod i fwrw iddi, yn y ffordd gywir, gyda'r technegau a'r peiriannau diweddaraf.

Clywodd leisiau oddi allan i'r tŷ, ond ni chymerodd fawr o sylw. Cofiodd na ddarllenodd y *Safety Regulations*. Agorodd yr amlen, ond tynnwyd ei sylw eto gan y lleisiau. P'run bynnag, roedd y rheolau diogelwch yn ddigon clir. Byddai'n trefnu creu posteri i'w harddangos yn y swyddfeydd ac yn yr holl gytiau. Clywodd sŵn y lleisiau eto ac yn anfodlon aeth i'r ffenestr i giledrych. Yn y golau gwan, gwelai ddau ddyn ifanc, cyhyrog yr olwg, yn edmygu ei gar ac yna'n troi eu camau at gefn y tŷ. Aspinall oedd yr un efo'r het feddal mae'n siŵr, meddyliodd. Wel naw wfft iddo fo a'i ffrind yn y cap stabl am fod mor swnllyd. Edrychodd draw at dywyllwch y chwarel ac at olcuadau'r stemar fach a oedd bellach wedi cyrraedd pen ei thaith. Aeth Spinks yn ôl at ei bapurau.

*

I lawr ar y cei roedd y gweithwyr yn sefyllian, yn disgwyl am orchymyn i ddechrau llwytho. Daeth un o is-reolwyr y chwarel i lawr yr ysgol o fwrdd y llong.

'Waeth i chi 'i throi hi am adra, hogia,' meddai. 'Dwi 'di siarad efo'r capten. Fyddwn ni ddim yn llwytho heno. Felly, dw i am droi i'r Albert, os ydy Mrs Blake yn dal ar agor i gwsmeriaid.'

Cychwynnodd y gweithwyr yn ôl o'r cei, amryw yn siomedig o golli cyfle i ennill rhyw ychydig yn ychwaneg at eu cyflog.

'Dim llwytho,' meddai Ioan Cae Pella wrth un a ddeuai i'w cyfarfod.

'Dyna biti,' meddai'r dyn gyda gwên wrth barhau'n hamddenol i gyfeiriad y llong.

'Nid na fyddai ca'l Wil McGuffin efo ni wedi bod fawr o help i neb,' meddai Ioan wedyn, heb falio dim bod hwnnw'n ei glywed. 'Fory pia hi, pob gafael i ti Wil Clustia.'

Daeth un o swyddogion y llong i lawr yr ysgol a cherdded i'w gyfarfod.

'Rown i'n dechra meddwl falle na fyddech chi'n cyrraedd, Mistar Mêt,' meddai Wil.

'Roedd y gwynt yn ein herbyn. Ond, chwi o ychydig ffydd…' atebodd y Mêt gyda chwerthiniad. 'Mae gen i lythyr i chi gan Cathlin Ni Hwlihan.'

'A sut mae'r hen gariad a'i ffrindia?'

'Gwych iawn i gyd, fel erioed, diolch i Dduw. A chitha?'

'Eitha, debyg. Ond beth ydy hyn am beidio llwytho?'

'O, rhyw flerwch o ran y cytundeb efo prif glerc newydd y chwarel. Anghytundeb am y pris a dderbyniwyd gan swyddfa'r chwarel yn gyntaf a bu ffrae. Daeth neges radio o'r Pencadlys. Mae'n rhaid i ni 'i throi hi am adra. Ond beth am air yn gynta am yr hen deulu?'

'Wrth gwrs. Awn ni i fochal rhag y glaw?' atebodd Wil. A bu'r ddau yn sgwrsio'n gyfeillgar o dan fondo swyddfa fach y cei, cyn i'r Mêt droi am y llong ac i Wil gychwyn yn ôl, am ei wely.

4

Wrth ddrws cefn y Plas gofynnodd Dafydd, 'Welodd o ni?'

'Do, mi ddaru o,' atebodd Guto. 'Welaist ti mo'r cyrtansia yn symud wrth iddo fo wyro mlaen? Pa ots beth bynnag? Pe byddai gen i foto fel 'na, mi fyddwn i'n teimlo'n falch o weld pobl yn 'i edmygu o. Lancia ydy o, wyddost ti. Mi dw i'n cofio i mi weld Lancia unwaith o'r blaen, pan oeddwn i yng Ngwlad Belg ar 'y ngwylia. Ond dim un cystal â hwn. Mae o'n rhyfeddod.'

Agorwyd y drws cefn cyn iddynt guro. 'Tyd i mewn, da chdi. Rown i'n dy ddisgwl di ers meityn,' meddai Fflori dros ei hysgwydd. 'Tyd at y bwrdd i ti ga'l dy swpar.'

'Dwi'n gweld 'i fod o 'di cyrraedd, Anti Fflori, y manajyr newydd,' meddai Guto wrth y drws. 'Ddwedsoch chi ddim 'i fod o'n dod.'

'O, Guto, rwyt titha 'ma hefyd. Wel mi ddaeth 'na lythyr ddoe. Fawr o rybudd wir. Ond tasa ti'n dod 'ma'n amlach mi fyddet ti 'di ca'l gwbod, oni fyddet?'

'Mae car arbennig ganddo fo,' meddai Guto gan geisio newid y pwnc.

'Wn i ddim byd am hynny,' atebodd hithau. 'P'run bynnag, be 'dy'ch hanes chi hogia? Tydy Elsbeth ddim efo chi, debyg?'

'Na, braidd yn hwyr iddi hi…' dechreuodd Guto.

'Do'n inna ddim yn gwybod dim am y rheolwr newydd 'chwaith,' meddai Dafydd.

'Ma'n ddrwg gen i. Anghofio sôn yn 'y mrys wnes i…'

Torrodd Guto ar ei thraws. 'Mae 'i thad hi'n gwla eto, Anti Fflori. I ben Garreg buon ni, i weld a welen ni Werddon. Ond roedd y tywydd 'di cau amdanon ni o'r dwyrain, o'r tir. Annaturiol rhywsut.'

'Sut un ydy o, felly, y rheolwr newydd?' holodd Dafydd.

'Dyn sy'n medru fforddio car,' meddai Guto'n syth. 'Lancia, bob cam o'r Eidal. Mi fentra i y gall hwnna neud trigian yn hawdd, er wn i ddim lle byddai rhywun yn medru mynd ar y fath wib y ffordd yma, heb fentro 'i fywyd.'

'Ond sut un ydy o?' gofynnodd Dafydd eto.

'Un byr iawn 'i eiria. Mwy na 'chydig yn bwysig hefyd, decini,' atebodd Fflori wrth dorri'r dorth ar ei braich. 'Ar ryw berwyl go arbennig, dwi'n ama dim. Mae ganddo fo bapura pwysig mewn amlen fawr. Doedd o ddim am i mi 'u gweld nhw pan es i â swpar iddo fo. Ond map o'r chwarel oedd ganddo fo, o be welais i, a llawer o ffigyra.'

'Wel, mae hynny'n ddigon rhesymol,' meddai Guto. 'Mae'r manajyr yma i roi trefn ar betha yn y chwarel, diolch byth, am na fynnai Robat Lerpwl neud 'i ddyletswydd ar ôl 'i dad. Dylai fod o'n torchi 'i lewys yma fel yr hen foi.'

'Wel, mae ganddo fo 'i waith yn yr Erffos a gwraig ifanc a babi, 'does?' meddai Fflori gan dywallt te i'r ddau. 'Fyddet ti ddim yn dallt petha fel 'na, Guto. Beth bynnag, beth sy 'na i ddenu merch ifanc glws fel hi i le fel Ceiri?'

'Ond mae Elsbeth wedi dod yn ôl ac wedi aros...' dechreuodd Dafydd cyn brathu ei dafod.

'Yli, was,' meddai Guto yn siarp. 'Mae Elsbeth yn dallt yn iawn mai yn Ceiri mae'i lle hi, yn cadw cartra i'w thad. Yn gneud 'i dyletswydd.'

'Dowch rŵan,' meddai Fflori, gan estyn platiau o fara menyn a chaws a gosod tebot mawr ar ganol y bwrdd. 'Mae 'na ddigon i boeni amdano yn yr hen fyd 'ma heb i chi fynd i gecru dros Elsbeth Cadwaladr.'

'Mae o'n meddwl y dylai pawb fynd i ffwrdd i'r coleg, Anti Fflori. Dyna be ddwedodd o ar y ffordd draw 'ma. Chafodd rhai ohonon ni mo'r cyfla i neud 'yn ffortiwn.'

'Nid dyna rown i'n ddeud, Guto, fel y gwyddost ti'n iawn. Dylsa pawb ga'l y cyfla, yn fab i chwarelwr yn ogystal â mab i weinidog. Neu'n ferch i chwarelwr o ran hynny. A "gneud ffortiwn"! Wyddost ti faint ydy cyflog darlithydd cynorthwyol?'

Cododd Dafydd. 'Byddai'n well i mi 'i throi hi am 'y ngwely. Mae gen i ddigon i neud 'fory, heb fynd i ddadla, a swp o ddarllen i'w orffen cyn hynny hefyd...'

'Sut mae hi'n mynd yn y *dig*?' torrodd Fflori ar ei draws. 'Tyd rŵan. 'Stedda i fwyta.'

Yn anfodlon, eisteddodd Dafydd wrth y bwrdd. 'Iawn, gan mai chi sy'n gofyn. Falla 'mod i 'di ca'l mynd i brifysgol, Guto. Lwcus oeddwn i o ga'l y modd i fynd, ond tydw i ddim yn cyfri yn hun yr un blewyn yn well nag unrhyw weithiwr arall.'

'Iawn, iawn. Paid â mynd i ben y caets,' atebodd Guto. 'Tyd, dweda be sy'n digwydd ar ben y mynydd.'

Bu munud o dawelwch wrth i Fflori estyn cwpan iddo.

'Daeth criw o fyfyrwyr draw o Fangor heddiw. Maen nhw'n ddigon brwd, chwarae teg. Ond byddwn i'n falch o ga'l y modd i gyflogi rhai mwy dibynadwy.'

'Mae 'na ddigon yma ar sistans fyddai'n falch iawn o ga'l unrhyw waith...' dechreuodd Guto.

'Ia, ond mater o ga'l arian i'w talu nhw ydy o, Guto, fel y gwyddost ti'n iawn. Ond ta waeth, 'y mhroblem i ydy honno.'

Oedodd dros ei de. 'Chafodd y gaer 'rioed 'i chloddio'n iawn cyn hyn. Dyna'r broblem arall, a dyna'r cyfla i mi hefyd.

Bu Ficer Clynnog wrthi dros ganrif yn ôl, ond doedd ganddo fo fawr o syniad, na fawr o dechneg. Aeth ati ar hap o un pen i'r llall heb ddamcaniaeth, na chynllun. Yna, cychwynnwyd ar archwiliad iawn rhyw bum mlynedd ar hugain yn ôl, cyn i'r rhyfel ddod â hynny i ben. Beth bynnag, roedd angen i ni fesur y safle a gneud cynllun manwl. Mae hynny wedi ei orffen, mwy neu lai, a 'dan ni wedi cloddio oddi mewn i ambell un o'r tai diddorol. 'Dan ni wedi dod o hyd i amryw o betha: crochenwaith du Rhufeinig a llestri i ddal gwin. Roedd masnach rhwng y bobl leol a'r...'

'Mae hynny'n profi'r peth,' meddai Guto wedi ei gyffroi. 'Efo Ewrop oeddan ni'n masnachu bryd hynny. Nid efo'r Saeson. Felly roedd hi ers talwm, ni'n gwisgo'r toga, tra'u bod nhw'n hongian o'r coed yn yr Almaen efo'u tinau 'di peintio'n las,' chwarddodd, cyn ychwanegu, 'Ym... sorri Anti Fflori.'

Chwarddodd Dafydd hefyd, ond yna ychwanegodd, 'Tydy'r gorffennol pell yn profi dim am Gymru heddiw. Mae hanes o hyd yn fwy cymhleth ac mae dy ddadansoddiad di, Guto, braidd yn rhy gyffredinol, braidd yn amrwd...'

'Mae pobl yn lecio'r amrwd,' atebodd Guto'n flin. 'Ar draws Ewrop mae pobl yn deall yr amrwd. Pan es i a Wil Ffridd ar 'yn gwyliau i Wlad Belg roedd pobl yno'n chwilio am arweiniad ac yn edrych tuag at yr Eidal a'r Almaen efo edmygedd. Mi rydw i'n ffieiddio at rheiny fel rwyt titha. Ond, mae'r amrwd yn dda yn y byd modern, Dafydd. Weli di mo hynny?'

'A beth am bobl sy'n gwrthod derbyn yr amrwd?' atebodd Dafydd yn dawel.

'Go drapia di! Bydd rhaid iddyn nhw ddygymod felly, bydd?'

'Ffasgiaeth ydy peth fel hynny, Guto.'

'Paid ti â meiddio deud 'mod i'n ffasgydd. Mi rydw i'n casáu ffasgwyr.'

'Ond er hynny mi rwyt ti'n canmol 'u dullia nhw.'

'Ceisio 'y maglu i wyt ti eto rŵan, y cyw coleg. Beth bynnag, 'drycha di ar Rysia. Tydyn nhw ddim yn ffasgwyr yno. Ond mae Stalin yn llwyddo, yn tydy, ac un brwnt iawn ydy o hefyd, meddan nhw.'

'Wnaiff tri drwg ddim un da.'

'Mae tad Elsbeth wedi benthyca llyfra i mi,' parhaodd Guto heb gymryd sylw. 'Llyfra efo llunia o Rysia. Ffatrïoedd a chynllunia trydan dŵr, ffermydd a thractors. Cynllunia modern, yn trechu'r rheola. Mae'r bobl yno'n hapus, yn edrych ymlaen at y dyfodol.'

'Ylwch!' meddai Fflori. 'Tydw i ddim am glywad mwy o bolitics. Rŵan bwyta di dy fwyd, Guto. A titha hefyd Dafydd.'

'Diolch, Fflori... ond gwell i mi 'i throi hi am 'y ngwely. Mae'r Athro Fitzwilliam, Pennaeth yr Adran yma 'fory. Mae'n bosib y gwnaiff o gytuno rhoi arian i mi i gyflogi criw o weithwyr lleol i gloddio, yn lle dibynnu ar fyfyrwyr.'

'Ydy o'n un go lew, yr Athro? O dy blaid di felly, Dafydd?' mentrodd Fflori holi.

Oedodd Dafydd eto. 'Wel... ydy mae o... mae'n siŵr. Ond creiria mae o isio, a gorau'n byd os ydy'r rheiny'n rhai melyn gloyw.'

'Be? Oes aur 'di 'i gladdu ar ben yr hen fynydd 'na?' gofynnodd Guto'n syn. 'Dim ond y garrag a gwaith calad welais i yno 'rioed.'

'Na, dim aur, hyd y gwn i. Ond roedd o'n gyfnod ansicr pan adawyd y lle yn y diwedd. Byddai pobl yn claddu 'u trysora, neu'n 'u colli nhw... pwy a ŵyr? Beth bynnag, creiria sy'n mynd â bryd pobl heddiw, a gora'n byd os ydyn nhw'n rhai aur. Fel trysora bedd Twtancamwn. Pobl yn gwirioni… Hyd yn oed athrawon prifysgol,' ychwanegodd gyda chwerthiniad.

'Os oes unrhyw beth yno, ni pia nhw, nid rhyw brifysgol o Loegr,' meddai Guto.

'Nid helfa drysor ydy hyn, Guto. Gwaith ydy o.'

Gwthiodd Dafydd ei gadair yn ôl o'r bwrdd, cyn codi'n benisel a throi am y grisiau a dweud, 'Mae'n ddrwg gen i.'

Trodd Fflori at Guto, gan rythu arno. Gwridodd yntau.

'Beth bynnag,' meddai Dafydd yn ddistaw wrth y drws, 'Etifeddiaeth i bawb fydda unrhyw beth byddwn ni'n 'u darganfod ac yn Llundain yn yr Amgueddfa Brydeinig y cân nhw'u gweld. Ond nid mater i mi ydy hynny, diolch byth.'

Pwniodd Fflori Guto'n galed yn ei ochr.

'Arhosa,' meddai hwnnw. 'Mae'n ddrwg gen inna hefyd. Yli, mi es i dros ben llestri. Ddim am weld y petha'n mynd i ddwylo estron oeddwn i.'

Cododd Guto o'r bwrdd. Croesodd y llawr efo'i law allan. 'Tyd, awn ni i ga'l golwg eto ar y car,' meddai'n chwithig.

Oedodd Dafydd am eiliad ac yna ysgydwodd y ddau ddwylo heb ddweud gair pellach.

*

Erbyn hynny roedd John Spinks yn ei wely yn ailddarllen llythyr arall a dderbyniasai ac yntau ar fin ymadael â De Affrica, a'i neges hefyd yn ddigon plaen.

Estella, a oedd wedi ei garu i'r eithaf, yn ei atgoffa o'r bythefnos a gawsant gyda'i gilydd yn '33 yn teithio o gwmpas yn y Renault bach gwyrdd. Yntau, yn tindroi, yn gwrthod ymrwymo'n llwyr iddi hi ac yn mynd i ben draw'r byd a'i diystyru. Hithau, yn priodi rhywun arall. Ond roedd cyfle nawr iddo gywiro'i gamgymeriad, dim ond iddo ef ddisgyn ar ei fai yn llawn.

Beth oedd ar ei phen hi'n priodi Hastings Barnett? Y dyn mwyaf diflas, disylwedd a dwl yn Llundain. Priodi hwnnw yn hytrach na disgwyl amdano fo. Ac o briodi, gorfod gadael ei swydd a hithau yn seren mor amlwg gyda dyfodol disglair o'i blaen.

O dan bwysau gan y Pennaeth, cytunodd i fynd i weithio i ben draw'r byd. Nid o'i ddewis ei hun. Gadael Estella, gan feddwl yn ofer y byddai hynny'n siŵr o ddod â hi at ei choed. Hithau'n gwylltio'n erbyn ei Bennaeth o am ei yrru dramor, ac yn ei feio yntau am ufuddhau. Hysteria, nodweddiadol o ferched!

Onid oedd rhywbeth chwerthinllyd am ddyn canol oed mewn cariad, ac yn groes i'w reddf, yn ceisio gwneud y peth cywir am unwaith.

'Mi ddangosa iddi hi. Gwnaf yn wir,' meddai Spinks wrtho'i hun.

Roedd y cloc larwm ar y bwrdd gwisgo yn tipian yn swnllyd.

Ia, meddyliodd, pobl newydd, cyfle newydd. A llawer iawn o hwyl i mi hefyd...

Mrs Estella Brown Barnett!!

5

Agorodd Spinks ei lygaid. Yn gwbl effro, cododd o'i wely, cau ei gôt nos amdano wrth fynd i'r ystafell ymolchi. Wrth iddo ddod yn ei ôl i'w lofft dechreuodd y cloc larwm ganu. Edrychodd o'i gwmpas gyda gwên. Roedd o'n gynharach na'r cloc, unwaith eto. Gwisgodd amdano'n gyflym ac aeth i lawr y grisiau. Clywai'r howscipar yn symud o gwmpas yn y gegin ac aeth ati.

'Miss Roberts,' meddai o'r drws.

Neidiodd hithau yn ôl o'r ddresel efo plât yn ei llaw.

'Arglwydd mawr, Spinks. Be haru chi, ddyn, yn sleifio i mewn fel lleidr? Gallai'r sioc fod yn ddigon i rywun!'

'Wel, doeddwn i ddim yn ceisio'ch dychryn chi...' dechreuodd yn gloff.

'Na debyg,' atebodd hithau ar ei draws. 'Iawn, rŵan, ewch drwodd at y bwrdd. Bydda i'n dod â brecwast i chi mewn dau funud.'

Er rhyddhad iddo, doedd dim golwg o'r archeolegydd yn yr ystafell fwyta. Eisteddodd wrth y bwrdd yn wynebu'r ardd, wrth i'r haul wenu trwy'r ffenestr. Caniataodd i wên arall groesi ei wyneb wrth feddwl am addewid y diwrnod yn y chwarel. Ond diflannodd y wên wrth i Fflori ddod i mewn.

Deng munud yn ddiweddarach gwthiodd ei blât i'r naill ochr gyda boddhad. Roedd yn rhaid iddo gyfaddef iddo fwynhau brecwast ardderchog: cig moch, selsig, wyau, tatws wedi ffrio, te cryf heb siwgr, bara blawdiog, menyn hallt a jam coch blasus, er na allai ddyfalu pa ffrwyth ydoedd. Torrodd wynt, yn ddistaw. Ond er hynny, yn reddfol, edrychodd yn llechwraidd o'i gwmpas rhag ofn bod rhywun wedi ei glywed. P'run bynnag, er cael brecwast cystal, doedd dim pwrpas tindroi wrth y bwrdd. Roedd Fflori yn ei ddisgwyl wrth y drws ffrynt.

'Do'n i ddim yn gwbod beth oedd ych bwriad chi o ran cinio, felly mi dwi 'di torri brechdana,' meddai gan gynnig pecyn mawr iddo. Cymerodd Spinks y pecyn ganddi, heb air o ddiolch ac aeth at ei gar. Cofiodd yn sydyn nad oedd wedi ei wagio'r noson cynt. Rhegodd o dan ei wynt ond o fewn dim roedd ces mawr lledr a dwy fasged wedi eu cario i'r llofft, eu gadael yn daclus wrth droed y gwely a drws y llofft wedi ei gloi.

Sylweddolodd ei bod hi'n ddigon cynnar iddo gerdded i'r chwarel. Wedyn meddyliodd, efallai y gallai gyfarfod â rhywrai ar eu ffordd i'r gwaith. Doedd arno ddim awydd mân siarad. Paham y dylai o gerdded, beth bynnag, ac yntau â char newydd rhyfeddol? Cofiodd fel roedd y gwerthwr nawddoglyd hwnnw yn y garej ar Park Lane wedi cymryd cipolwg amheus arno wrth iddo holi;

'Y Lancia gwyn to meddal, faint yw e?'

Sylwodd Spinks ar y dyn yn llygadu ei ddillad gyda diflastod.

'Faint? Cash?'

Meddyliodd y gwerthwr yn gyflym, cyn ychwanegu hanner can gini a datgelu'r pris gyda winc gyfrinachol. Tynnodd Spinks fwndel trwchus o arian papur gwyn o'i boced, cyfran sylweddol o'r swm a gawsai'r bore hwnnw gan y Pennaeth fel bonws am yr elw a wnaeth yn Ne Affrica a blaendal am ei waith yn Chwarel y Cciri. Talodd i'r dyn yn y fan a'r lle.

Ugain munud yn ddiweddarach, wedi cwblhau'r gwaith

papur gyda'i fanylder arferol, roedd Spinks yn rhuo allan o'r garej gan adael y gwerthwr ceir yn sefyll yn gegagored ar y pafin.

Dadebrodd Spinks o'i atgof a thaniodd y car. Roedd y siwrnai ar hyd y ffordd fawr yn hirach o dipyn na llwybr y gweithwyr o'r pentref i'r chwarel a chafodd gyfle i wasgu'r sbardun i'r llawr am rai eiliadau a theimlo'r Lancia'n neidio ymlaen yn ufudd.

Roedd y gofalwr eisoes wedi agor y dorau mawr a gyrrodd y car i gyfeiriad yr adran weinyddol. Parciodd o'r golwg rhwng y graig a'r drws cefn. Cerddodd am y fynedfa a chael drws allanol y swyddfa ar agor yn barod. Roedd rhywun yn fwy awyddus na fo, hyd yn oed, meddyliodd gyda gwên. Croesodd goridor byr a arweiniai at y swyddfa gyffredinol ar y chwith ac i mewn i swyddfa'r staff hŷn ar y dde. Aeth heibio'r ddwy ddesg a'r cypyrddau ffeilio wedyn ac i Swyddfa'r Rheolwr. Gwthiodd y drws yn agored yn ofalus â'i droed. Y tu ôl i'r ddesg fawr yn ei wynebu roedd rhywun yn eistedd yn y gadair droi, yn edrych trwy'r ffenestr at y llwybr o'r pentref. Yn ei gadair o! Caeodd Spinks y drws yn glep a gwenu wrth i ddyn bach eiddil droi'r gadair ato a neidio ar ei draed.

'Beth ddiawlch ydy peth fel hyn, ddyn?' meddai Spinks a'i lais fel taran.

'Mae'n ddrwg gen i syr, yn wir ddrwg gen i,' meddai'r dyn bach a'i lygaid yn sefyll yn ei ben. 'Mistar Spinks 'nte? Mae'n wir ddrwg gen i, Mistar Spinks, syr. Gwneud yn siŵr fod y swyddfa'n barod i chi, oeddwn i.' Tynnodd hances lwyd yr olwg o'i boced a'i chwifio goruwch y ddesg. 'Ia, dyna roeddwn i'n 'i wneud. Paratoi. Mr Alwyn Morgan ydw i, Mistar Spinks, syr. Y clerc.' Yna sythodd gan ychwanegu, 'Y Prif Glerc.'

'Iawn,' meddai Spinks yn siarp. Gwenodd o weld y llall wedi

dychryn cymaint. 'Nawr te, mae gen i 'ngwaith i'w wneud a chithe hefyd, mae'n siŵr. Ewch at eich dyletswyddau, Mr Morgan. Ewch, ewch!'

Aeth Morgan heibio iddo gan gadw pellter parchus rhyngddynt ac yna hanner troi a mynd wysg ei gefn at y drws. Wrth iddo'i gau clywodd Spinks yn ychwanegu, 'A dewch yn ôl yma ymhen… deuddeng munud, yn union.'

Rhoddodd Spinks y cwdyn goriadau a'r amlen drom ar y ddesg ac eistedd ar y gadair droi. Sylweddolodd gyda diflastod fod honno'n gynnes wedi i Morgan eistedd ynddi. Symudodd ei fysedd yn ysgafn ar draws y ddesg a'u dal i fyny. Roedd eu blaenau'n ddu gan lwch.

Sylwodd fod ail ddrws i'r ystafell, wedi hanner ei guddio gan gas llyfrau mawr gwag. Croesodd ato efo'r cwdyn lledr yn ei law. Daeth o hyd i'r goriad cywir a'i agor. A dyna ble roedd y Lancia yn ei wynebu. Taclus iawn, meddyliodd. Ffordd gefn i ymadael heb dynnu sylw, a ffordd i mewn i rywun nad oedd am ddatgelu ei ymweliad i'r staff.

Yn ôl wrth ei ddesg edrychodd o'i gwmpas eto. Roedd popeth yn y swyddfa yn llwyd neu'n frown. Unffurfiaeth mor orthrymus, fel petai pob elfen o liw wedi diferu mewn anobaith oddi ar y waliau dros flynyddoedd maith. Pwysodd yn ôl yn ei gadair. Uwch ei ben roedd y nenfwd, a fu unwaith yn wyn mae'n siŵr, bellach hefyd yn llwyd. Ond yn union uwchben y ddesg gwelodd ddarn o felyn dwfn niwlog. Ôl degawdau o fwg tybaco y sawl a eisteddai yno, meddyliodd. Taniodd sierwt.

Agorodd ddrôr isaf y ddesg a'i gael yn wag. Gwag hefyd oedd y drôr canol, heblaw am gasgliad o binnau bawd a bandiau rwber brau yr olwg. Roedd y drôr uchaf wedi ei gloi. Edrychodd trwy'r bwndel goriadau, ond doedd yr un yn ddigon bach i'r twll clo. Tynnodd ei gyllell boced allan a'i gwthio i mewn rhwng y ddesg a'r drôr gan ei agor heb fawr o drafferth. Ond doedd dim o ddiddordeb yn y drôr hwnnw ychwaith, heblaw am botel hanner gwag o wisgi rhad ar ei hochr, amlenni gwag wedi eu cyfeirio at Robert Johnston a mwy o fandiau rwber. Taflen angladd Mr Johnston yn y gornel bellaf, ar ben rhaglen Eisteddfod Gadeiriol y Ceiri ddwy flynedd ynghynt. Siafflach bywyd lleol diflas a dinod. Taflodd y cwbl yn ddiamynedd i'r bin gwag o dan y ddesg.

Yna, sylwodd ar garreg hirgron denau yng nghornel arall y drôr. Fe'i tynnodd hi allan. Ffitiai'n daclus yng nghledr ei law, yn galed ac yn llyfn â sglein atyniadol arni.

Roedd un ymyl yn deneuach o lawer na'r llall. Rhedodd ei hirfys ar ei hyd a'i dynnu yn ôl yn syth wrth i ddafnau coch llachar o waed ddisgyn ar y ddesg lychlyd. Roedd yr ysgrafell gallestr cyn finioced â'r diwrnod y'i gwnaed chwe mil o flynyddoedd ynghynt.

6

Cododd Elsbeth yn gynnar hefyd y bore hwnnw. Ymolchodd a gwisgo, yn gyflymach nag arfer. Ond heddiw, nid oedd eiliad i'w golli. Aeth drwodd at ei thad a'i gael yntau'n effro a hynny ers oriau, meddai. Aeth i agor y llenni ac wrth edrych dros ei hysgwydd sylwodd ei fod wedi llithro yn ôl i gysgu. Caeodd y llenni drachefn yn ddistaw ond gan adael rhyw lygedyn o olau i mewn o'r top. Aeth i lawr y grisiau, ysgydwodd y tân a rhoi'r tegell i ferwi at wneud te. Safodd yn ei hunfan yn gwrando arno'n canu grwndi cyn tasgu diferion chwilboeth ar y grât. Ni allai feddwl bwyta dim, ond cymerodd lymaid o'r te. Roedd hwnnw fel triog o ddu, yn union fel yr hoffai'r hen ŵr o. Aeth â chwpanaid mawr i fyny'r grisiau ato.

'Mae'n rhaid i mi fynd rŵan 'Nhad,' meddai o ddrws y llofft. 'Bydd Anti Jini yma toc.'

Ni ddaeth ateb. Llamodd ei chalon i'w cheg a throdd am y gwely. Deffrodd ei thad unwaith eto.

'Mae gen i angen gneud dŵr, mae arna i ofn,' meddai. 'Estyn y botel i mi, wnei di Elsbeth fach?'

Gosododd y te i lawr yn ofalus ar y bwrdd nesaf at y gwely. Yna estynnodd y botel wydr iddo a disgwyl y tu allan i'r drws. Roedd y stribyn carped landin yn dechrau mynd yn dwll wrth ddrws y llofft ffrynt. Galwodd ei thad arni.

'Mae'n ddrwg gen i a titha ar frys...' meddai wrth basio'r botel yn ôl iddi. Synhwyrai Elsbeth ei fod yn anesmwyth ynghylch rhywbeth. Safodd efo'r botel yn oeri ei llaw.

'Welist ti 'mo'r hen aderyn yna'n pigo wrth dop y ffenast eto rŵan, naddo?' gofynnodd yn araf.

'Naddo,' meddai Elsbeth yn bendant. 'Maddeuwch i mi am ddeud hyn 'Nhad, ond welsoch chitha mohono fo 'chwaith. Rŵan, mae gynnoch chi waith mendio i'w neud. Hoeliwch eich sylw ar hynny. Mae panad ar y bwrdd bach a bydd Anti Jini yma ymhen rhyw awr.' Yna, ychwanegodd yn llai pendant, 'Fyddwch chi'n iawn?'

'Bydda, decini. Fyddat ti ddim wedi medru gweld yr aderyn bach 'na, beth bynnag. Dim ond y fi allai. Rŵan, i ffwrdd â ti, rhag i ti ga'l dy ddal ar y llwybr a phawb arall wrth 'u gwaith.'

Brysiodd Elsbeth i lawr y grisiau ac allan i'r cefn efo'r botel, gan fwmian, 'Deryn corff wir. Be nesa?' Yn ôl yn y tŷ, gwisgodd ei het a chymryd cip sydyn arni hi ei hun yn y gwydr cyn ymadael. Roedd y lôn yn wag. Pawb wedi mynd am y gwaith o'i blaen, meddyliodd mewn braw, cyn cywiro ei hun. Wrth gwrs, hi oedd gyntaf, fel arfer. Yna, gwelodd Mr Jones Cae Plan yn dod i fyny'r allt yn araf o gyfeiriad ei dyddyn y tu isaf i Trem y Môr.

Aeth yn ei blaen gan geisio meddwl am y cant a mil o bethau roedd yn rhaid iddi eu gwneud y diwrnod hwnnw, er mwyn rhwystro'i hun rhag meddwl am gyfarfod y rheolwr newydd. Byddai yno o'i flaen o leiaf, meddyliodd wrth brysuro trwy'r dorau. Ond, er syndod iddi, darganfu fod drws y swyddfa eisoes wedi ei ddatgloi. Ac yn waeth, am y tro cyntaf erioed, roedd y clerc arall wrth ei ddesg ac yno o'i blaen hi. Ei arbenigedd o oedd cyrraedd yn hwyr, gadael yn gynnar, ac osgoi gwneud gwaith yn ystod y dydd.

'Bore da, Miss Cadwaladr,' meddai o'i ddesg gan wenu'n annymunol. Teimlai Elsbeth fel petai wedi glynu'n sownd i'r llawr o'i flaen, tra edrychai yntau arni yn rhy hir o lawer. 'Ac mae hi'n fore da iawn heddiw yng Nghymru fach, ydy yn wir.'

Rhywle, ymhell, bell i ffwrdd canodd corn y chwarel.

'Y corn, Miss Cadwaladr,' meddai Alwyn, gan chwerthin yn hunanfodlon. 'Ewch at eich gwaith, Miss Cadwaladr. Mae gynnon ni i gyd waith mawr i'w wneud heddiw. Ewch, ewch!'

Agorodd Elsbeth y ffeil gyntaf o'r pentwr taclus ar ei desg. Cymru *fach* wir! meddyliodd. P'run bynnag, roedd o'n gywir am y gwaith diddiwedd. Sylwodd wrth ddarllen y papur cyntaf o'i blaen eu bod wedi gwerthu llwythi o sets yn Llundain, Bryste, Dulyn, Lerpwl a Manceinion. Roedd criw o'r chwarel draw yn Lerpwl yn trwsio sets ar y briffordd i mewn i'r dociau a chriw arall drosodd yn Iwerddon wrth yr un gwaith yn Nulyn. Rhyfedd meddyliodd, er eu bod yn gwerthu cerrig gwneud ffordd i bob rhan o'r deyrnas a thramor, y sets gorau posibl ar gyfer trafnidiaeth drom, roedd y llwybr o'r pentref i'r chwarel yn dyllau i gyd. Ciledrychodd drosodd at ddrws hanner gwydr y swyddfa fewnol. Gwelai trwy'r gwydr gwrymog fod golau yno ac anesmwythodd wrth feddwl bod y dyn newydd hefyd yno wrth ei waith o'i blaen hi.

'Mae'r rheolwr newydd wedi dechra, Mr Morgan,' mentrodd.

Am unwaith ymddangosai Alwyn yn ddiwyd, yn tyrchu ei ffordd trwy'r mynydd blêr o bapurau a fu ar ei ddesg ers wythnosau. 'Ydy, wrth gwrs,' atebodd heb godi ei ben.

'Ond do'n i ddim yn gwybod fod rheolwr newydd...' dechreuodd Elsbeth cyn sylweddoli ei chamgymeriad a thewi.

'Mi ddaeth 'na lythyr, Miss Cadwaladr. Llythyr arbennig, ganol y bore. Agorais i o, ond doeddach chi ddim yma. Yn y swyddfa arall... yn hel clecs, mae'n siŵr,' ychwanegodd yn fuddugoliaethus.

Damiodd hi Alwyn o dan ei gwynt. Roedd y 'd' bach yn gwybod, ers wythnosau ac yn fwriadol heb ddweud gair wrthi hi. Penderfynodd roi prawf arno. 'Oes gynnoch chi gopi o'r ordor diweddaraf o Ddulyn wrth law, tybed Mr Morgan? Y nodyn atgoffa, nid yr ordor cynta?' gofynnodd. 'Bu rhyw broblem efo'r pris ddaru chi ei roi iddyn nhw.'

Er siom iddi, tynnodd bapur allan o'r pentwr o'i flaen a'i ddal i fyny iddi, heb godi ei olwg o'i waith. Gorfu iddi godi a chroesi'r llawr ato. 'Diolch,' dywedodd yn swta.

'Dim problem yn y byd pan fo trefn ar waith rhywun, Miss Cadwaladr,' atebodd yntau.

Croesodd Elsbeth yn ôl at ei desg gan wybod yn iawn fod Alwyn yn ciledrych arni'n cerdded i ffwrdd. Sut medrai hi stumogi gweithio efo hwn funud yn hwy? Yntau â'i sbecian slei, ei snwffian parhaus a llawes chwith ei grysbas yn dragwyddol sgleiniog.

Meddyliodd am y llythyr a gawsai fisoedd ynghynt o Stevenage, gan Jane, ei ffrind yn y coleg. Roedd hi'n dysgu mewn ysgol newydd sbon yno meddai, ac yn byw mewn fflat hyfryd hefyd. Unwaith eto yn ei llythyr roedd Jane wedi erfyn arni i ddod ati i fyw. Tref newydd sbon a chyfleoedd di-ben-draw. Roedd digon o waith ar gael, a buan iawn y câi le mewn ysgol, mae'n siŵr. Aros efo hi'n gyntaf oll ac yna, pwy a ŵyr, fflat bach iddi hi ei hun, efallai. Lle newydd sbon efo pob cyfleustra: trydan, dŵr poeth o'r tap, cwmni pobl ifanc a dynion! Byddai'n gwirioni ar y lle.

Cofiodd fel yr ymwelodd Jane â hi yn y Ceiri yn ystod ei hail flwyddyn yn y coleg. Cofiodd ei diflastod wrth orfod mynd allan i'r ardd gefn. Cofiodd hefyd ei hanesmwythyd wrth iddi foddi mewn môr o Gymreictod.

'How do you like our horrible language?' gofynnodd Mr

Jones Cae Plan iddi wrth iddo fynd heibio'r giât y bore Sul hwnnw, ei ffordd o siarad a'i acen gref yn cyfleu ei falchder eithriadol yn hytrach na chywilydd o'i iaith.

'I'm sorry I don't speak Welsh,' atebodd Jane mewn penbleth.

'I was speaking English,' atebodd yntau.

Sylwodd fod Alwyn rŵan yn tynnu ei wats o boced ei wasgod ac yn gwneud sioe fawr o edrych arni'n feirniadol. Yna, cododd ac er syndod iddi, cerddodd i mewn i'r swyddfa fewnol gyda'r gnoc ysgafnaf posibl ar y drws. Caeodd y drws ar ei ôl ac mi glywai Elsbeth ei lais gwichlyd yn ymateb o bryd i'w gilydd i lais arall. Beth ar y ddaear oedd hyn?

7

Ar ei ffordd o'r pentref i'r chwarel oedodd Guto am eiliad er mwyn edrych i lawr i'r Twll Mawr. Yno roedd y gweithwyr yn brysio yn ôl a blaen o dan lygaid yr is-reolwyr. Y creigwyr, y torwyr blociau a'r setsmyn i gyd wrthi'n ddyfal. Ar ei bonc ei hun, Ponc Sir Fôn, yr agosaf ato, gwelai fod y pwyswr wrthi'n barod yn dechrau llwytho wagen. Codai mwg o'r efail. Pawb wrthi, meddyliodd, pawb yn ddiwyd a phawb yn rhan o deulu'r chwarel, a chymuned y pentref. Heblaw bod hwn yn deulu heb benteulu bellach. Byddai pethau cymaint gwell arnynt, meddyliodd, pe byddai aelodau cywir y teulu yn rheoli'r lle. Dyna sut i gael popeth i weithio'n berffaith.

Roedd y corn wedi canu rai munudau ynghynt, ond doedd hynny'n cyfri dim i Guto. Câi setsmyn ddewis eu hamser dechrau fel y mynnent, o fewn rheswm. Dyna sut y bu hi erioed. Ond hefyd, fel y dywedai tad Elsbeth, roedd y drefn prisio yn gwneud yn siŵr yn y pen draw fod y setsmyn wrth eu gwaith yn ôl dymuniadau'r meistri. Nid y corn, nac ychwaith reolau'r chwarel a'i tynnai o at ei waith meddai Jim Cadwaladr, ond yn hytrach ei ddiddordeb economaidd.

*

Yn y swyddfa fewnol roedd Spinks yn traethu, 'Rwy'n awyddus iawn i gerdded y chwarel yn ei chyfanrwydd dros y dyddiau nesa, Mr Morgan. Fe gewch chi eich rhyddhau o'ch gwaith swyddfa arferol, er mwyn dod 'da fi, i gymryd nodiadau.'

Gwenodd Alwyn, neu o leiaf cododd ei fochau a chrychodd ei lygaid. Yna sgwariodd ac ymateb, 'Ardderchog syr. Rwy'n adnabod y lle yn well na neb, ydw, yn wir i chi, syr...' Edrychodd dros ysgwydd Spinks ar un o'r gweithwyr yn cerdded i mewn trwy ddorau'r chwarel. 'Jones Cae Plan,' poerodd. 'Wedi methu'r corn unwaith eto, syr. Mae'r dyn yn ddihareb. Yn hwyr bob dydd, yn gadael yn gynnar, ac yn gwneud y nesa peth i ddim tra bydd o yma.'

Trodd Spinks yn ei gadair ac edrych ar y dyn am eiliad. Sylwodd ar ei gloffni ac ar ei arafwch. Cododd Spinks ac aeth allan i'w gyfarfod. Dilynodd Alwyn, ond arhosodd wrth ddrws yr adeilad, fel na ellid yn hawdd ei weld o'r tu allan.

'Beth sy'n bod, Mr Morgan?' holodd Elsbeth, gan ei ddilyn mewn syndod.

'Hwsh. Gwaith rheolwyr ydy hyn, nid clercod,' atebodd Alwyn gan wenu'n hyll.

*

Arhosodd Guto am eiliad a phwyso wrth bostyn yr arwydd mawr a gyhoeddai i'r byd 'Johnston and Son. Ceiri Mountain Granite Quarry Company'. O'i flaen gwelai Arthur Jones Cae Plan yn ymlwybro'n araf at ddorau'r chwarel. Collodd Arthur ei fraich dde yn y rhyfel. Byddai felly'n dal a throi bloc o garreg â'i draed a hynny'n rhyfeddol o ddeheuig, gyda'r morthwyl wedyn yn ei law chwith i dorri'r set. Ond roedd dyddiau gorau Arthur fel setsmon bellach yn hen hanes, ac, er nerth aruthrol ei fraich chwith, roedd yr anaf a gawsai i'w goes rhyw dair blynedd ynghynt wedi ei arafu'n arw.

Ond heddiw, yn ôl yr arfer, roedd dorau'r chwarel yn llydan agored iddo.

Yna wrth i Arthur fynd heibio'r swyddfa daeth dyn tal allan a brasgamu draw ato. Cwta funud o sgwrs a fu rhyngddynt, ac yn amlwg doedd yr un o'r ddau wedi ei blesio. Trodd y dyn ei gefn at Arthur yn ddisymwth a brasgamu eto'n ôl am y swyddfa. Trodd Arthur yntau ar ei sawdl a swagro am ddorau'r chwarel cystal ag y medrai. Yna, cododd glap bach o garreg o'r llawr a'i hanelu at y dyn gyda 'Hwda'r cythral!' yn uchel. Ond methu o bell wnaeth y garreg a chymerodd y dyn ddim sylw o gwbl.

Ciliodd Guto y tu ôl i'r arwydd mewn syndod ac aeth i lawr ochr y ffordd i'r ffos sych. Pan aeth Arthur heibio galwodd arno'n ddistaw. Craffodd hwnnw a meddai, 'Be ti'n da yn y ffos, Guto bach? Tyd allan, da chdi.'

'Be 'di'r hanes, Mr Jones? Pam bo chi wedi ych troi o'r chwarel? Be sy 'di digwydd?'

'O, y basdad manajyr newydd 'na ydy o. Wedi rhoi'r hwi i mi am 'mod i'n hwyr. Damia fo. A minna â hawl cyrraedd fel y mynnwn. Ond chymris i ddim gan y diawl. Naddo wir. Mi bledais i'r mwnci yn 'i din efo sgablin bach miniog. Do, myn cythraul i.'

'Ond pam 'i fod o 'di'ch troi chi i ffwrdd? Doedd ganddo fo ddim hawl i neud hynny.'

'Wel, felly byddet ti'n meddwl, Guto bach. Ond tydy hawlia setsmyn yn cyfri dim byd y dyddia yma, nac ydyn wir. Rheol newydd gan fòs newydd, dyna ydy hi, damia fo. Mi rydan ni i gyd fod wrth 'yn gwaith ar yr un adeg â phawb arall o hyn ymlaen. Neu 'chi' ddylswn i ddeud bellach, mae'n siŵr. Does 'na dim maddeuant i fod, medda fo. Ond wir, mae'n dda gen i droi 'y nghefn ar y cythral lle 'ma. Wn i ddim sut 'mod i 'di para cyhyd wedi'n namwain a deud y gwir. Beth bynnag, mae gen i ddigon 'di hel at fy myw, am rŵan. Mae gwaith rhoi trefn ar y lle 'cw. Ac mi ga i bensiwn mewn rhyw 'chydig, 'ncaf? Twll tin y manajyr newydd a twll tin i'r chwarel hefyd, ddweda i.'

'Tydy hi ddim cweit mor hawdd ar bawb,' meddai Guto'n ddistaw.

'Nac ydy, tydy hi ddim, mae hynny'n ddigon gwir. Rŵan Guto bach, morol di dy fod yn mynd i'r gwaith heddiw trwy adwy Cae Top. Welith neb mohonot ti'n sleifio i mewn y ffordd yna.'

'Sleifis i 'rioed i unrhyw le, Mr Jones,' atebodd Guto. 'Trwy'r drws ffrynt neu ddim o gwbl i mi.'

'Calla bia hi, Guto bach. Am rŵan o leia. Wythnos gwas newydd ydy hi arno fo, mae'n siŵr. Felly adwy Cae Top amdani heddiw. A bydda di'n ofalus ar yr hen lethr 'na i lawr o'r wal derfyn, mae hi'n fwy serth na fyddat ti'n feddwl. Mae llawer i un arall 'di sleifio i mewn y ffordd 'na dros y blynyddoedd, hyd yn oed dy dad a Jim Bryn Pin. Luf tw ffeit anyddyr de mei lad. Felly roedd hi ar y Wesdyn Ffrynt. A cofia, mi roeddwn i'n gorpral yn y reg'lars.'

'Mae'n siŵr mai chi sy'n iawn. Am heddiw, beth bynnag. Fyddwch chi'n olréit?'

'Champion, Guto bach. Diwrnod i mi fy hun heddiw, 'fory, ac yfory wedyn. Twll tin i Pharo a'i chwarel. Dw i fel Moses yn cymryd y goes,' chwarddodd wedyn ac ymaith â fo dan chwibanu.

*

Ymhen rhyw funud daeth y dyn newydd yn ôl i mewn gan fynd yn syth i'w swyddfa, cyn ymddangos eto yn y drws.

Amneidiodd at Elsbeth a dweud, 'Ddewch chi drwodd, Miss?'

'Miss Cadwaladr,' meddai Elsbeth wrtho.

'Ia, wrth gwrs, Miss Cadwaladr. Eisteddwch. Mr Spinks ydw i, John Spinks. Nawr te, rwyf wedi 'mhenodi'n rheolwr gyda'r her o achub y busnes rhag y dirywiad difrifol a fu yma'n ddiweddar. A dyna dw i am ei wneud. Felly, bydda i'n cerdded y chwarel o un pen i'r llall dros y dyddiau nesa a dod i gasgliadau am yr hyn sydd angen 'i wneud. Ond mae 'da fi gynlluniau'n barod, cynlluniau mawr, cynlluniau cyffrous.'

Ar hynny cyfeiriodd gydag un llaw at y dogfennau a oedd bellach wedi eu taenu ar hyd ei ddesg. 'Bydd angen i bawb gyd-dynnu dros y misoedd nesa, Miss Cadwaladr, os y'n ni am sicrhau llwyddiant i Chwarel y Ceiri. Nawr te, heddi bydd Mr Morgan, fel y Prif Glerc, yn 'y nghynorthwyo i mas ar y mynydd...'

'Ond...' torrodd y ferch ifanc ar ei draws yn syth. 'Esgusodwch fi, Mr Spinks, ond do'n i ddim yn sylweddoli bod Mr Morgan wedi ei ddyrchafu'n Brif Glerc. Rydan ni'n dau wedi bod yn gneud yr un math o waith ers i mi ddechra yma, ddwy flynedd yn ôl bellach, heb i'r un ohonon ni ga'l 'i ddyrchafu'n "Brif Glerc".'

Edrychodd Spinks i lawr ar ei bapurau. Sut medrai o fod wedi gwneud y fath gamgymeriad elfennol? Roedd swyddogaethau'r staff wedi eu nodi'n glir yn y dogfennau y bu'n eu darllen mor ofalus neithiwr. Morgan, y cythraul bach slei oedd wedi ei dwyllo wrth gwrs trwy gyfeirio ato ef ei hun fel y Prif Glerc. Byddai'n rhaid iddo adfer y sefyllfa ar unwaith. Doedd dim lle i fân wleidydda yn y swyddfa.

Roedd llygaid y ferch yn fflachio. Sylwodd am y tro cyntaf ar ei gwallt tonnog, y gwrid ar ei bochau, y gwefusau llawn. Ni allai fforddio ei digio hi ac ni fynnai wneud hynny ychwaith. Pwysodd yn ôl yn ei gadair. Roedd y ffordd ymlaen yn glir iddo.

'Ry'ch chi'n berffaith gywir, wrth gwrs Miss Cadwaladr. Dylswn i fod wedi rhannu fy syniadau am y newidiadau yn y swyddfa ac wedi eu trafod 'da chi cyn mynd gam ymhellach. Mr Morgan fydd y Prif Glerc *dros dro*. Am gyfnod prawf yn unig. Yna, bydd yn agored i unrhyw un arall gymryd 'i le am gyfnod prawf pellach, cyn i mi benodi'n derfynol. Nawr te, gan mai chi eich dau'n unig sydd ar y lefel uwch, ac yn gwneud yr un math o waith wrth gwrs, fel y dywedsoch chi yn gwbl gywir, chi Miss Cadwaladr, yn amlwg fydd yn cael y cyfle nesa. Gyda llaw, does dim newid o gwbl yn y cyflog, i Mr Morgan nac i chi. Hynny yw, hyd nes bydd y cyfnodau prawf wedi dod i ben. Mae hynny'n ddigon clir, onid yw e? Yn deg ac yn dderbyniol?'

Cymerodd ei wynt. 'Eisteddwch,' parhaodd yn gymodlon. Eisteddodd hithau, ar ymyl y gadair, ond gan na ddywedodd air, cymerodd Spinks hynny fel cydsyniad.

'Nawr te. Chi fydd yn gyfrifol am y Swyddfa tra bydda i'n archwilio'r chwarel. Rwy'n disgwyl nifer o negeseuon pwysig, rhai dros y teliffon a rhai mae'n siŵr trwy bellebyr. Mae'n hanfodol 'mod i'n 'u derbyn yn syth. Gallwch drefnu hynny drwy un o'r staff iau, rwy'n siŵr. Hefyd, bydd nifer o lythyrau a phacedi yn cyrraedd o'r swyddfa yn Llundain. Mae'r rhain i'w cadw'n ddiogel hyd nes y bydda i'n ôl yn y swyddfa. Ble mae'r seff, gyda llaw?'

'Y tu ôl i'r llun acw,' atebodd Elsbeth gan gyfeirio at dirlun di-liw ar y wal. 'Ond does gen i mo'r goriad.'

'Wele,' meddai Spinks, gan daflu gwên lachar ati wrth godi'r goriad o'r bwnsiad ar ymyl ei ddesg. Sylwodd gyda boddhad ei bod hi wedi gwrido unwaith eto. Cododd ac aeth drosodd at y llun. Teimlodd y tu ôl i'r ffrâm. Rhyddhaodd y glicied a symudodd y llun o'r neilltu.

Roedd y seff yn weddol newydd ac yn amlwg o wneuthuriad da. Trodd y goriad yn hawdd yn y clo ac agorodd y drws. Ond roedd y seff yn wag, heblaw am lyfr clawr meddal rhad yr olwg. Roedd darlun o ferch noeth efo cansen yn ei llaw ar y tu blaen yn ddigon iddo ddeall natur y 'llenyddiaeth'. Roedd Robat yn medru'r Ffrangeg felly, meddyliodd wrth droi tudalen neu ddwy efo'i fawd. Wel dyna o leiaf un fantais o dderbyn addysg breifat. Taflodd y llyfr i'r bin.

Trodd at Elsbeth. 'Wel, does dim o ddiddordeb ynddi. O ie, mae un mater arall,' ychwanegodd wrth chwilio trwy'r papurau ar ei ddesg. 'Mae gofyn rhoi'r rheolau diogelwch newydd yn y cytiau bwyta ac o gwmpas y chwarel. Dyma'r testun newydd. A wnewch chi drefnu digon o gopïau – rhai o'r maint mwya a'u gosod yn y mannau arferol? Unrhyw gwestiynau?'

Cymerodd Elsbeth y papur. 'Beth am swyddfa Lerpwl?' gofynnodd.

'Swyddfa Lerpwl?'

'At Swyddfa Llundain y cyfeiroch chi gynna. Does gan Johnston a'i Fab ddim swyddfa yn Llundain. Cwmni Cymreig o Lerpwl ydy o.'

'O ie. Bydda i'n esbonio hynny'n fanwl i chi rywbryd 'to. Yn Llundain mae'r brif swyddfa bellach. Swyddfa'r *Leicester and Liverpool Aggregates* fydd yn gyfrifol am Chwarel y Ceiri o hyn ymlaen. Ond dyw hynny ddim wedi ei gyhoeddi eto. Felly cadwch y wybodaeth yn gyfrinachol. Cyfrinach fasnachol… rhyngddon ni ein dau.'

Cerddodd Elsbeth yn ôl at ei desg mewn penbleth. Dilynodd Spinks hi allan o'i swyddfa gan wisgo ei gôt fawr.

'Iawn, Mr Morgan. Ymlaen â ni,' meddai wrth sythu ei het, a chyda hynny aeth y ddau allan.

Wrth ei desg, darllenodd Elsbeth y datganiad teipiedig eto, a'r ychydig newidiadau iddo yn llaw Spinks ei hun, yn fecanyddol yn gyntaf, ond yna gyda syndod cynyddol. Roedd hyn yn anhygoel. Ni allai Spinks fod o ddifrif.

*

Craffodd Guto ar ddorau'r chwarel am rai munudau wedi i Mr Jones ymadael, yn gobeithio'n ofer am gyfle i fynd i mewn heb gael ei weld. Yna, wrth iddo godi i gychwyn am y dorau daeth y dyn tal allan eto gydag Alwyn Morgan wrth ei sodlau a sefyllian a siarad. Y manajyr newydd, wrth gwrs, meddyliodd, efo'i gi bach. Doedd dim dewis bellach. Dechreuodd i fyny'r allt, yn araf ac ar ei gwrcwd nes ei fod o olwg y swyddfa. Yna, brasgamodd ymlaen, i fyny'r llethr hyd at y clogwyn ym mhen draw Cae Top. Cymerodd ei wynt a gwasgu heibio'r weiran bigog rydlyd ar y wal derfyn cyn gollwng ei hun dros ochr y dibyn.

Byddai dieithryn yn siŵr o feddwl y byddai Guto wedi disgyn i'w farwolaeth o'r fath uchder. Ond mewn gwirionedd, roedd tap cul dim ond pedair troedfedd i lawr. Symudodd yn ofalus ar ei hyd yn cadw at y graig. Yna, cyrhaeddodd y marian serth oedd yn arwain at gefn y cwt powdwr uchaf. Llyncodd ei boer a sgrialodd i lawr, gan dasgu cerrig mân a llwch i'r awyr o'i gwmpas. Ar waelod y llethr pwysodd yn erbyn wal gefn y cwt powdwr i gymryd ei wynt, ond wedyn, wrth iddo rowndio'r cwt am y llwybr i lawr i'r bonc, pwy a welai'n dod yn benderfynol i fyny amdano ond y manajyr newydd efo swp o bapurau yn ei law.

‘Beth yw eich busnes chi fan hyn?’ gofynnodd Spinks, gan hoelio ei sylw ar Guto.

‘Meddwl ’mod i ’di gadael rhai o’n arfau i fyny yma yr wythnos dwaetha, syr. Ond mae rhywrai wedi eu bachu, damia nhw,’ atebodd Guto’n syth.

‘Wel, dyna wers i chi. Cofiwch mai chi fydd ar eich colled ac nid y Cwmni. Nawr te, yn ôl â chi at eich gwaith.’

Aeth Guto heibio’r ddau heb ddweud gair pellach.

‘Un peryg… Guto Tomos… Mistar Spinks, syr,’ sisialodd Alwyn Morgan wrth ei benelin.

‘Hei, arhoswch,’ meddai Spinks wedyn mewn llais uchel wedi iddo ddatgloi ac agor drws trwm y cwt powdwr. Stopiodd Guto heb droi, ond gan ddisgwyl y gwaethaf.

‘Mae ’na fwrdd y tu mewn i’r cwt. Llusgwch e mas i mi gael taenu’r mapiau ’ma arno.’

Trodd Guto ac ufuddhau. Roedd y bwrdd yn drwm a thrwsgl ond llwyddodd i’w lusgo at y man lle safai’r ddau. Taenodd Spinks fap mawr ar y bwrdd a dechrau craffu arno gan gyfeirio yn ôl at ddogfen yn ei law chwith. Wedi eiliad neu ddwy cododd ei olygon at Guto.

‘Iawn, diolch. Yn ôl â chi at eich gwaith.’

‘Ym, ai chi ydy’r rheolwr newydd?’

‘Ie.’

‘Chi sydd pia’r Lancia gwyn?’ mentrodd Guto eto.

‘Ry’ch chi’n adnabod y *marque* felly?’ atebodd Spinks yn araf gan godi ei olwg o’r map gyda gwên sbeitlyd. ‘Mae Lancias yn dra chyffredin yn y parthau hyn, mae’n siŵr.’

‘Na, dim ond i mi weld un tebyg pan oeddwn ar daith feics yng Ngwlad Belg. Dim un cystal â’ch un chi, syr. Un llai o faint. Mae’ch un chi’n rhyfeddol – yn gain ac yn fodern.’

‘Wel, wel, Mr Morgan. Mae gennych chi chwarelwyr

gwybodus a diwylliedig yma yn y Ceiri,' meddai Spinks gan droi at y clerc. 'Rhai gwybodus, ond efallai rhai heb fawr o gariad at 'u gwaith?'

Gwridodd Guto, ond llyncodd ei boer a dweud, 'Meddwl rown i syr, a chitha'n newydd, y byddech chi am roi gwell trefn ar y gwaith yma. Cynllunio at ddyfodol gwell i ni. Mae gen i syniad, wel syniada i ddeud y gwir, ynghylch sut i fynd o'i chwmpas hi.'

Sythodd Spinks gan roi'r ddogfen i lawr ar y bwrdd. 'Ie?' atebodd yn bwyllog.

'Wel, er enghraifft, drychwch chi i lawr fan 'na, at y Bonc Ganol. Drychwch sut mae'r polion trydan a'r gwifra isel yna'n torri ar draws y bonc ac yn creu trafferthion i'r creigwyr. Dros dro roedden nhw i fod felly, ar ôl gwynt mawr fis Chwefror. Ond fel 'na maen nhw byth ers hynny. Pe byddan ni'n 'u symud nhw, dim ond rhyw ddeg llath, byddai o fudd o ran gwaith y creigwyr a'r setsmyn, yn costio'r nesa peth i ddim, ac yn talu amdano'i hun mewn dim o dro wrth i'r dynion dorri mwy o sets.'

'Galla i weld yr hyn sydd 'da chi dan sylw yn glir. Fe rodda i ystyriaeth i'r awgrym. Mr Morgan, gofalwch fod cydnabyddiaeth yng nghyflog Mr... beth ydy'ch enw chi eto?'

'Tomos, syr. Guto Tomos. Setsmon. Ponc Sir Fôn.'

'Da iawn chi, Mr Guto Tomos, Setsmon, Ponc Sir Fôn,' meddai Spinks gyda gwên fach. Fe gawn ni sgwrs 'to yn ddiau, Mr Tomos. Nawr te, yn ôl â chi at eich gwaith.'

Wrth i Guto ddiflannu i lawr yr allt meddai Alwyn Morgan, 'Byddwch yn ofalus o Guto Tomos, Mistar Spinks, a'i glwydda budr. Dim hanner cystal â'i dad.'

Atebodd Spinks yn araf, 'Iawn, Mr Morgan, iawn. Ond

wnaiff hi ddim drwg o gwbl taenu'r mymryn lleiaf o ymenyn ar y bara sych o bryd i'w gilydd. Er hynny, does dim angen rhagor o sets arnon ni, nac oes yn wir. Nawr te, ble roedden ni?'

8

Roedd hi'n fore braf a Dafydd, heb feddwl, wedi dal mwy at ochr ddwyreiniol y mynydd y tro yma a'r llwybr o ganlyniad yn aneglur iddo. Gwyddai, o'r map, y dylai'r llwybr i'r copa fod yno. Ond ni welai ond llwybrau'r defaid, a'r rheiny'n arwain i lawr. Brasgamodd ymlaen yn syth i fyny trwy'r grug. Ond yn fuan, darganfu ei fod yn gorfod gweithio'i ffordd i'r dde am y dwyrain eto a dringo dros gerrig mawr a baglu dros gerrig llai nes cyrraedd o'r diwedd at odre Craig yr Encil. Yma, yn ôl y chwedlau rhamantus, bu'r hen Wyddelod, â'u cefnau at y graig, yn wynebu eu gelynion. Yn gwthio, bloeddio a thrywanu nes torri drwodd mewn rhuthr ysblennydd a gorfoleddus i lawr y llethr, gan wylio'r gelyn yn troi, baglu a marw o'u blaenau. Clywodd Dafydd grawcian, a sylwodd ar dair brân fawr yn troelli'n amyneddgar uwch ei ben. Efallai, nid mor ysblennydd a gorfoleddus â hynny, meddyliodd.

Camodd ymlaen o gylch godre'r graig ac anelu am i fyny. Yn sydyn, roedd ei ben-glin chwith yn gwlwm o boen, yn union fel y troeon cyntaf iddo ddringo Mynydd y Ceiri wedi iddo ddychwelyd. Eisteddodd ar garreg lefn a phwyso yn ôl yn y grug. Cofiodd fel y byddai ei dad yn brolio gwely'r grug pan fyddent yn hel llys ar y mynydd. "Y gwely gorau gei di," oedd ei eiriau.

Cofiai fel y byddai'n rhedeg i fyny ac i lawr y llethrau hyn, rhyw bymtheg mlynedd ynghynt. Cofiodd hefyd am yr anaf a gawsai yn yr ysgol newydd yn Southport, anaf na wellodd yn gyfan gwbl erioed.

"That's nothing in rugger Aspinall, nothing at all!" bloeddiodd yr athro trwy'r gwynt a'r glaw wrth ei godi ar ei draed o'r mwd a'i wthio yn ôl i'r sgrym gan goethi, *"Back into the fight is the best medicine for you, boy… O do play up you Grammarians."* Ond o leiaf wedyn cafodd osgoi yr hyfforddiant milwrol i swyddogion y dyfodol – hyfforddiant a oedd yn orfodol i bob *grammarian* bach arall.

Heddiw, roedd yr awyr uwch ei ben wedi ei golchi'n lân gan law y noson cynt. Eryri yn llonydd ac yn ddistaw i'r dwyrain a glesni'r môr i'r de. Rhyngddynt, llawr gwlad ir yn gaeau a choedlannau trefnus, yn fythynnod a phentrefi bychain, a tho ambell dŷ yn sbecian trwy'r coed.

Tynnwyd ei lygaid at furiau llwyd Castell Corun ar draws y dyffryn – hen gartref teulu Evans-Davies. Ychydig i'r gorllewin o'r Castell, crëwyd llyn i addurno'r gerddi, a'i gylchu'n rhannol â choedlan hardd.

Tynnodd Dafydd ei sbeinglas o'i boced a chwilio am y Castell. Doedd dim neilltuol i'w weld yno. Ond cafodd argraff rywsut fod rhyw brysurdeb o gwmpas y lle. Yna, gwelodd symudiad, nid ger y muriau eu hunain, ond ar y ddôl eang o flaen y castell. Cymerodd eiliad i ganfod y ffocws ac yna gwelodd ferch yn marchogaeth ceffyl gwinau'n hamddenol yn ôl a blaen, gan eistedd wysg ei hochr ar y cyfrwy.

Roedd ei gwisg yn wyrdd tywyll a'i gwallt melyn yn rhydd dros ei hysgwyddau. Rhyfeddodd ei fod yn medru ei gweld mor glir o'r fath bellter. Collodd olwg arni am eiliad wrth i'r sbeinglas lithro, yna fe'i gwelodd hi wedyn yn cyflymu ei cheffyl ac yna'n carlamu am y goedlan ar waelod y ddôl. Sylweddolodd mai prin y byddai hi'n medru atal y ceffyl rhag plymio'n wyllt i'r coed. Er ei bod yn y fath berygl, roedd yntau'n ei gwylio'n hollol ddiymadferth, fel petai'n gwylio ffilm ddistaw. Wedyn, ar yr eiliad olaf, ffrwynodd y ferch ei march yn eithriadol o fedrus a'i droi i wynebu Mynydd y Ceiri. Er y pellter, teimlai Dafydd ei llygaid arno, a daeth ias sydyn drosto, o ofn, neu o gyffro, wyddai o ddim pa 'run. Pan gododd ei sbeinglas wedyn, roedd y ferch wedi diflannu. Ailddechreuodd, yn benderfynol o ddringo'r mynydd. Byddai ei Bennaeth Adran yma yn y man ac roedd yn awyddus i orffen ei baratoadau. Cyrhaeddodd Fryngaer y Ceiri ac aeth at ei waith yn ddiymdroi.

Daethpwyd â chwt pren i fyny ar gar llusg wrth gychwyn y gwaith cloddio. "Castell Dafydd" fedyddiodd Guto fo'n wawdlyd. Casglodd rai mân bethau roedd am eu dangos i'r Athro a'u gosod yn drefnus ar y fainc yn y cwt. Yna, ailddechreuodd ar y gwaith poenus o gyrcydu ymysg olion y tai, yn mesur ac yn gosod tâps gwyn. Ond gweithiai, fel petai mewn breuddwyd, a dychwelai ei feddwl, yn erbyn ei ewyllys, at y ferch yn marchogaeth y ceffyl gwinau.

Ymhen ychydig, sythodd a chymryd ei wynt. Roedd y dydd yn llonydd a distaw ac edrychodd o'i gwmpas ar olion amlwg y tai crwn, tua deg ar hugain ohonynt, gyda chant a mwy yn ychwanegol o dai allan a chorlannau. Nid pentref masnachol yn unig oedd hwn, ond caer filwrol hefyd. Mewn mannau goruwch dibyn go fawr doedd y mur amgylchynol ond rhyw ychydig o droedfeddi o uchder. Fan arall, lle nad oedd y llethr yn serth, roedd y mur yn deirllath a mwy.

Edrychodd dros y mur. Ymestynnai Bae Ceredigion ymhell, bell i'r de hyd at y Preselau ac i'r gorllewin roedd bryniau Llŷn ac Ynysoedd San Tudwal a thu draw i'r môr eang roedd Iwerddon. I'r gogledd wedyn, dyna Fynydd Twr, Ynys Llanddwyn, Segontiwm, Dinas Dinlle a'r Allt Goch. I'r dwyrain, safai mynyddoedd Eryri a'r bwlch a roddai fynediad i'r iseldir. Dim ond dau fwlch fel hyn oedd i'w cael ar odre gorllewinol Eryri. Doedd dim rhyfedd i'r adeiladwyr ddewis safle strategol Mynydd y Ceiri i godi eu caer.

Cerddodd draw at brif borth y gaer. Roedd maint y porth yn twyllo'r llygaid. O edrych i lawr arno, ni ymddangosai yn wahanol iawn i weddill y mur. Ond wrth ddod i fyny ato roedd yn amlwg ei fod wedi ei leoli fel y gallent fanteisio i'r eithaf ar y tirwedd. Âi'r llwybr i lawr clogwyn serth o ryw ddeugain troedfedd. Byddai'n rhaid i unrhyw ymosodwr wneud tro pedol cyn wynebu'r porth, dringo'r llwybr byr a serth, a bod yn hollol agored i ymosodiadau o'r ddau dŵr uchel. Peiriant gwarchod, a pheiriant lladd pan fyddai angen oedd y porth hwn felly. Rhyfeddodd Dafydd unwaith eto at gyfrwystra pobl a gyfrifid yn gyffredinol fel anwariaid cyntefig.

9

Rhai milltiroedd i'r gogledd sylwodd yr Athro Syr Montgomery Fitzwilliam ar Fynydd y Ceiri yn ymddangos ar y gorwel wrth i Twm, sioffer y British Hotel, lywio Humber y gwesty heibio ceg y lôn gefn a arweiniai at yr Allt Goch. Ni welai Fitzwilliam unrhyw rinwedd mewn golygfa a oedd mor gyfarwydd iddo yn ei blentyndod yn yr Allt. Yn waeth, roedd y mynyddoedd fel petaent yn gwgu arno, hyd yn oed ar ddiwrnod braf fel heddiw. Y clogwyni llwyd, y caeau bach caregog, y bythynnod llwm, y diffyg pobl ddiddorol, oll fel petaent yn flin tuag ato, ac yn atgas iddo. Roedd ei ddyddiau cynnar yn yr Allt bellach ymhell yn ôl, diolch byth, ac yntau erbyn hyn, nid yn unig yn Athro a Phennaeth Adran yn y Brifysgol, ond yn ddiweddar wedi ei godi'n farchog – am 'Wasanaeth i'r Goron'. Eisteddodd yn ôl gan gau ei lygaid.

'"Seren ymysg y syriau." Dyna ddywedson nhw amdana i, wyddost ti, Twm. Pan ddois i'n ôl i'r Allt Goch y llynedd i agor Neuadd Goffa'r Dewrion iddyn nhw,' meddai,

Roedd pawb am guro'i gefn a'i longyfarch yn swnllyd y diwrnod hwnnw. Ia, seren ymysg y syriau, a gweinidog dwlal Tabor yn ei gyflwyno yn y te parti fel 'Bachgen o'r Allt yn Athro mewn prifysgol, wedi llwyddo, a hynny er… anfanteision ei fagwraeth. A bellach yn Syr. Yn 'sglaig ac yn Syr – nefi blw.' Cyn holi 'Gymerwch chi frechdan? Un denau heb grystia, fel y rhai a gewch chi yn y Palas, mae'n siŵr.' Ond gwgu ddaru o wedyn wrth sylwi bod ei Syr annwyl, yn cymryd dracht slei o'i fflasg.

Gydag ochenaid meddyliodd wedyn am ei fywyd yn Llundain. Un Syr mewn bydysawd o sêr oedd o yno, wrth gwrs. Silidón mewn haig o siarcod. On'd oedd o'n haeddu gwell cydnabyddiaeth a pharch yn y brifddinas, heb iddo orfod chwarae rhan y Celt gwyllt a swnllyd? Ond roedd gan bobl Llundain ddisgwyliadau ohono, ac yntau yn ymwybodol ei fod yn rhy fodlon o lawer i chwarae'r part. Gyda'i het gantel lydan, ei drwyn mawr, ei wallt hir a chyrliog, brith a blêr, yn meddiannu coridorau'r Brifysgol wrth gerdded, ei lygaid yn fflachio a'i lais fel taran. Wele yr Athro Syr Montgomery Fitzwilliam, y Brython gwyllt a'i farn bendant ar bopeth. Ia, yr hen Monti'n mynd trwy'i bethau. Ond, meddyliodd yng nghefn y car, beth am barch i'w ysgolheictod? Onid oedd o'n deilwng o barch?

Yn ddiysgog cofiodd am ei dad. Y cythraul yn swyddog uchel efo'r gatrawd, yng Nghaernarfon am yr haf. Ei eiriau teg yn pentyrru addewidion melys i'w fam. Yna'n ei phriodi'n hanner meddw, a'r dystysgrif a'r fodrwy anffasiynol o gul yn brawf ar ei bys. Ond cymryd y goes wnaeth ei gŵr ffyddlon a chariadus pan glywodd ei bod hi'n ei ddisgwyl o.

Ambell i lythyr ac ambell i sofran o dramor gafodd hi ganddo fo wedyn. Yna, bron yn syth, daeth yr amlen dila swyddogol, yn ei hysbysu bod ei gŵr wedi marw o ryw glwy trofannol sglyfaethus… Eitha peth i'r cythraul, meddyliodd Fitzwilliam am y milfed tro, am wneud yr hyn ddaru o i'w fam. Ond wedyn, beth am fab y cythraul?

Do, fe dalwyd yn ôl am y cam a gawsai, gan deulu ei dad, a fu'n hael iawn â'u harian, er lliniaru eu cywilydd, oherwydd ymddygiad eu hunig fab. Unwaith yn unig y cyfarfu â'i daid Saesneg. Ei fam ac yntau'n ateb y gorchymyn, flynyddoedd wedi'r brofedigaeth, a mynd ar y trên araf i Rydychen. Allan wedyn am filltiroedd lawer yn y trap a yrrwyd i'w hebrwng trwy gefn gwlad a ymddangosai'n ddiddiwedd iddo. Cyrraedd y palas, heibio'r waliau uchel, heibio'r giatiau enfawr a'r gerddi ac i iard gefn y stablau a'i swyddfeydd.

Yr hen ŵr gweddw yn ddigon caredig ei ffordd, am setlo pethau. Yn gaddo lle iddo mewn ysgol fonedd o'r rheng flaenaf, gan ei fod mewn oed i adael ei *mama*. Prifysgol wedyn, ond Caergrawnt bell, nid Rhydychen agos, wrth reswm. Arian yn ei boced ac enw newydd iddo, mwy gweddus mae'n debyg i ŵr ifanc o dras. Swm anrhydeddus i'w fam yn syth, pensiwn hael a lwfans drosto fo. Ei symud i rywle digon pell o'r Allt, rhag y siarad, i le o'r enw Llandrindod Wells. Hyn oll ond iddi gytuno i newid ei henw, tynnu'r fodrwy dila oddi ar ei chwtfys chwith a chau ei cheg. Ac yna, yn bendant a chaled, mynnu eu bod yn arwyddo yn y fan a'r lle o flaen tystion, na fyddai'r mab na'i fam, Miss Jones fel y byddai hi bellach, byth yn ceisio hawlio ei etifeddiaeth.

'*You see, m'dear,*' esboniodd ei daid wrth iddynt ymadael. '*For me, William was a hero, killed in the Zulu War long before he came to Carnarvan. Please forgive an old man's comforting self-deception. But you see, as far as I'm concerned, by now I'm afraid you really do no longer exist.*'

'*He's a fine boy though,*' meddai'r hen ŵr wedyn ac yntau'n rhoi'r fodrwy ym mhoced ei wasgod wrth iddynt fynd yn ôl am y trap. '*I can see William in him right enough,*' a'i ofid a'i dristwch yn amlwg am eiliad yng nghryndod ei lais. Yna, trodd ei gefn arnynt a cherdded am y tŷ mawr heb edrych yn ei ôl, a'r dystysgrif yn yr amlen dreuliedig rhwng y dwylo meddal wedi eu plethu y tu ôl i'w gefn.

Aeth popeth i gyfyrder iddo yn Swydd Northampton wedi

i'r hen ŵr farw yn fuan ar ôl eu hymweliad, ond talwyd y lwfansau yn llawn a phrydlon bob chwarter. Cyfarfu â merch hynaf ei gyfyrder unwaith hefyd, a hithau'n ddiarwybod eu bod yn perthyn. Mewn siop de yng Nghaergrawnt rhyw brynhawn glawog yn y gwanwyn, bu i gyfaill i'r ddau ohonynt eu cyflwyno, ac yna eu gadael yn fwriadol ddirybudd.

Roedd o wedi cyfiawnhau'r antur iddo'i hun trwy fynnu mai chwilfrydedd am ei deulu estron oedd ei unig gymhelliad. Ond yna, o'i chyfarfod, ystyriodd a allai gynefino â hi er adennill yr hyn a gipiwyd yn anghyfiawn oddi arno? Bu hi'n siarad yn uchel am ddim byd, yn gweryru chwerthin ar ei mân ffraethinebau ei hun, wrth sglaffio platiaid mawr o deisennau. Y gwallt gwinau yn blethen i lawr ei gwar. Ond ei maint anferthol! Ni chymerodd fwy nag eiliadau iddo benderfynu na fyddai addewid o holl erwau bras Swydd Rhydychen gyfan yn ddigon i'w gymell i dreulio munud yn hwy yn ei chwmni.

Chwarddodd Fitzwilliam wrtho'i hun wrth droi ei ben mawr i edrych eto i'r chwith am yr Allt Goch. Yna, daeth cryndod drosto wrth iddo geisio, a methu, rhwystro'r hen wawd rhag dod i'w gof. Llafarganu sbeitlyd y plant wrth iddo ymadael â'r ysgol fach am y tro olaf. Y cywilydd. Y celwydd.

Maldwyn Jones y basdad!
Maldwyn Jones y basdad!
Basdad! Basdad! Basdad!
Maldwyn Jones y basdad!

Teimlodd yn ddwfn ym mhoced ei gôt. Teimlodd felfed llyfn y cwdyn bach a stwffiodd yno'r bore hwnnw. Teimlodd ei bwysau. Gwenodd. Daeth pentref i'r golwg o'u blaenau. Ar un ochr i'r ffordd safai eglwys fawreddog, ac ar yr ochr arall roedd gwesty sylweddol.

'Ai cymryd ein chwythu i'r synagog yntau i'r dafarn wnawn ni bore heddiw, Twm?' holodd.

'Be capdan?' atebodd hwnnw heb ddeall.

'Meddwl ydw i, Twm, oni fyddai hi'n ddigon gweddus i ni stopio am ryw gynhaliaeth fach ar y ffordd? Rhyw eli i'r galon cyn dringo'r hen fynydd 'na?'

'Sut…?' meddai'r gyrrwr eto.

'Un bach yn y Beuno Arms, mi greda i. Cyn mentro gam ymhellach.'

'Ai, ai capdan,' atebodd Twm yn llon.

Bu'n dreifio'r archeolegydd ar hyd a lled gogledd-orllewin Cymru ers wythnos bellach. Erbyn hyn, roedd yn gyfarwydd â'i arferion ac yn fodlon iawn cytuno. Byddai gwydriad o rym efo rhyw ddiferyn bach o ddŵr yn ei lygaid o yng nghegin gefn y Beuno Arms yn ei siwtio fo i'r dim. Roedd y cwc yn ddynes glên ulw. Gwasgodd y brêc gydag 'Ai, ai capdan,' arall.

10

Llusgai'r oriau heibio wrth i Dafydd fethu ailddechrau o ddifri ar ei waith. Doedd o'n synnu dim gweld yr Athro'n hwyr, wrth gwrs. Roedd hwnnw'n enwog am ei allu i anghofio, neu anwybyddu'r cloc. Cynddeiriogai hynny eraill wrth iddo sgubo'n hwyr i mewn i gyfarfodydd heb esboniad nac ymddiheuriad. Byddai ambell un yn fwy goddefgar, ond er na sylwai Fitzwilliam, lleihau wnâi'r garfan honno wrth i'w ymddygiad ddirywio'n fwyfwy anwadal.

Arferai'r Athro ddechrau darlithio rhyw dro ar draws pedwar y prynhawn. Byddai ei fyfyrwyr yn eu llefydd ers meityn a thyrrai eraill i mewn, llawer ohonynt o adrannau eraill y Brifysgol, gydag ambell aelod o'r staff iau yn eu mysg. Safent yng nghefn y ddarlithfa ac weithiau ar hyd y waliau, ar bigau'r drain yn disgwyl gweld Monti'n perfformio ac yn mynd i hwyl. Dyna'r hyn a geid hefyd yn amlach na pheidio.

Ni fyddai'r ddarlith o anghenraid yn cyffwrdd â'r maes llafur o gwbl. Byddai Fitzwilliam yn crwydro yn ôl ei fympwy, weithiau yn mynd i fanylder ysgolheigaidd eithriadol ar bwnc ymddangosiadol ddibwys, weithiau yn hedfan dros ganrifoedd gyda chwerthiniad ac ychydig o eiriau craff. Gwelai gysylltiadau rhwng cyfnodau hanesyddol a chyn-hanesyddol, rhwng hynt ymerodraethau a diwylliannau anghofiedig ym mhen draw'r byd gwâr. Roedd y dadleuon a'r ffeithiau rhyfeddaf ar flaenau ei fysedd, ac fel y gwyddai Dafydd bellach, pe na ddeuai ffaith yn hwylus i'r cof i brofi ei bwynt, roedd yr Athro yn ddigon parod ac yn ddigon galluog i 'greu' un. Ar gopa Mynydd y Ceiri clywai Dafydd eiriau Fitzwilliam yn ei glustiau fel pe bai'n sefyll wrth ei ysgwydd.

'Tydy diffyg tystiolaeth ddim yn rhwystr yn y byd i ddadl dda, Dafydd bach. Mi ddaw'r dystiolaeth i'w chanlyn. Wedi'r cyfan, dyna ydy pwrpas gwaith ymchwil. Penderfynu yn gyntaf, wedyn cloddio fel rhyw dwrch daear er mwyn cadarnhau. Dyna sut i gyflawni ein dyletswydd i esbonio.'

Yn araf daeth Dafydd yn ymwybodol o gân ehedydd. Eisteddodd yn llonydd ar garreg wen a chraffu'n hir ar yr awyr las, ond yn ofer. Tynnodd ei sbeinglas allan eto a chwilio. Bellach, roedd y gân yn agosáu ac yn cyflymu wrth i'r ehedydd ddisgyn o'r entrychion tuag ato. Gwyddai Dafydd felly nad ymateb i'w bresenoldeb o oedd yr aderyn, ond yn hytrach yn ceisio denu sylw rhywun arall, efallai i ffwrdd o safle ei nyth. Darfu cân yr aderyn, ac yn sydyn cafodd gip arno'n cwympo'r ugain troedfedd olaf i'r llawr a diflannu. Craffodd ar y grug yn ofer.

Yna, cododd ei olygon a gweld rhywun yn cerdded tuag ato'n araf. Merch mewn gwisg laes werdd dywyll – gwisg gyfarwydd iddo ers y bore hwnnw. Adnabu hefyd y gwallt melyn a orweddai'n donnog dros ei hysgwyddau. Cododd ar ei draed gan sgubo mân frigyn grug ac ambell i ddeilen oddi ar ei ddillad. Cyrhaeddodd hithau a dechrau siarad heb gyflwyno'i hun.

'Wel, mae hwn yn lle diddorol a chitha ydy'r prif ddyn wrth gwrs…'

'Yr unig ddyn… y myfyrwyr sy'n fy helpu heb ddod… felly dim ond fi sydd yma mae arna i ofn.'

'Dyna lwcus ydw i. Eich cael chi yma i mi fy hun bach. Pwy a ŵyr beth allwn ni neud efo'n gilydd ar bnawn mor braf…

Beth yn union sy'n digwydd yma, dywedwch? Mi rydw i am wybod pob dim. Pob dim!'

'Mae'n ddrwg gen, rydw i'n disgwyl ymwelydd o'r brifysgol, Athro fy Adran…'

Syllodd hi ato gan ddweud yn araf felfedaidd, 'O dowch rŵan, mi rydw i'n siŵr fod gennych chi 'chydig bach o amser i roi i mi 'ndoes… a phwy a ŵyr be fedrwn i roi yn ôl i chi…'

Heb iddo yntau gyflwyno ei hun ychwaith ac fel petai wedi ei fesmeru dechreuodd Dafydd esbonio. Gwrandawai hithau'n astud, yn gyntaf fel ei bod wedi ei swyno gan eiriau rhyfeddol yr unig enaid byw arall yn y byd. Ond wrth iddo draethu sylwodd fod y llesmair yn pylu a bod hithau wedi difrifoli wrth ddilyn yr hanes gyda diddordeb go iawn a chan ofyn ambell i gwestiwn deallus.

'Mi af i nôl y crochenwaith du Rhufeinig i chi o'r cwt, fan'cw,' meddai gan droi i ffwrdd oddi wrthi gyda rhywfaint o ryddhad. Ond pan ddychwelodd roedd y ferch wedi diflannu. Aeth drosodd at y mur a'i gweld yn troedio'r llwybr. Ond, ymhellach i lawr ar y lôn bost, gwelai Dafydd gar du yn dod i stop a ffigwr cyfarwydd mewn top-côt a het gantel lydan yn ymadael â'r sedd gefn. Aeth i lawr ar unwaith a chyfarfod yr Athro ddau led cae o'r lôn.

'Dafydd, Dafydd,' meddai Fitzwilliam gan chwifio ei fraich yn yr awyr. 'Dafydd bach. Mae'n dda gen i dy weld di. Er gresyn mai yn y melltith lle hwn rydyn ni'n cyfarfod. Pwy ydy dy ffrind benfelen di, dŵad? Ddywedodd hi 'run gair wrth fynd heibio, dim ond gwenu'n ddel. Hardd a mud, y cyfuniad gorau o ran merched. Doedd rhai fel hi ddim yn bod y pen yma ers talwm, wir i ti. Neu efallai na fyddwn i erioed wedi gadael,' chwarddodd.

'Wn i ddim, Athro. Roedd hi'n ymarfer ei cheffyl ar y ddôl y tu isa i Gastell Corun bora 'ma, ac yn cymryd diddordeb mawr yn 'y ngwaith i yma gynna.'

'Hm. Aelod o'r teulu, debyg. Mae 'na griw mawr ohonyn nhw. Yn Llundain yn bennaf. Dim ond un o'r brid dw i'n 'i adnabod yn dda, Billy Evans-Davies, ewythr yr hogan ar ochr 'i mam. Enw blydi plentynnaidd, "Billy". Ond fel yna maen nhw bellach. Pobl fawr, pobl wirion.' Cymerodd ei anadl a sadio.

'Ia, mae'n siŵr mai'r nith oedd hi... Rhian neu rywbeth. Na, arhosa, mae 'na ddwy ohonyn nhw, er na fedra i gofio enw'r llall, yr un iau. Ond "Price" ydyn nhw wrth gwrs. Rown i'n rhyw how nabod 'u rhieni flynyddoedd yn ôl. Y tad wedi ei ladd yn y rhyfel... Syr Edward Price ei hun. A hitha, y fam, chwaer Billy, y g'nawes, wedi dengyd i Ffrainc rai blynyddodd wedyn, gan adael y genod yng ngofal 'u hewythr... Ond rŵan ta, beth sy gen ti i ddangos i mi?'

'Awn ni i fyny, felly?' gofynnodd Dafydd.

Daeth golwg o ddiflastod eithafol dros wyneb Fitzwilliam. Yna, gydag ochenaid meddai, 'Oes gwir raid?' Heb ddisgwyl am ateb dywedodd drachefn, 'Oes, mae'n rhaid. Ond Dafydd bach, beth sy ar 'yn penna ni wir, yn mynnu mynd i'r fath lefydd? Ta waeth, ymlaen â ni. Ymlaen.'

Araf iawn fu'r daith gyda Fitzwilliam yn aros yn aml am hoe fach. O'r diwedd daethant at y porth cyn mynd ymlaen at y prif safle, a mentro i'r carn uchaf.

'Fel y gwelwch chi,' meddai Dafydd, 'mae'r setliad yn un mawr. Rhyw bedair acer efo rhyw gant a hanner o olion adeilada, a rhyw ddeg ar hugain ohonyn nhw'n dai crwn. Mae'r brif gaer wedi ei lleoli mewn safle ffafriol iawn, yn fasnachol ac yn strategol, mewn cadwyn sy'n ymestyn i lawr y penrhyn.'

Torrodd Fitzwilliam ar ei draws. 'Iawn, iawn. Mi rydw i'n

ddigon cyfarwydd â'r lle. Bryngaer fawr, rhyfeddol o gyfan. Ond, un digon cyffredin ar un wedd hefyd. Wedi ei defnyddio efallai o tua mil o flynyddoedd Cyn Crist hyd at tua thri chant Oed Crist, efallai ychydig yn ddiweddarach. Y lle wedi derbyn sylw anffodus y Parchedig Kennedy dros ganrif yn ôl. Yna, ychydig o waith wedi ei wneud ar y gweddillion gan y Cambrian Archeological Association cyn y Rhyfel Mawr. Ond llawer o'r gaer heb ei chyffwrdd o gwbl. Felly, rŵan Dafydd, beth ydy dy "gwestiwn" di eto? Beth sy'n ddigon anghyffredin am y lle hwn i dy ddenu di yma am haf cyfan? A beth berswadiodd dy noddwr hael, perchennog y mynydd, Johnston, dyn y chwarel, i rannu rhywfaint o'i gelc?'

'Y diweddar Mr Johnston bellach, mae arna i ofn.'

'Pam na ddywedaist ti wrtha i'n gynt, y ffŵl ifanc?' ffrwydrodd yr Athro, 'Ydy dy bres di'n saff?'

'Mae'n ddrwg gen i, Athro,' meddai Dafydd mewn braw. 'Rwy'n cymryd 'i fod o, gan fod Mr Johnston wedi gaddo cyn iddo fo farw, a'i fab wedi deud yn bendant dros y teliffon y byddai'n parchu dymuniad 'i dad.'

'Mae gofyn i ti gael y mab draw yma, felly, yn ddiymdroi. Oes gen ti rywbeth i'w ddangos iddo fo?'

'Wel, sgwennais i ato fo... a'r olion...' dechreuodd Dafydd.

Torrodd Fitzwilliam ar ei draws eto. 'Na, na, rhyw olion dynol. Rhyw glain. Rhywbeth i'w ddychryn, neu 'i ddenu a'i ddallu?'

'Mi ddes o hyd i grochenwaith yn un o'r tai. Ond canolbwyntio ar fesur, gosod y gwaith allan a thorri ffosydd ymchwilio fuon ni'n ddiweddar. Fi a'r criw o fyfyrwyr o Fangor, fel na fyddwn ni'n methu dim. Mi rydw i 'di anfon y rhan fwyaf o'r crochenwaith at eich ffrind, yr Athro Harris ym Mangor i ga'l 'i farn o. Er chlywais i ddim yn...'

Ffrwydrodd Fitzwilliam eto. 'Harris. Be ti'n cyboli efo Harris? Llyffant bach gwyrdd mewn pwll o ddŵr budr ydy Harris. Erioed wedi dianc o Fangor. Ac mae gynnon ni gannoedd o dunelli o grochenwaith.'

Nesaodd Fitzwilliam fel y gallai Dafydd glywed aroglau diod ar ei wynt. 'Nid crochenwaith sy angen arnat ti, Dafydd. Cawell gei di efo crochenwaith. Mae angen rhywbeth i fynd â bryd y Johnston 'na. Rhywbeth gloyw.'

'Ia, mi rydw i'n deall yn iawn mai dyna sy'n mynd â bryd lleygwyr.'

Sythodd Fitzwilliam ac meddai, 'Ia, digon teg a chywir iawn. Ond, mae arnat ti angen rhyw fymryn o sioe hefyd, Dafydd bach. Tipyn o sioe, ymchwil neu beidio. Mi fues i draw i Fôn yr wythnos yma yn bysnesu ar ran y BM, ar safle'r erodrôm newydd. Maen nhw 'di dod o hyd i efynnau haearn mewn llyn draw yno, wyddost ti, Llyn Cerrig Bach. Gefynnau caethion sy'n codi ychydig o arswyd ar y cyhoedd.'

'Do, mi welais i'r hanes yn y papur. Gwych iawn, ond mater o hap ydy o, ac annhebygol iawn y do'n ni o hyd i rwbeth tebyg yma. Mae'r safle mor fawr a'r pridd mor sur. Popeth 'di pydru a rhydu.'

'Wel, mae hynny'n ddigon gwir, hefyd. Mi fuon nhw'n lwcus iawn draw yng Nghaergybi, damia nhw. Ac i Gaerdydd bydd y cyfan yn mynd, nid i Lundain. Ond does dim rheswm pan na ddylsen ninna fod yr un mor lwcus yma.'

Pwysodd yr Athro ei fraich chwith ar ysgwydd Dafydd gan gyfeirio gyda'i fraich arall at y byd eang oddi tanynt. Gwyrodd yn agosach. 'Mae 'na ddyfodol gwych o dy flaen di, Dafydd. Pob dim gall y byd mawr 'i gynnig,' sibrydodd yn araf a dengar. 'Ia, pob dim, ond i ti fod yn gall.'

Torrodd Dafydd ar ei draws, 'Ylwch ar y lle, Athro. Mae o'n

rhyfeddod: dewis y safle mor graff; y dyfeisgarwch wrth godi'r walia; manteisio ar y tirlun…'

Tynnodd yr Athro yn ôl ychydig gan ddweud yn ddiamynedd, 'Fedrwn ni ddim mynd â'r tirlun efo ni yn ôl i Lundain ar ddiwedd yr haf, Dafydd bach. Ac i ddeud y gwir, rown i 'di amau mai fel hyn fydda hi. Gwranda, da chdi Dafydd. Mae hwn yn safle pwysig, a dy waith yn arloesol. Dechreuad gwych i yrfa'n llawn addewid. Ond gwranda di ar hen ben. Mae gen ti angen rhywbeth arall, rhywbeth tebyg i hwn.'

Tynnodd Fitzwilliam y cwdyn melfed du allan o boced ei dop-côt. Mewn modd od o gyfrinachol o ystyried eu bod mewn lle mor anghysbell, a dangosodd ei gynnwys i Dafydd. Yn ei law roedd cylch bach trwchus o aur â thri cylch bylchog yn troi oddi mewn iddo, wedi eu huno yn y canol â phelen syml. Roedd pin hir wedyn yn ymestyn y tu cefn, ar draws lled y cylch ei hun.

'Trisgel, o gyfnod La Tene. Gyda phin, mae'n debyg i ddal y clog dros ysgwydd,' meddai Dafydd heb edrych yn rhy fanwl. 'Un cynnar, o'r Swistir neu Awstria. Ddim yn anghyffredin o fawr. Plaen hefyd, heb yr addurniada a wêl rhywun ar waith diweddarach, gwaith o Werddon, er enghraifft. Daethpwyd o hyd i ran o un tebyg yn un o'r tai crwn yma, cyn y Rhyfel, ond darn o un efydd oedd hwnnw, nid un aur.'

'Cywir iawn, Dafydd bach. Da iawn chdi,' meddai Fitzwilliam heb guddio ei foddhad â gwybodaeth fanwl ei hoff fyfyriwr. 'Dyro di hwn yn dy boced. Cadwa fo am ryw 'chydig, i ti gael dod i arfer efo fo. Dim ond rhywbeth bach, rhag ofn y bydd angen i ti ddangos rhyw enghraifft o'r hyn rydan ni'n gobeithio 'i ddarganfod yma. Dim ond enghraifft gyffredinol, cofia.' Edrychodd o'i gwmpas yn llechwraidd. 'I swyno… i hudo… Dim ond enghraifft… o'r hyn rydan ni'n *gobeithio* 'i ddarganfod,' meddai unwaith eto.

Atebodd Dafydd yn araf. 'Byddai dod o hyd i drisgel, neu rwbeth o aur yn yr un arddull, yn bluen bersonol i mi, mae'n siŵr. Ond na, dim diolch Athro. Dw i'n siŵr y medra i argyhoeddi Mr Johnston hebddo.'

'Iawn,' meddai Fitzwilliam yn glên, bron fel pe na bai wedi sôn am y drisgel o gwbl. 'Rŵan, beth am y gwaith cloddio?'

Crwydrodd y ddau rhwng waliau isel y tai am awr dda gyda Dafydd yn dangos pwyntiau o ddiddordeb i'r Athro. 'Y tai ar y cyfan mewn clystyra i fanteisio ar gysgod rhag y tywydd. Ylwch, yma ar y gaer, lle mae'r wal ar ei hucha a'i lleta. Mi fedrwch chi weld canllaw ar yr ochr allan a digon o le i rywun sefyll ar ris ar y tu mewn.'

'Ia, mae hynny i'w weld yn glir. Ond ddim mor hynod i gyffroi pobl ychwaith, mae arna i ofn,' atebodd Fitzwilliam yn ddistaw.

'Dafydd, mi rwyt ti 'di dod yn dy flaen yn dda efo'r cama cynta. Ac o dan amoda digon anodd hefyd a thitha heb fodd i gyflogi llafur lleol. Gobeithio felly, y galla i argyhoeddi Pwyllgor Ymchwil y Gyfadran i roi caniatâd llawn i ti barhau efo'r gwaith ac arian i gyflogi rhai gweithwyr am weddill yr haf – efallai dros sawl haf, heb i ti orfod dibynnu ar fyfyrwyr Bangor.

Ond, mae'n rhaid i ti ddeall, bod arian yn brin eithriadol ar hyn o bryd, yn arbennig efo'r argyfwng rhyngwladol. Cofia di hefyd mai hwn ydy dy brosiect cynta. Mae'n rhaid i ti fanteisio ar bob cyfle i stwffio fo at unrhyw un sy â dylanwad neu arian. Mwy na hynny, wel wn i ddim. Ond, mi fydda i'n sgrifennu atat ti ymhen rhyw wythnos efo hynt dy gais pellach at y Pwyllgor. Rŵan mae'n rhaid i mi 'i throi hi.'

'Ddo i lawr at y car efo chi, Athro...' dechreuodd Dafydd.

'Na, na,' atebodd hwnnw, 'mae gen ti dy waith…'

Ysgydwodd yr Athro law Dafydd yn wresog gan ryw hanner gafael am ei ganol mewn ffordd ryfedd, cyn diflannu trwy'r porth.

Yr Athro wedi bod yn yfed eto, meddyliodd Dafydd, wrth ei wylio'n simsanu i lawr y llethr a hynny mor gynnar yn y dydd. Ond, beth am ei ymddygiad rhyfedd wrth ymadael? Yna, wrth iddo ddechrau'n ôl am y cwt teimlodd bwysau anghyffredin ym mhoced ei siaced. Trodd i alw'r Athro yn ei ôl, ond roedd wedi diflannu. Rhywsut, roedd y cwdyn melfed a'i gynnwys euraidd wedi llithro i'w feddiant.

11

Roedd gwaith swyddfa Elsbeth wedi setlo dros y dyddiau diwethaf i ryw rigol trioglyd diddiwedd. Deuai bwndeli o ddogfennau draw o swyddfa Llundain bob dydd, rhestrau maith o gwmnïau a allai ddod yn gwsmeriaid newydd, a thudalennau o gyfeirlyfrau busnes dieithr o Loegr ac o wledydd Ewrop. Byddai Elsbeth wedyn yn chwilio'r cofnodion a gadwyd gan Mr Johnston ac yn eu cymharu â'r rhestrau newydd, gan obeithio darganfod rhyw enw, rhyw gysylltiad hanesyddol, neu unrhyw drywydd newydd i sicrhau gwerthiant. Ond roedd gwaith papur Johnston a'i Fab yn fratiog iawn, neu o leiaf hynny a gadwyd cyn ei dyfodiad hi. Gwelai hefyd mai ychydig iawn o sylw a roddai Spinks i'r farchnad sets draddodiadol. Yn wir, roedd wedi gostwng prisiau'r sets yn sylweddol a'r stoc yn gwerthu'n gyflym.

Deuai pecynnau eraill hefyd efo'r post, wedi eu cofrestru a'u cyfeirio at Spinks yn benodol, â sêl cwyr coch ar y labedi a *Strictly Private and Confidential* mewn llythrennau breision du ar eu traws. Byddai'r rheolwr yn gofalu agor y rhain yn ei swyddfa gyda'r drws wedi cau i bawb. Ond ben bore un diwrnod, yn ei brysurdeb, mi alwodd Elsbeth i mewn wrth iddo agor ei bost arbennig. Gan wrando ar ei gyfarwyddiadau, ac er bod y papur â'i ben tuag ati, ni allai lai na pheidio darllen y pennawd *Estimates*. Roedd graff i'w weld hefyd ar y ddesg â *Machines, Investment, £s* ar un ochr a *Labour costs, £s* yr ochr arall a dwy linell drwchus, un yn goch a'r llall yn ddu, yn nadreddu yn groesgongl ar draws y papur ac yna'n croesi ac yn uno.

Byddai Spinks yn diflannu o'r swyddfa am oriau bob dydd, yn crwydro'r chwarel, yn holi hwn a'r llall, heb gynllun o gwbl, hyd y gwelai hi. Ond byddai Alwyn Morgan bob amser gam y tu ôl iddo'n cadw nodiadau manwl. Synhwyrai Elsbeth fod llawer yn dod i'r drws cefn a agorai'n uniongyrchol i swyddfa Spinks. Ni wyddai pwy, gan fod y drws mewnol bob amser wedi cau ar yr adegau hynny.

Diflannai Spinks a Morgan yn y car gwyn wedyn, am ddwy awr a mwy, heb yr un esboniad. Roedd rhywun wedi eu gweld yn mynd am Y Corun un prynhawn, dro arall aethon nhw i gyfeiriad yr Allt Goch, ond i ble'n union, doedd dim sôn. Yn amlwg, yn eu ffyrdd gwahanol, roedd y ddau wrth eu boddau. Erbyn hyn, cerddai Alwyn Morgan gyda rhywbeth a ymylai ar fod yn swagr. Wrth ei ddesg roedd yn sgwario a sythu, ac fel y dywedodd Elsbeth yn gellweirus un amser cinio wrth Dilys a Leus, y ddwy eneth a weithiai yn y swyddfa gyffredinol, roedd o fel petai wedi tyfu, wel, o leiaf hanner modfedd!

Deuai Spinks i'w waith cyn neb arall. Byddai aroglau ei sierwts yn dew yn y swyddfa bob bore, ac yn amlach na pheidio roedd y fasged ar ei desg yn hanner llawn yn barod â gwaith roedd o'i hun wedi ei baratoi ar ei chyfer. Wedyn, arhosai wrth ei waith tra byddai pawb arall yn ei throi hi am adref. Weithiau, dychmygai Elsbeth, yn hanner breuddwydiol, nad âi Spinks yn ôl i'r Plas o gwbl, ond y treuliai'r nos yn gweithio uwchben ei bapurau.

Ond, er diogelwch a sicrwydd trefnus y swyddfa roedd Elsbeth yn drwblus. Ceisiodd godi trafodaeth gyda Spinks am y rheolau diogelwch newydd, ond doedd o ddim am wrando.

'Cyfnod newydd, trefn newydd, Miss Cadwaladr,' atebodd

gyda gwên. 'Mater o raid, moderneiddio hanfodol. Nawr te, beth am y rhestr o gysylltiadau newydd?'

Yna, wrth iddi droi am y drws, 'Gyda llaw, pryd fydd y rheolau diogelwch newydd yn barod? Bydd angen o leia deg ar hugain o gopïau, na, deugain. Ar ffurf poster fydde orau, rwy'n credu.'

'Rown i'n meddwl y bydda copïau wedi eu teipio yn ddigon da. Gosodais y gwaith i Leus yn y swyddfa gyffredinol.'

'Nage, posteri fydde orau. Posteri mawr, swyddogol, wedi eu cynhyrchu yn broffesiynol. Mae delwedd yn hollbwysig 'da phethau fel hyn. Hanner cant ohonyn nhw, fel y gall pob gweithiwr eu gweld yn glir, eu darllen a'u parchu. Heb esgus. Nawr te, pa wasg fydd y cwmni'n 'i defnyddio fel arfer?'

'Wel, dim un wasg o gwbl, hyd y gwn i. Teipio petha fyddwn ni fel arfer. Er, bydda Mr Johnston yn tueddu i siarad efo'r gweithwyr yn uniongyrchol 'i hun, wrth gwrs.'

Edrychodd Spinks i fyny ati'n amlwg yn disgwyl ateb gwell. Yn ei phenbleth ychwanegodd Elsbeth, 'Mae Gwasg yr Utgorn ym Mhwllheli, ar Siginsed, Stryd Kingshead hynny ydy, yn gneud pob math o waith argraffu. Ydach chi am i mi eu holi nhw? Maen nhw ar y teliffon.'

'O'r gore.' Ond yna gwenodd Spinks am eiliad fel petai wedi dod i benderfyniad. 'Ond eitha peth fydde i chi fynd draw i'w gweld, yn hytrach na'u telffonio. Mae hwn yn fater pwysig. Fedrwch chi fynd draw i'r dre, cyn gynted â bo modd?'

'Mae'r bws yn mynd bora 'fory gan fod 'na farchnad, ond ddaw o ddim yn 'i ôl tan ddiwedd y prynhawn. Ac mae gen i lawer iawn o waith i neud yma.'

'Does dim ots am hynny, am un diwrnod o leiaf. Ewch i'r dref yfory. Rwy'n bwriadu mynd draw i Bwllheli fy hunan ar fusnes, ddiwedd y bore. Cewch ddod yn ôl i'r gwaith yn y car.'

'Ond beth am dderbyn y negeseuon, y "pellebrau pwysig"?'

'Wel, bydd yn rhaid i mi beidio crwydro o'r swyddfa tan ddiwedd bore yfory, felly oni fydd... Elsbeth,' meddai gyda gwên a dynnai'r gwrid i'w bochau, 'fe'ch gwela i chi ar y Maes am hanner awr wedi hanner dydd yn union.'

Bore i ffwrdd o'r swyddfa a phas adra yn y car gwyn to meddal, meddyliodd. Byddai Guto'n gynddeiriog ac yn genfigennus, neu'n pwdu. Ond wedyn, pa ots am Guto bellach?

12

'Mi dw i'n gorfod mynd i Bwllheli 'fory, 'Nhad,' meddai Elsbeth wrth osod hambwrdd ar y gwely o'i flaen. 'John Spinks isio i mi ddanfon rhwbeth pwysig i Wasg yr Utgorn. Mi dwi 'di bod yn gneud rhestr o betha i chi hefyd, tra dwi yno. Mae angen dillad isa arnach chi. Crysa hefyd i'w gwisgo pan fyddwch chi'n codi allan eto. Mae'n rhaid i mi alw yn Siop y Dyn Clên beth bynnag i dalu am y siwt 'na gawsoch chi'r Pasg.'

'Does dim angen dillada newydd arna i, Elsbeth fach. Choda i ddim allan eto,' meddai'r hen ŵr wrth lowcio'i fara llefrith yn swnllyd. 'Wisgais i 'rioed y siwt, beth bynnag. Biti garw. Brethyn da hefyd, y gora. Cofia di rŵan, pryna di'r gora fedri di fforddio bob amser. Prynu'n rhad, prynu eilwaith. Ond paid prynu dim i mi, 'mach i. Fydd gen i 'mo'u hangen nhw, bellach. Ta waeth, mi gaiff y siwt fynd i rywun arall, all neud defnydd ohoni hi.'

'Gawn ni weld am hynny. Ydach chi am i mi ga'l rhwbeth i chi o'r Utgorn? Beth am lyfr?'

'Ia wir, Elsbeth. Bydda llyfr neu ddau yn fendith fawr. Fel y gweli di ora. Ond dim esboniada, cofia. Mae gen i fwy o'r rheiny na Choleg Clynnog. Gofynna i Luned Pari ydy hi 'di dod o hyd i ail gyfrol y geiriadur seiniadol 'na, a hitha 'di ca'l llythyr ac arian gen i ers misoedd. Mi dw i bron â drysu isio gweld beth sy gan yr hen Carnfallwch i ddeud ar ôl 'J'. Fedar dyn ddim byw ar hanner yr wyddor, wyddost ti. Na fedar yn wir. Ac mae angen inc arna i, a phacad o binna dur, a phapur sgwennu.'

Ond sylwodd Jim Cadwaladr nad oedd ei ferch bellach yn talu sylw a'i bod yn troi am ddrws y llofft. 'Be sy, Elsbeth? Mi rwyt ti'n bell iawn heno 'ma. Be sy 'mach i?'

'O, dim byd, 'Nhad. Dim ond rhwbeth sy'n 'y mhoeni i yn y gwaith,' atebodd hithau.

'Tyd. Dyro'r hambwrdd 'na i lawr. Dwed wrtha i rŵan.'

Oedodd hithau, yn anfodlon, cyn ildio i'r ymbil yn ei lygaid a rhoi'r hambwrdd wrth droed y gwely.

'Wel, y rheswm dw i'n mynd i Bwllheli ydy am fod y cwmni am osod rheola diogelwch newydd ar hyd a lled y chwarel. Mae Mr Spinks am i'r wasg eu hargraffu nhw fel posteri. Hanner cant ohonyn nhw, i bawb ga'l 'u gweld nhw'n glir, 'u darllen a'u deall. Fydd dim maddeuant am beidio â'u dilyn, medda fo. Mae un rheol yn 'y mhoeni i'n arw, yn gwbl annheg ac yn cosbi pob un ohonon ni ond am fod yn Gymry. Bydd helynt mawr rhwng y dynion a'r cwmni'n ei chylch, yn siŵr i chi.'

'Does dim byd o'i le efo 'chydig o helynt. Gwrthdaro rhwng llafur a chyfalaf.'

'Nid dyna ydy o… Wn i ddim beth i neud. Does gen i ddim hawl i sôn wrth neb am y rheola, Guto na'r gweithwyr eraill, na'r undeb, nac oes?'

'Wel, mae'n dibynnu 'mach i. Mae gen ti gyfrifoldeb i'r cwmni, ond cyfrifoldeb gwas cyflog at feistr ydy hwnnw. Rhaid i ti feddwl hefyd am dy gyfrifoldeb at dy ddosbarth a dy gymuned. P'run sydd bwysica i ti? Rwyt ti'n gwybod yn iawn be fyddwn i'n ddeud, wrth gwrs. Ydy'r rheola newydd am achosi gwaeth amoda neu achosi peryg i'r gweithwyr?'

'Wel, ydyn, mewn ffordd. O, wn i ddim wir. Nid mater o ddosbarth ydy o 'chwaith.'

‘Mi rwyt ti’n tindroi rŵan, hogan. Dwed wrtha i be ydy’r boen ac mi rodda inna ’marn i ti. Mi gei di neud fel a fynnot ti wedyn, yn ôl dy ddoethineb dy hun, wrth gwrs.’

‘Wel, darllenwch chi hwn eich hun i chi ga’l gweld. Mi dwi ’di gneud copi o’r rheol, er na ddylwn i fod ’di gneud hynny ’chwaith, mae’n siŵr.’

Estynnodd ddarn o bapur o’i phoced, ‘Hon ydy’r rheol sy’n ’y mhoeni i.’

Edrychodd ar y copi a chraffu arno. Fe’i darllenodd yn ddistaw iddo’i hun gan fwmian y geiriau. Yna, ei ddarllen yn uchel mewn Saesneg clir, ond gyda thinc cryf o Gocni.

In the interest of worker safety, hereupon only English is to be spoken within the confines of the Ceiri Mountain Granite Quarry.

All written communication within the quarry is to be in English.

Every new man hired will have to prove his fluency in the English language.

Advancement will only be considered for those men who can demonstrate a full command of spoken and written English.

The Company consents to Welsh being used at meal times and during breaks, in the approved rest centres and whilst no Englishman is present.

Edrychodd Jim yn fud ar y papur am eiliadau hir. ‘Ac mi rwyt ti am fynd â hwn at yr Utgorn i’w argraffu?’

‘Dyna ddwedodd Mr Spinks. Gorchymyn. Mynd â fo i Wasg yr Utgorn fy hun bora ’fory, medda fo, ar y bws.’

‘Ia… wel… falla na fyddwn i ’di dewis Gwasg yr Utgorn i argraffu hwn… Ond os mai fo orchmynnodd…’

Edrychodd ar y papur unwaith eto fel petai'n chwilio am ateb. 'Ond beth ydy peth fel hyn? *"whilst no Englishman is present"*. Cymry ydan ni i gyd yn y chwarel. Heblaw am blant y Gwyddelod, y Scotch a'r Saeson. Ond Cymry ydy'r rheiny hefyd. Twm Bracegirdle a'r hen Mr Niblock, Angus Ross, William Goodman, George Scott, Twm Baum a Caradog Newbold, a degau o rai eraill. Hyd yn oed Wil Clustia, y William McGuffin 'na ddaeth yn ôl i'n plith ni'n ddiweddar. Yn Gymry glân i gyd, er mai o ffwrdd daeth 'u teuluoedd nhw gynta. Dewis aros a dewis dod yn Gymry. Ac os oedd 'na rai nad oedd yn deall Cymraeg, wel yna mi roeddan nhw'n dysgu'n ddigon cwit. A phawb felly ar yr un gwastad, yn aeloda o'r proletariat diwydiannol rhyngwladol.'

'Ond 'Nhad, mae petha'n newid. Ac mae'r rheol yn deud y bydd yn rhaid i ni i gyd siarad Saesneg efo'n gilydd hefyd, nid dim ond efo unrhyw Saeson a ddaw yma.'

'Wel mae hynny'n wirion bost. Weli di fi'n deud wrth Arthur Cae Plan, *"Could you possibly oblige me with that jolly old hammer Arthur, dear boy? Sorry to be such a beastly nuisance, don't you know."'*

Gwenodd Elsbeth ac roedd yn falch o weld ei thad yn gwenu hefyd.

'Mi ddigwyddodd peth fel hyn o'r blaen, wyddost ti, Elsbeth,' meddai o wedyn yn difrifoli. 'Cyn i ti ga'l dy eni. Cyn i mi orfod mynd am Lundain. Adeg agor y rhan olaf o'r relwe i'r Allt Goch. Daeth y *command* i ni'r gweithwyr bryd hynny hefyd, "Pawb i siarad Saesneg." Roedd y meistri i gyd yn Saeson, weli di.

Wyt ti'n cofio'r hen Mr Cooper? Stesion masdyr Lam Pitar oedd hwnnw cyn iddo fo ddod i'r Allt Goch. Dyn clên drybeilig, a'r ddau ohonon ni'n gweld lygaid yn llygaid ar lawer i beth.

Ond roedd rhaid siarad Saesneg efo fo. A phawb i fod i siarad Saesneg efo'i gilydd wrth weithio ar y trac neu'n y stesion hefyd. "Rhag eich bod chi'n drysu negeseuon a hynny'n beryg i'r trena," oedd yr esgus bryd hynny. Ia, pawb i fod i siarad Saesneg. Er "i fod" oedd hi y rhan fwyaf o'r amser, cofia. Ond mi fuo 'na dwrw. Twrw garw. Cwestiwn yn y Senedd hyd yn oed. A streic fuodd hi yn y pen draw, streic iaith. A bu'n rhaid i rai ohonon ni fynd i lawr y lôn o ganlyniad, fi yn eu mysg nhw wrth gwrs. Roedd o'n hurt bost bryd hynny ac mae o'n hurt bost heddiw. Beth sy ar ben y manajyr 'na?'

'Nid fo sy ar fai,' atebodd Elsbeth, ychydig yn rhy smart sylweddolodd yn syth.

Ychwanegodd, 'Ella.'

Edrychodd ei thad i fyny ati.

'O Lundain ddaeth y rheola newydd. Nid gan Mr Spinks ei hun. Rheola'r cwmni newydd ydyn nhw.'

'Cwmni newydd. Pa gwmni newydd?'

'Y cwmni newydd. Y *Leicester and Liverpool Aggregates Company* yn Llundain. Nhw sy bia'r chwarel rŵan.'

'Pam na ddwedodd neb wrtha i am hyn yn gynt, myn coblyn i?' ffrwydrodd ei thad eto. 'Ydy'r Undeb yn gwybod? Be maen nhw'n neud ar gownt y peth? Ddwedodd Guto ddim byd wrtha i neithiwr ac ynta yma am awr a mwy. Mae'n rhaid galw cwarfod mawr. Go drapia 'nghoesa, na faswn i'n medru codi o 'ma. Be mae'r ffŵl Johnston 'na'n feddwl mae o'n 'i neud?'

'Fuodd Robat Lerpwl ddim ar gyfyl y chwarel ers misoedd, 'Nhad. Rown i'n meddwl eich bod chi'n gwybod hynny. A phan fuodd o yma, wnaeth o ddim byd ond eistedd yn y swyddfa yn darllen rhyw lyfr. Does neb yn gwybod am y newid perchnogaeth 'chwaith. Dim eto, mae o'n gyfrinach am rŵan, medda Mr Spinks. Wel, yn gyfrinach i bawb heblaw amdanon ni yn y swyddfa, a chitha hefyd rŵan. Falla bydd y cwmni newydd yn well cyflogwyr... er y rheol ofnadwy yma.'

'Gwell cyflogwr! Ai fi sy'n drysu rŵan, ynta chdi? Y *Leicester and Liverpool* ydyn nhw – y Relacel. Wyt ti ddim yn deall? Y Relacel. Rheiny nath y fath lanast yng Nghwm Corun. Yn dod â'r *German Chopper* i mewn. Y peiriant mwya uffernol a ddyfeisiwyd gan ddyn 'rioed. Yn torri'r garrag fel tasa hi'n bwdin reis ac yn cymryd lle ugeinia o weithwyr. Relacel ddaru wthio'r dynion i fynd ar streic, yn fwriadol hefyd, er mwyn rhoi'r sac i bawb. Ac wedyn dod â bradwyr i mewn o ffwrdd i gymryd 'u lle, a hynny ar gyfloga is... Ac ambell i gynffonnwr lleol efo nhw hefyd mae'n rhaid i mi gyfadda.'

'Mi wn i am hynny, ond do'n i ddim yn sylweddoli mai nhw oedd y cwmni a fuodd yng Nghwm Corun...'

'Ia, wel, plentyn oeddat ti... Yli, mae'n ddrwg gen i am dantro cymaint. Wedi ei gadw fo i mewn c'hyd ydw i... Ia, hogan fach oeddat ti bryd hynny. A Guto druan fawr hŷn na chdi 'chwaith. Y tri hogyn 'na hefyd, Benja Parcia a'r ddau arall, nhwtha'n ifanc. Yn ifanc ac yn ddigon gwirion i roi'r sied fawr ar dân, a rhai o'r bradwyr, yn ddiarwybod i'r tri, yn dal i fod ynddi wrth eu gwaith.'

'Do'n i ddim yn gwybod...' dechreuodd Elsbeth eto mewn braw. Ond doedd dim atal ar ei thad bellach.

'Henry wedyn, tad Guto, efo gormod o gydwybod ac yn ca'l 'i ddarbwyllo gan y gweinidog uffar 'na, i roi enwa'r tri i'r sarjant. Pinal serfitiwd gafon nhw, wyddost ti. A hynny i gyd o achos Relacel.'

'Ond fedrodd y dynion, y bradwyr, ddianc rhag y tân?'

'O do, diolch byth. Neu fel arall y grocbren fyddai hi 'di bod i'r tri. Ond bu'n rhaid i Henry Tomos ddenig o 'ma er hynny. Pawb am 'i waed o. Gweithiwr da hefyd ac yn bartnar i mi am flynyddoedd. Ond yn gorfod dianc oddi yma oherwydd 'u 'strywia nhw. Nhw a'r gweinidog Methodus 'na fu yn ei ben o byth a hefyd. Cydwybod myn diawl i. Mi gafodd hwnna le da iawn wedyn, do. Lle'r aeth o? I Southport. Braf iawn wir. Relacel, myn uffar i! Damia nhw, a Duw a'n helpo ni. A damia nhw hefyd am beri i mi ddechra rhegi eto.'

'Ddwedsoch chi ddim mo hyn wrtha i 'rioed. "Y Cwmni" fyddech chi'n ddeud o hyd wrth sôn am Gwm Corun, nid Relacel.'

'Ia, wel, mae'n siŵr mai cadw fo oddi wrthat ti oeddwn i. Hen fusnes cas a budr. Pawb yn Ceiri yn gwybod be oedd be, ond neb isio sôn amdano, yn arbennig wrth y plant. Minna'n gwarchod Guto mwy na neb, druan ohono fo, a'i dad o cymaint yng nghanol yr helynt. Ynta'n ddyn meddylgar ac asgwrn cefn ganddo fo – blaw ei fod o hefyd mor ddiniwed mewn rhai petha ac efo gormod o barch tuag at weinidogion, damia nhw.

Roedd 'na ambell un fel Robbins Parcia yn barod iawn i gega wrth gwrs. Er do'n i ddim yn gweld bai arno fo 'chwaith o ystyried. Ynta 'di colli y ddau fab hynaf yn y rhyfel ac yna Benja, y fenga, yn ca'l 'i rwygo i ffwrdd o fynwes y teulu i garchar. Ddaeth o byth yn 'i ôl, wyddost ti... Benja druan. Ond roedd 'na rai yn taflu sweips, ac yn rhoi ambell i ddwrn. Ond nid felly y rhan fwyaf, cofia. Mae byw efo methiant a brad yn beth anodd. Byw efo'r gwir hefyd o ran hynny. Felly taw oedd pia hi i'r rhan fwya.'

'Tydw i ddim yn gweld bai arnoch chi.'

Ciledrychodd ei thad arni am eiliad. 'Yli, mae'n ddrwg gen i 'mod i 'di mynd i ben y caets fel 'na. Is-gwmni i Relacel oeddan nhw wedi ei sefydlu'n benodol i agor y gwaith newydd yng Nghwm Corun, gan fod Johnston mor daer yn 'u herbyn ac yn gwrthod gwerthu'r Ceiri iddyn nhw. Fedra i ddim yn fy myw â deall pam fod yr hen foi 'di newid 'i feddwl rŵan ac ildio. Ar ôl yr holl flynyddoedd o wrthod. Wel, wel.'

'Mae Mr Johnston wedi marw, 'Nhad. Rydach chi'n cofio, tydach? Y mab sy'n berchen ar y lle erbyn hyn, neu oedd yn berchen ar y lle.'

'O ia. Wrth gwrs. Dw i'n cofio rŵan Elsbeth fach. Anghofio yn 'y nhymer wnes i. Lle ron i… dyma Relacel yn sefydlu is-gwmni er mwyn cuddio'u diddordeb ystrywgar. Y *Glistening Valley Mineral Company* oeddan nhw'n galw'u hunain, a neb yn gwybod pwy oedd y perchnogion go-iawn hyd nes i'r hwch fynd trwy'r siop. Y graig ddim cystal yng Nghwm Corun, weli di, a fawr neb am brynu'r metlin. Dyna pam roeddan nhw isio'r Ceiri yn y lle cynta, a Johnston wedi eu gwrthod wrth gwrs.

'Beth bynnag, methu ddaru nhw yng Nhwm Corun. Nhwtha wedyn efo dyledion ym mhob cyfeiriad a cha'l eu gorfodi i ddatguddio'r gwir. Ond ddaru Relacel ddim talu. Cafodd y dyledion i gyd 'u cario gan y *Glistening*, ac yna eu dileu pan aeth hwnnw i'r wal. A dim marc yn erbyn Relacel 'u hunain wrth gwrs.

Ond nid felly oedd hi i'r rhai oedd yn disgwyl ca'l 'u talu, cofia. Lewis Lewis eiorn myngar Allt Goch. Dyna un arall a fethodd o'u herwydd nhw. Ac ar 'i ben i'r môr aeth o, gan adael gwraig a llond tŷ o blant. Chafodd hyd yn oed y bradwyr mo'r cyflogau oedd yn ddyledus iddyn nhw. Gorfod hel 'u traed yn ôl am Loegr heb ddima goch yn y llogell fu'n rhaid iddyn nhw.

Y rheibwyr bryntaf a fu 'rioed ar wyneb daear ydy Relacel. Yn gwasgu'r dafn olaf o waed o gyrff y gweithwyr. A rŵan yr holl lol 'ma am siarad Saesneg. Relacel yn well cyflogwyr wir.

Taswn i'n medru codi o'r gwely 'ma mi fyddwn i'n martsio i mewn i swyddfa'r diawl newydd 'na a'i deud hi wrtho fo i'w wyneb, "Cadwa dy blydi Saesneg!".'

13

Eisteddai yr Athro Syr Montgomery Fitzwilliam a Syr William Evans-Davies o flaen y tân yn llyfrgell yr *Hanseatic,* clwb Evans-Davies yn Llundain. Rhyngddynt roedd bwrdd isel ac arno botel soda a dau wydriad mawr o frandi. Y tu cefn iddynt wedyn, trwy'r drysau dwbl, roedd rhai o aelodau'r clwb a'u gwesteion yn parhau i fwyta wrth fyrddau'r neuadd. Crwydrai eraill heibio'r lle tân enfawr tuag at y bar, amryw ohonynt â sigârs hirion yn eu dwylo. Deuai eu lleisiau o bell, yn gymysgedd egsotig o'r Almaeneg, y Bwyleg a'r Swedeg, gydag ambell i fymryn o Saesneg.

Suddodd Fitzwilliam yn is yn ei gadair fawr ledr. Do, mi gafodd swper da, a heno, am unwaith, ni welodd unrhyw un o'r aelodau hynny a fyddai'n anesmwytho cymaint arno, sef y ffasgwyr Almaenig a'u cyd-deithwyr Saesneg a fynychai'r clwb i drafod gwleidyddiaeth a masnach. Byddai'r ddau griw yn cyd-chwerthin wrth drafod goresgyn pobloedd llai.

Mi glywodd Fitzwilliam y Saeson yn siarad y tu cefn i'r tramorwyr hefyd, gan wneud hwyl am eu pennau, yn eu dirmygu am eu Saesneg bratiog a'u ffyrdd amrwd wrth y bwrdd bwyd. Mae'n siŵr mai agwedd debyg oedd gan ei gyd-wladwyr tuag ato yntau hefyd. Y Cymro Cymraeg a'r academydd od a rhyfedd ymysg y masnachwyr a'r diplomyddion bydol-ddoeth.

Ond heno cawsant swper da a chwmni difyr dau o ffrindiau newydd Evans-Davies.

Roedd y marsiandwr o Ddansig a'i bartner o Estonia wedi

rhoi tip hynod o werthfawr iddo am siârs a oedd yn siŵr o godi yn eu gwerth at ddiwedd y mis – menter mwyngloddio haearn crai, gyda charfan fawr o lafur rhad. O fewn y mis byddent yn cyhoeddi eu hadroddiad cyntaf a hwnnw'n un addawol iawn. Bwriadai Fitzwilliam weld ei frocer y peth cyntaf yn y bore, cyn bo'r si yn chwyrlïo o gwmpas y farchnad stoc. Yfodd ei frandi gan hanner cau ei lygaid gan ragweld elw da iawn.

'Wn i ddim pam rwyt ti'n mynnu aros yn aelod yn y twll lle 'ma,' dechreuodd yn gellweirus wedyn. 'Braidd yn wm-pa-pa Ellmynaidd on'd ydy o, a thitha fel minna 'di bod yn ymladd hyd eithaf ein gallu yn eu herbyn, prin ugain mlynedd yn ôl.'

'Wel, doedden ni'n y Gwasanaeth ddim yn ymladd fel y cyfryw, Fitzwilliam, fel y gwyddost ti'n iawn. Mwy na chitha ar Staff y Pencadlys. Ymchwilio, dadansoddi, deall a chynllunio. Dyna'r ffordd i arwain mewn rhyfel modern. Nid rhuthro dros y top dan weiddi. Na, disgwyl yn amyneddgar yn y cefn yn y gobaith o gael carlamu'n fuddugoliaethus trwy ryw fwlch yn llinellau'r gelyn a grëwyd gan yr inffantri, fel dy frawd yng nghyfraith a'i gyfeillion yn y cafalri, rhai sydd gydag ychydig llai o ddychymyg a mwy o awydd ymladd. Awydd am waed ac am ddadberfeddu'r gelyn, ac ati.

Ac mae llawer i'w weld ac i'w glywed mewn lle fel hyn, Fitzwilliam. Ffeirio syniadau newydd diddorol. Ffeirio gwybodaeth, camarwain yr hygoelus a deall gwendidau'r cryfion. Adnabod dy elyn, Fitzwilliam, dyna'r rheol gyntaf.'

'Wyt ti'n yn gweld y lle braidd yn fasnachol 'i naws. Dylet ganiatáu i mi roi dy enw ymlaen ar gyfer yr *Universities*. Mae dosbarth llawer gwell o ddihirod i'w cael yno.' Drachtiodd o'i wydr dan chwerthin ar ei jôc ei hun.

'Mae'r lle 'ma'n iawn, Fitzwilliam. Paid ti â gwamalu. Does

dim byd o'i le efo masnach, o fewn rheswm. Ac wrthodaist ti erioed wahoddiad i ddod yma, naddo?'

Parhaodd Fitzwilliam gyda'r cellwair, er pe na byddai wedi mwynhau cymaint ar y gwin ardderchog o'r Rhein, byddai wedi sylwi yn gynt ar yr olwg o ddiflastod ar wyneb y llall.

'Byddwn wedi meddwl dy fod ti'n cael digon o gwmni estroniaid egsotig yn y Swyddfa Dramor, neu ble bynnag rwyt ti'n taenu dy glog ac yn fflachio dy ddagr y dyddia 'ma.'

'Fitzwilliam, wir! Diplomydd diniwed ydw i bellach, a dim mwy. A dyna dy fai di. Yn mwynhau popeth da gall y wlad yma ei roi i ti, ond heb ddim canmoliaeth i bobl fel fi. Pobl sy'n dy warchod tra dy fod yn cysgu'n dawel yn dy wely.'

Pwysodd Evans-Davies ymlaen. 'Ond rŵan, digon o lol. Mater arall sydd gen i dan sylw heno... mater o'r pwysigrwydd mwyaf i ddyfodol yr Ymerodraeth.'

Sythodd Fitzwilliam yn ei gadair a rhoi'r gwydr gwag ar y bwrdd. O'r diwedd roedd wedi sylwi ar y tinc oer yn llais Evans-Davies.

'Isio gair bach am ymdrechion dy Adran ar ben Mynydd y Ceiri ydw i. A gair am dy gyfaill, yr egnïol Mr Aspinall.'

'Dafydd Aspinall,' chwarddodd Fitzwilliam. 'Wir, mae gan y Gwasanaeth glust fain iawn i glywed am waith cychwynnol archeolegydd dinod ym mhen draw'r byd. Beth mae Dafydd druan wedi ei neud i'ch pigo chi?'

'Dylet sylweddoli, Fitzwilliam, nad mater i'r Gwasanaeth yn unig ydy hyn. Byddwn felly'n gwerthfawrogi pe byddet ti'n cadw'r hyn rwyt ti am 'i glywed yn gyfrinachol. Yn arbennig, gan fod elfen bersonol iddo, a minna, fel y gwyddost, â diddordeb yn y busnes ar safle Chwarel y Corun gynt, a hefyd yn Chwarel y Ceiri erbyn hyn. Felly, dim gair er enghraifft i'n cyfeillion di-Gymraeg. Rŵan, fel hanesydd a milwr byddi di'n...'

'Cyn-filwr,' meddai Fitzwilliam.

'Fel hanesydd a *chyn*-filwr byddi di'n gwybod cystal â minna fod rhyfel arall yn yr arfaeth, rhyfel rhyngon ni a'r union ffrindia drwodd yn y neuadd. Mae Mynydd y Ceiri yn bwysig felly am sawl rheswm. Mae'r garreg o ansawdd rhagorol, yn unigryw hyd yn oed, a bydd angen llawer o'r cynnyrch yn fuan iawn ar gyfer y rhaglen adeiladu milwrol arbenigol sydd gynnon ni ar droed. Mae hwn yn gyfle busnes rhagorol ac oherwydd hynny, byddwn yn moderneiddio'r chwarel yn helaeth iawn a rhoi gwell trefn ar y gweithwyr, neu ar y nifer fechan y byddwn ni eu hangen at y dyfodol. Byddwn yn arbrofi efo partneriaeth newydd rhwng y llywodraeth, ei hasiantaeth gudd a pherchnogion preifat. Patrwm mwy defnyddiol i anghenion gwladwriaeth fodern effeithiol.

Ta waeth, mae gynnon ni ddyn yn rheoli yno'n barod. Dyn da iawn at y gwaith, un a fu o wasanaeth nodedig i ni yn Ne'r Affrig, yn rhoi trefn ar y Boers a'r brodorion hefyd. Mae'n rhaid i ni feddiannu'r mynydd i gyd, gan gynnwys dy safle di. Waeth i ti dderbyn, Fitzwilliam, fydd dim lle i archeolegwyr yno am rai blynyddoedd. Felly, dw i'n gofyn i ti alw dy gyfaill yn ôl i'r Brifysgol, yn ddistaw, a gohirio'ch cynlluniau. Byddwn yn diolch, yn ein ffordd arferol.'

'Fyddwch chi ddim yn ymestyn y chwarel i ben y mynydd?' meddai Fitzwilliam mewn syndod.

'Na, mae digon o'r tir ar gael ar gyfer y chwarel, fel y mae hi. Ond rhaid i ti ddeall Fitzwilliam, byddwn yn dynodi Mynydd y Ceiri a Mynydd y Corun yn Barthau Milwrol ac Economaidd o Statws Arbennig y tu hwnt i'r gyfraith arferol.'

Oedodd Evans-Davies. Gwyrodd ymlaen ac edrych i fyw llygaid Fitzwilliam, gan ychwanegu'n araf. 'Wedi i mi esbonio'r mater i 'nghyfaill arbennig, y Gweinidog, cytunwyd y gallasai hyn ddod i rym trwy orchymyn cudd ger bron y Cyfrin Gyngor o dan y *Defence of the Realm Act.*'

Eisteddodd yn ôl a gwenu wrth weld yr effaith a gawsai'r nonsens dramatig ar y marchog. Roedd Fitzwilliam, diolch byth, yn un digon hygoelus ar brydiau.

'Yn anffodus felly, ni fydd yn bosibl i dy gyfaill ifanc barhau â'i waith. Mis arall yn unig sydd ganddo cyn hel ei draed yn ôl i Lundain… neu wrth gwrs, mae faint fynnir o fynyddoedd eraill i'w cael yng Nghymru,' ychwanegodd, gan chwerthin ar ei jôc ei hun.

'Ond mae hynny'n amhosibl. Mae'r safle'n bwysig, y lle gorau o'i fath yn ne Prydain. Mae'r hyn rwyt ti'n 'i ofyn yn gwbl amhosibl. Wna i ddim cydweithredu.'

'Mater o raid ydy hyn, Fitzwilliam. Ystyria, prin byddwn ni'n cyffwrdd â dy safle di. O gau'r mynydd am rai blynyddoedd, bydd y lle'n ddiogel rhag sylw niweidiol pobl gyffredin. Ond dealla hyn hefyd, mae lleoliad Mynydd y Ceiri yn strategol fanteisiol iawn at gyflawni ein pwrpasau milwrol ac at ymateb i anghenion technegol amddiffyn Prydain Fawr a'r Ymerodraeth.'

'Mater i ti a'r ffyliaid yna mewn lifrai ydy hynny, Billy. Tydy o ddim byd o gwbl i neud efo fi bellach. Mi rois i'r gorau i chwarae "sowldiwrs a sbïwrs" dro yn ôl, cofia.'

'Na, Fitzwilliam.' Roedd llais Evans-Davies yn garedig, fel pe bai'n ceisio cysuro plentyn a ddeffrodd o hunllef. 'Na, mae'n fater i ni gyd. Yn gyfrifoldeb ar bawb sy'n arwain. Cyfrifoldeb at y llwyth os mynni di, yn gam cyntaf at drefn llywodraethu ar batrwm newydd.

Felly Fitzwilliam, dyma dy gyfle di i gyfrannu. I'n helpu ni eto i amddiffyn y wlad, fel bo mama, plant bach a hen bobl yn cysgu'n ddiogel yn 'u gwlâu fel petai. Wrth gwrs, bydd cydnabyddiaeth eto i ti am dy help. Siârs yn y fenter, pe bait isio, neu alwad i wasanaethu mewn gwaith cyhoeddus – cadeirio rhyw gomisiwn, neu waith yn y celfyddydau efallai. Dim ond i ti glirio'r ffordd i ni, heb stŵr a heb dynnu sylw. Byddai Ena wrth 'i bodd.'

Gwgodd Fitzwilliam wrth glywed enw ei wraig.

'Mae'r peth yn amhosibl. A tydw i erioed 'di bod yn perthyn i dy lwyth di ychwaith.'

Daeth golwg boenus dros wyneb Evans-Davies, fel pe bai wedi baeddu ei esgid mewn rhywbeth annymunol ar y stryd. 'Mi garwn i ti ddod draw i'r swyddfa i drafod hyn efo un o'n harbenigwyr. Manylion technegol y datblygiad ar y copa, pan fydd yn gyfleus i ti, wrth gwrs.'

'Datblygiad ar y copa hefyd. Na, fedra i ddim.'

'Byddai prynhawn 'fory am ddau o'r gloch yn ein siwtio ni oll i'r dim, oni fyddai?'

Ciledrychodd Fitzwilliam arno, ond trodd i ffwrdd yn syth o weld Evans-Davies yn rhythu arno.

'Dim byd mawr ar droed ar brynhawniau Mercher, Fitzwilliam, nac oes?' meddai'r llall yn araf eto. 'Y myfyrwyr i gyd wedi ymadael... a'r hyfryd Dr Zelda White wedi cefnu ar yr Adran Saesneg dros yr haf a mynd yn ôl i Harvard at 'i theulu.'

Tagodd Fitzwilliam ar ei boer. 'Sut wyddost ti am hynny?'

'Maddeua i mi am ddweud, Fitzwilliam, ond dylet fod yn fwy gofalus efo pethau fel hyn. Mwy *discreet*. Methu dy gynhadledd yn... ia, yn Wolverhampton o bob man. Ond gyda'r ddeniadol Dr White yn galw amdanat, wel doedd dim syndod. Wedyn cael dy weld yn Llundain, Fitzwilliam, efo'r bersawrus un, a hitha ar dy fraich. Twt twt, Fitzwilliam bach. Rwyt ti'n fy siomi. Beth sydd o'i le ar Brighton wir? Dyna ble mae pawb arall yn mynd. Fyddai neb 'di dweud yr un gair yn Brighton, ond yng nghanol Llundain. Braidd yn amlwg, braidd yn flêr.'

'Rydw i'n gwadu,' dechreuodd Fitzwilliam.

'Beth oedd yr achlysur hefyd? O ia, yr Ŵyl Swreal yn Bedford Square, yntê. Hitha'n darllen 'i barddoniaeth mewn sioe i blant, cyn i chi'ch dau adael am westy gwely-am-y-pnawn ym Mhimlico. Does dim rhaid i'r peth fynd dim pellach. Nid i'r cwcwallt pathetig yn Harvard, nac i Ena annwyl yn Hampstead ychwaith.'

Llyncodd weddill ei ddiod a chodi, gan ddweud, 'Cofia rŵan, prynhawn 'fory. Dau o'r gloch. Yn fy swyddfa ar Victoria Embankment, ond defnyddia fynedfa gefn Whitehall. Byddwn yn dy ddisgwyl. Paid â bod yn hwyr a phaid ag yfed amser cinio.'

14

Er yr heulwen, roedd gwynt digon main yn chwythu i lawr Whitehall y prynhawn wedyn, wrth i Fitzwilliam gerdded heibio Downing Street a throi wrth y Senotaff am swyddfa Evans-Davies. Damiodd o dan ei wynt wrth gofio'n sydyn na phrynodd y siârs fel roedd o wedi bwriadu. Ond doedd dim rhyfedd ei fod wedi anghofio a'i feddwl ar garlam. Efallai y byddai cyfle iddo sleifio i weld ei frocer ar ôl y cyfarfod felltith yma. Oni bai fod hwnnw wedi dianc erbyn hynny i'w glwb neu i'r rasys.

Croesodd y lôn ger y Red Lion. Am unwaith roedd ychydig yn gynnar. Oedd ganddo funud neu ddau am un sydyn? Atseiniai geiriau Evans-Davies fel pe bai hwnnw'n sefyll wrth ei ochr. Ysgydwodd ei ben a throi am Swyddfa Heddlu Canon Row.

Yna, daeth darlun o Zelda i'w feddwl. Zelda yn cerdded yn ôl a blaen yn yr ystafell fach fudr ym Mhimlico, yn noeth heblaw am ei mwclis o berlau du. Hithau yn darllen ei cherdd ddiweddaraf iddo ac yntau'n ei gwylio o'r gwely yn smalio cymryd diddordeb. Rhywbeth am ddylanwad Lorca ar Bunuel, neu efallai dylanwad Bunuel ar Breton. Ond pa ots? Zelda oedd yn bwysig. Zelda a'i dannedd mawr gwyn Americanaidd a'i gwefusau coch. Zelda a'i gor-hoffter o'r artistig a'r di-chwaeth fel ei gilydd. Zelda a'i diléit yn yr Ewropeaidd a'r amheus. Zelda a'i brwdfrydedd penderfynol dros bechod. Cofiodd ei chyffro wrth iddynt glywed llais benywaidd trwy'r wal denau o'r ystafell nesaf, yn griddfan yn broffesiynol.

'Ga i weld eich pas chi, syr?' meddai'r plisman wrth y giât.

'O...' atebodd Fitzwilliam yn syn. 'Does gen i'r un. Erioed 'di bod angen un. Wedi dod i gyfarfod yr Adran C2... ydw i. Maen nhw'n 'y nisgwyl i.'

'Bydd yn rhaid i chi aros yn y fan yma, mae arnaf ofn syr, i mi eu ffonio,' atebodd y plisman. 'Trefniadau diogelwch newydd,' ychwanegodd gan droi at y ffôn ar y wal oddi mewn i'w gaban gwarchod. Sylwodd Fitzwilliam fod criw o filwyr yn codi wal o fagiau tywod o flaen y cilbost gyferbyn ag o.

Mewn ystafell danddaearol roedd Evans-Davies mewn trafodaeth gyda dyn o gwmni Empire Electronics dros fwrdd wedi ei orchuddio'n gyfan gwbl gan fapiau a diagramau. Roedd y dyn ymhell yn ei chwedegau, yn fyr ac yn foldew efo barf fach daclus. Y tu cefn iddynt, ger y wal, eisteddai uchel swyddog milwrol, Cadfridog yn ei lifrai cafalri, yn taro ei ffon fer yn ysgafn ar draws cledr ei law gyda chlec fach bendant. Safai dau filwr yn unionsyth o boptu ei gadair a dau o boptu'r unig ddrws. Arbenigwr Empire Electronics oedd yn siarad, a hynny gyda chryn frwdfrydedd.

'Ac fel y gwelwch, o osod yr orsaf radar ar ben Mynydd y Ceiri byddai gennym olwg ar draws y rhan fwyaf o Fôr Iwerddon ac i lawr at Abergwaun a thu hwnt. Byddai hynny'n caniatáu i ni warchod Lerpwl a Belfast rhag ymosodiad o'r awyr yn llawer mwy effeithiol.

Ac wrth gwrs gallem gadw golwg ar unrhyw awyren fyddai'n hedfan o'r Almaen i feysydd awyr y Wladwriaeth Rydd, hyd yn oed y rhai lleiaf a mwyaf diarffordd. Rwy'n gwybod bod castia ein cyfeillion dros y dŵr o ddiddordeb penodol i'ch adran chi o'r Gwasanaeth. Gallech felly drefnu "damwain awyren anffodus" yn llawer haws, petai angen.'

'Tydy hynny ddim o'ch busnes chi. Byddwn yn eich cynghori i lynu at eich arbenigedd eich hun – y manylion technegol,' atebodd Evans-Davies yn gwta. 'Rŵan, am y tro olaf, oes rhaid gosod yr orsaf ar y mynydd arbennig yma? Oes dewis arall?'

'Mae dewis arall ar gael ond nid mater i Empire Electronics ydy hynny'n y pen draw. Eich cynghori chi ar y manylion a'r rhagolygon technegol ydy'n gwaith ni. Ond, mentraf ddweud, os am arbrofi efo cyfuno'r elfennau milwrol, eich gwasanaeth chi, â menter fasnachol, er lles y wlad wrth gwrs, yna Mynydd y Ceiri ydy'r dewis amlwg.

Mae'n wir y gellid symud yr holl gynllun rhyw bymtheg milltir ymhellach i lawr y penrhyn, ond ni fyddai hynny'n cysylltu'r rhwydwaith cystal – y Gogarth, yr Wylfa a Chaergybi. Mynydd y Ceiri ydy'r man strategol delfrydol ar gyfer y brif orsaf. Hefyd, mae digon o le gwastad, ychydig i lawr o'r carn uchaf ar gyfer yr orsaf ei hun, adeilada cynnal, lle parcio a swyddfeydd. Adeilada i'n cyfeillion milwrol yn y llu gwarchod hefyd. A lle i ambell i ddaeargell at eu gwasanaeth nhw wrth gwrs, rhag ofn.

Wedyn byddai'r Plas ar gael ar gyfer lletya'r prif bobl. Meddiannu rhai o dai y pentref i'r staff wrth i'r boblogaeth deneuo. Addasu rhai o'r siedia gwag yn y chwarel yn farics i'r gwarchodlu. A gellid priodoli'r holl beth at waith yn ymwneud â datblygu adnodda naturiol rhagorol y chwarel ar adeg o greisis rhyngwladol. Stori fach ddigon defnyddiol, oni chytunwch?'

Gwgodd Evans-Davies, ond ni thorrodd ar lifeiriant y dyn.

'Nawr, fel y gwelwch o'r cynllun yma, bydd y rhan fwyaf o'r adeilada ar y tir gwastad yn is na'r copa o'r golwg o dan y ddaear. O dan gromen goncrit er mwyn eu hamddiffyn rhag ymosodiad posibl o'r awyr. Gallwn hefyd ddefnyddio'r holl gerrig sy'n rhydd ar y safle, eu sgubo ar ben y gromen fel amddiffyniad pellach.

Mantais fach arall ydy y gellid creu lôn i fyny yn haws o lawer o'i gymharu â'r brynia eraill cyfagos, er eu bod yn is. Mae lôn drol o'r ffordd fawr am ryw hyd yno'n barod, fel y gwelwch ar y map, at y lle o'r enw yr "Hen Offis". Mae'r llwybra braidd yn serth, ond byddai bwldoser yn medru creu ffordd igam-ogam i fyny'n ddigon hawdd.

Yr unig ddarn gwir anodd ydy'r clip olaf o dan y clogwyn uchaf, ac yna i fyny at y bwlch cyfleus yma yn y wal fynydd o gwmpas y safle. Mae'n debyg y byddai'n rhaid defnyddio ffrwydron er mwyn lefelu'r clogwyn a'r wal. Ond er eu maint, ni fyddai hynny'n broblem efo technega modern.'

Daeth sŵn cloch ffôn o'r tu allan i'r ystafell ac yna cnoc ysgafn ar y drws. Llithrodd Snaithe, *aide-de-camp* Evans-Davies, i mewn yn ddistaw a sibrydodd rhywbeth yng nghlust ei feistr. Yna, nadreddodd allan eto heb gymryd y sylw lleiaf o'r lleill.

'Mae ein gwestai ar ei ffordd i lawr gyfeillion,' meddai Evans-Davies. 'Rŵan, ydy'r stori'n gwbl glir i chi? Ffŵl fuodd hwn erioed a dylem fedru ei berswadio efo swydd gyhoeddus amlwg. Ac er nad ydy o'n gwybod hynny, roedden ni am ei benodi beth bynnag. Mae gan y dyn ei dalenta wedi'r cyfan. Ond os bydd rhaid *annog* rhyw ychydig mwy arno, rydych yn deall beth i'w wneud.'

Edrychai'r Cadfridog yn eithriadol o anesmwyth ac meddai, 'Ylwch, mae'n rhaid i mi ddatgan unwaith eto, yn ffurfiol, nad ydw i'n cytuno efo'ch tactegau chi, na'r hyn rydych yn ei ddisgwyl i mi ei wneud.'

'Nid disgwyl ydw i,' atebodd Evans-Davies yn llyfn. Yna gyda gwên faleisus parhaodd, 'Gorchymyn ydy hwn. Rwy'n eich gorchymyn, yn gwbl briodol fel swyddog uwch ac yng ngŵydd tystion i wneud eich dyletswydd fel y gwelaf i orau. Eich dyletswydd chi fel swyddog isradd i mi ydy *dilyn ordors*. Rŵan, dyna ddigon!'

Sylwodd ar y papurau ar y bwrdd. 'Cadwch y papurau cyfrinachol 'ma. Ydy'r rhai ar gyfer ein cyfaill yn barod gynnoch chi?'

Gwyrodd yr arbenigwr dros y bwrdd a phlygu ei fapiau a'i ddiagramau'n ofalus. Yna, estynnodd bapurau eraill o'i friffces a thaenu map arall o'r Ceiri ar y bwrdd. Agorodd nifer o ddiagramau ar ben y map, rhai symlach o lawer yr olwg a dim ond un ohonynt efo symbol bach o erial ar y copa. Ond roedd 'Tra Chyfrinachol' wedi ei stampio'n drawiadol mewn inc coch tywyll ar bob un.

Roedd y traffig ar Whitehall wedi gostegu, Fitzwilliam yn dyheu am ddiogelwch y dafarn, ac ar fin troi ar ei sawdl. Ond wedyn pwyllodd. Mewn gwirionedd roedd yn rhaid iddo aros, on'd oedd? Roedd hynny'n glir gan fod Evans-Davies wedi ei ddal mewn bagl giaidd.

Meddyliodd eto am Zelda. Roedd arno eisiau ei meddiannu, ei choncro, drosodd a throsodd. Pwyllodd. Un peth oedd chwantau'r cnawd, ond doedd hynny'n cyfri fawr ddim iddo yn ei fywyd beunyddiol, nac oedd? Y prynhawniau hir a gwallgof hynny'n unig oedd yn ei ddenu. Y cyfarfodydd cyfrinachol, y cydio, y gwasgu, y cusanu, y crafangu ffyrnig a'r gofysio yng nghorneli tywyll coridorau'r Prif Adeilad.

Ond, beth petai Ena'n dod i glywed? Byddai ei fywyd cysurus ar ben, neu, yn waeth byth, beth petai un o weision seimllyd Evans-Davies yn rhoi gwybod i'w brawd, y Cadfridog? Cofiodd y gweir a gawsai gan hwnnw pan ddaeth Ena i'w swyddfa yn annisgwyl rhyw brynhawn a darganfod y myfyriwr ymchwil newydd yna'n gaflio ar draws ei ddesg.

‘B-b-byth e-e-eto…’ mynnodd y Cadfridog wrth ei hanner lindagu. ‘Wyt t-t-ti’n d-d-deall?’ a’i atal dweud filwaith gwaeth yn ei ddicter.

Do, rhoddodd ei air bryd hynny, byth eto. Ia, byth eto fu hi, nes iddo gyfarfod â Zelda, wrth gwrs.

Gwell fyddai gweld beth oedd Evans-Davies eisiau a beth fyddai ganddo i’w gynnig.

‘A ddewch chi gyda mi?’ meddai llais isel union y tu cefn iddo.

Llamodd calon Fitzwilliam. Roedd o’n siŵr fod gan y cythraul rhyw drapdôr fel y medrai ymddangos y tu cefn i bobl ddiniwed a’u cipio i’r dyfnderoedd ysgarlat.

‘Oedd rhaid i chi *ymddangos* fel yna, Snaithe?’

‘Hen arferiad proffesiynol, mae arnaf ofn.’

Rhai munudau yn ddiweddarach fflachiodd y golau coch wrth y drws gan daflu gwawr ryfedd dros yr ystafell danddaearol. Yna, daeth cnoc ysgafn eto. Edrychodd Evans-Davies ar bawb yn eu tro a gwyrodd yntau a’r arbenigwr uwchben y diagramau. ‘Ia,’ galwodd yn uchel a chlir a daeth Fitzwilliam i mewn gyda Snaithe yn ei hebrwng.

‘A, Fitzwilliam. Da iawn ti,’ meddai Evans-Davies wrth sythu. ‘Rydw i’n falch dy fod wedi dod, yn falch iawn, ac yn brydlon hefyd. Does dim rhaid i mi gyflwyno’r Cadfridog i ti, wrth gwrs a chitha’n perthyn. Ond dyma ein cyfaill o gwmni Empire Electronics. Tyrd draw at y bwrdd.’

Cerddodd Fitzwilliam, gan deimlo llygaid pawb arno. Roedd y cur pen a waethygodd yn y lifft i lawr, rŵan yn ei feddiannu’n llwyr. Un gadair yn unig oedd wrth y bwrdd. Gwyrodd Evans-Davies a’i thynnu hi allan gyda gwên fach ddieflig, gan wahodd Fitzwilliam i eistedd. Ufuddhaodd yntau fel petai mewn hunllef uffernol, ond eto’n effro ar yr un pryd.

'Nawr te,' dechreuodd Evans-Davies yn awdurdodol. 'Mi rwyt ti'n gyfarwydd â chynnwys y Ddeddf Gyfrinachau Swyddogol wrth gwrs, ac wedi ei harwyddo fel y cofi pan fuost ti'n gymaint o gymorth i ni dros y busnes hyll yna ym Mhenyberth. Ac er nad oes rheidrwydd cyfreithiol gan fod dy ymrwymiad a dy gyfrifoldeb o dan y Ddeddf yn un parhaol am oes, waeth i ti ei harwyddo hi eto.'

Ymddangosodd Snaithe wrth ei ochr gyda phapur a phin ysgrifennu yn ei law a'u gosod o'i flaen. Edrychodd Fitzwilliam ar y papur gan geisio deall y geiriau. Ond methai'n lân â'u darllen, efo morthwyl lwmp yn curo y tu mewn i'w benglog. Roedd angen diod arno.

'Ar y gwaelod,' meddai Evans-Davies fel petai'n ceisio cymell plentyn i gymryd ffisig diflas. Torrodd Fitzwilliam ei enw.

'A dyna ni. Diolch, Fitzwilliam. Rŵan, at fusnes. Bwriad ein cyfarfod heddiw ydy esbonio i ti pam mae Mynydd y Ceiri mor bwysig i ni, hefyd yn bwysig i Brydain Fawr ac i'r Ymerodraeth gan fod yno olion ein hen hanes ni oll fel Prydeinwyr.

Isio gwarchod yr hen le ydan ni i gyd. Ac er mwyn gwneud hynny rhaid i ni sicrhau na chaiff ei ddifetha. Ni fyddwn yn gwneud dim ar y safle. Yna, wedi'r rhyfel, sydd fel y gwyddom ni oll yn anochel erbyn hyn, bydd y lle yn ddilychwin i ti a dy Adran fynd ati. A phwy a ŵyr, efallai y bydd cymorth hael ariannol i'w gael i chi at y gwaith gan y wladwriaeth.'

Teimlai Fitzwilliam eiriau Evans-Davies yn llifo drosto fel triogl melyn yn gorchuddio gwir amcan y cyfarfod. Ond roedd yn gwybod bod rhaid iddo wrthwynebu os oedd am gael rhywbeth allan o'r diawl.

'Na, mae'n ddrwg gen i. Does dim pwrpas i hyn. Mi gawson ni'r hawl i archwilio. Bydd y gwaith yn mynd rhagddo.'

'Fel y gwyddost,' parhaodd Evans-Davies, byddwn yn

ymestyn y chwarel ar ochr ogleddol y mynydd, ac mae gynnon ni ddyn da iawn yno wrth y gwaith. Ond, byddwn yn cadw'r chwarel yn ddigon pell o dy safle di ac yn osgoi ymyrryd â'r olion hynafol.'

'Dyna ddywedaist ti am Benyberth. Arbed y Plas ddywedist ti. "Safle o bwysigrwydd enfawr i lên y genedl." Minna'n cymerdawyo'r cynllun yn gyhoeddus. A beth digwyddodd?'

Eto ni chymerodd Evans-Davies yr un sylw.

'Yn hytrach, byddwn yn defnyddio rhan fechan o'r copa ar gyfer math newydd o offer trydanol, erial bach a fydd yn caniatáu i ni gysylltu yn fwy effeithiol efo'r llynges fasnachol, gwarchodwyr y glannau ac ati at bwrpasau diogelwch... gwaith cwbl hanfodol adeg rhyfel. Dim ond tywallt rhyw ychydig o goncrit mewn twll ar y copa fel angor i'r mast a bydd y lle ar gael yn ôl i ti'n y dyfodol yn ei lawn ogoniant. Gall ein cyfaill o Empire Electronics esbonio'n well, efallai.'

Gwyrodd yr arbenigwr drosodd eto ac esbonio'r diagramau ar y bwrdd. Ond roedd meddwl Fitzwilliam wedi crwydro a'r ystafell yn troi.

'Felly, fel y gweli,' ailddechreuodd Evans-Davies yn llyfn. 'Mae hwn yn brosiect cyffrous a modern... Fitzwilliam! Gwranda, wnei di? Mae hwn yn fater pwysig. Rydyn ni'n siarad yn blaen, er mwyn i ti ddeall pam mae'n rhaid rhoi'r gorau i'r gwaith cloddio.'

'Na, mae angen bwrw mlaen â'r cloddio, y rhaglen wedi ei threfnu... yr arian ar gael...'

'Paid rŵan, Fitzwilliam, paid,' meddai Evans-Davies a'i lais yn sydyn yn llawn consýrn seimllyd. 'Paid â dechra. Rydan ni'n gwybod mai crafu am yr arian wnaethoch chi i gael dechra. Mae'r gwaith yn cloffi heb weithwyr llawn amser.

Ystyria am eiliad. Bydd cyfleoedd mawr i rywun efo dy

ddonia a dy wybodaeth di. Cefais ganiatâd gweinidogol i gynnig swydd i ti, fel Llywydd y Comisiwn Gwarchod fydd yn trefnu diogelu trysorau'r genedl rhag y bomio ar y brifddinas. Bydd angen symud y trysorau, Gemau'r Goron hyd yn oed efallai, i ddiogelwch ogofâu'r chwareli llechi yn y gogledd. Dyma gyfle gwych i ti gyfrannu. Meddylia Fitzwilliam, swydd bwysig newydd i ti, cystal os nad gwell na chael dy godi'n farchog am dy waith ardderchog ym Mhenyberth. Byddai Ena wrth 'i bodd. Rhaid dechra rŵan, does dim amser i'w golli.'

'Na... na...'

'A beth am swydd i dy gyfaill, Doctor White, fel Cynorthwyydd Arbenigol Personol i ti ar y Comisiwn? A swydd i Dafydd Aspinall hefyd os leci di, ond i ti fod yn gall. Rŵan, beth amdani?'

Bellach roedd ceg Fitzwilliam yn gwbl sych a'r chwys yn llifo oddi ar ei dalcen. Teimlai fel petai ar fin chwydu. Ceisiodd godi o'i gadair. 'Na, mae'r peth yn amhosibl. Mae'n rhaid i mi adael.' Safodd ar ei draed.

Amneidiodd Evans-Davies a chododd y Cadfridog o'i gadair a chroesi'r llawr gyda chyflymder syfrdanol i ddyn mor fawr. Heb yngan yr un gair rhoddodd y Cadfridog fonclust greulon i Fitzwilliam â chledr ei law dde gan ei daro i'r llawr. Yna, teimlodd Fitzwilliam ddwylo dau o'r milwyr yn gafael ynddo a'i godi yn ôl i'w gadair. Clywodd lais Evans-Davies yn ei gysuro.

'Dyna ni. Does dim angen mwy o hynny, nac oes?'

Sylweddolodd Fitzwilliam ei fod wedi gwlychu ei hun. Daeth ton annioddefol o gywilydd drosto. Cododd Evans-Davies ei fys ac ar unwaith roedd Snaithe wedi gosod potel o frandi a gwydr ar y bwrdd. Agorodd Evans-Davies y botel a gwenu'n rhadlon. Oedodd, gan ddal llygaid Fitzwilliam am eiliad wrth dywallt a rhoi gwydriad mawr yn ei law. Yfodd yntau ef ar ei dalcen. Daeth Snaithe yn ei ôl efo'r dogfennau a'r pin ysgrifennu.

Yn y pellter, clywai Evans-Davies yn dweud, 'Rŵan, Fitzwilliam. Torra dy enw ar y gwaelod, yma ac yma. Mi wnawn ni'r gweddill. Bydd popeth yn iawn, mi gei di weld.'

Gwelai ei law yn gafael yn y pin ysgrifennu ac arwyddodd deirgwaith – ei ymddiswyddiad fel Pennaeth Adran, cytundeb ei swydd newydd a llythyr at Dafydd yn gresynu nad oedd arian i barhau â'r prosiect gan ei alw yn ôl i Lundain. A hynny heb iddo ddarllen fawr mwy na'r brawddegau agoriadol.

'Un bach arall,' meddai Evans-Davies wrth i Snaithe gamu ymlaen eto a gosod dalen o bapur ysgrifennu'r Brifysgol.

Darllenodd Fitzwilliam ei fod yn cymeradwyo'r cynllun swyddogol, cynhwysfawr, a fyddai'n gwarchod yr olion ar gopa Mynydd y Ceiri ac y byddai'r datblygiad a fwriedid yn angenrheidiol, er sicrhau diogelwch llynges fasnachol yr Ymerodraeth ac na fyddai'n achosi unrhyw bryder proffesiynol iddo.

Cymerodd y Cadfridog hanner cam ymlaen a chydag ochenaid arwyddodd Fitzwilliam y llythyr. Yna, yn sydyn, roedd pawb yn gyfeillgar, yn siarad mewn lleisiau llawer rhy uchel ac yn ysgwyd ei law fel petai wedi cyflawni rhyw gamp syfrdanol.

'Da iawn, Fitzwilliam,' meddai Evans-Davies gan roi'r papurau yn nwylo parod Snaithe. 'Mi wnest ti'r penderfyniad cywir. Bydd Ysgrifennydd y Comisiwn Gwarchod yn cysylltu cyn diwedd yr wythnos.

Rŵan, Snaithe, a wnewch chi ddanfon ein gwestai i ble bynnag y mae o'n dymuno mynd?'

Teimlodd Fitzwilliam law chwith Snaithe yn llithro o dan ei fraich o'r tu ôl a'i godi o'r gadair, a bawd y llaw dde yng nghanol ei gefn yn ei hebrwng yn benderfynol allan o'r ystafell, i fyny yn y lifft, heibio'r heddwas ac allan i'r stryd. Torrodd yn rhydd.

'Fel mynnoch chi, syr,' meddai Snaithe gyda chwerthiniad bach sbeitlyd cyn diflannu.

Dechreuodd Fitzwilliam yn ôl am Whitehall. Roedd ei drowsus yn oeri. Arhosodd, cyn camu trwy ddrws y dafarn.

Yn yr ystafell danddaearol roedd Evans-Davies a'r arbenigwr yn chwerthin yn braf efo gwydrau yn eu dwylo.

'Y drafferth efo chi, bobl filwrol,' meddai Evans-Davies wrth y Cadfridog, 'ydy nad oes gynnoch chi air da i'w ddweud am bobl fel Fitzwilliam. Tra 'mod i wedyn yn gweld eu rhinweddau a'u ffaeleddau ac yn eu gwerthfawrogi a mwynhau eu gwylio a'u rheoli. Fel morgrug mewn potel.'

'M-m-mae g-g-gen i air da am y p-p-pantomeim prynhawn heddiw,' atebodd y Cadfridog yn ffyrnig. 'Ff-ff-ffárwel!'

Chwarddodd y ddau arall gan lyncu eu diodydd.

15

'Mi dw i'n mynd rŵan, 'Nhad,' galwodd Elsbeth o waelod y grisiau.

Digon tawel fu'r hen ŵr drannoeth clywed ei newyddion am y cwmni. Roedd hithau hefyd yn bryderus ac yn orofalus, fel petai'n ofni y byddai un gair o'i le yn troi'r drol go-iawn. Dringodd y grisiau eto ac wrth ddrws ei lofft meddai, 'Rydach chi'n cofio, tydach, bod rhaid i mi fynd i'r dre heddiw. Dwi 'di gneud y trefniada. Does gen i ddim dewis.'

'Yndw wrth gwrs,' atebodd yntau'n ddigon cwta.

'Ond tydy hyn ddim yn fater o gymryd ochr. Rydach chi'n gwybod hynny, tydach? 'Y ngwaith i ydy o.'

'Mi rydw i'n dallt hynny'n iawn. Cer di, mi gawn ni sgwrs eto pan fydd petha'n dechra newid, er gwaeth. Bydd yn rhaid i ti ddangos dy ochr, bryd hynny. Ond cadwa di ar yr ochr iawn iddyn nhw am rŵan, 'mach i. Wela i chdi heno,' ychwanegodd gyda gwên.

Bellach roedd ei lais yn hen ac yn ansicr.

Wrth anelu am y drws tarodd olwg ar ei dillad unwaith eto, ei dillad gorau. Roedd hi wrth ei bodd â'r wisg fach ddu – y defnydd jersi'n feddal a chyfforddus, ond eto'n glynu i'w chorff yn y llefydd cywir, gan ddangos, ond heb orbwysleisio, fel y dywedodd Miss Roberts y wniadwraig ym Mhwllheli tros ei hysgwydd, wrth i'r ddwy sefyll yn wynebu'r drych mawr. Roedd y siaced wedyn, a'i phocedi clwt amlwg, yn rhoi elfen o ffurfioldeb, a'r sgarff sidan a'r pymps du yn cwblhau'r argraff o hyder *chic.* 'Fel tasat ti newydd eu ca'l nhw o Baris,' meddai Miss Roberts heb guddio ei balchder yn ei gwaith.

Syllodd yn y gwydr wrth y drws a sythu ei beret du rhyw fymryn i gaethiwo'r gyrlen a fynnai ddianc. Yna, teimlodd ansicrwydd yn dod drosti, yn don o wendid a chrynai ei choesau a'i chluniau gymaint nes y bu'n rhaid iddi sythu ac ysgwyd ei chorff i gael gwared ar y cryndod. Agorodd ei briffces a rhoi ei sbectol newydd ynddo'n ofalus. Mentrodd allan.

Roedd criw wedi hel wrth y Groes i ddal y bws i'r dref, amryw ohonynt yn llwythog efo basgedi o gynnyrch ar gyfer y farchnad. Crafodd y bws yn boenus o araf i fyny'r allt o'r iard. Hen gerbyd o adeg y rhyfel a wasanaethai yn gyntaf fel lorri lo y cylch oedd y bws, wedi ei addasu fel yr unig gerbyd yn fflyd Yellow Motors.

Arhosodd y bws a neidiodd Gruffydd Huw, y gyrrwr, i lawr yn sionc o'i sedd a hel arian y bobl. Roedd sigarét heb ei thanio yn ochr ei geg a gair ganddo i bawb, weithiau yn cyfarch yn barchus, weithiau yn cellwair. Elsbeth oedd yr olaf, a phan gamodd hi ymlaen mi gamodd yntau'n ei ôl a'i freichiau ar led gan wneud ati i ryfeddu.

'Wel, Miss Cadwaladr fach, on'd ydach chi'n bictiwr? Ydach yn wir. A hitha mor gynnar ar y dydd hefyd. Wanwl, ddowch chi ddim efo fi i'r ddawns mam'sel? Mi gaiff rhain ffendio'u ffordd 'u hunain i Bwllheli.'

Yna, gydag acen Ffrengig eithafol canodd, '*Tu et moi, ma cherie, oui oui oui, a Pariiii.*'

'Tyd yn dy flaen, Gruffydd Huw,' gwaeddodd llais diamynedd o'r tu blaen. 'Mae hwn yn wirionach na'i frawd, hyd yn oed, fel tasa hynny'n bosib.' Daeth ton isel o chwerthin o'r bws wrth iddo ddringo i sedd y gyrrwr cyn galw, 'Ydy pawb yma?'

'Na, na,' atebodd llais petrusgar benywaidd o'r cefn. 'Newydd gofio. Mae Letitia Me Cwin am ddod hefyd.'

'Rargian,' atebodd Gruffydd Huw, 'unwaith 'rioed fuodd honna'n brydlon yn ei bywyd ac mi gafodd fod yn Me Cwin am oes am ei thrafferth. Tasa hi'n brydlon bob dydd yna mi fyddai hi'n beryg i'r Brenin ac i'r Prei Minisdyr ill dau.'

Ar hynny daeth gwraig denau heibio'r capel a phrysuro am y bws. 'Mae'n wir ddrwg gen i bawb,' meddai'n gwynfanllyd wrth ddringo i'w sedd. 'Cwilym wedi hen fynd i'r chwarel a'r mochyn wedi denig i'r cae.'

'Ymlaen â ni dreifar,' meddai wedyn. Ond bellach nid cwyn oedd ganddi ond gorchymyn, a hynny mewn llais cryf hyderus, cystal pob blewyn â llais unrhyw frenhines arall.

Rhuodd yr injan, crafodd y gerbocs a dechreuodd y bws yn swnllyd yn ôl i lawr yr allt ac am y dref. Nid fod y sŵn yn rhwystr o gwbl i'r sgwrsio wrth i'r teithwyr floeddio'n hapus ar dop eu lleisiau, yn bentref ar olwynion, nes iddynt droi am y Maes yng nghanol y dref a dod i stop y drws nesaf i'r lladd-dy.

'Nid fan hyn dreifar, yr ochr arall i'r Maes, os gwelwch chi fod yn dda wir,' meddai llais y Me Cwin, a doedd dim dewis ganddo ond ufuddhau. Ond gofalodd yntau ei fod yn disgwyl amdani yng nghefn y bws, efo'i law allan am y pres na chawsai ganddi ar y Groes.

'Cofiwch, rŵan, Mrs Davies. Mi fydda i'n cychwyn yn ôl yn brydlon pnawn 'ma. Dim eiliad ar ôl pedwar o'r gloch.'

'Wel, byddwch debyg, dreifar,' atebodd hithau, yn synnu ei fod o hyd yn oed yn meiddio meddwl y byddai'n rhaid iddo oedi o'i herwydd hi.

Roedd Elsbeth yn edrych ymlaen at awran o gwmpas y siopau, ac yn arbennig at gael gweld Mrs Pari yng Ngwasg yr

Utgorn. Roedd ei phryder am y rheol iaith newydd yn dal i gnoi. Llwyddodd i wthio hynny i gefn ei meddwl wrth iddi anelu ar draws y Maes at gongl Rhes y Meitar a siop y dilladwr.

Roedd y dref yn brysur yn barod gydag amryw eisoes wedi gosod eu cynnyrch allan i'w werthu. Y tu ôl i'r stondin fwyaf roedd Ben Llestri yn gweiddi ar dop ei lais. 'Yes cariad, mwrdro prisiau, today. Miss these and you'll miss your way home, cariad. Yn mwrdro prisiau! Lleeeeestriiii rhaaaaad!'

Nesaf ato safai Sei y Pysgotwr efo cart llaw yn llwythog a'i gri gwta ddwyieithog ei hun, 'Ffish ffresh! Fresh fish! Macrall ffresh o'r môr!'

Gwthiodd Elsbeth ddrws trwm Siop y Dyn Clên yn agored.

'Elsbeth Cadwaladr, wel yn wir,' meddai'r siopwr. 'Wedi dod i'r dre fawr ddrwg i negeseua. Dowch i mewn, 'mach i. A sut mae ffaddyr? Ydy'r siwt yn plesio? Eisteddwch wir.'

Roedd dwy gadair ochr Elsbeth i'r cownter. Dewisodd yr un agosaf at y drws.

'Biti garw am 'i goesa fo ac yntau cystal gweithiwr. Y setsmon gora a welson nhw 'rioed, wyddoch chi. Dw i'n 'i gofio fo'n ennill ar y gystadleuaeth gneud sets yn y Steddfod Genedlaethol. Dim amheuaeth pwy oedd am ei chipio hi, nac oedd yn wir. Rŵan, beth fedra i estyn i chi hiddiw?'

Aeth Elsbeth trwy ei rhestr ac yn fuan iawn roedd y siopwr wedi gosod amrywiaeth o ddilladau dros y cownter gan esbonio rhinweddau pob un yn ei dro.

'Mi gewch chi rhain ar apro wrth gwrs, ond i chi forol eu gyrru nhw'n ôl efo'r bws os na fyddan nhw'n siwtio. Os bydd angen eu haltro, mi gaiff John Teiliwr neud. Mi wna i eu rhoi nhw i lawr rŵan yn y llyfr.'

Ymddangosodd Robyn, nai y perchennog o'r cefn. Bu yn yr

ysgol fach gydag Elsbeth, cyn iddi fynd i'r Ysgol Sir ac yntau'n gorfod aros am dair blynedd cyn dod i weithio i'r siop.

'Beth-els Waladr-cad,' meddai gyda gwên swil, gan fabwysiadu'r bacslang a ddefnyddiai pobl siopau'r dref er mwyn siarad yn gyfrinachol.

'Rŵan, Elsbeth,' meddai'r siopwr ar ei draws, 'gymerwch chi'r petha yma efo chi? Yntau 'u codi nhw nes ymlaen wnewch chi?'

'Eu codi nes ymlaen os gwelwch yn dda, Mr Roberts,' atebodd hithau. 'Mae gen i fwy o lefydd i fynd iddyn nhw gynta.'

'Iawn, wrth gwrs, Elsbeth fach. Bydda i wedi eu gneud nhw'n barsel i chi erbyn y pnawn.'

Yna talodd Elsbeth am y siwt, na fynnai ei thad ei gwisgo, gydag arian o'r pwrs lledr coch o waelod ei briffces.

'Tri talu drwg sydd Elsbeth,' meddai'r Dyn Clên wrth roi'r pres yn y drôr. 'Talu'n rhy gynnar, talu'n rhy hwyr... '

'A pheidio talu o gwbl,' ychwanegodd Elsbeth gan chwerthin.

16

Roedd y dref yn prysuro go-iawn bellach wrth i Elsbeth ymlwybro i fyny Stryd Penlan ac ymlaen, heibio Siop Gydabyrja, Neuadd y Dref, Siop Meri Mangl a siop Pollecoff. Safai Argraffdy'r Utgorn y tu cefn i'r siop lyfrau a gariai'r un enw, ar ben Siginsed. Prin canodd y gloch wrth i Elsbeth agor drws y siop yn araf a sleifio i mewn. Ni chymerodd y wraig a eisteddai y tu ôl i'r cownter yn y pen pellaf unrhyw sylw ohoni beth bynnag, a hithau'n ddwfn mewn llyfr.

Roedd Elsbeth wrth ei bodd efo'r siop ers oedd hi'n blentyn. Doedd dim byd yn perthyn i'w gilydd ond roedd pob dim rhywsut yn union yn ei le. Y silffoedd o lyfrau ail law yn ddiddorol iddi, hyd yn oed y llyfrau anniddorol. Yn y canol safai bwrdd mawr mahogani ar garped Twrcaidd coch tywyll, a llyfrau a phamffledi newydd arno. Rhai Cymraeg oedden nhw'n bennaf gydag ambell un o'r llyfrau prin hynny am Gymru yn Saesneg mewn pentwr bach naill ochr. Cariai nifer o'r pamffledi enw 'Gwasg Yr Utgorn' ar eu cloriau. Felly hefyd casgliad bychan o lyfrau a gedwid ar silff arbennig yn agos at y cownter, llyfrau o argraffiad cain gydag enw'r wasg mewn llythrennau aur ar y meingefn. Ym mhen draw'r silff arbennig hon, roedd clustog melfed gwyrdd a chath yn gorwedd arno, yn cadw llygaid swrth ar faterion.

Smaliodd Elsbeth gymryd golwg ar gasgliad o gofiannau hoelion wyth y pulpud oes Fictoria, wrth giledrych tuag at y cownter. Gwisgai'r wraig ei gwallt i fyny ac roedd sleid cragen crwban yn ei ddal yn ei le. Roedd ei gwisg yn ddu, a thros ei hysgwyddau roedd siôl sidan coch dwfn gyda brodwaith gwyrdd tywyll arni. Gwisgai sbectol fach gron ar flaen ei thrwyn, fel rhyw hen nain mewn llyfr lluniau i blant. Ond, roedd y llygaid y tu ôl i'r gwydrau yn las golau ac yn dreiddgar. Cerddodd Elsbeth yn araf ar flaenau ei thraed, at y cownter cyn sefyll o'i flaen.

Heb godi ei golwg o'i llyfr meddai'r ddarllenwraig, 'Paid ti â meddwl am eiliad, Elsbeth Cadwaladr na welais i mohonot ti'n dod i mewn. A pha ddiddordeb sy gen ti, dywed, mewn cofianna pregethwrs? Er mae 'na gopi glân iawn o gofiant y Parchedig William Cadwaladr Williams, Penbedw, ar yr ail silff i lawr, y pumed un o'r pen pella fel dwi'n cofio. Neb fawr wedi ei agor o 'rioed.'

Rhoddodd ei llyfr i lawr gyda gwên. 'Mae o'n perthyn i ti o bell, wyddost ti. Ond, rhag i ti feddwl crandio, dim ond trwy hynny o waed a wêl rhywun trwy waelod tun corn biff, fel bydda dy fam druan yn deud. Ond mae ambell un, wn i ddim pam 'chwaith, yn meddwl bod hwnnw'n llyfr sy'n werth rhyw sbec o leia. Ond llên fodern ydy dy betha di, yntê? Ei sgwennu, cystal â'i ddarllen, os oes 'na unrhyw dryst i'w roi ar ganlyniada 'steddfoda'r partia 'ma.'

'Does dim twyllo arnoch chi, nac oes Mrs Pari?' atebodd Elsbeth gyda gwên.

'Nac oes yn wir, does 'na ddim 'y ngenath i. Er mi wnaeth ambell un 'i gora hefyd cofia. Rŵan, ble fuost ti c'hyd heb alw i'n gweld ni? Ond yn bwysicach, sut mae pawb a phopeth ym mhob man?'

'Wel, Letitia Me Cwin yn hwyr i'r bws. Eto. "Y mochyn wedi denig i'r cae!" O, a phris pysgod, Mrs Pari, wel wrth gwrs, mae pris *pysgod* yr un mor ddiddorol ag erioed.'

'Un garw wyt ti, Elsbeth Cadwaladr, yn gwrando ac yn cofio. Adra wedyn i sgriblo'r cyfan i lawr, debyg. Does 'na fawr ddim yn mynd heibio chditha 'chwaith nac oes?'

'Rydan ni'n adar o'r unlliw, Mrs Pari.'

'O ia? Ac ar ba gyfri wyt ti 'di hedag yma hiddiw felly?'

''Nhad yn holi am ail gyfrol Geiriadur Seiniadol Carnfallwch, os cawsoch chi hyd i gopi iddo fo, os gwelwch yn dda. Yn methu byw yn 'i groen heb ga'l gweld beth sydd y tu hwnt i "J" medda fo. "Fedar dyn ddim byw ar ddim ond hanner y wyddor." Hefyd mae o isio pinna dur, inc a phapur.'

'Pam goblyn mae o gymaint am ryw hen betha fel 'na, dywed i mi. Bydda'n ffitiach peth iddo fo godi o'r gwely 'na a dod i lawr i 'ngweld i ei hun i ni ga'l sgwrs iawn. Pryd fuodd o yma ddwaetha i dorri gair efo fi? Pryd? Bora angladd Eifionfab, dyna i ti pryd. Blwyddyn yn ôl i'r Pasg dwaetha. Ac mi bwdodd o a chymryd at 'i wely wedi hynny, dim ond am 'mod i'n gwrthod brolio digon ar 'i rigyma fo. Deud fod golygydd papur C'narfon yn rhagori arna i fel beirniad a fynta'n nabod dim ar y dyn. Ond "golygydd craff, ysgolhaig, meddwl agored, chwaeth," medda dy dad. A "dyn sy'n medru gwerthfawrogi barddoniaeth",' ychwanegodd wedyn gyda chwerthiniad.

'Nid felly mae o'n gweld petha rŵan, Mrs Pari,' atebodd Elsbeth, gyda gwên.

'Na, debyg iawn. Felly rown i'n deall o'i lythyr o dydd Gwener. Dyn C'narfon, un gwahanol bellach, wedi gwrthod cyhoeddi'i waith o unwaith yn rhagor. Ddim ar unrhyw gyfri, glywis i. A rŵan mae dy dad yn y siambr sorri eto a dyn newydd C'narfon hefyd yn waeth na baw yn 'i olwg o.'

'Ia, felly mae hi acw. Mi rydach chi'n 'nabod 'Nhad yn iawn, Mrs Pari.'

'Ydw, ydw a does 'na neb i'w guro fo ar sawl cyfri, heblaw

am fy Roger i, wrth gwrs. Er, mi rwyt titha yn dod yn reit uchel yn y llyfra, o bryd i'w gilydd hefyd. Ond anghofia 'mod i 'di deud hynny amdanat ti, neu mi fydd dy hen ben di'n chwyddo'n waeth nag erioed. Rhwng hynny ac ennill yn 'steddfoda. Ble fuodd dy fuddugoliaeth ysgubol ddiweddara di, dŵad?'

'Bwlchtocyn. Ar y stori fer, Mrs Pari.'

'Ia, a be arall ond y stori fer? Y stori fer ydy pob dim gynnoch chi bobl ifanc y dyddia yma, wrth gwrs. Y seren wib. Ond beth sy o'i le ar yr ysgrif a'r traethawd? Y *belles-lettres* neu'r bregeth hyd yn oed? Dyna be leciwn i wybod. P'run bynnag am hynny, be wyt ti'n 'i ddarllen ar hyn o bryd?'

'Rhanna olaf Anna Karenina…'

'Hmm. Eitha da. Ond dim ond rhanna?'

'A hitha'n mynd am y stesion…'

'Wela i. Dewis da. Ond dim ond rhanna…'

'Yn y Ffrangeg, Mrs Pari.'

'Wel, mae hynny rhyw fymryn yn well, mae'n siŵr gen i.'

'Mae gen i rwbeth yma i chi ddarllen hefyd, pe bai gynnoch chi rhyw funud.'

'Na, na,' atebodd hithau gan godi ei llyfr yn amddiffynnol. 'Tydy barn hen wraig fel fi'n cyfri dim bellach. A does gen i 'run eiliad yn sbâr 'chwaith, efo siop brysur i'w rhedeg a phapur llawn dop o'r newyddion diweddara i'w sgwennu bob mis.'

Gwnaeth sioe fawr o ailddechrau darllen ei llyfr. Roedd y siop yn gwbl dawel. Safodd Elsbeth yn llonydd o flaen y cownter, yn cyfri o dan ei gwynt.

'Er, mae'n siŵr y bydd gen i ryw funud neu ddau 'fory a hitha'n hanner diwrnod arnom ni. Be wyt ti wedi ei ddod i mi?'

Estynnodd Elsbeth i'w briffces a chodi swp o dudalennau allan. Cipiodd Mrs Pari y papurau o'i llaw. Ar hynny canodd cloch y siop yn wyllt. Llamodd y dyn llestri rhad i mewn a dod ar ei union at y cownter.

'You got the *Daily Sketch*, misis?' gofynnodd.

'No. Onli *Utgorn*,' atebodd Luned Pari. 'An onli las mynths copi tw on top of ddat. Ond dyma fo i ti. Tw peni,' ychwanegodd gan hwrjo copi ato o'r pentwr ar y cownter.

Edrychodd y dyn o'i gwmpas am eiliad mewn syndod, fel petai o'n sylwi ar wir natur y siop am y tro cyntaf. Daliodd lygaid y ddwy, yn syllu arno'n ddi-ildio. Cymerodd ei lwnc, rhoddodd geiniogau yn llaw agored Luned Pari a chymryd y papur o'i llaw arall. Yna, trodd ar ei sawdl heb air pellach. Torrodd y ddwy i chwerthin hyd nes bod y dagrau'n powlio i lawr eu gruddiau.

Yn y cefn roedd Roger Pari yn codi dalen brawf y gwaith nesaf i ddod o'r wasg, argraffiad cain o'r Gweledigaethau. Byseddodd y papur yn ofalus. Y papur lliain gorau, meddyliodd. Ac yn wir, roedd y blociau a wnaed gan Oswald, athro celf y Cownti Sgŵl, yn ardderchog. Gyda gwên o foddhad dychmygodd yr ymateb tebygol pan gyhoeddid y llyfr at y Nadolig. Ond torrwyd ar y tawelwch gan chwerthin benywaidd. Adnabu lais ei wraig wrth gwrs, llais a gariai ymhell. Llais rhy ddwfn rywsut i ddynes fach. Ond llais pwy oedd yr un ysgafnach? Rhoddodd y papur yn ofalus ar y fainc ac aeth drwodd.

'Arhosa di rŵan, Elsbeth, i mi godi'r dŵr bron at ferwi ar y gias bach,' meddai Luned Pari. 'Fydd o ddim o dro ac yna mi gawn ni ein coffi ac eistedd i ga'l sgwrs iawn, gan weld 'i bod hi mor gynddeiriog o brysur yn y siop 'ma. A wel wel, dyma Roger Pari 'di cyrraedd. Does dim ond rhaid deud y gair coffi ac mae o drwodd i'r siop fel mellten.'

'Methu gweithio o glywad eich chwerthin chi yn drybowndian trwy'r lle 'ma oeddwn i. Sut ydach chi, Elsbeth, a sut mae eich tad erbyn hyn? Oes 'na goffi i ga'l i weithiwr blinedig? Mae'r Mrs Pari 'ma'n un arw am goffi, wyddoch chi, Elsbeth. Minna 'di ca'l paced arbennig iawn o ffa efo'r cariar echdoe, ond pwy a ŵyr am ba hyd y parith o efo hon fel ag y mae hi. Oni fyddai'n well i ti agor siop goffi, Luned, o weld bod y ffrynt 'ma mor rhyfeddol o lewyrchus gen ti?'

'Cystal pob blewyn â dy dipyn busnas di'n y cefn 'ngwas i,' atebodd hithau. 'A tydy Elsbeth ddim isio clywad dy hen hewian ditha 'chwaith. Mae ganddi rwbeth amgenach i'w drafod heddiw, yn does Elsbeth?'

Trodd y ddau gyda'i gilydd yn heriol ddisgwylgar at Elsbeth ac am unwaith roedd hithau wedi ei tharo'n fud. Yn sydyn llanwyd y gwagle rhyngddynt eto gyda chwerthin.

'Wel, os mai felly mae'i dallt hi, dw i'n mynd drwodd yn ôl at 'y ngwaith,' meddai Roger Pari wedyn. 'Ddoi di â chwpanaid ata i pan fydd o'n barod, Elsbeth?'

'Gwnaf, wrth gwrs Mr Pari,' atebodd hithau. Ond roedd Elsbeth bellach wedi difrifoli o gofio bod ganddi fusnes efo gŵr Gwasg yr Utgorn. 'Mae gen i rwbeth i'w drafod efo chitha hefyd.'

Aeth Roger Pari yn ôl i'r wasg a gwneud rhyw ychydig o le ar gownter y cefn ar gyfer y coffi, rhag mentro ei droi dros y gwaith newydd ar y fainc. Edrychodd eto ar y pared mawr nesaf i'r ffenestr gefn lle glynwyd prif enghreifftiau degawdau o waith y wasg, yn rhaglenni eisteddfod a sasiwn, yn daflenni c'nebryngau mewn arddulliau gwahanol, yn bosteri ac yn wynebddalennau llyfrau. Yn amlycach, casgliad o gloriau pamffledi radical a chenedlaetholgar. On'd oedd y pared yma'n cario hanes cymdeithasol y fro fel y'i crëwyd, meddyliodd. A hanes pethau pwysig y genedl gyfan o ran hynny. Hanes y frwydr dros gyfiawnder cymdeithasol a chenedlaethol, heddychiaeth hefyd. Deall hanes, a hynny'n sail i ddeall heddiw a chreu yfory, dyna oedd ei angen.

'… Mi fyddi di'n gweld hyn fel dysgu pader i berson Elsbeth, ond fedra i ddim gorbwysleisio hynny.' Roedd Mrs Pari yn traethu a fiw fyddai torri ar ei thraws.

'Mae mwy i lenydda na sgwennu yr hyn rwyt ti'n 'i weld a'i glywad, waeth pa mor ddifyr ydy hynny. Mi wyddost ti hyn i gyd yn iawn wrth gwrs. Mae 'na gledwch a cheinder o dan yr wyneb, heblaw am yr haena eraill o draethu. Ia, o dan yr wyneb, esgyrn o dan y cnawd. Rhwbeth na fydd darllenwyr cyffredin yn ei ddirnad. Dylet ti guddio hynny'n well, weithia. Felly byddai Leonardo a Michaelangelo yn 'i gweld hi hefyd, o ran 'u petha nhw. Gorfod deall y sgerbwd, pob dim cudd, cyn mentro efo'r brwsh.'

Tynnodd y tegell bach du oddi ar y cylch nwy a llenwi'r pot coffi efo dŵr bron ar ferwi. 'Y digwyddiad, y sgwrs neu'r tro trwstan ydy'r gronynna angenrheidiol. Ond mae'n rhaid eu trin nhw at bwrpas. Yna, eu mwydo nhw'n dy feddwl, yn dy isymwybod hefyd, er mwyn iddyn nhw fwrw eu ffrwyth. Wedyn… dyna ni, wele drawsnewidiad llwyr… ac mae'r coffi… yn barod.' Tywalltodd rywfaint o'r hylif trwchus i gwpan fechan.

'Rŵan. Du bitsh, dau lwmp o siwgwr a gwydriad o ddŵr oer. Fel 'na mae Roger yn 'i lecio fo. Fuodd o yng ngogledd yr Eidal, fel y gwyddost, adeg y Rhyfel, ac unwaith wedyn ar ôl i ni briodi. Cyn i'r bwystfil yna Mwsolini gipio grym. I weld ei ffrindia gwleidyddol. Hynny ymysg petha eraill wrth gwrs, i mi yr Wffisi yn arbennig iawn.

Dos â hwn iddo fo, wnei di? Yna mi gawn ni ein coffi ni. Drwy laeth i mi. Ac i ti, du efo 'chydig o ddŵr poeth i'w deneuo?'

'I'r dim. Diolch Mrs Pari.'

Tynnodd Elsbeth y ffolder yn cynnwys testun y rheolau diogelwch newydd o'i briffces, ei gosod o dan ei chesail ac yna aeth drwodd i'r cefn efo'r coffi a'r dŵr.

'Yma ar orchymyn penodol Mr Spinks, rheolwr newydd y chwarel ydw i, Mr Pari,' dechreuodd Elsbeth yn bendant wrth basio'r coffi a'r dŵr iddo. 'Mae o isio i chi argraffu rheola diogelwch newydd y chwarel. Dyma'r testun ac ar ffurf poster, os gwelwch yn dda. Un mawr fel y gall pawb weld y rheola newydd yn glir, medda fo. Gaiff o amcanbris am hanner cant yn gyntaf? Mae o'n awyddus i'w rhoi ym mhob cwt ac ar bob wal yn y chwarel, dybiwn i.'

Cymerodd ei gwynt. 'Ond wn i ddim beth wna'r gweithwyr ohonyn nhw, 'chwaith,' ychwanegodd yn ddistawach.

Rhoddodd Roger Pari y gwpan a'r gwydr ar y cownter yn ofalus a gosod y rheolau newydd yn daclus wrth eu hymyl.

'Iawn. Diolch Elsbeth fach. Mi rwyt ti'n un ffeind gynddeiriog. Mi gymera i olwg ar y gwaith wrth ga'l 'y nghoffi. Cer di'n ôl at Luned, mae hi wrth 'i bodd yn ca'l deud 'i deud wrthat ti gan arbed rhyw 'chydig felly ar 'y nghlustia i... a fy amynedd hefyd, o ran hynny,' ychwanegodd gyda gwên.

Roedd dwy gwpanaid gwydr trwchus o goffi ar y cownter pan ddaeth Elsbeth yn ôl i'r siop, a phlât bach o fisgedi wrth eu hochr.

'Mae hwn yn dda, ond braidd rhy hunangofiannol,' meddai Luned dros ei hysgwydd wrth roi'r gwaith a ddaeth Elsbeth ati i lawr ar y cownter.

'Mae 'na werth a phwrpas penodol mewn defnyddio troeon dy fywyd dy hun, ond mae gen ti ryw dueddiad o fod yn rhy lac. Dryswch gei di'n y diwedd os ei di'n rhy bell i'r cyfeiriad yna, cofia. Felly, disgyblaeth. Rŵan 'stedda.'

Roedd y gath wedi sefydlu ei hun ar yr ail gadair y tu ôl

i'r cownter erbyn hyn. Sgubodd Luned hi i ffwrdd gyda, 'Sgat Bibesco!'

'Ia, braidd yn hunangofiannol mae'n siŵr,' atebodd Elsbeth wrth eistedd. 'Ond wn i ddim oes gen i fawr ddim arall i'w ddeud ar hyn o bryd. Dim ond yr hyn dw i'n 'i glywad a'i deimlo bob dydd. Dim byd pwysig.'

'Wel, wn i ddim am orfod deud "petha pwysig" cofia. Mae 'na ddigon o rwtsh difyr wedi ei roi rhwng dau glawr, heb i'r awdur orfod adrodd 'i hanes personol dirdynnol ei hun yn ddiymatal. Na damcaniaethu am betha mawr bywyd 'chwaith. Deall sut i chwarae efo'r testun yn ôl dy ddewis dy hun, dyna ydy o… Ond p'run bynnag, mae *gen* ti betha pwysig i'w deud, Elsbeth. Ond i ti wrando yn ddigon astud ar dy lais dy hun. Gwrando a meddwl, dethol a gweithio.

Mae deud wrth ein gilydd be sy'n digwydd yn bwysig i ni yn y wlad fach yma, cofia di. Siarad efo'n gilydd, esbonio, canfod y ffordd mlaen efo'n gilydd. Dy ffordd di o neud hynny, hyd y gwela i, ydy trwy lenydda. Dyna dy ddyletswydd di.

Felly, stori epistolaidd. Da iawn chdi am fentro ar y ffurf. Un digwyddiad, dau wirionedd, un cystal â'r llall a dau ddehongliad. Amwys a difyr iawn a stori i'w chyhoeddi y tro yma. Dim hel 'steddfoda, mae'n hen bryd i ti roi hynny heibio.'

'Iawn, Mrs Pari.'

'Rŵan, 'stedda da chdi ac yfa dy goffi 'ngenath i, i ni ga'l siarad, neu i mi ga'l siarad, rwyt ti'n 'i feddwl, mae'n siŵr. Tasa hi ryw fymryn yn hwyrach ar y bora, mi faswn i'n cynnig gwydriad o *eau de vie* i ti. Ond mae'r bisgedi bach almwnd 'ma'n ardderchog, beth bynnag. Er wn i ddim be ddaw o'n dannedd ni 'chwaith, gan 'u bod nhw'n ffiaidd o felys. Ond mi gei di 'u trochi nhw'n y coffi, os leci di. Fedrat ti ddim gneud hynny efo dy fadeleines meddal di rŵan, na fedrat? Er byddai perffaith hawl fan yma i ti neud fel a fynnot ti, cofia. Tydy'r cymhlethdoda yma'n cyfri dim i ni yn yr *avant-garde!*' ychwanegodd, gan chwerthin ar ei phen ei hun am ddweud y fath beth.

Yna, cymerodd Luned fisged a'i throchi yn y coffi gwyn. Toddodd y fisged yn gynt na'r disgwyl ac roedd mewn perygl o'i cholli ynddo. Cododd hithau fisged arall sych, ei llithro'n gyflym o dan yr un simsan a brathu'r ddwy gyda'i gilydd.

'Rydach chi'n hen law, Mrs Pari,' meddai Elsbeth mewn edmygedd.

'Anelu at ga'l y gora o ddau fyd fydda i, wyddost ti. Y meddal a'r caled. A llai o'r "hen" 'na, os gweli di fod yn dda.'

Ar hynny daeth Roger Pari drwodd o'r cefn efo ffolder Elsbeth yn ei law. 'Mae'n ddrwg gen i Miss Cadwaladr,' meddai rhwng ei ddannedd gan roi'r ffolder yn ei llaw. 'Ni fyn Gwasg yr Utgorn wneud gwaith o'r math yma. Ac i fod yn blaen, rwy'n synnu atoch chi'n dod â'r fath beth yma ac yn synnu hefyd eich bod chi, chi o bawb, yn gweithio i ddyn sy'n meddwl gorfodi rheol o'r fath ar weithwyr Cymru. Rhag eich cywilydd chi.'

'Roger! Be sy haru ti? meddai Luned mewn braw. 'Mae'r dyn 'ma fel matsien, wir Elsbeth! Beth sydd?'

'Yr hogan wirion 'ma sy am orfodi'r Cymry i siarad Saesneg yn y gwaith. Dyna beth sydd. Darllena di reol naw drostat ti dy hun. Uniaith Saesneg, wrth gwrs.' Cipiodd y ffolder yn ôl o law Elsbeth, ei hagor a thaflu'r papur ar y cownter o flaen ei wraig.

Darllenodd Luned Pari y geiriau mewn amrantiad. Ni allai gredu bod Elsbeth â rhan yn y fath ffolineb. Ond o edrych i fyny gwelai fod wyneb ei ffrind ifanc yn glaerwyn.

'Nid fi... Spinks... Gorchymyn oedd o...' dechreuodd Elsbeth. Ond wrth iddi yngan y geiriau sylweddolodd cymaint o gam gwag fu dod â'r fath ddogfen i Wasg yr Utgorn! Ni allai ddioddef ei chywilydd am eiliad yn rhagor a throdd ar ei sawdl am y drws heb ddweud gair pellach.

'Yr euog a ffy heb neb yn ei herlid,' meddai Roger yn ei dymer a throi yn ôl am y wasg.

'Arhosa, Elsbeth!' galwodd Luned. 'Go drapia'r dyn 'ma. Arhosa.'

Cododd o'i sedd a rhuthro am y drws, ond roedd Elsbeth eisoes wedi cyrraedd gwaelod y stryd fawr ac yn cerdded oddi yno'n siarp.

'Damia,' meddai Luned ar y palmant o flaen y siop. 'Damia, damia.'

Sylweddolodd fod ei chwpan goffi yn dal yn dynn yn ei llaw. Taflodd hi i'r llawr gan ei malu'n deilchion.

Ceisiodd Elsbeth Cadwaladr ei gorau i rwystro'r dagrau rhag llifo ar ei gruddiau. Cerddodd a cherddodd, er na wyddai i ble ac ni faliai ychwaith. Gwthiodd ei ffordd trwy'r dyrfa heb sylwi ar gyfarchion cydnabod, nac ar ambell i reg wrth iddi daro yn erbyn rhywun yn ddiofal.

Aeth heibio'r Castle Hotel a'r Whitehall, ac yna i ben Stryd Moch. Roedd y stryd yn gul a serth efo pobl yn llenwi'r palmentydd. Felly, cerddodd i lawr ei chanol. Deuai trol fawr drom i fyny yn araf i'w chyfarfod. 'Cym'rwch ofal, Miss,' galwodd y dyn a'i gyrrai o'i sedd uchel. Treiglodd cabeitsien i lawr y stryd, wedi disgyn o fasged rhywun. Aeth o dan olwyn flaen y drol ac fe'i maluriwyd yn siwrwd gwlyb. Gwyrodd Elsbeth ymlaen at yr olwyn ôl.

'Cym'rwch ofal...' galwodd y dyn eto a chamodd hithau'n ôl mewn braw.

Cerddodd heibio'r hen reinws a heibio Capel Penlan. Roedd coeden o flaen y capel, ac wylai ei changhennau drosodd tuag at y stryd. Cuddiodd oddi tanynt. Yna daeth lleisiau i'w chlyw, yn llafarganu'n groch trwy ffenestr.

'Come in, come in,' medd gwraig Y Ship Inn.

'Sit down, sit down,' medd dynes Y Crown.

Sylweddolodd ei bod o flaen Tafarn y Meitar a bod haid o foch bach yn ei hamgylchynu. 'Cym'rwch ofal, Miss,' meddai'r hen ŵr a oedd yn eu gwerthu. Roedd y moch bach yn gwichian ac yn rhochian, yn troi blith draphlith o'i hamgylch. Cofiodd ei bod wedi gadael ei briffces, ei phapurau a'i phwrs coch yn Siop yr Utgorn. Sut yn y byd y bu hi mor ffôl?

'O'r ffordd wir,' meddai hi'n flin, gan wthio'r mochyn bach mwyaf hy i'r naill ochr â'i throed. Roedd hwnnw bellach wedi bawa a'r aroglau surfelys yn codi cyfog arni.

Cododd Elsbeth ei hances at ei thrwyn a cheisiodd wthio heibio'r hen ŵr. Roedd sŵn y dref wedi gostegu'n rhyfedd.

'Cofiwch mai dim ond mochyn bach wrth ych traed chi ydy hwn,' sibrydodd y dyn eto wrth i gar gwyn stopio wrth y palmant. Neidiodd Spinks ohono.

17

Yn gynharach y bore hwnnw roedd Spinks ar fin gadael y swyddfa i gychwyn am Bwllheli. Doedd ganddo ddim busnes penodol yn y dref, heblaw am gyfarfod ei ddarpar brif glerc, wrth gwrs. Ei chyfarfod a'i syfrdanu.

'Mynd allan, Mistar Spinks?' gwichiodd Morgan wrth iddo fynd heibio'r ddesg, cyn ychwanegu'n hunandosturiol, 'Dim ond fi fydd yn y swyddfa, felly.'

'Ia, Mr Morgan. Mynd mas a'ch gadael chithe wrth y llyw, wrth gwrs,' cyn ychwanegu'n gyfeillgar, 'Mr Prif Glerc.'

Gwenodd Alwyn yn siriol. Yna pwyllodd. 'Ond beth petai galwad ffôn, neu lythyr yn cyrraedd? Beth wedyn?'

'Rwy'n ymddiried ynddoch chi, Mr Morgan, i weithredu yn ôl eich doethineb.'

Wrth gau drws y swyddfa, diolchodd Spinks na fyddai unrhyw alwad yn dod, yn ôl pob tebyg, ac na fyddai rhaid dibynnu ar ddoethineb Morgan. Atebwyd y llythyron. Roedd y pellebrau taer o Lundain wedi gostegu. Y teliffon hyd yn oed wedi tewi. Roedd y swyddfa ar ei thraed a'r chwarel ar ei ffordd i fod yn llewyrchus, diolch iddo ef. Dylai'r lle fod yn ddiogel am y rhan fwyaf o'r dydd, hyd yn oed yng ngofal rhywun â doniau mor wantan â Morgan. Roedd yn rhaid iddo gydnabod bellach fod Elsbeth gymaint yn well wrth ei gwaith.

Difarodd eto iddo benodi Morgan ac yn waeth na dim, gwnaeth hynny oherwydd iddo gael ei dwyllo ganddo. Ond wedyn byddai darostwng Morgan yn bleser pur, a'i dyrchafu hi, ymhen ychydig yn arf bach digon defnyddiol i'w choncro'n llwyr.

Dringodd i mewn i'w gar a'i danio. Yn fuan roedd ar y lôn bost, yn sbarduno'r car i'r eithaf ar y pytiau syth. Yna'n ei daflu i gorneli ac yn rhuthro trwyddynt fel petai'n gyrru ar gledrau rheilffordd. Gwenodd yn fuddugoliaethus wrth iddo deimlo mor rhydd.

Yn y man, daeth Bae Tremadog ac ynysoedd San Tudwal i'r golwg ac yna, ar waelod Allt Nant Sticall, y dref ei hun yn clystyru o gwmpas yr harbwr, y Maes a'r Stryd Fawr. Gyrrodd yn ôl a blaen. Roedd am i bobl ei weld o gwmpas y lle yn ei gar newydd. Adnabu ambell un a chanodd y corn. Ond er siom, roedd y mwyafrif yn gwbl ddieithr iddo.

Ond roedd pwrpas arall i'w gymowtan. Efallai y byddai'n taro ar Elsbeth yn annisgwyl o fuan. Ac yn wir, fel petai'r holl beth wedi ei drefnu, fel golygfa mewn ffilm ramantus, dyna ble roedd hi ar y palmant, ac yn amlwg mewn rhyw fath o drybini. Gwelodd ei gyfle. Stopiodd y car, rhuthrodd draw ati, ei hebrwng yn arwrol i mewn i'r sedd nesaf ato a gyrru oddi yno. Roedd Elsbeth yn dal i grynu rhai munudau'n ddiweddarach wrth iddynt rowndio'r gornel am y promenâd a pharcio nesaf at safle'r band.

'Profiad annymunol iawn i chi yn ôl eich golwg, yng nghanol y moch bach yna. Y'ch chi'n teimlo'n well nawr, Elsbeth?' holodd Spinks wrth ddiffodd yr injan. Ond heb ddisgwyl am ateb ychwanegodd, 'Nawr te, mae hi braidd yn gynnar i ddychwelyd. Beth am ginio yn y West End?'

'Wedi meddwl mynd yn ôl i'r wasg oeddwn i. Fedran nhw ddim argraffu'r poster.'

'Peidiwch poeni am hynny, Elsbeth. Fe drefnwn i rywun arall wneud y gwaith.'

‘Rown i am fynd i’r temprans yn Stryd Penlan,’ meddai hithau gan ddifaru dweud yn syth.

‘Wel, beth am adael y pleser bach hynny at ryw ddiwrnod arall?’ chwarddodd Spinks.

Cymerodd ei hanadl, ond cyn iddi fedru ymateb, gwelodd ei fod wedi agor drws y car iddi ac yn cynnig ei law. Oedodd hi am eiliad.

‘Ry’ch chi’n gweithio’n galed, Elsbeth. Mae ’da chi hawl i ryw ychydig o bleser o bryd i’w gilydd. Rhyw ychydig o gyffro, rhyw ychydig o hwyl,’ meddai’n felfedaidd gan gynnig ei law eto. Gafaelodd hithau ynddi a chodi ei hun o’r car.

Roedd criw o ymwelwyr yn crwydro’r promenâd yn hamddenol, rhai o’r dynion mewn blaseri streipiog a’r merched yn gwisgo sgerti rhyfeddol o gwta. Safai rhai y tu allan i bafiliwn y *Gaeity*, yn disgwyl, mae’n siŵr, am fynediad i’r sioe pierots. Roedd eraill yn pendwmpian mewn rhesi o gadeiriau clwt a osodwyd allan ar y promenâd ac ar y traeth. Roedd hi’n benllanw a sylwodd fod rhyw hanner dwsin wedi mentro i’r môr. Deuai eu chwerthin ati, yn od o agos ar draws y tywod. Tywynnai’r haul. Roedd y byd yn lle dymunol a phawb ynddo’n bobl fodlon.

Safai’r West End, gwesty crandiaf y dref, ar gornel rhes o adeiladau pedwar llawr a wynebai’r môr â bryniau glas Meirionnydd yn y pellter. Roedd y rhan fwyaf ohonynt yn westai bach, Sunnysands, Rimini a’r Seagull’s Nest. Ymddangosai’r West End i Elsbeth fel teisen briodas enfawr frenhinol, gan ei fod ar ben y rhes, ei do’n fflat a’i waliau’n wyn. Eisteddai tri dyn ifanc gyda’u diodydd wrth un o’r byrddau a osodwyd yn yr ardd ffrynt, a phan aethant heibio chwibanodd y fengaf ohonynt arni’n isel. Trodd Spinks yn syth a rhythu arno cyn parhau i fyny’r llwybr concrit at y fynedfa a’r drws troi.

Camodd Elsbeth i mewn i'r traean agored ac er syndod iddi, fe ddilynodd Spinks ar ei hôl yn syth. Teimlai ei anadl ar gefn ei gwddw ac felly gwyrodd ymlaen ychydig. Estynnodd Spinks ei fraich dros ei hysgwydd a gwthiodd y drws yn bendant. Trodd gyda gwich a symudodd y ddau ymlaen, eu cyrff yn dynn yn ei gilydd, cyn cyrraedd lobi'r gwesty.

'Johnny,' meddai gwraig ganol oed wrth edrych i fyny o'r tu ôl i ddesg y dderbynfa.

'Helô, Susie,' atebodd yntau'n frwdfrydig wrth droi ati. 'Tamed o ginio i Miss Cadwaladr a minne, os gwelwch yn dda.'

'Wrth gwrs. Ewch drwodd i'r lolfa ac mi ddof â'r fwydlen draw atoch chi. A'r rhestr win?'

Cofiodd Elsbeth am ei briffces a'i phwrs ar ei waelod, a daeth ton arall o ansicrwydd a hunandosturi drosti.

'Dewch i eistedd, Elsbeth,' meddai Spinks gan ei chyfeirio trwy ddrws agored y lolfa at soffa enfawr ddu a melyn. 'Ry'ch chi'n edrych yn boenus iawn eto.'

'O, newydd gofio 'mod i 'di gadael fy mriffces yng Ngwasg yr Utgorn gynna. Mae 'mhapura i gyd ynddo fo, a 'mhwrs arian i.'

'Arhoswch chi yma. Ymlaciwch. Fydda i ddim yn hir,' meddai gyda gwên hyderus gan droi at y drws.

Roedd weiarles yn chwarae miwsig sionc band dawns drwodd yn yr ystafell fwyta. Trwy ddrws hanner gwydr y lolfa rhyngddi hi a ffenestr fawr yr ystafell fwyta, gwelai ddwy wraig ifanc mewn siwtiau nofio tyn yn yr ardd yn chwarae â phêl glan môr ysgafn. Daeth y wraig â'r fwydlen draw ati a darllenodd Elsbeth hi'n araf. Roedd y Ffrangeg yn echrydus. Bron yn syth daeth y wraig yn ei hôl.

'Gymerwch chi rwbeth i'w yfed?' gofynnodd.

‘Gwell i mi beidio, Miss. Disgwyl am y cinio mae’n siŵr fyddai orau. Bydd Mr Spinks yma gyda hyn.’

‘Am bicio i’r dref ddwedodd o pan ddaeth o at y ddesg ac isio i chi ga’l diod wrth ddisgwyl amdano.’

Edrychai’r ddynes yn rhyfedd ati, fel petai’n ei barnu, ond mewn ffordd ddigon caredig hefyd. ‘Beth am sieri bach? Neu rwbeth cryfach? Tydy hi byth yn rhy gynnar yn y West End, wyddoch chi.’

Roedd geiriau’r wraig yn ei phoeni. Roedd Spinks wedi mynd i’r wasg ar ei rhan ac ar un wedd, roedd yn ddiolchgar gan na fyddai rhaid iddi hi fentro i ffau’r llewod honno byth eto. Ond beth pe bai’n clywed y stori gan Mrs Pari, Mr Pari’n bytheirio, a Spinks yn penderfynu peidio dod yn ei ôl i’r gwesty. Doedd ganddi ddim yr un ffyrling yn ei phoced. Beth petai o’n gandryll gan iddi wneud y fath lanastr o’i gwaith a hithau wedi cael bore cyfan i’w gyflawni? Gofynnodd am wydriad o ddŵr ac eisteddodd yn ôl.

Tywynnai pelydrau’r haul trwy’r ffenestr gan ddal colofnau o lwch yn y golau. Daeth y wraig â’r dŵr iddi a darn o lemon ynddo a roddai awgrym o chwerwder i’w diod. Troellai gwenynen enfawr yn araf uwch ei phen yn esgus ceisio dianc o’r ystafell. Roedd y gerddoriaeth bellach wedi arafu a gwraig yn canu yn swrth a hudolus,

‘On the old plantation,

Life is just one celebration.’

Ar hynny llamodd Spinks i’r lolfa gyda’i briffces yn ei law.

‘Dyma fe i chi, Elsbeth,’ meddai gyda gwên fuddugoliaethus.

‘Diolch byth,’ atebodd hithau yn gwbl effro’n syth. ‘Gawsoch chi drafferth?’

‘Na, dim o gwbl. Gwraig y siop yn ddigon cwrtais, yn mynnu

’mod i’n dweud wrthych chi am gofio galw eto, gyda llaw. Y’ch chi wedi dewis? Awn ni drwodd. Mi rydw i ar fy nghythlwng wir.’

‘Dau *gin and it*, Susie. Dyna ferch dda,’ galwodd Spinks wrth basio’r drws i’r dderbynfa. ‘Pronto,’ ychwanegodd, ar ben ei ddigon. ‘Ond Elsbeth,’ meddai’n sydyn, ‘hoffech chi fynd i’r stafell ymolchi? Mae cabanau newydd arbennig yma i aelodau’r Auto Club a dyma’r allwedd.’ Daliodd ei llygaid eto gan ychwanegu, ‘*Members only*.’

Crogai arwydd Empire Auto Club goruwch drysau dau gaban wedi eu ffitio’n daclus y tu cefn i’r grisiau llydan. Yng nghaban y merched roedd aroglau hyfryd, rhyw sbeis a oedd hefyd ychydig yn felys. Roedd dau liain gwyn trwchus ar silff yn ymyl y sinc ynghyd â basged o sebonau bach o fathau gwahanol. Ar y wal glynwyd poster llachar mewn du, gwyrdd a choch, llun o ddyn ifanc yn rhuthro heibio mewn car rasio agored ac oddi tano, *Le Mans, 1927* mewn llythrennau bloc coch ac ymylon du. Eisteddodd Elsbeth ar stôl o flaen drych mawr a throdd y goleuadau a’i amgylchynai ymlaen. Teimlai fel seren ffilm.

Edrychodd ar ei hwyneb. Er ei bod yn dawelach ei meddwl o glywed am eiriau Mrs Pari, roedd ei bochau’n welw ar ôl helyntion y bore. Gwelai ryw sglein annymunol ar ei thalcen. Tynnodd ei beret a throi at y sinc. Dewisodd sebon pinc gydag aroglau rhosod dymunol. Ymolchodd a sychodd ei hwyneb efo un o’r llieiniau meddal, braf. Agorodd ei briffces ac estyn ei chompact a’i minlliw. Yn y golau cryf rhoddai’r powdwr unffurfiaeth boddhaol i’w chroen. Yna, rhoddodd y lliw coch dwfn yn ofalus ar ei gwefusau. Allai hi ddod i arfer â bywyd fel hyn, meddyliodd?

Roedd Spinks yn ymddangos yn ddyn dymunol, yn gryf

a phendant a heddiw yn od o hwyliog. Sut dylai hi ymateb iddo? Roedd o'n ddiddorol, efallai yn ddiwylliedig hyd yn oed. Gobeithiai'n wir na fyddai o am ryw fân siarad. Neu'n eistedd yn ôl yn fud, fel y byddai Edward, ei chariad 'swyddogol' yn y brifysgol. Yna gyda gwên fach, cofiodd am y cyffro corfforol a deimlai efo Edward. Doedd o ddim yn ddrwg i gyd, na hithau 'chwaith yn wynnach na gwyn.

On'd oedd y gallu i siarad yn wybodus a ffraeth mor atyniadol mewn dyn? Gobeithiai na fyddai John yn llawn doethinebu arwynebol heb ddiddordeb mewn gwrando. Gwnâi sôn wrtho am ei hysgrifennu. Byddai hynny'n brawf ar ei gallu i'w ddiddori a'i awydd yntau i ddod i'w hadnabod. Wrth edrych yn ei briffces gwelai gas ei sbectol newydd. 'Men seldom make passes at girls who wear glasses,' cofiodd cyn ei wthio'n ôl i waelod y briffces, am rŵan.

Roedd yr ystafell fwyta'n wag, ond gyda sawr pendant o sbri neithiwr. Croesodd Elsbeth y llawr dawnsio bach at y bwrdd pellaf ble roedd Spinks eisoes wedi cymryd y sedd gornel. Oddi yno edrychai dros bob rhan o'r ystafell a thrwy'r ffenestr fawr am y traeth.

'Does gen i ddim syniad 'da'r fwydlen, Elsbeth,' meddai yn uchel wrth iddi gyrraedd. Yna cododd a thynnodd ei chadair allan iddi hi gyda gwên. 'Iaith y ffrogis. Ond bwyd plaen i mi. Felly y dois i i arfer pan oeddwn yn y Transfâl.' Yna ychwanegodd yn fwy cyfrinachol, 'Mi ddewisa i'r gwin ac fe gewch chithe Elsbeth edrych ar ôl y bwyd. Cytuno?'

'Iawn,' atebodd hithau, yn ansicr, ond gyda gwên.

Ciledrychodd ar Spinks dros y fwydlen. Heb feddwl, llithrodd i'w ddisgrifio fel petai'n gymeriad mewn ffilm, fel y dysgodd Mrs Pari hi. Roedd ei wallt wedi ei dorri'n gwta a thaclus ac yn sgleinio efo briliantin. Ei groen yn glir, y llygaid yn dywyll a dwfn, y trwyn yn syth ac yn gryf. Dim ond yr ên a'r geg oedd yn ei siomi go-iawn – gên wan, ceg lac a gwefusau tenau. Ond wedyn roedd y mwstásh main yn tynnu sylw oddi ar y bai hwnnw yn eithaf celfydd. Rhwng pob dim, wyneb digon deniadol penderfynodd, os nad yn wyneb eilun *matinee*.

Yna, cyn iddi fentro sylw cododd Spinks wydr o hylif clir o'i flaen ar y bwrdd. Sylwodd Elsbeth am y tro cyntaf bod gwydr tebyg wedi ymddangos o'i blaen hithau hefyd.

'Nawr te,' meddai Spinks eto gan edrych i fyw ei llygaid dros ei wydr, 'Chin-chin.'

'Ia,' dechreuodd hithau gan lyncu hanner y diod heb feddwl. Er yn rhewllyd, roedd y gin yn llosgi'r holl ffordd i lawr. Prin y llwyddodd i beidio â thagu. Chwarddodd gydag embaras ac yna fe'i hatebodd. 'Ia. Chin-chin… John.'

Daeth pesychiad cwrtais o'r tu cefn iddi. Trodd ei phen a gweld Mati, un a fu yn yr ysgol fach gyda hi yn sefyll yn amyneddgar yn disgwyl iddynt ordro. Gwridodd Mati o weld pwy oedd wrth y bwrdd, ond fel arall ni ddangosodd ei bod yn adnabod Elsbeth.

'Nawr te. Y Brown Windsor, y cig oen a llysiau. Grefi, nid saws. Yr un fath i'r ddau ohonon ni,' meddai Spinks yn gwta. 'A photel o'r clared. Y '33. Blwyddyn dda,' ychwanegodd gan ddal llygaid Elsbeth eto.

'Wrth gwrs, syr,' meddai Mati heb godi ei golygon. 'Mi alwaf ar y wetar i ddod atoch chi i weini'r gwin.'

'Siop fach ddifyr yn ei ffordd ei hun ydy lle'r Utgorn,' dechreuodd Spinks. 'Er roeddwn yn synnu nad oedd yn brysurach yno heddi, o ystyried ei bod hi'n ddiwrnod marchnad. Mae'n rhaid i fusnesau bach fel yna foderneiddio, wyddoch chi, Elsbeth. Moderneiddio neu farw. Dyna sut mae hi yn y byd mawr go-iawn. Mae agwedd hen ffasiwn yn iawn falle, am y tro, mewn tref fach yn y wlad – ac yn ddigon cyfforddus, mae'n siŵr, i bobl gyda gorwelion cul. Ond mae'n rhaid newid, on'd oes?'

'Ia wel, mi fuodd Mr a Mrs Pari yn cadw'r siop ers blynyddoedd lawer,' dechreuodd Elsbeth gan geisio peidio â swnio'n rhy amddiffynnol. 'Ond mae'r siop yn ...'

'Ie, ry'ch chi'n llygaid eich lle, Elsbeth. Dyna'r union bwynt. Yno ers blynydde, yn hapus yn eu byd bach 'u hunain heb weld dim pellach na'u trwynau. Ond fyddech chi a fi byth yn diodde cadw lle o'r fath, na fydden ni? Lle newydd amdani. Ffenestri mawr i bawb weld i mewn yn iawn. Cownteri gwydr a chrôm. Cael gwared â'r hen stoc llychlyd. Ordro'r llyfrau diweddaraf o Lundain ac Efrog Newydd. Dyna'r ffordd mlân. Newid pob un peth.'

Cyrhaeddodd y cawl, ond erbyn hyn gweinyddes arall oedd yn edrych ar eu hôl.

Yfodd Spinks ei gawl mewn amrantiad.

'A'r busnes 'na o ffili argraffu'r poster.'

Cymerodd Elsbeth ei gwynt.

'Paham nad ydyn nhw wedi prynu peiriannau argraffu ychwanegol, y math diweddara. Wedyn bydden nhw wedi medru gwneud y gwaith i mi mewn dim o dro ar yr un pryd â gwaith arall. Ac ennill elw bach digon taclus yn y fargen, rwy'n siŵr. Yn hytrach na gorfod gwrthod pob yn ail cynnig am fod y wasg yn brysur. Ond dyna ni. Pobl hen ffasiwn. Gyda llaw, mi ddywedodd y wraig fod nifer o weisg yng Nghaernarfon a allai wneud y gwaith i mi ar eu hunion. Fedrwch chi drefnu'r peth? Bydd yn rhaid gwneud hynny dros y teliffon bellach.'

Diolchodd Elsbeth fod Mrs Pari wedi celu'r gwir reswm dros wrthod y gwaith. Llwyddodd i ateb, 'Wrth gwrs.'

'Mae'r ardal 'ma angen cic go dda, ddywedwn i,' ailddechreuodd Spinks. 'Mae cyfleoedd gwych yma i ddatblygu a gwneud elw... a neb yn codi'r un blaen bys. Nawr te, cymerwch chi'r West End yma. Fe fues i'n aros 'ma 'da... ym... 'da chyfaill yn '33, ar *tour* efo'r AutoClub, pan oedd y cynberchnogion, pobl leol wrth gwrs, wrth y llyw. Profiad digon diflas ac annymunol oedd aros yma. Ond bellach mae'r gwesty wedi ei weddnewid. Dyna effaith pobl newydd o bell yn gwario mwy o arian nag y gall trigolion llipa'r ardal 'ma ei fforddio,' ychwanegodd gyda chwerthiniad.

'Nid mater o fai ar y bobl leol ydy o i gyd, debyg. Mae arian buddsoddi'n brin eithriadol yma ar ôl y dirwasgiad,' mentrodd Elsbeth. 'A'r tlodi...'

'Na na, credwch chi fi, Elsbeth, rwy'n gwybod o brofiad. Os y'n ni am wella cyflwr y wlad fach 'ma, yna mae'n rhaid newid pethau. Newid, ac edrych y tu hwnt i'w ffiniau. At Fanceinion a Chaer yn gymaint ag at Lerpwl. Hefyd at Ddinas Llundain yn bennaf. Yno mae'r arian. Yno mae'r brwdfrydedd a'r cyffro. Yno mae'r bywyd soffistigedig.' Edrychodd i'w llygaid eto, gwyrodd ymlaen a dweud yn is ac yn araf, 'Yno... mae'r... pŵer.'

Tawodd Spinks, er mawr ryddhad i Elsbeth, wrth i'r weinyddes ddod i glirio'r powlenni cawl. Yna taniodd sigâr fach denau. Gwyrodd ymlaen eto a chynnig y cas arian iddi ar draws y bwrdd gan ddweud yn llyfn trwy gwmwl o fwg glas, 'Gymerwch chi... sierwt?'

'Na, dim diolch. Ddechreuais i 'rioed.'

Bu distawrwydd annifyr braidd rhyngddynt am funud tan i'r weinyddes ddychwelyd efo'r cig oen a'r llysiau. I'w chanlyn daeth bachgen ifanc dieithr i Elsbeth. Y wetar mae'n siŵr, meddyliodd gyda gwên, mewn côt bigfain rhy fawr iddo yn cario'r gwin yn seremonïol. Tynnodd Spinks yn gryf ar ei sierwt cyn malu'r gweddillion i'r soser wrth ei benelin. Yna, ar ei union blasodd rhyw fymryn o'r gwin. 'Go dda,' meddai a thywalltodd y wetar wydriad yr un iddynt. Profodd Elsbeth hithau'r gwin. Roedd blas y corcyn yn gryf arno. Ond, gan fod Spinks wedi nodi ei fod yn fodlon, ni ddywedodd hi ddim gair. Yn hytrach, cymerodd y diferyn lleiaf o'r gin i glirio'r blas drwg. Ymladd tân a thân, meddyliodd. Dechreuodd fwyta. Cegiad sydyn ac yna byddai'n sôn am ei hysgrifennu. Ond roedd Spinks wedi ennill y blaen arni.

'Yn y Transfâl roeddwn i'n rheoli dwy gloddfa aur, wyddoch chi. Ac yn gyfrifol am eraill o bell. Yn eu llusgo er eu gwaethaf i'r ugeinfed ganrif ac yn agor gwythïen aur newydd hynod o addawol.'

Gwagiodd ei wydr a'i ail-lenwi.

'Ac mae hi'n eitha tebyg yma, on'd ydy? Mae Chwarel y Ceiri wedi bod ar y goriwaered ers blynydde, hyd y gwela i. Ond nid problem sydd yma, ond cyfle. Dyna fyddai fy hen diwtor yn 'i ddweud o hyd. "Pob problem hefyd yn gyfle, Spinks." Yn y Transfâl…'

Roedd Spinks wedi oedi a bellach yn edrych rhyw ychydig heibio ei hysgwydd. Trodd hithau ei phen y mymryn lleiaf ac o gornel ei llygaid sylwodd fod un o'r merched yn y siwtiau nofio tu allan yn yr ardd yn plygu drosodd er mwyn codi ei phêl. Dechreuodd cân newydd ar y weiarles, tango y tro yma. Synnodd Elsbeth ei hun trwy ddweud yn heriol, 'Fyddwch chi'n dawnsio, Mr Spinks?'

Ystyriodd Spinks am eiliad a'i geg yn agored cyn ateb yn frwdfrydig, 'O dyna syniad da. Bydda, wrth gwrs. *Tops!*'

Gafaelodd Spinks am ei chanol a'i thynnu yn bendant ar draws y llawr rhwng y byrddau a drws y lolfa. Roedd o'n ddawnsiwr sâl ond yn un brwdfrydig, y cyfuniad gwaethaf oll, meddyliodd, wrth iddynt bron â syrthio dros gadair.

Eisteddodd y ddau unwaith eto wrth y bwrdd lle bu Spinks yn parablu a chwerthin wrth lowcio'n swnllyd.

'Wel Elsbeth, ry'ch chi'n dipyn o dderyn, ydych yn wir. *Crackerjack*!' Llyncodd ei win a thywalltodd wydriad drachefn iddo'i hun. 'Ond ble roeddwn i? O ia, yn y Transfâl. Wel, byddwn yn rhuthro o un gloddfa aur i'r llall. Trwy'r pentrefi yn wyllt am filltiroedd. A doedd Jimbo, fy nreifar, byth yn arafu'r car – o ran egwyddor.'

Roedd y cig oen bellach yn oer a rhimyn o fraster llwyd yn caledu o gylch ymyl ei phlât. Roedd hyn yn rhy ofnadwy i'w oddef am eiliad pellach.

'Wel dyna ni,' meddai gan wthio ei phlât o'r neilltu. 'Diolch yn fawr iawn i chi am y cinio bendigedig. Yn ôl â ni am y gwaith, felly. Mae llawer i'w gyflawni os ydan ni am neud llwyddiant o'r cyfla gwych sydd o'n blaena.'

'Ond, beth am bwdin?' meddai Spinks fel bachgen bach a welodd rywun yn cipio trysor o degan o'i law.

'Pwdin? Mae pwdin yn eich gneud chi'n feddal,' atebodd hithau.

O ble deuai'r geiriau rhyfedd yma iddi hi? A'r llais cadarn awdurdodol hefyd. Ond er syndod iddi, yfodd Spinks weddill ei win yn ufudd. Cododd o'r bwrdd ac arwain y ffordd o'r ystafell yn benisel.

'Tydach chi ddim yn mynd yn barod, Johnny?' galwodd y wraig o'r tu ôl i'r ddesg. 'Tydy hyn ddim fel chi.'

Cododd Spinks at yr abwyd. 'Cant a mil o bethau pwysig i'w gwneud, Susie. Llawer rhy brysur. Rhowch y cinio a'r... ym... ac ati, i lawr ar fy nghyfrif, wnewch chi?'

Aethent allan trwy'r drws troi, fesul un.

'A beth am ystafell am y prynhawn, a titha mor daer amdani gynna?' meddai Susie wrthi ei hun gyda hanner gwên. Yna ychwanegodd, 'Ond Johnny bach, wir, gallwn fod wedi deud wrthat ti o'r cychwyn cynta, nad aderyn o dy liw arferol di oedd hon.'

18

Bellach roedd y llanw wedi troi a'r nofwyr wedi hen ddiflannu. Heibio ochr dde'r gwesty gallai Elsbeth weld y dref ac yn y pellter y tu ôl iddi, lethrau gwyrddlas Mynydd y Ceiri. Ochneidiodd, heb boeni o gwbl am ymateb Spinks. Yna wrth fynd am y Maes cofiodd am y parsel yn Siop y Dyn Clên a gofynnodd i Spinks a fyddai'n aros am funud wrth y drws.

Roedd y dref yn ddistawach o lawer erbyn hyn. Sei y pysgotwr wedi hen droi am ei gwch, neu'n debycach, am ei wely. Y dyn llestri rhad yn eistedd yn segur ar focs y tu cefn i'w stondin yn crafu ei ben wrth ddarllen papur newydd. Y moch bach oll wedi eu gwerthu.

Arhosodd Spinks o flaen y siop. Ni ddiffoddodd yr injan ond cododd o'i sedd gan ddweud, 'Beth am i ni gael y to i lawr?' Dechreuodd ddatgysylltu'r to meddal, gan adael Elsbeth i godi ei hun o'r car.

Roedd Robyn yn gostwng y bleind uchaf dros ffenestr y siop.

'Bleind newydd?' meddai Elsbeth wrth fynd heibio.

'Ia, da yn'de. Peryg fel arall i haul y pnawn dywynnu ar y dillada yn y ffenast a nhwtha'n colli 'u lliw, weli di,' atebodd. Yna safodd yn ôl gan ei edmygu a'i chymell hithau i wneud yn yr un modd.

Gwenodd hithau ato, yn gynnes a diffuant cyn mynd heibio am y drws. Roedd y siop yn llawn pobl, yno i gasglu eu parseli cyn mynd adref, ond am y tro yn siarad pymtheg yn y dwsin â'i gilydd. Gyda winc estynnodd Mr Roberts ei pharsel iddi dros ben dwy wraig a oedd wedi plannu eu hunain yn y cadeiriau nesaf at y cownter. Yn ôl ar y pafin roedd Robyn erbyn hyn yn edmygu'r car tra bod Spinks yn rhyw esgus glanhau llygedyn o lwch oddi ar yr adain â'i lawes. Eisteddodd Elsbeth â'r parsel ar ei glin a daeth Spinks i eistedd nesaf ati.

'Gwell fyddai i chi dynnu eich beret, rwy'n meddwl, neu ei ddal yn dynn yn ei le,' meddai Spinks gyda gwên fach fileinig wrth ollwng y brêc llaw a tharo'r Lancia mewn gêr. Tynnodd Elsbeth y beret a'i osod ar ben y parsel a rhoi ei braich dde drosto, rhag ofn. Taflodd Elsbeth wên gynnes at Robyn a chodi llaw. Chlywodd hi mo'i ateb, wrth i sŵn yr injan foddi ei eiriau, heblaw am yr un gair olaf damniol, '*flashy*'.

Rhuodd y car allan o'r dref ac am y gogledd. Roedd Spinks unwaith eto'n ei elfen, yn gwthio'r car hyd at ei eithaf, yn troi corneli wysg ei ochr a rhuthro am y gornel nesaf. Er y gwynt ffyrnig, prin y cododd yr un blewyn oddi ar ei ben sgleiniog. Nid felly ei gydymaith. Ond doedd o'n sylwi dim ar ei gwallt yn hedfan, ei llygaid yn goch gan y llwch a godai o'r olwynion, ei llaw chwith yn dynn am ddolen y drws a'i throed yn gwasgu'n wyllt ar frêc llawr dychmygol. Wedi rhyw dair milltir daethant at garej ac arhosodd Spinks wrth y pympiau, ychydig o'r lôn. Canodd y corn a throi at Elsbeth gyda gwên enfawr a dweud, 'Gwych yntê. Fel 'na roeddwn i'n gyrru 'ma yn '33. Nawr te, ble mae'r bachgen?'

Cymerodd Elsbeth y cyfle i estyn i'w briffces, tynnu'r cas sbectol allan a gosod y ffrâm drom yn dynn ar ei thrwyn. Canodd Spinks y corn eto a daeth dyn canol oed mewn oferôls glas tywyll a'r rheiny'n olew drostynt yn hamddenol o gefn y cwt.

'Pedwar galwyn o'r *Super* a phedair *shot,*' gorchmynnodd Spinks.

'Eitha peth, debyg,' meddai'r dyn yn bwyllog a dechrau pwmpio'r petrol.

'Ydy hwn cystal â Renalt?' gofynnodd wedyn yn rhadlon wrth bowlio tanc bychan ar olwynion at y car a thaflu pedair ergyd o'r ychwanegydd i geg y beipen betrol. 'Mi fuo gen i sawl Renalt. Wel, tri o leia. Ceir da rhad, a cheir rhad da. A dim angen shot efo'r petrol i beri iddyn nhw redag yn well 'chwaith, cofiwch. Ond mae'r Eidal yn eitha moto hefyd, mae'n siŵr.'

Talodd Spinks a'i droed yn cosi uwchben y sbardun. Ond wrth iddynt sgrialu i'r lôn eto gwelodd wraig yn dod atynt ar gefn ceffyl. Gwasgodd y brêc yn drwm a daeth y car i stop.

'Rhi!' galwodd arni.

'O John, chi sy 'na,' atebodd hithau'n ddioglyd oddi ar gefn ei cheffyl. 'Yn codi'r llwch, fel arfer. Rown i'n eich gweld chi'n dod o bell.'

'Wel, beth wyt ti'n feddwl, felly?' gofynnodd Spinks. 'Tipyn o gar o'nd yw e?'

Teimlai Elsbeth yn annifyr, yn llychlyd a'i gwallt fel nyth brân, ei sbectol drom yn dynn ar ei thrwyn ac yntau'n gwneud y fath sioe o siarad efo hon gan ei hanwybyddu hi'n llwyr.

Atebodd y wraig yn araf a bwriadol. 'Mae'n siŵr 'i fod o'n gwneud y tro. Os ydach chi'n hoffi'r math yna o beth, wrth gwrs.' Syllodd heibio Spinks at Elsbeth. 'Fel arall fydda i'n profi cyffro.'

'Wedi ei brynu o'r lle 'na yn Park Lane. Cash.'

'Wel, wel John. Mae'r arian yn llosgi yn eich poced. Wedi gwneud eich ffortiwn yn y *colonies* mewn dim o dro. A phwy ydy'ch cydymaith diddorol?'

'O, Miss Cadwaladr o'r swyddfa,' atebodd Spinks heb frwdfrydedd.

'Miss Cadwaladr,' atseiniodd y wraig ond yn arafach. 'Wel yn wir. A chitha yn ôl o Ffrainc. Rown i'n meddwl 'mod i'n adnabod *cut* eich gwisg. O Baris? Chanel...'

'Na, yn ôl o Lydaw ers dwy flynedd. Gwaith Miss Roberts, y wniadwraig yn Mhenrhydgliniog, ydy o,' atebodd Elsbeth yn ddigon sych.

'O dyna egsotig,' meddai'r wraig eto gyda chwerthiniad bach a allai fod yn gyfeillgar neu'n sbeitlyd, ni allai Elsbeth benderfynu p'run.

Eisteddodd yn ôl ar y cyfrwy gan droi at Spinks. 'Nawr te John, fyddwn i ddim am eich cadw chi yma yn rhyw fân siarad. Ond mae hyn yn arbed i mi eich teliffonio chi gyda gwahoddiad. Rwy'n cynnal digwyddiad bach nos Sadwrn. *Drinks* i ddweud y gwir. Dim byd ffurfiol, tipyn o fiwsig, tipyn o yfed, rhyw dameidia bach o fwyd. A tipyn bach o beth bynnag arall y medrwn, wel, ei ddyfeisio...'

Gwyrodd drosodd eto a'i gwallt trwchus melyn yn llifo dros ei hysgwyddau. Ychwanegodd yn arafach fyth wrth Elsbeth. 'Cofiwch chitha ddod hefyd.'

Yna, ymaith â hi i lawr y lôn werdd gyferbyn â'r garej.

'Yr Honourable Rhiannon Price, Castell Corun,' meddai Spinks yn ofalus ddidaro. 'Yn ei hadnabod ers blynydde, wrth gwrs. A pharti nos Sadwrn. Un o bartis Rhi!'

Gyrrodd ymlaen am y Ceiri yn arafach a heb sgwrs o gwbl rhyngddynt. Wrth y Groes, heb guddio ei ddiflastod rhagddi, dywedodd, 'Wyddoch chi, Elsbeth, does dim rhaid i chi ddod yn ôl i'r gwaith heddi. Mae hanner y prynhawn wedi mynd bellach. Cymerwch y gweddill fel rhyw wyliau bach gen i, ac fe'ch gwelaf chi bore yfory yn brydlon.'

Diolchodd Elsbeth iddo a gadawodd y car, y parsel mawr o dan ei braich dde a'i beret a'i briffces yn ei llaw chwith. Rhuodd y car gwyn i ffwrdd yn syth, i'r dwyrain am y chwarel. Safodd Elsbeth ar y Groes yn ansicr am eiliad, ac yna trodd am Fryn Pin. Ond erbyn hyn roedd ganddi gur pen difrifol a phigau bach yn ei breichiau a'i choesau. Yn ogystal â'i hing wedi digwyddiadau'r bore, a'i ffieidd-dra at Spinks, teimlai bryder cryf ac afresymol y byddai ei thad yn ei dwrdio am na ddaeth â'r papur a'r inc o Siop yr Utgorn. Beth pe byddai o'n clywed aroglau'r gin arni? Yna, wrth iddi ddringo'r rhan serthaf at ei chartref teimlodd ei chalon yn curo'n gynt, a gwendid yn dod drosti, ynghyd â'r awydd anorchfygol bron i orwedd a gorffwys. Llusgodd ymlaen, ond â'i phen yn troi, roedd Bryn Pin fil o filltiroedd i ffwrdd ar draws y lôn.

Clywodd sŵn car yn dod i lawr yr allt yn araf, yn aros y tu ôl iddi, yn tewi, a chlec y drws yn cau. Heb dorri gair cymerodd Dafydd ei braich ac yna wrth i'w chorff lacio, gafaelodd am ei chanol a'i hanner cario at ei chartref ac i fyny'r ddau ris at y drws. Rhywsut medrodd hithau droi'r goriad yn y clo a gwthiodd y ddau trwy'r pasej ac i'r gegin. Gydag ochenaid eisteddodd Elsbeth ar y setl a Dafydd gyferbyn â hi heb ddweud gair. Gafaelodd yn ei llaw lipa a'i galon yntau ar garlam. Cododd ac estyn cwpanaid o ddŵr iddi. Yfodd hithau'r dŵr ar ei ben. Tynnodd a phlygodd ei sbectol a'i dal yn dynn yn ei llaw chwith.

'Mi rydw i'n iawn rŵan. Rhyw hen wendid sydd arna i ers adeg y coleg. Wedi bod yn gweithio gormod. Mae'n wir ddrwg gen i, a diolch i chi.'

'Dwi'n falch o fod o help. Roeddach chi'n edrych fel petaech chi ar fin disgyn,' atebodd yntau. 'Fel arall fyddwn i byth wedi mentro eich sgubo chi oddi ar…' dechreuodd, ond yna teimlodd y gwrid yn dod i'w fochau.

'Wrth gwrs,' atebodd Elsbeth yn sylwi ar ei anesmwythyd ac yn dod ati ei hun yn gyflym. 'Wrth gwrs. Ond diolch… diolch i chi beth bynnag. Mae Samariaid yn brin iawn ar y lôn ar ganol prynhawn gwaith, mae'n siŵr.'

'Mynd draw i'r Hen Offis oeddwn i pan welais i chi. Mi rydach chi'n edrych yn well… Nid nad ydach chi byth yn edrych yn… wel…'

Aeth y ddau at y drws, yn fwy urddasol y tro yma, ac ysgwyd llaw wrth iddo ymadael. Ond sylwodd hi iddo afael yn ei llaw am ryw eiliad yn hirach na fyddai'n arferol. A sylwodd yntau ei bod hithau wedi gwneud yr un fath.

Dwylo cynnes, calon oer, meddyliodd Dafydd, er na allai gredu hynny amdani hi. Trodd a'i gweld trwy gil y drws wrth iddi ei gau yn araf. Cerddodd am y Plas, ond yna cofiodd am ei gar newydd.

Cyffro dim ond trwy gyffwrdd yn ei law, meddyliodd Elsbeth wrth droi o'r drws a theimlo hynny, er holl helynt y dydd. Beth nesaf wir? Ac onid mewn straeon poblogaidd y byddai merched wastad yn troi pwysau meddyliol yn ffit o lewygu dramatig? Roedd yn hen bryd iddi gallio. Dringodd y grisiau a safodd ar y landin wrth lofft ei thad. Llyncodd ei phoer a churo ar y drws cyn mynd i mewn. Roedd ei thad wrthi'n brysur yn ysgrifennu. Am funud ni chymerodd yr hen ŵr sylw ohoni. Dyna braf oedd hi arno fo, meddyliodd Elsbeth – y tu hwnt i dymestl emosiwn. Ond yna sylwodd fod yr hen ŵr mewn gwirionedd wedi ei gyffroi hefyd.

'Maen nhw am alw cyfarfod,' meddai Jim heb godi ei ben. 'Y stori am y rheol iaith yn dew trwy'r chwarel, y dynion am drafod sut i weithredu, a galw swyddogion yr undeb yma i wrando. Mi ddwedais i wrthat ti, yn'do, y byddai petha'n gwaethygu'n fuan, er do'n i ddim yn disgwyl i hynny ddigwydd mor fuan â hyn.'

'Ond… sut daeth pawb i wybod, 'Nhad? Mae'r peth yn gyfrinachol. Fyddai Spinks byth 'di deud wrth neb cyn cyhoeddi'r rheola newydd.'

'Ddwedodd dy fodryb ddim pwy. Ond mae rhywun 'di gadael y gath o'r cwd. Nid y ti, mae'n siŵr?'

'Nage, wel, ddim tan y bora 'ma pan es i â'r testun i'r wasg. Fyddai Mr a Mrs Pari 'di sôn wrth rywun, tybed? Ond sut byddai'r stori 'di cyrraedd y Ceiri 'ma mor gyflym?'

'Yli, ganol y bora soniodd dy fodryb. Felly, roedd hi wedi clywad gan rywun arall heblaw am Luned a Roger yn doedd? Feddyliais i ddim â gofyn 'chwaith. Ond mi rwyt ti'n glir o'r bai, beth bynnag. Mi rydw i'n siŵr o hynny.'

'Oni fydd yr undeb yn trafod ar ein rhan ni?' gofynnodd Elsbeth wedyn.

'Yr undeb?' meddai ei thad mewn syndod.

'Chi ddwedodd rŵan bod y dynion am alw'r undeb i gyfarfod. Ond "i wrando" ddwedsoch chi.'

'Ia wel, falla mai fi sy'n mynd i gwfwr gofid eto. Ond does dim tryst i'w roi ar yr undeb efo achos fel hyn, wyddost ti. Isio setlo'n dawel fyddan nhw. Felly ein hundod ni fel y gweithwyr yma yn y Ceiri fydd yn ei chario hi. Felly fuodd hi droeon o'r blaen yn y pyllau glo, wyddost ti. Y gweithwyr yn gorfod ymladd y meistri – ac ymladd weithiau yn erbyn yr undeb ganolog hefyd. Syndicaliaeth ydy o, os mynni di. Ond mae gwers hanes yn eglur i mi.'

'Ond mi roeddach chi'n aelod o'r undeb, yn siop steward ac yna'n drefnydd llawn amser.'

'Oeddwn… am sbel ac yn gwybod yn iawn sut mae'r undeb

yn gweithio… O na faswn i'n medru codi o'r gwely 'ma. Mi wnawn i siarad yn y cyfarfod fy hun, gwnawn wir. Nos Iau nesa mae o. I bobl ga'l dod o'r dre a hitha'n hanner diwrnod arnyn nhw. Cyfarfod cyhoeddus, yng nghapel Tarsys. Mi fyddi di'n mynd, yn byddi, ar fy rhan?'

'Bydda, mae'n siŵr,' atebodd Elsbeth yn araf. 'Er wn i ddim 'chwaith.'

'Siort ora,' atebodd ei thad heb wir wrando, na sylwi ar y blinder yn ei llais a'r ansicrwydd yn ei hateb.

Ystyriodd Elsbeth a ddylai sôn am yr helynt yn y wasg ond osgoi hynny wnaeth hi wrth holi, 'Gymerwch chi banad? Wnaiff cig oer yn iawn i chi fel swpar heno 'Nhad? Mae gen i glamp o gur pen.'

'Gwnaiff, wrth gwrs 'mach i,' atebodd, gan sylwi am y tro cyntaf ar ei hwyneb gwelw.

'Fydda i'n iawn efo cornbîff, picyls a phanad heno, diolch. Ond does dim brys o gwbl. Mae gen i lythyra lawer i'w gneud. Ac mae'n rhaid gysfennu i'r wasg ar gownt y mater hefyd. Gest ti'r papur sgwennu 'na i mi o'r Utgorn?'

'Naddo, 'Nhad, mae arna i ofn.'

Llygadodd hi eto. 'Dim bwys 'mach i. Falla ga i fenthyg rhywfaint o'r papur 'na fyddi di'n 'i ddefnyddio. Mae gen i lythyra i'w sgwennu, oes yn wir, a hynny cyn casgliad post y bora hefyd. Rhaid galw pobl ynghyd.'

'Ond mi ges i ddillada i chi o Siop y Dyn Clên ar apro. Maen nhw i lawr grisia,' meddai gyda gwên obeithiol.

'Tydy o ddim o bwys am y rheiny rŵan,' atebodd yntau gan droi yn ôl at ei waith.

Aeth Elsbeth i'w llofft ac estyn swp o ddalenni o'r drôr yn ei desg.

'Diolch,' meddai ei thad heb godi'i ben.

Yn ôl yn y gegin eisteddodd Elsbeth yn y gadair freichiau bren – cadair ei mam, gyferbyn â'r setl a nesaf at y tân. Prociodd y tân a rhoi clap o lo arno. Cofiodd yr hen ddywediad, mai pobl ddrwg sy'n procio tân. Eisteddodd yn ôl gydag ochenaid, wrth deimlo'n swp sâl eto.

Bu Elsbeth yn hel meddyliau amdani ei hun, yn ferch fach yn y gadair fawr. Yn gwylio ei mam yn tylino, ei dwylo a'i ffedog yn flawdiog, ei gwallt wedi ei glymu'n ôl â rhuban porffor a gwyrdd, ac yn troi oddi wrth y bwrdd gan wenu ati.

'Pryd ga i fynd i'r ysgol, Mam?' gofynnodd.

'Digon o amser i hynny eto, 'nghariad bach i,' meddai wrth sychu'i dwylo. 'Tyd yma, siwgwr candi.'

Er ei gwaethaf, mynnai digwyddiadau'r dydd frigo i'w chof gan dorri ar draws y darlun cysurlon. Sierwt wir! Ni fyddai hi byth eto mor ddiniwed...

Yn ddiweddarach, deffrodd wedi oeri drwyddi. Oedd y tân wedi diffodd tybed? Na, roedd mymryn bach o gochni yn y gornel. Cymerodd bleser eithriadol o godi pentwr simsan o lo mân ar ben y llygedyn, ac yn y man gweld fflam felen yn ymddangos. Agorodd waelod y grât a gosod clapiau mwy o lo arno. Mewn ychydig o funudau roedd ei wres wedi dechrau ymledu trwy'r gegin. Symudodd y tegell i ferwi, golchodd ei dwylo a throi at y bwrdd. Torrodd fara menyn a thynnu picls a chornbîff o'r cwpwrdd bwyd a'u gosod ar blât. Llenwodd y tebot ac ar ôl i'r te fwrw ei ffrwyth, aeth â'r cyfan ar hambwrdd i fyny'r grisiau. Ond wrth agosáu at ddrws llofft ei thad clywai sŵn chwyrnu ffyrnig. Gwyddai o brofiad mai gwell fyddai ei adael.

Aeth yn ôl i lawr i'r gegin eto a chymryd darn o'r bara menyn a'i osod ar blât bach. Taenodd y mymryn lleiaf o jam ar y bara a'i gnoi'n araf. Felly, i hyn y daeth hi, meddyliodd

– yn y gegin ar ei phen ei hun, yn bwyta bara a jam, tra bod ei chydnabod gynt yn bwrw ymlaen gyda'u bywydau gwyllt a diddorol yn ddi-hid ohoni hi.

Bellach, roedd ei chof am fanylion yr hyn a ddigwyddodd yn ystod y dydd yn pylu, ond nid felly ei theimladau. Y cywilydd, ei dryswch ar y stryd, ei siom yn Spinks a'i hatgasedd tuag ato, oll yn tyfu'n gryfach bob eiliad. Ysgydwodd ei hun a theimlo braich gynnes Dafydd Aspinall amdani. Yn ddiogelwch ac yn gysur. Yna'r ias wrth iddo ymadael. Yfodd ddiferyn o'r te. Yna trodd yn gynnar ac yn ddiolchgar am y grisiau a'i gwely ei hun.

Roedd y stori newydd ramantus yn ei gwahodd at y ddesg. Nid heno, penderfynodd. Ugain munud yn ddiweddarach a hithau'n gwbl effro cododd o'i gwely. Golcuodd y lamp fechan ar y bwrdd, lapiodd ei hun yn y garthen wlân oddi ar y gwely. Eisteddodd, gwisgo ei sbectol drom yn dynn ar ei thrwyn a dechrau ysgrifennu.

19

Y bore Mercher hwnnw cerddai Guto am y bonc yn weddol fodlon ei fyd. Roedd pethau'n siapio yn y chwarel, wrth i'r rheolwr newydd ddiswyddo amryw a pherswadio eraill i adael o'u gwirfodd. Gweithwyr digon tila oedd y rhan fwyaf ohonynt ac ni fyddai fawr o neb call yn gweld eu colli. Wrth gwrs, roedd o'n flin wrth weld Mr Jones Cae Plan yn cael ei hel o'i waith. On'd oedd hwnnw wedi rhyw hanner ymddeol, beth bynnag, ac yn ymddangos yn hapus i ymadael? Roedd ei bartner, Alun Ross, yn paratoi i fynd am Slough i swydd newydd o dan y Cynllun Trosglwyddo Llafur. Ni fyddai'n hawdd cael partner newydd cystal, a chymaint o'r goreuon wedi troi am Loegr o dan y cynllun hwnnw'n barod. Ond p'run bynnag, gwelai fod Spinks o ddifri ynglŷn â'i waith, ac er ei fod yn gwta gyda'r dynion, roedd yn mynnu cael trefn ar y lle wedi misoedd o ddiffyg rheolaeth gadarn.

Bu'n siarad efo Spinks nifer o weithiau a theimlai fod parch hwnnw tuag ato'n tyfu bob tro, er gwaethaf gwenwyn Alwyn Morgan. Ddoe ddiwethaf, bu'n cydgerdded efo'r Rheolwr ar hyd Ponc Sir Fôn yn trafod ymestyn y gwaith i'r dwyrain. Bu'n rhaid i Spinks dorri'r sgwrs yn ei blas, am fod gwaith swyddfa ychwanegol ganddo ac yntau'n mynd i Bwllheli drannoeth ar fusnes. Ond roedd wedi gaddo parhau â'r drafodaeth cyn diwedd yr wythnos.

Ganol y bore mi gafodd Guto ac Alun sbel gan fod y saethu arferol ar ddigwydd. Ffrwydrad bach oedd hwn, o'i gymharu â'r saethu anferthol a fyddai'n digwydd o bryd i'w gilydd i ryddhau cannoedd o filoedd o dunelli o'r graig. Ond yn y pen draw byddai'r saethu bach yma'n caniatáu symud cledrau fel y byddai'r wageni'n symud yn haws o lawer trwodd i ben pellaf y bonc fel y gallent ymestyn y chwarel yn sylweddol pe deuai'r galw. Teimlai Guto'n falch. Roedd Spinks wedi crybwyll y cynllun wrtho a heddiw dyma'i wireddu. Ymgasglodd y dynion mewn lle diogel a disgwyl am yr ergyd. Daeth Wil McGuffin i fyny o rywle a sefyllian ar gyrion y criw. Roedd yn chwarae efo scablins gyda blaen ei droed fel petai ganddo rywbeth ar ei feddwl.

'Be sy, Wil? Wedi anghofio dy dafod,' gofynnodd George Scott, braidd yn heriol, ac yntau'n flaenor parchus ac addfwyn. Er, doedd ganddo fo, mwy na neb arall, fawr i'w ddweud o blaid y diogyn gwaethaf yn y chwarel.

'Lle go glyfar gynnoch chi yma, hogia,' dechreuodd Wil. 'A lle llawer gwell ar ôl y saethu. Lle da iawn. Am rŵan 'te.'

'Be ti'n feddwl, am rŵan?' gofynnodd George yn syth.

'Wel hogia bach, mae'n amlwg nad ydach chi 'di clywad am y rheola newydd, naddo. Mae'r stori'n dew o gwmpas y Bonc Isa. Pawb i siarad Saesneg yn y chwarel, neu ga'l eu hel i lawr y lôn. Dyna be maen nhw'n 'i ddeud o leia.'

Chwarddodd y criw, pawb heblaw am Guto. Un arall o straeon gwirion Wil Clustia oedd hon, debyg. Ar hynny daeth y ffrwydrad i'w byddaru. Disgynnodd cwmwl o lwch drostynt a phan setlodd hwnnw roedd Wil wedi diflannu.

'Lle aeth o, d'wch?' gofynnodd George.

'Yn öl at 'i wely, mae'n siŵr,' meddai rhywun arall, a chwarddodd pawb unwaith eto.

'Dowch, hogia i ni ga'l golwg ar y llanast,' galwodd George gan arwain y criw i weld olion y ffrwydrad. Oedodd Guto.

'Wyt ti ddim am ddŵad, Guto?' galwodd Alun dros ei ysgwydd.

'Bydda i draw yn y munud, Alun. Isio picio i'r efail. Cer di'n dy flaen.'

'Iawn ta, ond paid â bod yn hir.'

Aeth Guto yn syth i'r efail ble roedd Ifan Jôs y Go wrthi'n megino'r tân.

'Be sy gin ti i mi heddiw felly, Guto bach?' gofynnodd y gof o'i weld o'n waglaw.

'O, dim gwaith i chi o leia, Mr Jôs. Isio'ch holi chi ydw i. Wil Clustia sy 'di bod yn sbredio rhyw stori wirion y bydd yn rhaid i ni siarad Saesneg gyda'n gilydd yn y chwarel. Rown i'n meddwl y basach chi'n siŵr o fod 'di clywad rhwbeth, os ydy hynny'n wir.'

'Ti 'di dod i'r lle iawn am stori, Guto bach. Ond does gen i fawr ddim mwy medra i ddeud wrthat ti. Clywad gin Walter Cae Pella wnes i, pan oedd o yma efo'i gynion rhyw awr yn ôl. Mae Ioan, hogyn Walter, yn canlyn efo'r Leus fach 'na o'r offis, wyddost ti. Hi ddwedodd wrtho fo. Ac fel 'udis ti rŵan. Spinks sy am i ni gyd siarad Saesneg. Siarad Saesneg efo fo a siarad Saesneg efo'n gilydd, yn ôl y rheola diogelwch newydd. Leus ei hun oedd yn gorfod teipio'r peth. A merch Jim Bryn Pin ddaru ddeud wrthi am neud.'

'Fydda Elsbeth byth yn gneud y fath beth. Be sy gan siarad Saesneg i'w neud efo rheola diogelwch?'

'Wel, be ti'n feddwl, Guto bach?' atebodd y gof dan chwerthin. 'Blydi lol ydy o. Siarada i ddim blydi Saesneg efo Spinks, a fynta'n siarad Cymraeg pob gair ei hun, hyd yn oed os ydy o'n dod o'r sowth neu rywle. Ac yn saff i ti, fydda i ddim yn siarad blydi Saesneg efo chdi na'r hogia eraill 'chwaith. Blydi lol wirion ydy o i gyd.'

'Ond beth petai o'n ordor diogelwch go-iawn?'

'Ordor neu beidio, siarada i ddim Saesneg. Yn y lle cynta, tydy fy Saesneg i ddim yn rhyw glyfar iawn, mwy na Saesneg y rhan fwya sy 'ma. Felly, pa mor ddiogel fydda hynny?'

'Na, mae hynny'n ddigon gwir.'

'Yn ail beth, rown i'n cysidro gynna, wyddost ti be ydy morthwyl patro a scablin, clem fawr a chroen melyn, hollt gref a rhesan ddu yn Saesneg? Does dim syniad gen i... Ac mae 'na docyn o eiria erill 'run fath. Tydy'r Saesneg ddim digon cryf i'n gwaith ni yma. Fedran nhw mo'n gorfodi ni Guto, na fedran wir.'

'Mae'n siŵr bo chi'n iawn. Fedra i ddim peidio â meddwl bod rhwbeth arall y tu cefn i hyn i gyd. Fyddai'r llywodraeth wedi rhoi ordor i'r cwmni tybed, wrth weld bod 'na ryfel o'n blaena ni?'

'Rhyfel neu beidio, does ganddyn nhw, na'u llywodraeth, mo'r hawl i ddeud wrtha i pa iaith y medra i siarad. Dyna udodd Saunders Lewis yn llys C'narfon, cofia. Mae 'na gyfraith goruwch cyfraith dynion, medda fo. Mae gen i hawl felly i siarad Cymraeg.'

'Ond beth petai rhyfel yn dod go-iawn?'

'Guto bach. Ystyria. Faint o ddychryn fyddai hi ar y diawled uffar na, Hitlyr a Mwsolini o glywad bod chwarelwrs gogledd Cymru wedi troi i siarad Saesneg efo'i gilydd? Rŵan, mae gin i waith i neud.'

Yn benisel cerddodd Guto'n ôl am y bonc. Doedd o ddim wedi ei argyhoeddi gan eiriau'r gof. Ond byddai cyfle i drafod hyn gyda'r gweithwyr eraill yn y cwt dros ginio, mae'n siŵr. Wrth fynd heibio gwelodd fod Wil Clustia yn sefyllian efo'i sgablar wrth ei ochr. Diogi eto meddyliodd, a hynny ar eu ponc nhw. Yna sylwodd fod Wil yn sbecian ato, er yn gwneud sioe o beidio â dangos hynny. Cerddodd Guto draw ato a dechreuodd hwnnw am y Bonc Isa o'i flaen.

'Hei, be wyt ti'n da ar 'yn ponc ni?'

Ni chododd Wil ei olwg. Doedd dim diben holi'r rwdlyn 'ma ymhellach, meddyliodd Guto. Ond wrth fynd galwodd, 'Mae rhai'n rhy llygadog er 'u lles nhw eu hunain, Wil McGuffin.'

Ymgollodd Guto yn ei waith. Bellach, rhyngddynt, roedd gan Alun ac yntau sgalsiad o sets yn barod i'r pwyswr. Yntau'n gweithio ar ei sefyll, tra bo Alun nesaf ato'n eistedd ar glustog wedi ei osod ar floc. O leia roedd ganddyn nhw ddigon o flociau yn ddeunydd crai, meddyliodd Guto.

'Digon o flocia,' meddai wrth Alun.

'Oes, diolch i Dduw a Mr Spinks. Dwed i mi, Guto, p'run sydd ucha gen ti?'

'Be ti'n feddwl?'

'Wel, Duw ta Spinks, wrth gwrs? P'run sydd ucha gen ti'n dy feddwl?'

'Cer o 'na'r cythraul. Yn cableddu fel 'na. Spinks wrth gwrs,' atebodd Guto dan chwerthin.

Canodd y corn ar gyfer cinio. Tyrrodd y dynion i mewn i'r cwt bwyta. Ond wrth iddynt ddechrau daeth Elwyn Jeffries o'r Bonc Isaf i mewn a dweud o'r drws, 'Mi rydach chi wedi clywad y newydd, debyg, hogia. Spinks am fynnu 'yn bod ni gyd yn y gwaith 'ma'n siarad Saesneg, efo'n gilydd hyd yn oed. Be wnewch chi'r Monwysion o hynny? Mae pawb ar y Bonc Isa am 'i waed o.'

'Fedrwn ni ddim derbyn hynny,' meddai Alun yn syth. 'Tydy mynnu 'yn bod ni'n siarad Saesneg ddim yn iawn, beth bynnag fo barn Spinks.' Daeth murmur o gefnogaeth.

'Arhoswch funud,' meddai George Scott yn ei ffordd bwyllog arferol. 'Peidiwch â mynd i gwfwr gofidia, hogia bach. Rŵan, efallai fod y manajyr yn bwriadu ceisio 'yn gorfodi ni i siarad Saesneg, paham, wn i ddim yn wir. Ond efallai ei fod o'n gweld rhyw beryg i ni na welwn ni ddim mohono fo'n hunain. Mi rydw i'n cynnig 'yn bod ni'n codi pwyllgor i ddewis dirprwyaeth i fynd i'w weld o ac yna ca'l trafodaeth iawn ar y mater.'

'Beth am yr Undeb?' galwodd Twm Ifan, y siop stiward o ben draw'r cwt.

'Ia, diolch Twm. Hollol gywir. Mae'n rhaid i ni siarad efo'r Undeb hefyd. Sgwennu at y Pencadlys yn ddiymdroi,' atebodd George.

'Beth am i ni sgwennu at y Brenin? Fyddai o byth yn caniatáu'r fath beth,' dywedodd Gwilym Letita'n ddistaw.

'Mi rydach chi'n un garw am y royals 'ma Cwilym,' meddai Edgar Elis.

''Tydw i ddim yn gweld unrhyw fudd mewn dirprwyaeth, nac mewn llythyru at neb 'chwaith. Cynllunio ac yna gweithredu sydd 'i angen,' meddai Alun yn gadarn.

'Ewcs, rhoswch rŵan. Mae 'na fwy,' meddai Elwyn Jeffries ar draws y gymeradwyaeth. 'Fydd y chwarel ddim yn cyflogi neb newydd oni fedran nhw brofi 'u gallu yn y Saesneg. A fydd 'na ddim dyrchafiad i'r un wan jac 'chwaith, heb brofi 'u bod nhw'n feistri arni.'

'Mae hi 'di canu arnat ti rŵan, Guto,' galwodd Edgar Elis, ond chwarddodd neb.

'Mae hynny'n newid telera gwaith,' meddai Alun wedi gwylltio erbyn hyn. 'Torri cytundeb. Mae hyn yn fater difrifol.'

'Ond pa gytundeb sy 'na'n deud bod gynnon ni hawl i siarad Cymraeg?' gofynnodd George.

'Os nad oes 'na hawl i siarad Cymraeg ar bapur rŵan, yna mae'n rhaid ca'l un, yn does? Yn syth bin.'

'Digon hawdd i ti ddeud hynny, Alun Ross a titha'n mynd am Slough diwedd y mis,' meddai Edgar Elis eto.

'Beth am sgwennu at Robat Johnston ta?' gofynnodd Gwilym Letitia.

'Fyddwn ni ddim haws o neud hynny 'chwaith, mae arna i ofn,' atebodd Elwyn Jeffries. 'Dyma'r newydd olaf, a hynny y newydd gwaetha oll. Mae o 'di gwerthu'r chwarel, wedi 'yn gwerthu ni i gwmni Cwm Corun, i Relacel.'

Daeth ton o gynddaredd dros y cwt.

'Mae dynion y Bonc Isa am i ni alw cyfarfod mawr,' meddai Elwyn Jeffries ar dop ei lais. 'Nos Iau nesa, mwya tebyg, yng nghapel Tarsys.'

'Iawn felly,' meddai George. 'Cyfarfod nos Iau amdani. Pwy sy'n trefnu?'

'Ddowch chi i lawr efo fi rŵan, George, i drafod y mater efo'r lleill?' gofynnodd Elwyn.

'Gwnaf, os ydy pawb yn fodlon i mi neud hynny ar 'yn rhan,' atebodd George i gymeradwyaeth.

'A beth am un arall hefyd?' meddai Twm Ifan.

Dechreuodd Guto godi.

'Alun hefyd,' meddai amryw gyda'i gilydd.

'Ia, Alun,' meddai eraill.

Eisteddodd Guto yn ei ôl gan obeithio na sylwodd neb.

'Beth am y llong fydd yn cyrraedd ac angen 'i llwytho nos Iau nesa?' meddai Gwilym Letitia'n ddistaw. Ond doedd neb yn gwrando.

Aeth y tri allan. Sylwodd Guto fod un arall wedi eu dilyn. Beth oedd Wil Clustia yn da wrth eu cwt nhw, tybed? Doedd Guto ddim wedi sylwi arno'n dod i mewn. Bellach, â phawb yn siarad ar draws ei gilydd ac yn troi at eu bwyd, fo yn unig a sylwodd arno'n ymadael.

Ond fedrai Guto ddim bwyta. Bu'n pendroni trwy'r bore am y newyddion rhyfedd. Sut medrai Spinks wneud rhywbeth mor ffôl ac mor ddi-alw-amdano? Roedd y dynion yn gweithio'n well o dan reolaeth sicr. Y stoc yn symud a lle newydd wedi ei agor ar y mynydd iddyn nhw weithio. Gwelai ddyfodol disglair o'u blaenau, ond i bawb fod yn gall. Byddai'n galw i weld y manajyr ei hun i ddal pen rheswm efo'r dyn. Magodd boer a dechrau cnoi ar frechdan fetlin.

20

'Gast,' meddai Spinks wrtho'i hun gyda gwên hyll, wrth yrru'r Lancia o'r Groes ac am y chwarel. Yn barod, roedd yn llunio stori i esbonio digwyddiadau'r prynhawn yn y West End iddo'i hun, a honno'n stori a fyddai'n siŵr o wneud i'w ffrindiau chwerthin. Fo fel arwr llaw agored yn achub aelod o'i staff, ond wedi ei dwyllo dros dro gan y jadan. Yna, trwy ei garedigrwydd boneddigaidd a dogn go lew o lwc annisgwyl a doniol, roedd o wedi trechu ystrywiau'r Miss Fodern. Chwarddodd yn uchel wrth feddwl am nos Sadwrn…

Parciodd y tu cefn i'r adeilad a cherdded yn ddistaw at fynedfa'r swyddfa. Trwy'r ffenestr gallai weld bod Alwyn Morgan â'i ben ar y ddesg yn hepian cysgu. Aeth i mewn yn gyflym a chau'r drws yn glep. Neidiodd Morgan ar ei draed fel petai wedi cael sioc drydanol. Ond, croesodd Spinks y llawr, gan gau drws ei swyddfa fewnol ar ei ôl heb dalu'r sylw lleiaf i'w Brif Glerc.

'Damia,' meddai Alwyn wrtho'i hun. Cododd y llyfr diddorol a ddarganfu yn y bin drwodd, a'r geiriadur Ffrangeg a brynodd yng Nghaernarfon, y prynhawn dydd Sadwrn cynt, a chadw'r ddau'n ofalus o dan y llanastr o bapurau yn nrôr isaf ei ddesg.

Yn ei swyddfa roedd Spinks ar y ffôn.

'Ia, dydd Sadwrn…Wrth gwrs bydd croeso i ti, Robat, wrth gwrs, paid pryderu. Ond paid â dod â'r ledi fach efo ti o Lerpwl. Un o bartïon Rhi ydy hwn, cofia… Yn dawel iawn fel arall yma, a neb yn sôn amdanat ti. Popeth yn mynd yn ôl y cynllun. Mae'r hen chwarel mewn dwylo da.'

Yna, daeth cnoc ddistaw ar ddrws cefn ei swyddfa. William McGuffin oedd yno. 'Gweld chi'n cyrraedd yn eich moto-car, Mr Spinks, a meddwl y gallwn i ga'l gair bach cyfrinachol.'

Amneidiodd Wil at y ffenestr. Trodd Spinks yn ei gadair a chau'r bleind.

'Meddwl y dylech chi wbod bod 'na dipyn o gonjî ymysg rhai o'r dynion. Pobl yn anhapus ac yn codi twrw.'

'Beth y'ch chi'n feddwl, ddyn?'

'Wel, mae rhyw dipyn o fynd a dŵad rhwng y poncia. Siarad yn y cytia byta.'

'Nawr te. Dywedwch yn syth, beth sydd 'da chi dan sylw? Does 'da fi ddim amynedd i dindroi fel hyn.'

'Wel, Mr Spinks syr, y dynion sy 'di clywad am y rheol siarad Saesneg, ac mae llawer ohonyn nhw'n anhapus iawn. Ar ben y caets hyd yn oed, fel y basa rhywun yn 'i ddeud.'

'Pa reol siarad Saesneg?' meddai Spinks. 'Esboniwch ddyn.'

'Y rheol siarad Saesneg. Y rheola diogelwch newydd… y bydd rhaid i ni siarad Saesneg.'

Ac yn sydyn roedd Spinks yn deall. Nid oedd wedi rhoi fawr o sylw i'r rheol iaith ymysg y materion llawer pwysicach yn y datganiad diogelwch newydd. Safai i reswm y dylent siarad Saesneg yn y cyfnod newydd gan mai Saesneg oedd iaith y dogfennau technegol a ddeuai o Lundain. Beth petai rhywun yn methu deall neges am ei bod yn Gymraeg ac yn cael ei anafu? Gallai'r cwmni orfod ymladd achos drud ac efallai talu iawndal sylweddol. Beth am ei gynlluniau i sicrhau gweithwyr newydd? Byddai'n rhaid i'r gweddill siarad Saesneg wedyn.

'Mr Spinks?'

Roedd McGuffin yn amlwg yn disgwyl rhyw ymateb. Rhywbeth, efallai clod am ei waith.

'Ie, da iawn McGuffin. Da iawn chi am ddod â'r wybodaeth ataf. Beth yn union mae'r dynion yn 'i ddweud?'

'Wel, yn y bôn, deud na fyddan nhw'n ufuddhau i'r rheol newydd. Maen nhw'n galw cyfarfod, nos Iau nesa, yng nghapel Tarsys. Bydd y lle'n llawn.'

Gwenodd Spinks. 'Ers pryd mae hyn ar droed, McGuffin? Chyhoeddwyd mo'r rheolau eto.'

'Ers diwedd bora 'ma, hyd y medra i ddyfalu, syr.'

'Pwy sy y tu cefn i'r stori?'

'Wel, mae'n anodd deud, syr. Ond mae pawb yn gwbod…'

'Nid yw hyn yn ddigon da, McGuffin. Rwyf wedi dweud o'r blaen, rhaid cael enwau, neu fydd dim pwrpas i chi ddod 'ma â'ch llaw allan. Nawr te… enwau.'

Edrychodd McGuffin o'i gwmpas fel petai'n chwilio am y drws, hyd nes i Spinks floeddio ato, 'Enwau!'

'Un o'r genod o'r swyddfa… Leus,' dechreuodd. 'Hi ddeudodd wrth 'i chariad, meddan nhw. Un o'r chwarelwyr.'

'Enw?' meddai Spinks eto yn gwta.

'Wn i ddim, syr.'

'Enw,' meddai Spinks eto gan wyro ymlaen a gafael yng ngholer McGuffin ar draws y ddesg.

'Ioan, mab Walter Cae Pella,' atebodd McGuffin yn gryg.

'Dyna welliant, McGuffin. Dewch ag adroddiad llawn i mi'r tro nesa. Pwy sy'n dweud pa beth yn union. Enwau'r arweinwyr a'u cefnogwyr. O ie, ac enw cywir cariad y Leus yna. Mae'n hen bryd cael gwared â'r arferiad twp o ddefnyddio llysenwau. Felly, rhestr gyflawn McGuffin, gan enwi pob drwgweithredwr.'

'Gallasai honno fod yn rhestr go faith, Mr Spinks,' atebodd McGuffin yn araf.

'Does dim ots am hynny. Enw pob un, cofiwch. Gwnewch restr ar bapur.'

Estynnodd Spinks ddalen o bapur pennawd y chwarel i McGuffin ac amlen blaen.

Yna, cymerodd yr amlen yn ôl ac ysgrifennodd gyfeirnod ar y cefn.

'Nawr te, fydd hi ddim yn ddoeth i chi ddod i'r swyddfa eto. Mi wnaiff Mr Morgan alw yn eich cartre heno i wneud trefniadau eraill ar eich cyfer. Os bydd unrhyw drafferth gallwch roi'r rhestr dan sêl yn yr amlen yma. Gwnaiff Mr Morgan drefnu lle cyfrinachol i chi ei gadael.

Mae eich rhif arbennig chi ar yr amlen. Eich enw cyfrin a defnyddiwch hwnnw yn hytrach na'ch enw eich hun ar unrhyw beth y byddwch yn 'i anfon ata i ar bapur. Cofiwch y rhif. Y'ch chi'n deall hyn i gyd, McGuffin?'

'Wel ydw, mae'n siŵr gen i, syr,' meddai McGuffin yn amheus.

'Iawn. Dyna'r cwbwl.'

Ni symudodd McGuffin.

'Ie?' meddai Spinks.

'Wel syr. Maddeuwch i mi am ddeud, ond byddai Mr Johnston yn 'y nhalu i fesul tro am wybodaeth.'

Syllodd Spinks yn heriol ar y dyn am eiliad neu ddau wrth dynnu allwedd o'i boced yn araf. Ie, y sanctaidd Mr Johnston yn cadw criw o gynffonwyr, meddyliodd. Pe byddai'r gweithwyr ond yn gwybod y gwir. 'Dim ond am y tro 'ma, McGuffin. Rwyf am sefydlu trefn o dalu'n fisol, a hynny'n ôl canlyniadau. Y'ch chi'n deall hynny?'

Gwenodd McGuffin. 'Ydw wir, syr. Yn deall yn iawn. Peiment bei risylt. Mwya'n y byd o enwa y bydda i yn 'u rhoi i chi, yna mwya'n y byd o dâl ga i. Deall yn iawn.'

'Cofiwch, os na wnewch chi ddod â'r enwau cywir i mi mae digon o rai eraill a fyddai'n barod i wneud.'

Agorodd Spinks y blwch arian parod yn ei ddesg er mwyn talu i McGuffin am ei waith. Rhegodd o dan ei wynt o weld mai ychydig o geiniogau'n unig oedd yno. Damiodd Morgan am ei flerwch.

Tynnodd y cwdyn goriadau o'i boced a dewis goriad y seff. Aeth drosodd at y tirlun ar y wal ac agor y glicied. Tynnodd amlen drwchus allan a throsglwyddo swm o arian mân ac arian papur i'r blwch yn nrôr ei ddesg. Rhoddodd yr amlen yn ôl yn y seff, ei gloi ac ailosod y tirlun. Yna, trodd at McGuffin, a oedd bellach fel ei fod yn pendwmpian, cyfrodd swm o arian yn ofalus, a thalu iddo. Gwenodd hwnnw ac aeth allan trwy'r drws cefn.

Yn unol â'i hyfforddiant, cododd Spinks, agorodd y seff, tynnodd allan lyfr cyfrifon gan nodi'r dyddiad a'r amser o dan enw McGuffin, ei gyfeirnod, y swm a dalwyd iddo, a natur y wybodaeth a gafwyd ganddo. Nododd hefyd '*Minimal physical pressure empoloyed*'. Roedd yn bwysig cadw cyfrifon manwl, yn arbennig am waith fel hyn. Disgyblaeth. Trefn. Cofnodion. Manylder. Dyna oedd ei angen er mwyn cael gwared â phobl drafferthus.

Yna, daeth cnoc ysgafn arall ar y drws cefn. Agorodd y drws ac er syndod iddo roedd Guto Tomos yno.

'Mr Tomos, Guto. Tyrd i mewn. Doeddwn i ddim yn disgwyl dy weld di'n dod trwy'r drws 'na.'

'Gwylio William McGuffin wnes i... syr. A'i weld o'n ca'l dod i siarad efo chi, trwy'r drws yma.'

'Wel ie, bydd McGuffin yn dod 'ma am sgwrs anffurfiol o bryd i'w gilydd. Mae'n rhaid i mi, fel rheolwr da gadw 'nghlust ar y ddaear, Guto, i mi gael deall yn well sut mae pethau'n sefyll.'

'Wn i ddim am "ddeall yn well" syr. Ac i fod yn blaen, Wil Clustia ydy 'i enw fo ymysg y gweithwyr, a phawb yn gwybod 'i fod o'n dod yma atoch chi efo'i dafod goch. Ac mi rydw i isio i chi ddeall y munud yma nad dod i gario baw ydw i. Ond, am helpu i godi'r chwarel ar 'i thraed yn iawn, gan 'mod i'n poeni am y dyfodol.'

Gwelai Spinks gyfle euraidd arall yn agor o'i flaen. Meddyliodd yn gyflym ac yna meddai, 'Wel ie, fyddwn i ddim yn ystyried Mr McGuffin yn un o'r goreuon o'n gweithwyr. Dyna paham rwy'n hynod o falch dy weld di, Guto, yn cymryd y cyfle 'ma i drafod pethau 'da fi. Eistedda.'

Cyfeiriodd at ddogfennau ar ei ddesg a gyda gwên gyfeillgar meddai, 'Wrthi'n cynllunio'r gwaith ar gyfer y chwarter nesa oeddwn i.' Cododd ddalen o bapur a dangos colofnau o ffigyrau manwl i Guto am eiliad neu ddau. 'Gallen ni drafod materion o bwys – nid mân siarad. Fel rhan o broses agored a gonest o ymgynghori, dyna sut mae rheolwyr modern yn gweithio.'

'Rwy'n falch iawn o'ch clywad chi'n deud hynny, Mr Spinks. Wnes i 'rioed o'r blaen sleifio drwy'r drws cefn.'

'Yn union, Guto. Dyna sut y bydd dynion fel ni'n ymddwyn. Nawr te, beth sy'n dy boeni di cymaint?'

'Wel, Mr Spinks, y rheol newydd, y rheol siarad Saesneg 'ma. Mae'r dynion yn 'i gweld hi'n gwbl wirion a gall yr holl beth arwain at dwrw diangen yn 'y marn i. At streic hyd yn oed. I chi ga'l dallt, wêl neb unrhyw synnwyr yn y peth.'

'Rwy'n dy sicrhau di, Guto, mai streic ydy'r peth olaf y carwn 'i weld yn y gwaith a ninne wedi ymdrechu mor galed i ddechrau cael y chwarel ar 'i thraed. Mae rhesymau da dros ddefnyddio'r Saesneg yn y dyfodol... i ddeall y newidiadau sydd ar ddod, yn un peth. Mae'r cwmni am fuddsoddi yn helaeth yn y chwarel ac yn Saesneg y bydd yr holl fanylion technegol.

Byddwn yn cynnig hyfforddiant llawn wrth gwrs a thelerau ffafriol i'r rhai sy'n fodlon dysgu a gwella'u sgiliau trwy waith caled ac ymdrech.'

'Ond mi rydach chi am wahardd siarad Cymraeg ar y poncia, fel rwy'n 'i deall hi, o leia.'

'Guto, rwy'n gwybod dy fod ti'n un craff. Ac mae'n bwysig nad wyt ti'n credu popeth a glywi yn y cytiau. Wyddost ti, mae'r esboniad yn un syml iawn. Ein bwriad ydy moderneiddio'r lle yn llwyr a symud y gwaith yn y pen draw i mewn i siediau mawr pwrpasol. Sicrhau to iawn uwchben, yn hytrach na'ch bod yn gweithio mas yn y cytiau bach isel ym mhob tywydd. Mae hynny'n ddatblygiad gwerth 'i gael, onid ydy?

Defnyddio ffrwydron modern. Mae'r llwyth cynta newydd gyrraedd y cwt powdwr ac yn barod. Prynu'r peiriannau diweddara i wneud y rhan fwya o'r gwaith trwm diflas. Gan y bydd rheiny yn gwneud rhywfaint o sŵn, fydd ddim cymaint o siarad yn y siediau newydd, ta beth.'

Roedd Guto'n parhau i edrych ar ei draed, yn dweud dim.

'Falle 'mod i'n datgelu mwy nag y dylen i,' parhaodd Spinks, 'ond rwy'n awyddus i roi'r cyfle i ti, fel un o'r gweithwyr mwya blaengar, i ddylanwadu ar ddatblygiad y busnes. Mae dyfodol disglair o dy flaen di, Guto, ond i ti fod yn gall.

Nawr te, yn anffodus, mae 'da fi nifer o alwadau pwysig i'w gwneud. Felly mae'n rhaid torri'r sgwrs hon yn 'i blas. Ond diolch i ti am ddod 'ma ac am fod mor gyfrifol. A wnei di gytuno i ddod i drafod 'da fi eto pan fyddi wedi cael cyfle i ystyried 'y ngeiriau? Mewn rhyw ddiwrnod neu ddau pan fydd 'da fi fwy o amser. Mae'r drws o hyd ar agor i ti, Guto.'

Edrychodd Spinks i lawr. Roedd drôr y ddesg a'r blwch arian mân ar agor. Oedodd am eiliad. Ai camgymeriad fyddai cynnig arian i hwn? Byddai cael gweithiwr mor amlwg ar ei ochr o'n ddefnyddiol iawn. Pe bai Guto'n troi yn elyn agored, yna gellid datgelu i'r gweithwyr eraill trwy sïon fod Guto wedi derbyn tâl am wybodaeth.

Felly cododd bapur punt yn slei o'r blwch a'i blygu yn fach yn ei law dde o dan y ddesg. Arweiniodd Guto at y drws cefn ac wrth iddo ymadael estynnodd ei law iddo efo, 'Diolch Guto, unwaith eto.' Edrychodd Guto ato'n amheus. Yna gafaelodd yn ei law a'i hysgwyd. Wrth i Spinks gau'r drws edrychodd Guto yn ei law a gweld y papur punt. Trodd yn ei ôl, ond wrth wneud clywodd y clo'n troi. Cerddodd at yr efail a thaflu'r papur punt i'r tân.

Trodd Spinks o'r drws gyda gwên ac aeth drosodd at ei ddesg. Cododd y ffôn. 'Whitehall 1212,' meddai wrth y cysylltwr. Bu saib ac yna dywedodd, 'Put me through to Sir William Evans-Davies… CMGQ 1.'

Yn ei swyddfa roedd Alwyn Morgan yn clustfeinio ac yn rhwystredig. Gwyddai fod Spinks wedi siarad efo dau o'r gweithwyr, ond ni allai adnabod eu lleisiau na deall fawr o'r sgyrsiau a hwythau â'u cefnau at y drws mewnol. Rŵan roedd Spinks ar y teliffon. Cododd o'i ddesg ac estyn gwydr o ddrôr uchaf y cwpwrdd ffeiliau. Pwysodd y gwydr yn erbyn y wal fewnol ar yr union fan y gwyddai o brofiad fyddai'n caniatáu iddo glywed sgwrs ffôn yn glir. Gwrandawodd.

'Yn symud yn gyflym iawn. Llawer cynt nag yr oeddwn wedi cynllunio. Ond mae'r broblem yma hefyd yn gyfle… Ie, rwy'n cytuno'n llwyr. Byddai yn ein siwtio ni i'r dim… Felly, dechrau'n gynt a diswyddo tua hanner y gweithwyr yn syth? A dethol mwy wedyn. Rwyf eisoes wrthi'n casglu rhestr o enwau. Pryd bydd y peiriannau newydd yn cyrraedd o'r Almaen?… Ardderchog, rwyf wedi dewis dau o'r adeiladau gwag fel safleoedd dros dro, hyd nes y byddwn wedi codi'r siediau pwrpasol.'

Bu saib hir tra bu Spinks yn amlwg yn gwrando ac yn nodi gorchmynion, cyn iddo ychwanegu, 'Ydw, wedi llofnodi'r cytundebau heddi i glirio'r stoc sets bron i gyd. Bu'n rhaid cynnig tipyn o ddisgownt, gwerthu bron ar gost, ond mater o raid oedd hynny. Felly, fe gaiff y setsmyn i gyd fynd ar yr un pryd… Ie, yn unol â'r cynlluniau, syr, er braidd yn gynnar.'

Yna chwarddodd wrth ddweud, 'Ydy, mae oes y morthwylio drosodd. Does dim angen prentisiaeth i wybod sut i godi siefl a thynnu lifer, nac oes? Diolch byth… Iawn wrth gwrs. Gwna i ffonio golygydd y *North Wales Weekly Star* nawr.'

Yna clywodd Alwyn y rheolwr yn siarad yn gyfeillgar â gohebydd y papur.

'Rheinallt? John Spinks. Dim ond isie rhoi tip bach i ti. Mae'r gweithwyr yma'n galw cyfarfod dydd Iau i drafod mynd ar streic… Na, rhyw ddwli am wrthod moderneiddio… Gobeithio y gelli di yrru rhywun draw… fel bydd y papur yn rhoi'r ffeithiau cywir…

Beth? Mae'r mater yn gwbl glir, ddyn… Byddwn wedi disgwyl i bapur newydd lleol, cyfrifol gymryd y safbwynt rhesymol, yr angen i foderneiddio… Wel, os mai felly y gweli di bethau… Rheinallt! Wyt ti 'na? Damo.'

Rhuthrodd Alwyn yn ôl at ei ddesg, cyn i Spinks alw arno i ddod i'r swyddfa fewnol.

'Mae'n ddrwg gen i, syr. Wedi bod yn gweithio'n galad oeddwn i ac yn cysgu llwynog, efallai. Gweithio'n galad iawn, wir.'

'Cysgu roeddech chi, Mr Morgan. Cysgu, a minne wedi eich gadael wrth y llyw. Cysgu tra bo'r rhai sydd am beryglu llwyddiant y chwarel, yn cynllwynio yn ein herbyn. Mae hyn yn farc du yn eich erbyn chi, Mr Morgan. Yn farc du iawn.'

Roedd y dyn bach i'w weld yn crynu. 'Bydd yn rhaid i mi ystyried eich safle yn ofalus iawn,' parhaodd Spinks. 'Hyd yn oed trafod y mater efo'r penaethiaid yn Llundain.'

Roedd wyneb Morgan yn bictiwr.

'Dyna'r cyfan.'

Aeth Alwyn yn ôl am ei ddesg yn benisel. 'Na, arhoswch funud. Falle bod modd i chi achub y sefyllfa.'

Trodd Morgan yn ôl, ei lygaid yn llawn ymbil.

'Oes, mae cynllwyn ar droed yn y chwarel. Rwy'n rhyfeddu na wyddoch chi am hyn yn barod, gyda llaw. Cynllwyn ar waith a all beryglu swyddi staff y swyddfa hyd yn oed.' Gwelwodd y clerc.

'Galwyd cyfarfod o'r gweithwyr ar gyfer nos Iau nesa, cyfarfod a all arwain at streic. Bydda i'n gwneud 'y ngore i osgoi anghydfod wrth gwrs, er lles pawb. Ond mae'n hanfodol eich bod chi, fel 'y mhrif glerc yn ymrwymo eich hun yn ddiamheuol i'n hachos. Y'ch chi'n barod i wneud hynny, Mr Morgan?'

Daeth rhyddhad dros wyneb tenau Morgan. 'Ydw wir, syr,' atebodd gan sythu a rhoi rhyw fath o salíwt drwsgl. 'Bydda i'n hollol ffyddlon, rwy'n tyngu.'

'Iawn, dyna gam i'r cyfeiriad cywir ar eich rhan. Nawr te, mae'r dynion yn cael eu hannog i wrthod gweithredu'r rheolau diogelwch newydd – y rheol iaith, yn benodol. Ffolineb llwyr wrth gwrs, ond yn nodweddiadol o agweddau negyddol a hen ffasiwn rhai ohonyn nhw. *Luddites* ydyn nhw, Mr Morgan, yn sefyll yn erbyn trefn naturiol pethau. Bydd iaith gref yn trechu iaith wan. Dyna drefn natur.

Nawr te, rhaid i ni adnabod y lleiafrif dinistriol sy'n arwain y gweddill ar gyfeiliorn. Adnabod y pla a'i ddifa. Rwyf felly am i chi weld ein cyfeillion blaenllaw ymysg y gweithwyr gyda'r nos. Dechreuwch heno efo McGuffin a'r gweddill wedyn, ond nid o flaen 'u teuluoedd, cofiwch. Rwyf isie rhestr o'r cynllwynwyr a'u cefnogwyr. Enwau cywir – nid llysenwau cofiwch. Rhestr gyflawn i ni gael eu chwynnu a sicrhau diogelwch y mwyafrif triw, sy'n awyddus i ufuddhau i'r drefn newydd.

Byddwn yn defnyddio cyfeirnodau yn hytrach nag enwau ar eu cyfer o hyn allan. Myfi ydy HQ1. Chithe yn HQ2. William McGuffin yn OP12 a'r gweddill yn OP1, OP2, OP3 ac yn y blaen yn ôl trefn y wyddor. Nodwch yr holl enwau a'u cyfeirnodau yn y llyfr cyfrifon a'i gadw'n y seff. Tudalen ar gyfer pob un. Yr enwau cywir cofiwch, er wedi meddwl gwell nodi'r llysenwau hefyd, gan fod gormod o William Williamsus a John Jonesus yn y wlad fach 'ma.

Bydd allwedd y seff ar gael i chi pan fyddwch ei hangen, ond o dan 'y ngoruchwyliaeth bersonol i. Peidiwch â gadael i unrhyw un ohonyn nhw wybod am fodolaeth unrhyw un arall. Criw o unigolion sydd ei angen ar y gwaith yma – a phob un o dan y fawd.' Crychodd Alwyn ei lygaid a chododd ochrau ei geg mewn edmygedd.

21

Bu'n ddiwrnod caled ac roedd Guto'n falch o'i throi hi am adra. Ond cyn mynd i lawr am y dorau, safodd ar y bonc uchaf yn syllu ar y gwaith am ychydig ac ystyried y dyfodol unwaith eto. Roedd Spinks yn gywir ar un wedd wrth gwrs, bod gwir angen newid pethau, a chymaint y gellid ei wneud. O weddnewid y lle, byddai mwy o swyddi ar gael a'r rheiny yn swyddi gwell. Trwy deg ddylai hynny ddigwydd, nid trwy dwyll a throi y tu min ar bobl a roesai oes o waith i'r fenter. Doedd dim ateb parod i'w benbleth, ond gwyddai pe byddai'n rhaid iddo ddewis, yna ar ochr y gweithwyr y byddai o.

Oherwydd iddo oedi, gadawsai ychydig ar ôl Alun a phawb arall. Yna wrth iddo gerdded, galwodd rhywun arno. Edrychodd i fyny a gweld Dafydd yn prysuro i lawr o'r copa. Arhosodd amdano, yn falch o gael sgwrs.

'Dy hun wyt ti, Dafydd?' meddai wrth iddo gyrraedd.

'Ia, fel y mae hi waetha. Y myfyrwyr 'di methu dod eto heddiw, er iddyn nhw neud 'u gora i drefnu car, chwarae teg. Felly mi wnes i aros yn y Plas drwy'r dydd yn teipio nodiada. Ond, dwi'n methu cadw draw o'r gwaith, er wn i ddim sut medra i fwrw mlaen efo cyn lleied o help.'

Cydgerddodd y ddau dan siarad.

'Rown i'n barod heddiw i ddechra torri ffos ar draws un o'r tai mwya. Un o'r rhai godwyd rhywfaint o'r neilltu i'r gweddill, am ba reswm, wn i ddim ar hyn o bryd. Mae cymaint i'w neud, a'r safle'n allweddol. Pam na all pobl weld hynny?

'Dw i 'di hanner ymlâdd a phrin y medrwn i ddringo i'r copa.'

'Wel, bu bron imi beidio â mynd, a deud y gwir. Gweld Elsbeth wrth y Groes yn edrych yn sâl wnes i a'i danfon adra. Roedd hi'n iawn wedyn, beth bynnag.'

'Beth oedd arni hi?' holodd Guto, braidd yn rhy amlwg o ddidaro.

'Ddwedodd hi ddim – gormod o waith, gormod o bwysa falla. Ond mi roedd hi'n llwyd ofnadwy. Sut wyt ti'n 'i gweld hi?'

'Ddim yn 'i gweld hi. Does dim llawer o Gymraeg rhyngddon ni bellach, a fydd dim 'chwaith debyg, yn ôl y llythyr ges i ganddi. A deud y gwir, dwi'n dechra ama a fu unrhyw beth go-iawn rhyngddon ni 'rioed. Ta waeth, mae pob dim drosodd bellach.'

'Mae'n ddrwg gen i...' dechreuodd Dafydd.

'Dim bwys am hynny rŵan, rown i'n meddwl dy fod yn disgwyl newyddion da. Dy fod am ga'l arian gan ryw bwyllgor neu'i gilydd. Be ddaeth o hynny?'

'Dim. Mi fuodd yr Athro yma y diwrnod o'r blaen, ond prin y cymerodd o sylw o'r hyn dw i 'di bod yn neud. Dim digon i'w gyffroi o, mae'n debyg. Dim aur. Dim ond y gaer, y tai, y mynydd. Mi wnaeth o enw iddo'i hun ar ôl y rhyfel, felly does dim angen iddo fo wthio'r ffiniau ymhellach, mae'n siŵr gen i.'

'Beth wnaeth o felly?'

'Cloddio yn East Anglia a'r Iseldiroedd pan roedd yng Nghaergrawnt. Gwaith ar y cysylltiada rhwng dwyrain Prydain a rhanbarth dros y môr o'r enw Ffryslan. Gwaith manwl, ysgolheigaidd ar batryma mudo rhai o'r Saeson cyntaf i ddod yma – er nad Saeson oedden nhw bryd hynny wrth gwrs. Gwaith athrylithgar, i'r rhai sydd efo diddordeb.'

‘Doedd o ddim yn dy ddiddori di, felly?’

‘Wel, ar hyn o bryd, mae gen i lawer mwy o ddiddordeb mewn gwybod beth a ddaeth o’r cais am arian.’

Chwarddodd y ddau ychydig yn anesmwyth a bwrw ymlaen i lawr y llwybr. Yn fuan daethant i olwg yr Hen Offis.

‘Dyma un peth i fod yn falch ohono fo, o leia,’ meddai Dafydd gan bwyntio at y car a oedd wedi ei adael nesaf at yr adeilad.

‘Wel, yr hen lwynog!’ atebodd Guto, gan wenu er ei waethaf. ‘Wnes ti ddim deud ’i fod o ’di cyrraedd.’

‘Geraint, ’y mrawd ddaeth â fo yma o Southport ddoe. Wedi cymryd trwy’r dydd iddo fo, chwarae teg. A minna wedyn yn ’i ddanfon o adra i’r Allt Goch i ddal y trên hwyr i Lerpwl, yn y car newydd. Wel, newydd i mi. Beth wyt ti’n feddwl ohono fo?’

‘Trojan myn coblyn i. Car da. Car cryf.’

‘Dim byd tebyg i Lancia Spinks, wrth gwrs.’

‘Mi wnaiff hwn i ti am flynyddoedd, yn siwtio’r ardal yma i’r dim. Hawdd ’i drwsio ac yn medru’i gneud hi ar draws gwlad, heb drafferth. Welat ti mo’r Lancia yn cyrraedd yr Hen Offis ar hyd y lôn drol ’ma, na welat?’

‘Wel, dyna pam wnes ’i ddewis o. I ga’l mynd i ’ngwaith. A dwi wedi bod yn ysu i’w ga’l o yma, ers hynny. Ddoi di ynddo fo gyda mi?’

‘O, wn i ddim am hynny. Mentro mewn moto efo sglaig wrth y llyw. Beryg y byddwn ni’n mynd ar ’yn penna dros y dibyn cynta.’

‘O, iawn,’ meddai Dafydd gan fethu cuddio’i siom.

‘Be ti’n feddwl, y ffŵl gwirion? Ga i ddreifio?’

‘Dim peryg. Er bod hysbysebion y cwmni yn brolio’r *Overseas Model – Can be handled by unskilled or native drivers.*’

'Wel, dyna roi fi yn 'yn lle.'

Dringodd Guto i'r car a thaniodd Dafydd yr injan gyda gwên.

'Rhyw ychydig yn swnllyd,' bloeddiodd wrth gychwyn yn araf i lawr y llwybr am y pentref. Agorodd Guto'r giât fynydd led y pen a gwasgodd Dafydd y car yn ofalus trwy'r adwy. Yn fuan, daethant i olwg y tai gan basio rhai o'r chwarelwyr ar eu ffordd adref. Canodd Dafydd y corn mawr, cododd rhai law, neu smalio moesymgrymu wrth iddynt fynd heibio. Pwyntiodd eraill at Guto a chwibanu a chwerthin.

Stopiodd Dafydd ar y groes. 'Awn ni i fyny i'r Foty, os leci di.'

'Fydd hi'n saff mentro'r hen Drojan yma i fyny'r allt? Mae hi'n serth ofnadwy.'

'Mae'n bencampwr ar ddringo gelltydd,' meddai Dafydd gan droi i fyny'r lôn gul heibio'r capel.

Safai'r Foty ar yr ochr arall i'r mynydd o'r chwarel, yn dŷ hir a godwyd ganrif a mwy cyn i'r chwarelwyr cyntaf ddod i'r fro. Bu'n wag ers blynyddoedd wedi i fab y lle fudo i Loegr. Wedyn, bu Guto'n byw yno wedi iddo orffen ei brentisiaeth a gadael y Plas. Ni fu Dafydd yn y Foty ers pan oedd yn blentyn pan fyddai'n ymweld efo'i dad â'r hen Domos Evans yno. Cofiodd iddo ei ddychryn pan ddangosodd ei wn dwy faril iddynt ac wedyn wrth iddynt ymadael yn cario dwy gwningen waedlyd.

'Dw i wedi gneud tipyn i'r lle, erbyn hyn,' meddai Guto gyda balchder amlwg wrth iddynt gyrraedd. 'Dwed Richard Emrys, os na geith o'i waith yn ôl yn y pen yma y gwnaiff o'i werthu i mi'r flwyddyn nesa, a minna'n ca'l talu fesul tipyn.'

'Ble mae o wrthi felly… Richard Emrys?'

'Wedi i'w dad farw, mi gafodd o le da iawn yn y banc yn Syli Hyl. Wela i mohono fo'n medru dod adra 'chwaith. Pa alw sy

’na am glercod ffordd yma? Falla daw rhyfel beth bynnag! Ddoi di i mewn?’

‘Dw i ddim am fynd ar dy draws di a titha newydd ddod o’r gwaith. Byddi di isio dy fwyd.’

‘Paid poeni am hynny. Cawl pen lletwad sy gen i eto heno. Gymeri di ddim, mae’n siŵr?’

‘Diolch, ond na. Bydd Fflori wedi gneud bwyd, a fiw i mi ’i chroesi hi ar hynny.’

‘Na, ti’n deud y gwir. Wyddost ti, dyna beth fyddai i’n ’i golli fwya. Ista wrth fwrdd y gegin a cha’l bwyd Anti Fflori. Does gen i ddim brys am fwyd heno. Tyd i’r tŷ.’

Gwyrodd y ddau ychydig wrth fynd trwy’r drws.

‘A i drwodd i ’molchi,’ meddai Guto dros ei ysgwydd. Roedd Guto wedi trefnu’r lle’n ofalus. Y waliau gwyn arferol, ond roedd y distiau wedi eu peintio’n wyrdd tywyll, yn hytrach nag yn ddu. Yna, ymddangosai’r un lliw gwyrdd hwnt ac yma trwy’r ystafell, ar fframiau’r drysau ac o gwmpas y cwpwrdd pren tywyll nesaf at y simne fawr. Roedd y llestri ar y ddresel o gynllun cyfoes, yn wyn efo patrwm haniaethol mewn du a gwyrdd. Wrth ymyl y lle tân safai setl, â’r pen agosaf ato ar hanner tro i ffwrdd o’r drws. Roedd y cefn wedi ei orchuddio â defnydd trwm gwyrdd tywyllach a hwnnw wedi ei ddal yn ei le â hoelion pres. Gyferbyn â’r setl â’i chefn at y ffenestr roedd cadair winsor, â bwrdd pin trichoes nesaf ati, a lamp ar hwnnw. Ar y wal nesaf at y cloc mawr crogai print o *The Boyhood of Raleigh* gan Millais, hen longwr yn eistedd ar draeth yn pwyntio i’r pellter gan draethu wrth ddau lanc syn.

Ym mhobman roedd llyfrau. Ychydig wedi eu rhwymo â lledr, ond y rhan fwyaf o lawer â chloriau clwt – yn ddu, coch, glas, melyn, pinc, llwyd, gwyn a phiws a’r rheiny mewn pentyrrau: ar y llawr, ar silffoedd y ffenestri, ar y setl, ar y gadair, ar y ddresel, ar fwrdd cegin llydan gan ffurfio llwybr i'r ystafell drwodd. Meddyliodd Dafydd am ei ystafell lom o yn Llundain. Yna cofiodd am lyfrgell odidog y Brifysgol.

Cododd un o'r llyfrau oddi ar fwrdd y gegin – hanes yr Unol Daleithiau, a hwnnw ar ben llyfr ar biclo llysiau. Yna, hunangofiant Benfenwtio Celini a llyfr ar sut i weithio fferm efo tractor. Yn ymyl Beibl Peter Williams roedd llyfr lluniau o adeiladau mawr Chicago, â'r testun mewn Almaeneg.

Yna, daliwyd ei lygaid gan chwe chyfrol 'Cyfres y Goleuni'. Cododd un. Agorodd y clawr a darllen:

Undeb Ysgolion Sabothol y Rhondda, Pontypridd a'r Cylch.

Cyflwynedig i William Williams, Eglwys Ebenezer Tylorstown ar ei safle anrhydeddus yn yr Arholiad. Mawrth 1920.

Nesaf ato roedd pamffled hynafol a brau yr olwg heb deitl ar y clawr. Agorodd hwnnw'n ofalus a darllen:

Cyfiawnhad trwy Ffydd gan George Lewis. Gweinidog Yr Efengyl yn Llan-Uwch-Llyn. Machynlleth 1803.

'Ac enw William Williams eto.'

Daliwyd ei sylw wedyn gan lyfr am y rhyfel yn Sbaen, yr uchaf un o bentwr bach o lyfrau'r *Left Book Club.* Daeth Guto drwodd gan sychu ei wyneb â lliain streipiog.

'Wel, wyt ti'n lecio'r lle, felly? Dodrefn ar ôl Mam ac ar ôl 'Nhad o ran hynny, wedi iddo fynd i Mericia. A beth am 'yn llyfrgell i felly?' ychwanegodd gyda chymysgedd o falchder a her.

'Ble ar y ddaear gefist ti gasgliad mor rhyfeddol o od o lyfra?'

'Gan William Williams, yr athro ysgol 'na o'r Allt Goch. Hwnna sy 'di mynd i Farselona i ymladd dros y Weriniaeth. Welist ti 'mo'i hanes o yn yr *Utgorn*? Na, falla ddim 'chwaith. Mae'n siŵr 'i fod o 'di mynd cyn i ti landio yma.'

Cododd Guto un o lyfrau'r *Left Book Club*. 'Nid deall cymdeithas ydy'r gamp bellach, medda Williams Williams. Nid ei deall, ond 'i newid hi. Dyna pam mae o 'di mynd i Sbaen, i ymladd dros y teyrngarwyr yn erbyn Ffranco a'i ffasgwyr.'

'Ond mae angen y ddau, does? Deall er mwyn ca'l gwybod be i'w newid, a sut i fynd o'i chwmpas hi?'

'Wn i ddim, wir. Ydy o bwys? Gneud fuodd 'y mhetha fi 'rioed, nid siarad. A fynta hefyd, erbyn hyn, er 'i fod o'n ddyn yn 'i oed a'i amser.

Weli di, roedd William Williams isio ca'l 'madael ar 'i lyfrgell, llond trol ohonyn nhw, a hynny i ddwylo da, er mwyn ca'l pres i brynu moto-beic a'i reidio fo i Sbaen. Doedd gen i mo'r arian, ond mi oedd gen i foto-beic, n'doedd? Felly, dyma ni'n ffeirio, ac i Gatalunya â fo. Rŵan felly, dw i'n gorfod cerdded i bob man ac efo llai o amser i ddarllen. Ond, llawn gwell a saffach i mi, mae'n siŵr, na rhuthro o gwmpas y wlad yn wyllt ar ddwy olwyn, fel y byddwn i.'

'Gymeri di fenthyg 'y meic i, rŵan fod y car 'di cyrradd?'

'Na, dim diolch. Mae gen i ormod i neud, i feddwl am fynd allan rhyw lawer. A bellach llai o reswm fyth i fynd allan, p'run bynnag.'

Cyfeiriodd efo'i fraich at y pentyrrau.

'Dwi 'di bod yn rhoi trefn arnyn nhw, pob gyda'r nos, bron. Ond wedyn, bydd rhwbeth yn dal 'yn sylw i ac mi fydda i'n dechra darllen yn lle didoli. A dyna noson arall 'di mynd heibio yn ddiarwybod i mi a bron dim 'di newid. Ond mae'n Saesneg i'n gwella… Yli hwn. Llyfr ar chwareli ithfaen gogledd Cymru, o'r chwareli bwyeill, miloedd o flynyddoedd yn ôl. A llythyr wedi ei blygu y tu mewn iddo fo, gan yr Athro James Tannat o Goleg y Brenin Llundain. Dwyt ti ddim yn 'i nabod o debyg? Ond yli di, be ddwed o am ithfaen gogledd

Cymru? Ein hithfaen ni: *Mi wna ddeunydd adeiladu ardderchog a chryf…* Mae pob math o bosibiliadau felly, n'does, heblaw am neud metlin a sets.'

Cododd lyfr ar bensaernïaeth. 'Ac yli'r llunia 'ma o adeilada yn Rwsia, America a Ffrainc wedyn. Concrit gwyn maen nhw'n 'i ddefnyddio. Rhwbeth 'di 'i neud, yn hytrach na charrag naturiol. Pe byddan ni mond yn medru perswadio'r rhai sy â'r modd. Mi sgwennais i at Robat Lerpwl ar y mater, wyddost ti. Isio iddo fo ddechra gwerthu'r garrag at waith adeiladu. Ond mae o'n rhy ddwl i neud dim, ac yn rhy ddiog i ateb 'yn llythyr i, hyd yn oed. A rŵan, mae'r chwarel yn nwylo Relacel bellach.'

'Relacel?'

Oedodd Guto a dal llygaid diddeall Dafydd am eiliad. 'Rhyw gwmni o Lundain, sy 'di cyflogi Spinks yn fanajyr arnon ni. Ac yn hytrach na datblygu'r lle, mae hwnnw'n hel dynion da i lawr y lôn a rŵan, am 'yn gwahardd ni rhag siarad Cymraeg. Mae'n siŵr nad wyt ti 'di clywad am hynny 'chwaith nac wyt a dy ben yn y cymyla.'

'Naddo. Ond pam fydda Spinks am wneud y fath beth? Mae o'n siarad Cymraeg 'i hun yn rhugl. Mi ges i sawl sgwrs efo fo. Mae'n benderfyniad od.'

Oedodd Guto cyn parhau.

'Wel mae'n amlwg nad wyt ti'n cofio, neu'n debycach doeddat ti ddim yn gwybod, y ddau ohonon ni'n rhy fach i ddeall. Mae 'na hanes i Relacel yn y pen yma, n'does? Cloi'r gweithwyr go-iawn allan a dod â bradwyr i mewn, o Loegr yn benna. Torri ysbryd y dynion, mecaneiddio a cha'l madael â'r setsmyn, torri cyfloga, codi oria. Byddai ffrae dros reol Saesneg yn 'u siwtio nhw i'r dim. Yn esgus da i neud hynny i gyd eto, a ninna yn y Ceiri, yr ola un o'r hen siort o chwarel. Ia, bydda helynt yn 'u siwtio nhw i'r dim.'

'Rydw i'n rhyfeddu…' dechreuodd Dafydd, ond torrodd Guto ar ei draws.

'A deud y gwir, mae Spinks wedi sôn wrtha i'n barod 'i fod o am ddod â pheirianna newydd i mewn.'

Cododd lyfr efo llun o Lenin ar ei glawr ac yna'i roi i lawr yn ofalus. Pesychodd fel petai ar fin adrodd ar lwyfan eisteddfod.

'*Brwydr rhwng ddoe a 'fory ydy'r chwyldro modern i fod. Nid brwydr rhwng cenedl a chenedl, rhwng un ymerodraeth ac ymerodraeth arall…* na brwydr rhwng un iaith ac iaith arall o ran hynny, decini. Fydda na ddim ffasiwn beth â chenedl yn bod, beth bynnag.'

Ymlaciodd a pharhau. 'Ac nid "Rhyfel Mawr" fydd y nesa – dyna ddwedodd tad Elsbeth wrtha i. Dyna pam na fedra i neud pen na chynffon o'r peth yma. Mae Spinks yn deall 'i waith yn iawn, ond wedyn yn gneud peth fel hyn. Ta waeth, mae cyfarfod i fod dydd Iau nesa, i ni drafod beth i neud ar gownt y mater.'

'A be ydy dy farn di?'

'Tydw i ddim yn rhyw siŵr a deud y gwir. Mi allwn ni wrthod ufuddhau. Mae rhai ar dân dros neud hynny, Alun 'y mhartnar i'n un ohonyn nhw. Ond os gwrthoda i siarad Saesneg, yna mi fydd hi'n ta-ta arna i yn y chwarel, oni fydd hi? A pha waith arall fydda 'na i mi'r ffordd yma?'

'Fawr ddim mae'n siŵr. Er, rydw i'n bwriadu cyflogi gweithwyr am gyfnod, os daw'r arian gan y Pwyllgor Ymchwil. Mi gynigiwn i waith i ti.'

'Diolch, ond nid hogyn coleg ydw i. Lawr y lôn fyddai'n rhaid i minna fynd, mae'n siŵr, fel sawl un arall. I Loegr fel Richard Emrys debyg, neu Mericia hyd yn oed a gorfod siarad Saesneg trwy'r dydd wedyn. Wn i ddim yn wir.'

'Falla na ddaw hi i hynny. Mi siarada i efo Spinks.'

'Does dim pwrpas i hynny. Mae ganddo fo'i blania, dw i'n siŵr. Prin y bydd o am wrando arnat ti, mwy na neb arall.'

Tarodd y cloc mawr.

'Dwi 'di dy gadw di. Bydd dy groen di ar y pared gan Anti Fflori.'

Wedi i Dafydd adael, estynnodd Guto'r gist de mahogani hen ffasiwn o silff uchaf y cwpwrdd agosaf at y tân. Agorodd y gist â goriad bach a gadwai ar silff uchaf y ddresel. Yno, wedi ei agor eisoes, roedd y llythyr a gafodd gan Elsbeth, ar ben pecyn o lythyrau o'r Unol Daleithiau, heb eu hagor erioed. Edrychodd ar yr amlen am ennyd, darllenodd ei enw a'r cyfeiriad eto gydag ochenaid, cyn tynnu'r llythyr allan a'i ddarllen. Eisteddodd o flaen y tân oer a osododd cyn ymadael y bore hwnnw. Iawn, meddyliodd, os mai felly roedd hi'n gweld pethau, gallai yntau ffoi oddi wrth Pharo. Byddai'n gwrtais, yn ddigon cynnes tuag ati, hyd yn oed, ond dyna'r oll. Câi hi wneud fel y mynnai.

Cododd flwch matsys oddi ar y bwrdd. Taniodd fatsen. Cododd lythyr Elsbeth a thaniodd ei ymyl. Gwyrodd drosodd a thaniodd y tân. Taflodd y llythyr a'r amlen ar ben y pentwr o lo mân. Eisteddodd yn ôl, ac wrth i'r tân gydio aeth trwy ddigwyddiadau ei berthynas efo Elsbeth, gan eu troi'n ei feddwl a'u hanghofio, yn fwriadol, fesul un. Teimlai'r ystafell yn cynhesu.

22

Parciodd Dafydd y Trojan o flaen y Plas, nesaf at y Lancia. Oedd, roedd cryn wahaniaeth rhyngddynt. Y Lancia yn isel a pheryglus yr olwg. Y Trojan droedfedd yn uwch, ac o'u cymharu, yn edrych fel petai wedi dod allan o'r Arch. Ond y Trojan fyddai o'n ei ddewis pob tro. Daeth Fflori am y drws ffrynt wrth iddo ddod trwyddo.

'Rown i ar bigau'r drain yn meddwl dy fod ti 'di ca'l damwain a chditha allan yn y moto. Cer drwodd i'r dainin-rwm, Dafydd. Mae'r bwyd yn barod ac mae rhwbeth arall yno i ti.'

Gallai Dafydd daeru ei bod wedi rhoi winc iddo. Roedd Spinks eisoes wrth y bwrdd ac yn gafael yn ddisgwylgar yn ei lwy gawl.

'O'r diwedd, Aspinall,' meddai. 'Roedd Miss Roberts yn gwrthod rhoi yr un briwsionyn i mi cyn i ti gyrraedd – a finne ar frys. Digon hawdd i chi ddynion y coleg, ond mae 'da fi waith i'w wneud heno.'

Eisteddodd Dafydd. Roedd llythyr wrth ei blât. Llamodd ei galon am eiliad o feddwl mai dyma'r ateb o Lundain y bu'n ei ddisgwyl. Ond sylwodd yn syth nad oedd stamp arno, ac o'i godi, clywai aroglau persawr trwm.

'Wel, wyt ti am 'i agor e?' gofynnodd Spinks yn heriol.

Rhwygodd yr ymyl a thynnu cerdyn gwahoddiad allan, gwahoddiad gan yr… Honourable Rhiannon Price.

Daeth Fflori drwodd efo tiwrîn o gawl.

'Beth wnewch chi o hyn felly, Spinks? Mr Aspinall yma'n

ca'l llythyr gan iyng ledi. Hi ddaeth ag o yma pnawn 'ma. Hi 'i hun!'

'Ond does gen i'r un cof i mi dorri gair â'r "Honourable Rhiannon Price", heb sôn am roi achos iddi hi yrru cerdyn ata i…'

Edrychodd Dafydd ar y cerdyn eto am eiliad ac wrth siarad sylweddolodd pwy oedd hi… 'cerdyn yn 'y ngwahodd i ddigwyddiad yng Nghastell Corun.'

Tagodd Spinks ar ei gawl.

'Beth? Wyt ti 'di ca'l gwahoddiad, hefyd?'

Rhythodd Fflori arno cyn troi am y drws.

'O, da iawn. Rwyf inne'n mynd hefyd. Wedi cael gwahoddiad llafar personol gan Rhiannon 'i hun, wrth gwrs,' ychwanegodd yn gyflym. 'Yn 'i hadnabod ers blynydde,' meddai eto, yn ofalus ddidaro wrth orffen ei gawl. 'Fedrwn ni fynd 'da'n gilydd yn y Lancia. Nawr te, beth am hynny?'

'Wel wn i ddim os ydw i am fynd. Tydw i fawr o un am bartïon.'

'Wrth gwrs, mae'n rhaid i ti fynd. Fyddwn i byth yn meiddio gwrthod gorchymyn Rhiannon. Beth bynnag, mi fydd e'n hwyl. Mae partis Rhiannon o hyd yn hwyl. Rwyt ti'n gweithio'n galed ac mae 'da ti hawl i gael rhyw ychydig o hwyl. Wyddost ti ddim pwy fyddi'n cwrdd yno. Pobl o bell. Pobl bwysig.'

Cofiodd Dafydd eiriau'r Athro, "Stwffia fo at unrhyw un sy â dylanwad. Dylanwad neu arian."

'Mae'n siŵr mai chi sy'n iawn. Mi fyddwn i'n falch o ddod efo chi, felly.'

Wedi iddi glirio'r llestri cawl daeth Fflori i mewn yn syth efo'u cinio. Dechreuodd Spinks fwyta ar ei union, ond eisteddodd Dafydd yn ôl yn ei gadair.

'A deud y gwir, dw i'n falch hefyd 'yn bod ni'n ca'l sgwrs

fel hyn. Roedd 'na rwbeth arall rown i am 'i drafod efo chi. Y mater yma o siarad Saesneg yn y chwarel. Dw i'n clywad fod y dynion yn anfodlon iawn. Oni fyddai'n well i chi ailfeddwl, tybed?'

Oedodd Spinks ar ei lowcio cyn ymateb. 'Dafydd,' dechreuodd gyda gwên. 'Mae hwn yn fater delicet iawn. A dweud y gwir rwyf o dan gryn bwysau gan swyddfa'r perchnogion newydd yn Llundain. Yn mynnu newid trefniadau'r chwarel yn gyfan gwbl ac maen nhw'n iawn yn hynny o beth, wrth gwrs. Mae'r lle'n fwy o amgueddfa nag o fenter fodern. Yn anffodus, roedd Cwmni Johnston a'i Fab wedi gadael i'r busnes edwino'n sylweddol iawn ers tro ac erbyn hyn mae'n fater o newid neu gau yn gyfan gwbl, mae arnaf ofn.

Nawr te, medra i wrthwynebu rhai newidiadau, efo cymorth y gweithwyr, falle y gallen ni ailfeddwl am y rheol iaith. Ond dim ond trwy deg. Pe bydde sôn am streic, wel, yna bydde Llundain yn siŵr o ystyfnigo a chau'r lle am byth.

Gobeithio felly, os cei gyfle, byddi di'n ceisio cymedroli ychydig ar agwedd y gweithwyr. Dywed wrthyn nhw am y bygythiad i gau, a cheisia ddylanwadu ar ein ffrind, Guto Tomos. Gweithiwr da, a dyfodol disglair, ond iddo fod yn gall.'

Cliriodd Spinks y darn olaf o gig oddi ar ei blât. 'Nawr te, mae'n rhaid i fi fynd am y swyddfa. Mae hi'n adeg prysur. Ond gobeithio y byddi di'n ystyried 'y ngeiriau, fel cyfaill i fi, a phobl y Ceiri.'

Daeth Fflori drwodd i glirio llestri wrth i Spinks fynd am y drws ffrynt.

'Ond beth am y pwdin?' gofynnodd.

'Dim pwdin i fi heno, Miss Roberts. Mae pwdin yn eich gwneud chi'n wan.'

Trodd Fflori at Dafydd ac wynebu'r ffenestr fawr. Gwelodd Alwyn Morgan o bell, ar gefn ei feic ger giatiau'r Plas. Yna, fe'i gwelodd yn cuddio'r beic yn ofalus ymysg y rododendrons, cyn swatio yn ei sedd yn y Lancia.

'Mae o'n crwydro'n bell o'i gartra heno,' meddai Fflori wrth Dafydd dros ei hysgwydd.

Cododd Dafydd ei ben o'i fwyd. 'Pwy felly?'

'Alwyn Morgan. Un o glercod y chwarel. Mi gyrhaeddodd rŵan ar 'i feic. Tydy o ddim yn un i fentro allan gyda'r nos, fel arfer. Mi gwelais o'n cuddio'i feic yn y rododendrons ac yna, i ffwrdd â fo efo Spinks.'

Trodd i wynebu Dafydd. 'Tydw i ddim yn lecio Spinks, waeth i mi gyfaddef ddim. Fo, na'r cwmni mae o'n 'i gadw heno.'

'Falla'u bod nhw'n mynd yn ôl i'r chwarel i baratoi. Mae Guto'n meddwl bod Relacel am wthio'r dynion at streic dros y rheol siarad Saesneg.'

'Beth sy gan Relacel i neud â'r mater?' gofynnodd Fflori yn siarp.

'Wel, nhw pia'r chwarel bellach. Wyddoch chi ddim? Guto esboniodd y mater i mi heno.'

Gwelwodd Fflori. Gafaelodd yng nghefn un o'r cadeiriau ac eistedd wrth y bwrdd.

'Relacel. Pam na soniodd neb...?' dywedodd yn ddistaw gan fyseddu ymyl ei ffedog.

'Fflori. Ydach chi'n iawn?'

'Yndw, Defi bach. Wedi ca'l 'sgytwad braidd, dyna'r cyfan. Mi rown i 'di clywad 'u bod nhw am stwffio Saesneg ar y gweithwyr. Ond yr arswyd mawr, y chwarel yn nwylo Relacel, a'r Plas hefyd, debyg. Mae Robat wedi 'yn gwerthu ni felly. Wedi pob dim ddaru'i dad neud i'w rhwystro nhw. Mi rydw i'n deall yn iawn rŵan, pam na fuodd o ddim ar gyfyl y lle ers misoedd, na sgwennu, na theliffonio 'chwaith. Gormod o gywilydd mae'n siŵr. Ond byddai 'i dad yn troi'n 'i fedd. A Rhys hefyd.'

'Rhys?'

'Rhys, fy nyweddi. Mi gafodd o'i ladd wrth weithio i Relacel.'

'Mae'n ddrwg gen i. Do'n i ddim yn gwybod…'

Treiglodd deigryn i lawr grudd yr hen wraig, 'Mae'n amser maith yn ôl bellach, Defi bach. Does dim rheswm yn y byd pam y dylset ti fod yn gwbod.'

Trodd ychydig yn ei chadair at Dafydd, tynnu ei sbectol ac eistedd yn llonydd a distaw. Trodd yntau i'w hwynebu. 'Gweithio yn chwarel Relacel ar y Mynydd Mawr oedd Rhys. Ar y bonc uchaf un. Yno, i fyny yn y cymyla,' dechreuodd hi'n araf.

'Llong ddaeth i mewn yn hwyr a hitha'n rhy agos at dop llanw. Pawb a allai yn rhuthro i lawr i'r stêj er mwyn helpu i'w llwytho, ar ddiwedd diwrnod gwaith. Llwytho a dal blaen y trai sy'n bwysig.

Bu ond y dim i Rhys gyrraedd yn rhy hwyr, meddan nhw ac ynta'n gweithio mor bell i ffwrdd. Ond mi roedd o wedi sgrialu i lawr o'r bonc. Yn falch o ga'l y gwaith a ninna'n hel pres at briodi. Yna, wrth i'r hogia fynd ati i wastadu'r llwyth o fetlin bu'n rhaid i'r llong hwylio a nhwytha ar 'i bwrdd. Mae'n bwysig ca'l y llwyth yn wastad yn howld y llong, weli di Defi, rhag iddi fynd drosodd.

Y bwriad oedd 'u gollwng nhw 'Nghaergybi. Ond gyferbyn â Dinas Dinlle, fe gododd tipyn o foryn meddan nhw, a'r hogia yn dal i sieflo yn yr howld. Trawyd y llong ar ei thraws yn annisgwyl gan don fawr a symudodd y llwyth ar ben rhai o'r dynion. Achubwyd pob un, heblaw am Rhys druan. Mi fuon nhw'n cloddio'n wyllt amdano, er bod y llong yn y fath berygl. Cael hyd iddo fo ddaru nhw yn y diwedd, ac yntau wedi ei fygu. A'i fron wedi ei wasgu yn erbyn un o 'senna'r llong.'

'Mae'n wir ddrwg gen i,' dechreuodd Dafydd. Ond doedd dim taw ar Fflori bellach.

'Ac yna ymlaen â nhw i Gaergybi a'r hogia'n gorfod dal ati i wastadu'r llwyth yn gweithio yn yr union fan lle lladdwyd Rhys. Doedd dim oedi i fod, dim troi'n ôl. Ordors Relacel. Pnawn wedyn glywais i, pan gyrhaeddodd y dynion eraill yn 'u holau wedi ymlâdd yn llwyr. Roeddan nhw 'di gorfod cerddad bob cam yn ôl a gadael fy Rhys druan yno, yn y marwdy yng Nghaergybi. Minna'n medru gweld y melltith lle dros y môr... Aeth y pres priodas i dalu i ga'l 'i gorff o adra ac i'w gladdu.'

Gafaelodd Dafydd yn ei llaw grynedig.

'Ac yn lle priodi a magu teulu... es inna... at y bobl fawr yn Llundain i weini.'

Ar hynny cododd. 'Weithia i ddim i Relacel, Defi. Na wnaf i wir. Ac mi gysgwn yn nhin clawdd yn y glaw cyn diodda noson arall o dan 'u to nhw.'

Aeth Fflori drwodd am y gegin gyda Dafydd yn ei chanlyn yn cario ei blât. Dechreuodd gasglu rhyw fân bethau o ddrôr y ddresel i fasged gan fwmian siarad wrthi hi ei hun. Cododd ei phen ac meddai wedyn, 'Yli. Paid â phoeni. Mi a i at Jini, modryb Elsbeth wyddost ti, am heno. Yna, mi gawn ni weld. Mae arna i ofn y bydd yn rhaid i ti forol drostat ti dy hun yn yr hen le yma bellach. Chdi a'r Spinks yna. Bydda i'n ôl ymhen rhyw ddiwrnod neu ddau i roi trefn ar y tŷ i chi ac i hel 'y mhetha. Dydd Sul mwy na thebyg.'

'Oes rhaid i chi fynd yn syth? Mor sydyn?'

'Dafydd, mi rwyt ti'n ddyn ifanc a digon yn dy ben, wedi ca'l addysg ac yn deall dy bwnc. Ond mae yna ddeall arall, heblaw yr hyn a ddysgi di mewn llyfr. Pan fyddi di'n hŷn, mi weli di paham na fedra i aros o dan gronglwyd y cwmni melltith yna am eiliad yn rhagor nag sy'n rhaid.'

Ar hynny aeth i fyny'r grisiau cefn i'w llofft. Ymhen deng munud roedd yn ei hôl ac yn llwythog. Rhoddodd ail fasged i lawr ar fwrdd y gegin a rhoi pìn yn ei het. Sylwodd Dafydd fod ei llygaid yn goch.

'Mi wna i'ch danfon chi'n y car,' meddai Dafydd.

'Na, mi fydda i'n iawn. Dwi 'di cerddad yr hen lôn 'na i'r pentra'n ddigon aml dros y blynyddoedd.'

'Mae hi'n dechra bwrw glaw. Ac nid cynnig ydw i.'

'Mi rwyt ti'n un ffeind iawn, Defi bach.'

Wrth iddynt gyrraedd ceg y lôn bloeddiodd Fflori 'Stopia'r car am eiliad.'

Dringodd i lawr gan dynnu'r pìn o'i het. Gwthiodd ei ffordd rhwng y rododendrons gan roi dwy ergyd â'r pìn. Yn y car dywedodd, 'Wnaiff hi ddim drwg i iechyd y 'd' bach 'na orfod cerddad adra heno.'

23

Roedd rhywbeth yn disgwyl Elsbeth hefyd pan ddaeth hi adref i'r tŷ o'i gwaith y noson honno, paced bach trwy'r post wedi ei glymu â chortyn cras melyn. Doedd dim yn anghyffredin am hynny ynddo'i hun. Deuai pacedi o daflenni neu o bamffledi ac ambell barsel o lyfrau i'r tŷ yn ddigon rheolaidd, yn bennaf gan griw Cymru Rudd o Wrecsam. Ond at ei thad y deuai'r rheiny, ac erbyn hyn yn amlach na pheidio, ar ôl eu hagor a'u byseddu byddent yn cael lle nesaf at y gwely, 'I ga'l sylw gen i nes ymlaen'. Yna, ar ôl rhai dyddiau byddai Elsbeth, neu ei modryb yn eu symud yn dawel dros dro i'r parlwr, ac oddi yno i gynnau tân neu i'r salfej.

Ond enw Elsbeth oedd ar y paced bach yma, wedi ei ysgrifennu'n daclus mewn inc lliw lelog. Roedd o ar ganol bwrdd y gegin wedi i'w modryb ei osod yno, mewn lle amlwg. Sylwodd mai marc post lleol oedd ar y paced. Adnabu liw'r inc a'r llawysgrifen.

Aeth i fyny at ei thad yn gyflym gan adael y paced yn ei le. Roedd yr hen ŵr yn cysgu'n dawel. Wrth edrych at y bwrdd o bell roedd rhywbeth hudol mewn cael post annisgwyl. Rhywbeth llawn addewid, llawn dirgelwch, efallai yn llawn gofid pellach iddi. Oedodd rhwng ofn ei agor ac awydd ffyrnig i wneud hynny.

Torrodd y llinyn a rhwygo'r papur llwyd. Llyfr oedd yn y paced a disgynnodd llythyr ar y bwrdd wedi ei ysgrifennu mewn inc lelog ac yn llaw daclus Luned Pari.

Darllenodd deitl y llyfr bach clawr glas, *Y Wers Olaf* (Daudet). Roedd wedi darllen tipyn o waith yr awdur yn y Ffrangeg, ond erioed wedi gweld cyfieithiad Cymraeg ohono. Ni ddarllenodd ddim pellach bryd hynny ychwaith, wedi iddi glywed am ei ddaliadau ffiaidd gwleidyddol a'i wrth-semitiaeth ronc. Er hynny, y tro yma, ni allai beidio ond agor y llyfr ar hap a dechrau darllen. Ond yna cofiodd am y llythyr a'i ddarllen yn ofalus o'r dechrau cyntaf:

Annwyl Elsbeth,

Rŵan, dwyt ti ddim i gymryd atat oherwydd beth ddigwyddodd. Wrth gwrs rown i fy hun yn gwybod yn iawn nad oedd gen ti unrhyw beth i'w wneud efo'r ffwlbri yna yn y rheolau newydd. Ac mae Roger bellach yn y doghows yn difaru ei enaid iddo wylltio cymaint.

Mi rydan ni'n gweld ffasiwn werth yn ein cyfeillgarwch gyda chi eich dau. Felly paid â dal dig, da chdi, a brysia draw acw pan fyddi di eto ym mhrifddinas Gwlad Llŷn.

Fel penyd bu Roger yn holi hen ffrindiau ac mi gafodd afael ar gopi gweddol ei gyflwr o ail gyfrol geiriadur Carnfallwch. Gobeithio felly y bydd hwnnw ar ei ffordd acw yn fuan iawn, a bydd hynny'n plesio dy dad. Ond dywed wrtho fo am beidio â chymryd yr hen begor ormod o ddifri. Mae dylanwad Pughe yn drwm iawn arno fo.

Ac i dy blesio di, Elsbeth annwyl, ac fel offrwm i gymodi rhyngddom, dyma gopi o gyfieithiad Moelona o rai o straeon Alphonse Daudet. Mae'n siŵr dy fod wedi eu darllen eisoes yn yr iaith wreiddiol a thithau'n gymaint o Ffrancus. Ond fel y gweli di, mae'r cyfieithiad yma'n gampus. P'run bynnag i ti, mae Daudet yn sgwennwr technegol da 'ntydy, ac yn medru bod yn gynnil ddoniol, fel y gwyddost debyg.

Awn ni ddim i drafod ei wleidyddiaeth ffiaidd o am rŵan. Ydy daliadau artist yn rheswm dilys dros ymwrthod â'i waith? Neu'n well debyg, wyt ti'n beio plentyn am bechodau ei fam? (Trafoda, 500 gair, un ochr y dudalen!)

Ond o feddwl, does dim rhaid i rywun fod yn agos at fod yn sant i fedru dweud ambell i wirionedd. Ta waeth, mi gawn ni sgwrsys am hynny eto hefyd gobeithio. Ond am rŵan, edrycha di at droed tudalen pedwar i ti gael ei weld o'n sôn am werth iaith, yn ddigon plaen ei dafod, y tro yma, fel mae'n digwydd bod.

Gobeithio y bydd hyn o gymorth i ti wrth geisio dal pen rheswm efo'r ffŵl yna sy'n rheolwr arnoch chi yn y chwarel. Fuodd hwnnw yma wedyn i nôl dy bethau di, yn saim ac yn wên deg i gyd. Gofala!

Cofion anwylaf atoch chi eich dau.

Yn ddiffuant

Luned Pari

Trodd Elsbeth i dudalen pedwar y llyfr bach clawr glas. Ar droed y dudalen roedd Luned wedi ychwanegu mewn pensel,

'Rhag i ti fynd i ymbalfalu am y gwreiddiol, fel y byddet ti'n siŵr o wneud, rhyw ben, "*... quand un peuple tombe esclave, tant qu'il tient bien sa langue, c'est comme s'il tenait la clef de sa prison...*"'

Ac roedd wedi tanlinellu hanner brawddeg yn y Gymraeg. Darllenodd Elsbeth:

Pan syrth pobl yn gaethion, cyhyd ag y cadwant eu hiaith, mae hynny fel pe dalient allwedd eu carchar.

24

Cerddodd Spinks at y car gwyn. Ymhen rhai eiliadau cerddodd yn ei ôl at ddrws Plas Ceiri. Edrychodd i fyny'r grisiau. Cerddodd yn ôl at y car. Glanhaodd rywbeth anweladwy oddi ar y ffenestr flaen cyn troi i wynebu'r Plas eto gan bwyso ar yr adain. 'O'r diwedd,' meddai, wrth i Dafydd ymddangos. 'Byddwn ni'n hwyr.'

'Anghofio rhywbeth wnes i,' atebodd Dafydd gan deimlo pwysau'r cwdyn melfed ym mhoced ei siaced. 'Mae'n ddrwg gen i. Ond gallwn i fod 'di gyrru draw fy hun.'

'Paid meddwl mynd â'r hen Drojan yna'n agos at Gastell Corun, os nad wyt ti am wneud dy hun yn destun gwawd am weddill dy oes. A finne hefyd yn dy sgil di.'

Edrychodd Spinks yn feirniadol ar Dafydd. 'Fel yna ry'ch chi ddynion y coleg yn gwisgo i fynd mas nos Sadwrn?'

Dringodd i mewn i'r Lancia gyda gwên, wedi gwisgo yn dra gofalus, ond heb fod yn rhy ffurfiol, yn gweddu gydag arferion criw Rhiannon – blaser ddu, crys sidan hufen, crafat lliw gwin efo hances o'r un lliw wedi ei phlygu'n ofalus ac yn dangos ei phig ym mhoced uchaf y flaser. Trowsus llydan, llwyd tywyll ac esgidiau ysgafn du. Ond am Aspinall? Efallai fod siwt frethyn cartref, lwyd tywyll, a sgidia trwm yn gwbl dderbyniol yn ystafell gyffredin staff iau'r brifysgol, ond prin y gwnâi'r tro ar noson fel hon. Dychmygai'r geiriau bach creulon a'r gwenu y tu ôl i ddwylo a ddeuai i ran Dafydd yn y digwyddiad. Penderfynodd beidio â dweud gair pellach.

Taniodd y car, gwasgodd y sbardun yn ysgafn wrth i'r Lancia lithro'n ddiymdrech i lawr y dreif. Ar y lôn bost, rhoddodd ei droed dde i lawr yn drwm ar y sbardun a sylwodd, gyda boddhad, fod Dafydd wedi sythu yn ei sedd a gafael yn nolen y drws.

Roedd yn amlwg bod eraill wedi cyrraedd Castell Corun ymhell o'u blaenau ac eisoes roedd y llain eang o ro mân o flaen yr adeilad wedi llenwi efo ceir. Yn anfodlon, bu'n rhaid i Spinks droi trwyn y Lancia yn ôl am y lôn bost. Ond wrth fynd allan camfarnodd allu'r car i droi mewn lle cyfyng rhwng MG bach coch a Pontiac du enfawr a chrafodd yr adain flaen yn erbyn un o gilbyst sylweddol giatiau'r castell. Neidiodd allan, edrych ar y crafiad cyn dringo'n ôl gan regi o dan ei wynt. Llithrodd y car o'r golwg y tu hwnt i'r fynedfa. Aeth y ddau yn ôl am y castell heb dorri gair.

Ymddangosai Castell Corun, o'r tu blaen, o leiaf, yn llai o le ac yn fwy diweddar o ran ei adeiladwaith nag roedd Dafydd wedi ei ddisgwyl. Edrychai'n fwy fel dehongliad swbwrbaidd nag efelychiad cyflawn o gastell canoloesol. Doedd yr un enaid byw i'w weld o gwmpas, ond gan fod y drws ar agor led y pen, cerddodd y ddau i mewn i'r neuadd. O'u blaenau roedd grisiau llydan yn arwain at galeri a redai o amgylch yr ystafell. Ar y waliau o'u blaenau crogai luniau olew tywyll, o sawl cenhedlaeth o'r Evans-Daviesiaid, mae'n siŵr, meddyliodd Dafydd.

Yna, uwchben y lle tân llydan mewn ffrâm sylweddol, roedd ffotograff pen ac ysgwydd o ddyn canol oed a sigarét yn ei law. Y corff wedi troi i ffwrdd ychydig, efo'r dyn yn edrych dros ei ysgwydd, yn syth at y camera. Gyda chwmwl o fwg yn meddalu ei amlinell, y mwstásh tenau ac awgrym o wên ar ei wyneb edrychai'r dyn fel un o actorion y sgrin arian. Ond, roedd ei lygaid yn oer ac yn llawn bygythiad.

'Syr William Evans-Davies, Uncle Billy, Pennaeth y llwyth,' meddai Spinks yn ddidaro berchnogol gan gyfeirio at y llun.

Tynnwyd sylw Dafydd wedyn gan y golau naturiol cryfach i fyny yn y galeri. Yno, crogai nifer o luniau eraill, ond ni allai eu gweld yn iawn o bellter. Nid felly y murlun ar y nenfwd, copi bras o Fenws yn codi o'r tonnau. Gwenodd Dafydd a gwridodd ychydig wrth adnabod gwallt hir melyn a wyneb y dduwies, os nad ei chorff.

'Addurno diddorol,' dechreuodd, ond roedd Spinks eisoes wedi camu am ddrws ar un ochr i'r grisiau. 'Tyrd yn dy flaen,' meddai hwnnw dros ei ysgwydd. 'Mae'n siŵr 'u bod nhw ar y teras yn barod.'

Ar hynny, arweiniodd y ffordd trwy'r drws, ar hyd coridor ac i ystafell fawr olau a agorai allan i'r gerddi. O'u blaen, roedd llwybr yn arwain trwy welyau eang ffurfiol o flodau gwyn. Tyfai rhai'n glustogau trwchus isel, tra bod eraill yn codi o yrnau mawr ac yn troelli i'r llawr. Yn ganolbwynt, roedd casgliad o blanhigion tal, llydan ac urddasol o flodau gwyn eraill, y mwyafrif yn gwbl ddieithr i Dafydd.

Deuai lleisiau'r gwesteion o'r tu hwnt i'r blodau. Prysurodd Spinks atynt ar draws y teras ac yna i lawr i lawnt eang, gyda Dafydd yn dal ychydig y tu ôl iddo. Roedd criw o bobl ifanc yno'n bennaf, gyda'u cefnau at y ddau. Wrth iddynt agosáu torrodd y dyrfa i gymeradwyo a mân siarad. Er na allai weld y rheswm dros y gymeradwyaeth, dechreuodd Spinks guro'i ddwylo'n frwdfrydig gan edrych o'i gwmpas am gydnabyddiaeth. Cerddodd ambell un o'r dyrfa i ffwrdd a gallai Dafydd weld iddynt fod yn gwylio dau ddyn â bwâu yn saethu at dargedau mawr. Yna'n ddisymwth, ymrannodd y dorf a daeth Rhiannon Price atynt trwy'r canol.

'Dafydd a John,' meddai'n araf. Gwisgai Rhiannon wisg laes goch tywyll o sidan wedi ei dorri ar osgo. Roedd sglein yn mynd a dod arni yng ngolau'r haul y tu hwnt i'r coed ar lan y llyn. 'Wel, dyna dda eich bod chi wedi cyrraedd o'r diwedd. Mi rydw i wedi bod yn disgwyl a disgwyl amdanoch chi. Bron wedi diflasu'n llwyr, a chitha'n hwyr, y bechgyn drwg! Gwisg ddiddorol, Dafydd, sy'n gweddu i'r dim, a ninna yn niffeithwch cefn gwlad. Ond amdanat ti, John…'

Gwenodd Spinks ychydig yn ansicr. Cododd Rhiannon flaenau bysedd ei llaw chwith fel petai'n ceisio gwthio rhyw fymryn o lwch o'r neilltu. 'Amdanat ti John, mi rwyt ti'n edrych… fel llofrudd! A ble felly rwyt ti 'di cuddio corff ein Miss Cadwaladr ni, tybed?'

'Miss Cadwaladr?' atebodd Spinks mewn dryswch.

'Ia, dy gydymaith hyfryd a diddorol yn y car y dydd o'r blaen. Ti'n cofio John, i mi ei gwahodd hi yma heno, a hynny'n benodol iawn hefyd.'

'O'n i heb ddeall hynny a heb sôn wrthi hi wedyn…' dechreuodd Spinks.

Bu distawrwydd am bedwar eiliad hirfaith. 'A hitha heb ddod, felly,' meddai Rhiannon yn oer. 'Wel John, mi dw i wedi'n siomi ynot ti'n arw.'

Yna trodd at Dafydd gyda gwên hyfryd.

'Bydd yn rhaid i mi fodloni ar Dafydd felly, yn bydd?'

Gwthiodd ei braich o dan ei fraich a'i arwain yn bendant i ffwrdd gan adael Spinks yn sefyll yn ei unfan yn gegagored.

'Dewch, Dafydd i mi gael eich cyflwyno chi i rai pobl mwy diddorol. Maen nhw i gyd ar dân isio'ch cyfarfod chi, a chlywed eich hanes, wrth gwrs. Mor ramantus. Ar gopa'r hen fynydd mawr, unig yna ar eich pen eich hun yn y gwynt a'r glaw. Dim ond chi a'ch trywel bach a'ch rhaw. Ylwch, dyma Rheinallt, beirniad y saethu.'

'Rheinallt,' galwodd ar un o'r ddau a gerddai yn ôl oddi wrth y targed. 'Rheinallt, dyma Dafydd Aspinall yr archeolegydd. Dafydd, mae Rheinallt yn ein syfrdanu'n wythnosol gyda'i sgrifennu llachar yn y *North Wales Weekly Star*. Fo ydy'r golygydd.'

'Mi rwyt ti'n llawn sbeit, 'y nghariad i, fel arfer. Does dim sgrifennu llachar yn perthyn i'r rhacsyn, Rhiannon, fel y gwyddost ti'n iawn. Dim yr un paragraff na brawddeg, na gair. Does yr un lythyren o unrhyw werth ynddo fo o gwbl.

Wyddoch chi, Dafydd, dim ond yr *hatched, matched and dispatched* sydd o wir ddiddordeb i'n darllenwyr ffyddlon. Yn arbennig y *dispatched*.

Hynny a hanes troseddu diddychymyg y Cymry. Ymosodiadau, llofruddiaethau, treisio, meddwdod, llosgach, y math yna o bethau. Does ond un ffordd o fod yn ddibechod, Dafydd, ond mae dewis diddiwedd o ffyrdd i fod yn bechadurus, diolch byth, neu prin byddai copi ar gael i riportar diddychymyg.

O, a bu bron i mi anghofio un peth arall… fy isymwybod yn 'y nghyflyru, mae'n siŵr – sothach ein beirdd a'n llenorion hefyd. Ond dyna ni, "Rhydd i bawb ei farn ac i bob barn ei llafar" ydy ein banernod balch, os camarweiniol.'

'Wn i ddim am…' dechreuodd Dafydd. Ond, anwybyddodd Rheinallt yr ebychiad a pharhau.

'O ddifri, Rhiannon, bu'n rhaid i mi alw am stoc newydd o bensiliau glas yn barod wedi cwta chwe mis wrth y gwaith. Yn ôl i Stryd y Fflyd fydd hi i mi, gynted ag y bydd rhywun wedi cofio amdana i. Dywed i mi, Dafydd, beth ydy'r iws o fynd bob cam i Goleg yr Iesu, cymdeithasu'n ddiwyd a chydwybodol am dair blynedd, dod yn ôl i'r hen gynefin am sbel, a'ch ffrindia wedyn yn anghofio'n llwyr am eich bodolaeth. Sôn am frawdoliaeth, wir.'

Yna, chwarddodd gan ychwanegu, 'Ond ta waeth am hynny, mae gen i'r chwaeroliaeth i'm cysuro.' Gafaelodd am ganol Rhiannon a'i thynnu ato'n dynn. Synnodd Dafydd na wnaeth hi unrhyw ymdrech i dynnu'n ôl o'i afael.

'Ac ambell i ddiferyn ar draws 'y ngheg, wrth gwrs. Dywedwch i mi, ydach chi'n ddyn sy'n hoffi rhyw ddiod bach, Dafydd? Yr unig ffordd i osgoi mynd ar eich pen i'r madhws, yn y twll lle 'ma, credwch chi fi.'

Ar y gair ymddangosodd gwas â hambwrdd o ddiodydd. Cymerodd Rheinallt wydr braidd yn rhy wyllt gan golli'r rhan fwyaf o'i gynnwys ar y glaswellt. Estynnodd am un arall, ond rhoddodd Rhiannon ei llaw allan i'w rwystro.

'Rŵan, Rheinallt. Mae digon o amser a digon i'w wneud tra byddi di'n llwyddo i aros yn weddol sobr.'

'Rydach chi yma efo'r Spinks 'na, on'd ydach chi, Dafydd?' parhaodd Rheinallt gan anwybyddu Rhiannon.

'Mi fyddwn i'n cadw draw oddi wrth y cythraul 'na, wyddoch chi. Un cyfrwys heb fod yn ddeallus, fel petai. Yn ysglyfaeth i gymhlethdoda nad ydy o'i hun hyd yn oed wedi dechra 'u deall… Be wnewch chi o'i weithwyr o yn streicio?'

'Mae cyfarfod nos Iau…' dechreuodd Dafydd.

'Mae angen trefn a ninna ar drothwy rhyfel. A disgyblaeth i drawsnewid y streicwyr bradwrus yn *our brave boys* ar eu ffordd i'r lladdfa.'

Yna, daliwyd ei sylw gan symudiad o'r tu cefn i'r ddau arall. 'Myn diawl i. Rhiannon, ddywedaist ti ddim fod arwr ein hawyrlu yma heno. Y brilcrim boi 'i hun!'

Sythodd Rhiannon wrth hanner troi ei phen i gyfeiriad y

tŷ. Camodd Rheinallt heibio'r ddau gan weiddi 'Robat!' gyda chwerthiniad croch, a chroesi'r lawnt at ddyn ifanc byr a boldew a oedd wedi ymddangos.

'Robat, y cythral!' meddai wedyn wrth smalio mynd am ei wddw. Chwarddodd y bobl wrth i'r ddau wthio a gwasgu i ennill yr oruchafiaeth. Yna, yn sydyn torrodd Rheinallt yn rhydd a'i foch yn gwaedu o gripiad bach gan y llall. 'Mor dan din ag arfer. Does dim rhyfedd dy fod yn 'y nghuro i bob gafael. Sut wyt ti? A sut mae Heti? Adra yn Lerpwl yn dal i chwarae bod yn fam, mae'n siŵr. Call iawn. Tyd i'r tŷ i ni gael mynd i'r afael â photel neu ddwy.'

'Diawl bach sychedig fuost ti erioed,' meddai'r llall mewn llais gwichlyd. Yna daliodd lygaid Rhiannon a Dafydd yn llechwraidd am eiliad cyn ei throi hi am yno.

'Rwy'n falch eithriadol fod gen i rywun yma â'r gallu i ddeall y byd cyntefig, Dafydd,' meddai Rhiannon wrth droi yn ôl ato. 'Bydd digon o gyfle i chi ymarfer eich proffesiwn heno.'

'Dim ond ei astudio o bell fydda i fel arfer, diolch byth.' Chwarddodd y ddau.

'Er hynny, gobeithio medra i ga'l gair efo Mr Johnston, nes ymlaen. Dw i wedi sgwennu ato fo eto'r wythnos yma, ond heb ga'l yr un ateb,' meddai gan fyseddu'r cwdyn melfed ym mhoced ei siaced.

'O, wn i ddim a fyddech chi haws â siarad ag o heno. Nid Mr Robat Johnston fyddai 'y newis cynta fel gwestai yma. Mae rhywbeth am y dyn sy'n… Ond dyna ni… pa ots bellach?'

'Wel fo, neu'n hytrach 'i dad, roddodd nawdd i mi ddechra'r cloddio yr haf 'ma. Ond ches i ddim gair ganddo fo, nac unrhyw olwg fod ganddo ddiddordeb yn y gwaith.'

Gwyrodd Rhiannon yn agosach gan ddifrifoli, 'Rown i'n gweld yr holl beth mor ddiddorol y dydd o'r blaen.

Yr hanes anhygoel, a'r lle 'di goroesi'r holl ganrifoedd. Gwnaeth yr awyrgylch ar ben y mynydd fy swyno'n llwyr. Fy nhrawsnewid!

Fues i erioed yno o'r blaen, wyddoch chi, er 'mod i'n edrych draw at Fynydd y Ceiri bob dydd. Chitha'n esbonio'r hanes mor dda, yn fy argyhoeddi. Rhywbeth sy'n eiddo i ni gyd, rhywbeth amhrisiadwy, beth bynnag a ddywed rhai.'

'Biti na fyddai pawb yn gweld y lle fel 'na. Mae'n beryg na fydda i'n ca'l parhau efo'r gwaith. Dw i wedi gneud cais am arian at Bwyllgor Ymchwil y Gyfadran, ond heb glywad gair wedyn. Mae'r arian wrth gefn bron 'di diflannu a chwmni Johnston 'di gwerthu'r chwarel a gweddill y mynydd. Wn i ddim beth fydd y cwmni newydd yn 'i ddeud. Does ganddyn nhw ddim enw da ymysg y gweithwyr, mae'n debyg.'

Daliodd Rhiannon ei lygaid wrth ddweud ychydig yn betrus, 'Dafydd, mi wyddoch chi mai cwmni 'yn nheulu i ydy'r *Leicester and Liverpool*?'

'Beth? Na, do'n i ddim yn gwybod hynny, er 'mod i'n cymryd bod rhyw gysylltiad.'

'Mae'r berchnogaeth yn gymhleth, wedi ei gofrestru dramor am… resymau busnes. Ond 'yn cwmni preifat, teuluol ni ydy o efo fy ewythr yn bennaeth. Fo a ddywedodd fod rhaid i mi gadw…' dechreuodd cyn brathu ei thafod.

'Cadw be?'

Oedodd Rhiannon cyn dweud yn ddistaw, 'Cadw golwg arnoch chi a'ch gwaith.'

Cymerodd hithau gam yn ôl. 'Dyna ni, mi rydw i wedi cyfaddef. Roeddwn yn gwybod y gwnawn. Rhyfedd, a minna wedi gwneud cymaint dros y blynyddoedd a ddylsai fod wedi codi'r cywilydd eitha arna i ac yn deisyfu gwneud hynny, heb falio dim. Rŵan mae gen i gywilydd go-iawn am wneud rhywbeth nad oeddwn i ddim am 'i wneud o gwbl.'

Cymerodd ei gwynt gydag ochenaid fach. 'Ysbïwr sâl iawn oeddwn i, Dafydd, wir i chi. O fawr ddefnydd i neb o gwbl. A dyma fi 'di'ch siomi chi. A minna mor benderfynol o beidio. Ond mae'n iawn i chi gael gwybod. Credwch chi fi, doedd gen i ddim dewis gan fod Uncle Billy yn 'y mygwth i.'

'Cadw golwg arna i, eich bygwth chi,' dechreuodd Dafydd.

'Fo sy'n rheoli 'yn bywyda ni yma… Yn deyrn, er yn rhydd iawn efo'i bres, wel, efo pres y teulu. Ond yn mynnu cael 'i ffordd 'i hun ond yn malio dim sut mae o'n gwneud hynny. A dyna ni, rydw i 'di dweud gormod.'

'Cadw golwg…' dechreuodd Dafydd eto.

Ond sythodd Rhiannon. Edrychodd o'i chwmpas a dweud mewn llais uchel, 'Dafydd annwyl. Mi fyddwch yn 'y ngweld i'n sobor o ddigroeso a chitha heb gael diferyn i'w yfed na dim i'w fwyta. Dewch, gadewch i mi fynd â chi am dro bach o gwmpas y Castell. Mae o'n lle diddorol.' Yna ychwanegodd mewn llais is, 'er wedi ei sbwylio braidd gan ymdrechion fy hen daid, pan oedd o'n ifanc ac arian o'r Indes yn llosgi yn 'i boced. Dewch, ac mi gawn weld beth sy ar ôl o'r gwreiddiol a beth sy ar y ford hefyd, wrth fynd heibio.'

Arweiniodd Rhiannon y ffordd at ddrysau Ffrengig yn nhalcen agosaf y tŷ. Dilynodd Dafydd hi mewn penbleth.

'Dyma'r ffordd i mewn i'n theatr. Mae hi'n fach, ond yn andros o hwyl, yn arbennig adeg y Nadolig. Mi fyddwch chi efo ni bryd hynny, oni fyddwch, Dafydd? Mae dod o hyd i ddynion da ar gyfer ein cynyrchiada mor anodd, wyddoch chi.'

Wrth iddynt groesi'r trothwy daeth gwas heibio eto gydag hambwrdd llwythog arall a chymerodd y ddau ddiod. 'Gobeithio eich bod chi'n hoff o fartinis, Dafydd. Mi rydw i wedi gwirioni efo coctels fy hun ac yn wirionach byth wedi eu hyfed nhw,' meddai gan chwerthin. Yna, cododd ffon fach gydag olewydd arni o'i gwydr. Rhoddodd yr olewydd yn ofalus ar ei thafod gyda gwên a thynnu'r ffon allan yn araf rhwng ei dannedd.

'Ia. A dyma ni, ein theatr fach berffaith ni. Er ychydig iawn fyddwn ni'n defnyddio arni hi a dweud y gwir. Gwastraff arian yntê. Ond pa ots?'

Cyn i Dafydd ddweud gair, parhaodd, 'Rydych chi'n adnabod y ddeniadol Miss Cadwaladr hefyd felly, Dafydd. Mae John mor gul, wyddoch chi. Heb ystyried 'mod i 'di gwahodd hi. Anghofio'n fwriadol wnaeth o, neu'n rhy snobyddlyd i'w chynnwys. Mae bywyd yn y *colonies* mor aml yn difetha pobl ddosbarth canol, o ran 'u hymwneud â'n dosbarth gweithiol ni, on'd ydy?'

Chwarddodd eto. 'Ond dyna ddigon am John druan. Beth am Miss Cadwaladr? Mi rydw i 'di clywed bod y teulu i gyd yn feirdd ac yn gomiwnyddion ffyrnig, a'i bod hitha wedi ceisio dianc o'i chartra efo rhyw Ffrancwr. Bellach mae hi'n caru efo chwarelwr, cawr o ddyn. Anturus iawn! Sut un ydy hi?'

'Dwi 'di'i chyfarfod hi nifer o weithia, do,' dechreuodd Dafydd yn araf, er bod ei feddwl ar garlam. 'Athrawes gynorthwyol fu hi yn Llydaw ac mae hi'n 'y nharo fel gwraig ifanc ddeallus iawn. Ond beth am eich ewythr chi?'

Torrodd Rhiannon ar ei draws gyda chwerthiniad, ond heb wenu.

'Deallus, o Dafydd bach, rydych chi mor ddiniwed. Beth am 'i hwyneb, 'i llygaid, 'i haeliau hi? Beth am ei gwallt? Beth am ei siâp? Wir, rwy'n credu eich bod chi'n dechra gwrido, Dafydd. Dafydd bach, dowch, awn ni drwodd.'

Arweiniodd hi Dafydd trwy ddrws wrth ochr y llwyfan, ar

hyd coridor arall, ac i mewn i ystafell fawr swnllyd, ble roedd y gwesteion eraill yn sefyllian ac yn ôl pob golwg, yn disgwyl amdanynt. Safodd Rhiannon wrth y piano cyngerdd bach. Distawodd y dyrfa.

25

'Croeso i chi gyd yma i Gastell Corun, gyfeillion hen a newydd,' dechreuodd Rhiannon. 'Croeso i'r "Digwyddiad".'

Torrodd ton fach o gymeradwyaeth.

'Does gen i'r un bwriad o'ch cadw chi oddi wrth bleserau'r noson. Dim ond eich croesawu, a gofyn i chi greu'ch profiadau eich hunan heno. Chi sydd wrth y llyw ac mae pob drws ar agor. Mwynhewch!'

Cododd ton fach arall o gymeradwyaeth. Camodd Rhiannon yn ôl at Dafydd.

'Beth fydd union natur y "digwyddiad" heno felly?' gofynnodd yntau iddi.

'Yn union yr un fath â phob parti arall yma. Dim ond 'mod i 'di rhoi enw gwahanol i'r noson i geisio cuddio hynny. Pawb yn yfed, cael rhyw ychydig i'w fwyta, dim byd ffurfiol. Canu a dawnsio. Rhywfaint o ffraeo meddw, mae'n siŵr. Ychydig o gambihafio, gobeitho. Yna noson arall drosodd. Bydd y rhai all sefyll yn troi am adra a'r gweddill yn cysgu ble bynnag maen nhw'n dymuno. Neb wedi eu brifo. Dyna sut mae ein bywyda bach yn diferu tuag at ebergofiant yma yng nghefn gwlad Gwalia Wen, Dafydd. Pleserau dwl a dim angen meddwl gormod. Cofiwch mai bywyd di-feddwl, di-hid ydy'r gora i ni yn y wlad.'

'Fedra i ddim cytuno efo chi. Y noson o'r blaen rown i'n trafod llyfra gyda gweithiwr lleol. Dyn cyffredin, byddech chi'n 'i ddeud, mae'n siŵr. Ond roedd ganddo fo gasgliad o lyfra cystal ag unrhyw ysgolhaig ac yn ca'l pleser aruthrol o'u darllen a'u trafod.'

'Eithriad, rwy'n siŵr, diolch byth. Dafydd bach, ildiwch i'ch natur yn hytrach na'i gorlannu rhywle yng nghefn eich meddwl. Mwynhewch!'

Yfodd Rhiannon o'i gwydr eto gan edrych arno dros y rhimyn. Yna camodd i ffwrdd yn benderfynol a dechrau sgwrs gyda chwpwl a fu'n loetran, yn gobeithio dal ei sylw.

Safodd Dafydd a'i gefn at y wal yn gwylio'r criw o bell. Beth oedd i gyfrif am ddiddordeb ewythr Rhiannon yn ei waith? Ac yn gofyn iddi hithau ei wylio, beth oedd hynny'n ei olygu? Byddai'n rhaid iddo'i holi eto, pan ddeuai'r cyfle.

Dechreuodd dalu sylw i'r bobl o'i gwmpas. Mewn gwirionedd doeddan nhw fawr gwahanol i'r bobl a welai o bryd i'w gilydd mewn digwyddiadau yn y coleg. Wedi eu gwisgo yn fwy ffasiynol ac yn llawer gwell eu byd hefyd, mae'n siŵr. Ac yn llawer mwy swnllyd. Daeth gwas heibio a chymerodd wydriad arall, wrth sefyll yn llonydd yn gwylio.

'Mi rydw i'n eu casáu nhw,' meddai llais benywaidd.

Wrth ei ochr, roedd merch dal denau gyda llygaid enfawr, wedi ymddangos heb iddo sylwi. Gwisgai ffrog binaffor laes o felfed glas â het *cloche* yn dynn am ei phen. Ond er yr het, gallai Dafydd weld bod ei gwallt melyn yn blethiadau bach tyn o gylch yr ymylon.

'Mi fydda i'n meddwl weithia mai'r rhain ydy'r bobl waetha yn y byd. Mae'n gas gen i nhw. Bwystfilod!'

Ni ddywedodd yr un o'r ddau air am funud, er teimlai Dafydd yn gynyddol anghysurus wrth i'r ferch daro gwadn ei hesgid ar y llawr pren, a'r clecian yn codi'n uwch ac yn uwch.

'Ylwch,' meddai wedyn. 'Mae hyn yn rhy ddiawledig o

ddiflas. Sylwais i chi fynd ar daith trwy'r tŷ efo Rhiannon. Ond mae'n amlwg bod fy chwaer annwyl, anwadal 'di mynd â'ch gadael, am rŵan, o leia. Yn union fel hi. Yn traflyncu pobl yn gyfan fel rhyw gigfran reibus ac yna'n chwydu'r esgyrn. Dewch efo fi. Bydd yn rhyddhad rhag gwylio'r ynfydrwydd yma.'

''Yn enw i ydy Dafydd, Dafydd Aspinall…'

Torrodd hithau ar ei draws, 'Lowri ydw i, chwaer fach hyhi, ein duwies. A pheidiwch â thrafferthu dweud mwy. Dw i'n gwybod yn iawn pwy ydach chi. Mae merched y lle 'ma i gyd 'di bod yn siarad amdanoch chi, ers wythnosa. Yn glafoerio dros y dyn newydd golygus – o Lundain cofiwch – a'i lygaid llwyd – a'r fath ysgwyddau! Ond yn gwneud dim, wrth gwrs. Dim ond dychmygu.'

Cydiodd Lowri yn ei law a'i arwain o'r ystafell i'r neuadd.

'A dyma nhw,' meddai, 'Yr Evans-Defisiaid i gyd yn eu gogoniant marw.'

Cyfeiriodd yn gyhuddgar at bortread bach tywyll wrth ochr y lle tân.

'Dacw fo, Gwilym Ifan Defi, a agorodd chwarel y Mynydd Mawr, wedi iddo ddwyn tir ei gymydog. Draw wrth y grisia at Syr William Davies a wnaeth ffortiwn i ni o blanhigfa siwgwr yn Jamaica, drwy chwys a gwaed y caethion wrth gwrs. A'i ŵyr, Syr William arall, a ddatblygodd y chwarel efo'r celc. Wedi iddo sgubo'r bobl oddi ar dir comin gweddill y mynydd, a nhwtha mor afresymol a mynnu byw yn 'u cynefin. Fo adeiladodd y tu blaen newydd gothig i'w hen gartref. Chwerthinllyd ac anorffenedig, fel cymaint o betha'r teulu yma. Ymlaen trwy'r olyniaeth ddiegwyddor, hyd at ein pen lleidr presennol, yr unig un o'r dynion sy'n fyw, diolch byth… ia, dacw fo, Uncle Billy.'

Dechreuodd chwerthin a mwmian canu:

'Billy Bw yn byw fel sant,

Billy Bw yn bwyta plant.

Ond does ganddo fo ddim plant 'i hun, wyddoch chi Dafydd. Dim ond Unity, ei wraig ddrwg yn cadw tŷ iddo fo yn Llundain. Dim ond Unity a Snaithe. Dw i'n lecio Snaithe.'

'Pwy ydy o, felly?'

'O rhyw hen gwrcath o ddyn mae Uncle Billy yn 'i gadw o dan ddesg yn 'i swyddfa. Cath sleiach na slei. Dw i'n lecio Snaithe. Ac mae Snaithe yn lecio ni. Pobl y gorllewin gwyllt medda fo, ond pobl well. Od yntê, diawl yn y ddinas ac yn angel yma. Dowch, awn ni i fyny...

Dringo, dringo'r grisia,

Dowch i weld y llunia.

Ymlaen â ni... i'r *Salon Refuses*. Does neb yma'n cymryd y sylw lleia ohonyn nhw. Dim ond fi, Mam, a Nain ers talwm.'

'Pa fath o lunia?' gofynnodd Dafydd gyda thinc o bryder yn ei lais wrth edrych eto at y nenfwd wrth ddringo'r grisiau ar ei hôl. 'Beth am hwn ar y nenfwd?'

'Fi pia'r campwaith yna. Ei beintio dros yr haf yn '33 pan own i adra o'r Slade. Haf crasboeth. Cymaint o hwyl.'

Parhaodd yn fwy difrifol, 'Mae'n ddrwg gen i, doeddwn i ddim yn bwriadu bod yn sbeitlyd tuag at y llunia eraill. Nain ddaeth â nhw yma efo hi. Dwi wrth 'y modd efo'r gwaith artistig, er bod Uncle Billy yn mynnu mai rhyw betha ail reng ydyn nhw.'

Crwydrodd ymlaen yn araf gan lusgo'i llaw ar hyd y wal.

'Fuodd Nain yn byw ym Mharis, wyddoch chi, Dafydd. Yn dysgu dawnsio, yn dysgu peintio, ac yn fodel – yn dangos ei phen ôl i Rodin, medda hi,' chwarddodd.

'Ond i'r Ceiri daeth hi wedyn. Taid yn 'i llusgo gerfydd 'i gwallt i'r mynyddoedd gwyllt, rhamantus.'

Oerodd ei llais wrth iddi sibrwd, 'A hitha'n sylweddoli llawer yn rhy hwyr, sut le ydy hwn a sut un oedd o go-iawn.'

Bywiogodd eto wrth gerdded ymlaen. 'A dyma'r seren, yr unig wir seren mae'n siŵr gen i, Degas yn dangos Nain yn dawnsio bale. Yn hedfan fel pluen.'

'Mae'r rhain yn rhyfeddol,' meddai Dafydd mewn syndod. 'A neb yn 'u gweld, yma, ym mhen draw'r byd?'

'Tydy Uncle Billy ddim yn 'u lecio nhw, gan mai rhai Nain a Mam a rhai ni'r merched rŵan, ydyn nhw. Hynny trwy ewyllys na all o mo'i thorri. Ond tydy o ddim am i ni gael gwared arnyn nhw, serch hynny. Cadw gafael ar eiddo ydy egwyddor gynta'r teulu yma a chadw gafael ar bobl hefyd…'

'Ond fyddai hi ddim yn well iddyn nhw fod mewn amgueddfa yn rhywle? Yn etifeddiaeth ar ga'l i'w gweld gan bawb?' meddai Dafydd mewn syndod.

'Mae'n ddigon i mi 'u bod nhw yma, yn bleser cyfrinachol a chudd. Yma i mi… ac i chitha rŵan hefyd… A pha ots am y prolis?' ychwanegodd gyda chwerthiniad rhyfedd.

'Ond, gofalwch gadw rhag y bwystfilod, Dafydd,' meddai wedyn yn isel. 'Gofalwch rhagddyn,' dywedodd wedyn yn uwch wrth gerdded i ffwrdd yn gyflym.

'Rown isio gofyn rhwbeth i chi, am eich ewythr… a'r mynydd…' dechreuodd Dafydd.

Oedodd Lowri am eiliad. 'Unig gamgymeriad y teulu, meddai Uncle Billy, oedd gwerthu'r mynydd i Johnston. Ond mae Snaithe yn dweud bod hynny wedi ei setlo bellach. A tydy hyn ddim byd i'w neud efo fi, beth bynnag… Dim byd o gwbl.'

'Rŵan, dyma fi'n mynd at y bwystfilod fy hun,' meddai a llamu i lawr y grisiau.

Safodd Dafydd o flaen y lluniau, wedi ei syfrdanu, am ba

hyd, wyddai o ddim. Yna daeth llais o'r lled dywyllwch wrth droed y grisiau.

'Gwelais eich bod chi wedi cyfarfod â fy chwaer fach, Dafydd. Rown i'n 'i chlywad hi'n traethu gynna. Hyhi, y radical mawr.'

Cychwynnodd Rhiannon i fyny'r grisiau i'w gyfarfod ac yna oedodd.

'Er, mi rydan ni'n debyg iawn, ein dwy, wyddoch chi, o dan yr wyneb. Mi rydw inna'n blino ar fywyd yma hefyd ac yn diflasu ar 'y mywyd yn Llundain yn yr un modd. Eisiau gweld sgubo'r cwbl i ffwrdd. Efallai y byddai rhyfel yn beth da. Yn clirio'r bendefigaeth lwgr yma i'r domen byd am byth.'

'Geiria cryf iawn, gynnoch chi o bawb. Pam aros yn rhan o'r drefn a chitha'n teimlo felly?'

'All rhywun ddianc o fagwraeth a dosbarth, Dafydd? On'd haws ydy dewis llwfrdra bywyd cysurus y bendefigaeth?'

'Ond, mae'r byd wedi newid, y dirwasgiad, diweithdra, y tlodi.'

'Nid i ni, Dafydd bach. Anghyfleustra ydoedd o,' chwarddodd yn oer. 'Beth bynnag, bu hi'n haws cael gweision. Mae cyni'n swmbwl da i'r balch, gyda'u cefna at y wal, a hefyd i'r diog. Gwahaniaethu rhyngddyn nhw ydy'r unig broblem. Dewis y gora a gadael i'r gweddill forol drostyn eu hunain.'

'Athroniaeth hyll iawn... Ond mae'r byd yn newid.'

'Ydy, mae'n siŵr. Chwalu'r llinella syth ymherodrol... ciwed frodorol yn crafu'r pinc oddi ar y map. Tydy Uncle Billy ddim yn gweld petha felly wrth gwrs. Mae o'n breuddwydio am drefn newydd ac am achub yr Ymerodraeth ar 'i ben 'i hun ac iddo'i hun.'

'Yma, rown i'n meddwl, yma yng Nghymru... Ond ta waeth. Fe ddwedsoch chi gynna eich bod chi'n 'y ngwylio i...'

Torrodd hi ar ei draws unwaith eto wrth ddringo gris arall. 'O, rhyw ffansi melodramatig oedd hynny.'

'Nid dyna'r argraff ges i. Ac mae gen i hawl i ga'l gwybod. Ces fy rhybuddio gan ych chwaer. Rhag beth?'

Dringodd hithau eto a meddai'n dawelach, 'Wel… Mae gynnoch chi'r hawl i wybod, mae'n siŵr. Wyddoch chi, mi wnes eich hoffi chi'n syth, Dafydd, o'r cychwyn cynta. Ond, wedi cael y gorchymyn gan Uncle Billy… Snaithe fu yma. Wir, mae'n gas gen i'r dyn, er yr hyn mae Lowri yn 'i ddweud amdano… O, wn i ddim. Gorchymyn gan Uncle Billy i mi oedd gan Snaithe, i gadw golwg arnoch chi. Ond yn awgrymu rhywbeth arall o bwys i chi hefyd. Wn i ddim beth yn union.'

Dringodd y gris olaf ond un at ben y grisiau. Edrychodd i fyny ato gan siarad yn ddistawach fyth.

'Bydda Snaithe yn aros yma yn yr haf a ninna'n blant. Uncle Billy yn 'i yrru yma, a ninna 'di colli Tada yn Ffrainc. Fedra Mam ddim dioddef byw yma ym mhen draw'r byd, o dan bawen 'i brawd. Yn Deuville mae hi ers blynyddoedd bellach, wyddoch chi? Yn byw ar fyrdda'r casino… yn hanner byw.

Roedd gan Snaithe 'i hun rybudd o berygl i chi hefyd. Perygl i'ch safle chi ar y mynydd. Efallai rhywbeth go-iawn, neu efallai ffansi Lowri oedd o.'

'Pa fath o beryg?'

'Wn i ddim, ond byddwch yn ofalus o gyfaill o bell, meddai Snaithe. A dyna'r cyfan.'

Dringodd y gris olaf a sibrwd, 'Gwell i ni beidio â chroesi ar y grisia, Dafydd. Rhag ofn i chi… a mi… ffraeo.'

Rhoddodd ei dwylaw ar ei ysgwyddau. Trodd ei phen naill ochr a heb feddwl mwy gafaelodd Dafydd am ei chanol a'i chusanu ar ei gwefusau llawn, meddal. Hi dynnodd i ffwrdd, yn anfodlon, a'i arwain gerfydd ei arddwrn i lawr am yr ystafell fawr. Wrth droed y grisiau tynnodd Dafydd ei law yn ôl. Aeth hithau ymlaen fel pe na bai wedi sylwi. Dilynodd o hi gan deimlo pwysau'r cwdyn ym mhoced ei siaced.

Roedd John Spinks yn eistedd nesaf at y piano, gwydr gwag yn ei law, ei wyneb yn goch a'i grafat a'i hances fach daclus wedi diflannu.

'Ble fuoch chi eich dau?' galwodd ar Dafydd gyda gwên hyll. 'Nawr te, pwy sy am ganu'r piano? Dewch, Aspinall, beth amdanat ti? Mi dwi wedi dy glywed yn canu'r piano yn y Plas. Do wir. Paid â gwadu!'

'O Rheinallt. Dyro record ymlaen, da chdi,' meddai Rhiannon.

'Na, dim record. Aspinall ar y piano. A tyrd i ddawnsio 'da fi, Rhiannon,' galwodd Spinks yn ddiamynedd, ond heb godi o'r stôl.

Y newyddiadurwr gododd o'r soffa fawr, lle bu o a Robat Lerpwl yn lled orweddian efo dwy ferch, ac yn fuan roedd cân jas fywiog yn atseinio trwy'r ystafell. Symudodd nifer o'r gwesteion i ganol y llawr i ddawnsio. Ond dringodd Rhiannon ar ben y bwrdd bwyd, ysgubo rhai o'r llestri o'r neilltu â'i throed, a dechrau dawnsio yn ei hunfan. Cododd ei gwisg yn uwch ac yn uwch wrth gicio'i thraed.

'Sioe goesau!' chwarddodd Robat Lerpwl yn swrth o'i soffa.

'Rhiannon tyrd i lawr, da ti,' hisiodd Spinks yn flin. 'Mi rwyt ti'n dangos dy gluniau.'

Wedi i'r gân orffen, dringodd Rhiannon i lawr. 'Paid â bod mor ddosbarth canol, John. Roedd Dafydd yn mwynhau'r sioe on'd oeddech chi, Dafydd? Dyn soffistigedig fel chi… Ble'r aeth Dafydd? O, mi rwyt ti'n hen surbwch, John, yn sbwylio pethau.'

Ond roedd Dafydd bellach ar gyrion y criw.

'Rheinallt felly,' meddai hi wedyn mewn llais uchel. 'Mi ddoi di i ddawnsio efo fi, yn gwnei di? Ac i nofio wedyn efo pawb arall yn y llyn, yng ngolau'r lloer!'

Roedd Dafydd wedi estyn gwydraid arall iddo'i hun ac ar ei ffordd drwodd i'r neuadd mewn penbleth, i chwilio am Lowri ac i geisio cael esboniad. Ond doedd dim golwg ohoni hi. Daeth Spinks ar ei ôl.

'Welaist ti hi?' dechreuodd, 'Fel 'na mae blydi Rhiannon. Yn mynnu'r sylw i gyd, a'r munud nesaf, wedi iddi dy ddal yn 'i gwe a bodloni 'i hun, mlân â hi at y nesa. Dyn neu ddynes – dim ots pwy – y fampir. Gwnaiff unrhyw un y tro. Hyd yn oed blydi Robat Johnston. Er mi ddysgodd hwnnw wers i'r ast, do'n wir. Eisteddodd hi ddim ar 'i thin fach daclus am fis wedyn – ha ha! Fel 'na maen nhw i gyd, wyddost ti, Aspinall. Blydi merched. Fel y genawes 'na, Elsbeth Cadwaladr, yn hudo a thwyllo. Yn ceisio'n rhwydo i y diwrnod o'r blaen. Fy rhwydo i! Ond rwy'n deall ystrywia'r *miss* fodern yn iawn. Methu wnaeth hi, wrth gwrs. Wel, fydd hi ddim yn gwenu'r wythnos nesa, na fydd. Hi na'i ffrindiau.'

Er syndod iddo'i hun, sylweddolodd Dafydd ei fod wedi cau ei ddwrn dde. Teimlai gyffro dirwystr wrth i'r gwaed ruthro trwy ei gorff ac yntau ar fin taro'r dyn. Ond yna baglodd y llall yn ei feddwdod a bu bron iddo â disgyn. Doedd hi ddim yn werth cyboli ag o am eiliad pellach. Crwydrodd Spinks ymlaen am yr ardd, yn ansad ar ei draed dan regi a dringodd Dafydd y grisiau eto. Pa ddiddordeb allai o fod i ewythr Rhiannon? Cerddodd ar hyd y galeri yn pendroni, prin yn edrych ar y darluniau.

Wyddai o ddim am ba hyd y bu'n syllu a synfyfyrio, ond fe dorrwyd ar ei lesmair gan leisiau uchel a chwerthin wrth i rai fynd heibio troed y grisiau. Dilynodd hwy yn araf am y drysau Ffrengig a sylwi bod rhywun yn gorwedd ar ei hyd ar draws y rhiniog. Robat Lerpwl oedd yno, a'i wyneb yn goch a'i lygaid yn bŵl. Llamodd calon Dafydd o feddwl bod y dyn ar farw, ond wrth agosáu sylweddolodd mai meddw dwll oedd o.

'Paid â chodi, da chdi,' meddai Robat dan chwerthin wrth Dafydd.

'O na. Sorri, fi sydd ddim fod codi a deud y gwir. Wel, fedra i ddim codi, y coesa ar streic. Gormod o'r hen ddiod ac wedi disgyn drosodd, weli di, Dafydd. Ie, Dafydd wyt ti 'te? O fan yma medra i weld pawb sy'n mynd a dŵad. A gweld 'u blwmars nhw hefyd,' chwarddodd. Yna trodd ei lais main yn ddagreuol. 'Mae rhai yn ffeind, yn aros a siarad efo fi, ond nid yr ast yna, Rhiannon. Welist ti hi yn ysgwyd 'i thin wrth ddawnsio?'

Dechreuodd Dafydd gerdded heibio'r dyn meddw.

'Yli, Dafydd, paid â mynd,' meddai Robat gan afael yn ei goes. 'Paid â 'ngadael i. Dafydd wyt ti 'te? Wyt ti am siarad efo fi? Yli! Ti 'di gneud yn dda, n'do, hogyn gora dadi fi, yn well na'i hogyn bach 'i hun.

Fi ydi'r llo aur, wsti. Dyna roeddan nhw'n galw fi yma. Y llo aur gwirion. Dim yn 'i ben, ond digon o bres Dadi, bryd hynny. Ond doedd dim dima ar 'i ôl o i Robat fab Johnston. Y cyfan 'di mynd i dalu dyn y dreth. Dim pres i chdi 'chwaith, felly. Hen dro, a deud y gwir.'

Ceisiodd Robat edrych o'i gwmpas ac yna meddai mewn llais bloesg. 'Dafydd, tyd yma. Tyd yn nes.'

Gafaelodd yn dynnach eto yng nghoes Dafydd a bu bron iddo ei dynnu i'r llawr.

'Gwranda! Y pres i gyd 'di mynd, nes i Uncle Billy ddeud wrtha i be i neud. Ia, fo, Uncle Billy ddrwg. "Gwertha i mi," medda'r sarff, "y chwarel... a'r mynydd i gyd!" Iddo fo gael dy hel di o ’ma. Dyna ddaru’r neidar sibrwd yn ’y nghlust i. “Gwertha i mi ac mi wna i roi’r *marching orders* i Dafydd, y Gwcw.” Doeddwn i ddim isio gneud, nag oeddwn, wir i ti. Dadi ’di deud. Cofia medda fo, “Os bydd Billy yn dy fygwth di, dweda ‘na’ a dim mwy.” Ond mae arna i ei ofn o, wsti. Mae ar bawb ofn Uncle Billy. Ond mae Heti bach yn hapus, rŵan. Pres del yn y banc a babi arall i ddod. Ond ta-ta hogyn gora dadi.’ Yna, caeodd Robat ei lygaid.

Nid oedd pwrpas yn y byd cyboli efo’r meddwyn yma ychwaith. Camodd dros gorff y dyn, ac aeth allan eto i’r ardd wen. Roedd lleuad llawn wedi codi erbyn hyn a’r cysgodion ar eu duaf yn ychwanegu at harddwch arallfydol y planhigion. Deuai chwerthin o waelod y lawnt. Chwerthin gwrywaidd a chwerthin benywaidd. Edrychodd i lawr heibio’r coed a gweld rhywrai, yn noethwyn yng ngolau’r lloer, yn sefyll yn simsan ar lan y llyn.

Ymddangosodd golau melyn i fyny’r grisiau y tu cefn iddo. Clywai leisiau gŵr a gwraig yn dadlau’n ffyrnig. O’i flaen ar y lawnt, fel archoll newydd, gwelai wisg sidan goch, wedi ei rhwygo o’r ysgwydd i’r glun, ac wedi ei thaflu’n ddiofal o’r neilltu.

Trodd Dafydd yn wyllt ar ei sawdl. Ond wrth wneud teimlodd fellten o boen yn ei ben-glin. Cerddodd trwy’r tŷ, heibio’r ceir drudfawr, ac wedi ffieiddio’n llwyr, cloffodd yn flinedig a phoenus i lawr y dreif.

Taniwyd car a barciwyd nesaf at y giatiau wrth iddo fynd heibio. Rhoddodd Rheinallt ei ben allan trwy’r ffenestr gan ddweud yn ddioglyd, ‘Noson braf. Fedra i gynnig pas i chi? Digon hawdd i mi fynd â chi heibio’r Plas.’

Oedodd Dafydd am eilaid yn ddrwgdybus, ond yna sylwodd nad oedd y gyrrwr yn ymddangos yn feddw o gwbl.

'Maddeuwch i mi…' mentrodd '… ond ydach chi'n iawn… i ddreifio felly?'

'Bwcedaid o goffi… dowch, neidiwch i mewn.'

Diolchodd am y cynnig a chawsant sgwrs ddigon difyr wrth deithio, gyda Rheinallt yn ei holi am ei waith, efo golwg efallai am erthygl nodwedd yn y papur. Yna, trodd y sgwrs at ei olygyddol nesaf gan holi am argraffiadau Dafydd o safbwyntiau'r gweithwyr, yn arbennig felly rhai Alun a George Scott. Ond wyddai o fawr ddim am hynny ac yn fuan trodd y sgwrs at geir, gyda Rheinallt wrth ei fodd efo hanes y Trojan.

26

Roedd prynhawn Sul wedi troi'n braf gydag awel ysgafn yn chwythu trwy ddrws mawr agored y Plas. Ond eistedd yn ddi-ffrwt ar y grisiau roedd Dafydd. Bu'n meddwl yn ysbeidiol trwy'r bore am ei ymddygiad efo Rhiannon, yna'i bryderon am ddyfodol ei waith a dirgelwch rhybudd Snaithe. Bu'n hel meddyliau hefyd am holl gamweddau'r cenedlaethau o ormeswyr a difaterwch eu hetifeddion. Difaterwch a sinigiaeth agored, wrth fyw yn fras ar elw a gaed o'r fath greulondeb. Ble roedd tegwch, ble roedd cyfiawnder, ble roedd cariad?

'Dafydd, rwyt ti'n edrych fel petaet ti 'di brathu coes brwsh,' meddai Fflori gan chwerthin wrth iddi gerdded i mewn.

'Llawer i feddwl amdano ar ôl neithiwr, mae arna i ofn, a fawr ddim atebion...'

'Neithiwr? Wel, awyr iach ydy'r ffisig gora at siom mewn cariad,' meddai hithau wedyn gyda gwên.

'Ond nid cariad...' dechreuodd Dafydd. Ond torrodd Fflori ar ei draws.

'Mae gen i dipyn i neud. Dechra ar werth deng mlynedd ar hugain a mwy o roi trefn ar 'y mhetha yn y lle cynta. Ond bydda i'n mynd yn ôl i dŷ Jini at ddiwedd y prynhawn, diolch byth. Wyddost ti, do'n i ddim yn sylweddoli faint o ddormach fu byw yn y lle 'ma'n ddiweddar. Ond rŵan, tydw i ddim isio ti yma o dan 'y nhraed. Na Spinks 'chwaith. Ydy o yma?'

'Na, dim golwg ohono fo ers neithiwr.'

'Wel mae hynny'n rhyw drugaredd. Yli, pam nad ei di am

dro? Cer i hel piseraid o lus yn y Gerddi, tra ti wrthi. Galwa yn nhŷ Jini wedyn ac mi wna i gacen blât efo nhw i ti ga'l at wythnos nesa.'

Doedd ganddo ddim calon i'w gwrthod ac felly aeth am ei lofft i nôl ei gôt law ysgafn a'i het. Byddai gwneud unrhyw beth yn rhyddhad. Roedd Fflori yn ei ddisgwyl wrth y drws ffrynt â thun bisgedi mawr yn ei llaw.

'Piseraid?' gofynnodd Dafydd yn wan.

'Tun cadw ydy hwn. Buan iawn byddi di'n 'i lenwi o. Mae 'na dun bach triog glân i mewn ynddo fo hefyd ar gyfer hel. Rhag i ti droi'r tun mawr a cholli'r cwbl.' Daliodd ei lygaid gan barhau yn arafach, 'Mae hi'n hawdd iawn colli'r cwbl cofia, wrth beidio â sylwi ar yr hyn sy gen ti'n barod.'

Allan ar y dreif, a'i ben-glin yn dal i'w boeni ychydig, penderfynodd Dafydd yrru i'r mynydd yn hytrach na cherdded. O bell roedd rhyw awyrgylch o syrthni wedi cinio dydd Sul am y pentref. Yr un enaid byw i'w weld ar y lôn. Pluen o fwg yn troelli o ambell i gorn. Fel arall, llonyddwch, ond yna, gyferbyn â Tharsys bu'n rhaid iddo aros yn annisgwyl wrth i dwr o bobl ymddangos yn sydyn yn croesi'n swnllyd o'i flaen am y capel. Meddyliodd am ei dad a'i fam draw yn Southport, yn mynd yn barchus dawel am Engedi. Hithau hanner cam y tu ôl iddo fo, a'i frawd yn eu dilyn. Meddyliodd am ffydd ei fam a chofiodd am ei ddadleuon diddiwedd yntau efo'i dad. Gyrrodd ymlaen yn euog.

Parciodd y car o'r golwg y tu ôl i'r Hen Offis, ac aeth am y Gerddi, y man ar lethrau is y mynydd lle tyfai'r llus ar eu gorau. Gallai'r sawl a wyddai ble i edrych weld y Gerddi o bell. Mewn pant ar ochr y mynydd safai cylch bras o gerrig mawrion. Oddi mewn iddynt roedd hi'n fwy cysgodol a'r mymryn lleiaf yn gynhesach. Yma felly, ar glytiau rhwng y cerrig llai a'r grug roedd y perthi llus yn tyfu'n gryfach. Wrth iddo gychwyn i fyny'r llwybr daeth gŵr tal oedrannus i'w gyfarfod efo bwced fach yn ei law a hithau'n borffor at ei hymyl.

'Mae'r llus yn doreithiog iawn 'leni,' meddai Dafydd gan gyfeirio at y fwced. 'Yn y Gerddi fuoch chi?'

'Rargian,' atebodd y gŵr. 'Sut wyddoch chi am y Gerddi, felly? Rown i'n meddwl mai dim ond ni, bobl y Ceiri oedd yn gwybod amdanyn nhw.'

Gwenodd Dafydd a daeth gwên ar wyneb y dyn.

'Ond wedyn, mae'n dda rhyfeddol gen i weld dyn ifanc estron, ac yn Gymro hefyd, yn cymryd diddordeb yn y lle. Mae 'na ddigon o lus yno, i frodor ac i estron.'

'Wel, tydw i ddim yn gwbl estron. I'r Gerddi y byddan ni'n mynd ers talwm i hel llus. Fi, 'y mrawd a 'Nhad.'

'Hogyn pwy ydach chi felly?'

'Mab Mr Aspinall. Gweinidog Tarsys gynt.'

Daeth golwg hyll dros wyneb y dyn a phoerodd ar y llawr rhyngddynt. 'O'n ffordd i, y cythraul,' meddai'n wyllt, ond heb symud yr un fodfedd ychwaith.

'Mae'n ddrwg gen i,' dechreuodd Dafydd 'ond wn i ddim…'

Torrodd y llall ar ei draws yn ffyrnig. 'Digon hawdd i ti ddod yma i'w lordio hi, y diawl. Titha â dy draed yn rhydd. Pinal serfitiwd gafodd fy mab i. A dy dad di oedd ar fai.'

'Ond…' dechreuodd Dafydd eto.

'Titha ar y mynydd, yn mwynhau dy hun ar bnawn braf fel hyn. Ble mae Benja ni? Pwy a ŵyr? Ond ddaw o byth yn 'i ôl yma. Gormod o gywilydd. A hynny oherwydd dy dad di. Fyddai hi ddim gwaeth arna i pe bai o 'di ca'l 'i ladd yn Ffrainc fel 'i frodyr. O'm ffordd i, y cythraul.'

Bu'n rhaid i Dafydd symud oddi ar y llwybr rhag iddo gael

hergwd gan y gŵr wrth i hwnnw frasgamu heibio, ei ben i lawr ac yn ei regi o dan ei wynt. Aeth ymlaen am y Gerddi wedi dychryn ac yn benisel. Roedd yn falch o weld nad oedd neb arall yno, hynny i'w ddisgwyl a hithau'n brynhawn Sul. Rhoddodd y tun bisgedi i lawr ar garreg wastad a chydio yn y tun triogl. Dechreuodd gasglu, gan ddiolch fod rhythm y gwaith yn tynnu ei feddwl oddi ar ddirgelwch geiriau ffyrnig y dyn digalon.

Yn fuan iawn roedd ei fysedd yn borffor, ac felly hefyd ei geg wrth iddo fethu peidio â phrofi ambell un o'r llus gorau. Ond roedd o'n waith araf gan fod y llus yn fach ac yn hawdd eu cleisio. Doedd fawr o'i hoel ar y tun llai, heb sôn am yr un mwy.

Cododd am sbel. Cofiodd eiriau'r dyn eto. Sut gallai hwnnw fod mor gas ato ar ôl yr holl flynyddoedd? Mae'n siŵr fod colli mab yn faich trwm i'w gario. Daeth ei berthynas efo'i dad i'w feddwl eto, yr anghydweld a'r dadlau agored rhyngddynt yn brifo cymaint gwaeth am iddynt barhau cyhyd.

Ei dad yn disgwyl iddo ei ddilyn i'r weinidogaeth. Yntau'n gwrthod. Yn ifanc ac yn gwrthryfela, ond hefyd ei amheuon dwfn a'i ddiffyg ffydd yn cryfhau, wrth i'r hen ŵr gondemnio ymgyrch y ddeiseb heddwch a sgubodd dros y wlad bum mlynedd ynghynt. Ei fam yn esbonio iddo, wedi'r ffrae olaf ofnadwy, am gefnogaeth ddi-ildio ei dad i John Williams Brynsiencyn. Felly o'r pulpud, ei dad fel ei eilun, wedi hudo dynion ifanc tlawd a diniwed i uffern ffosydd y Rhyfel Mawr a bod ei ddicter rŵan, yn codi o fethu wynebu'r euogrwydd hwnnw.

Heddiw, wedi'r holl flynyddoedd blin, wedi'r poen meddwl arteithiol a brofodd ei fam, wedi iddo weld y chwerwder a'r siom at ei dad ar y llwybr heddiw, onid oedd dyletswydd arno i gymryd y cam cyntaf – llyncu ei falchder, mygu ei egwyddorion a phlesio ei dad yn ei henaint? Cymodi? Oedd y cyfan mor syml â hynny?

Gwyrodd i lawr eto gan gofio i'r dyn fynd heibio â'i fwced yn llawn. O leiaf roedd ei gefn yn gryf wedi'r holl waith ar y copa ac roedd gwneud gwaith corfforol yn ddisgyblaeth ac yn rhyddhad.

27

Roedd Elsbeth hefyd wedi teimlo rhyw lesgedd garw y prynhawn hwnnw, wedi noson ddi-gwsg arall. Daeth Robat Jôs Sowldiwr a George Scott i ymweld â'i thad wedi cinio a rŵan clywai'r tri yn dadlau hyd at weiddi yn y llofft. Aeth i fyny'r grisiau ac oedi am eiliad wrth y drws. Rhoddodd flaen ei throed yn y twll yn y carped cul. Meddyliodd am ei thad yn gofalu am ei mam, a'i modryb yn gofalu am ei thad. A hithau? Tynnodd ei throed yn ôl, curo ar y drws a'i agor wrth i Robat Jôs Sowldiwr gymryd ei wynt, am unwaith.

'Ydach chi'n olréit, chi'ch tri? Mae hi'n seiat go boeth gynnoch chi yma.'

'Dim ond rhyw drafod cyfeillgar 'mach i ond fod dy dad, yn ôl ei arfer, yn gwrthod gweld sens ac yn gwrthod gadael i mi orffen yr hyn rown i am 'i ddeud.'

'Fedrwn ni ddim treulio'r pnawn heddiw yn gwrando arnat ti, fel tasa ti'n gneud y diolchiada yn y Sasiwn. Nos Iau fydd y noson am areithia. Mae'r nod yn glir a heddiw ydy'r diwrnod i drafod tactega.'

'Na, tydy'r nod ddim yn glir o gwbl, Jim, nid i mi o leia,' meddai George Scott yn rhyfeddol o ddiamynedd.

'Meddwl mynd allan am dro oeddwn i a hitha 'di codi mor braf, os byddwch chi'n iawn, 'Nhad?'

'Wrth gwrs y byddwn ni'n olréit 'mach i. Cer di. Mae gynnon ni oria o drafod o'n blaena.'

Sylwodd Elsbeth ar yr olwg a ddaeth dros wynebau'r ddau arall.

'Mae 'na dorth frith yn y pot bara os byddwch chi am ga'l panad nes ymlaen. A'r menyn bach yna ddaeth Mr Jones Cae Plan yma ddydd Llun, mae hwnnw yn y cwpwrdd.'

'Iawn,' meddai ei thad eto wrth iddi fynd am ei llofft i nôl ei chôt ysgafn a'i het.

Oedodd Elsbeth wrth droed y grisiau ac edrych ar ei hwyneb yn y gwydr. Sylwodd ar ryw grychni bach yng nghornel y llygad, na sylwasai arno o'r blaen. Daeth cnoc ar y drws ac o'i agor, gwelodd Guto'n sefyll yno ddau ris i lawr. Cymerodd yntau hanner cam yn ei ôl. Ni ddywedodd hi air am rai eiliadau, gan orfoleddu'n dawel yn ei gallu i beri iddo anesmwytho. Yna ymlaciodd, trugarhau wrtho, a thaflu cysgod o wên iddo.

'Wedi dod i weld dy dad ydw i… ym… i weld ych tad.'

Am eiliad wyddai hi ddim beth i'w ddweud. Ond gan ymateb i'w ffurfioldeb atebodd, 'Ia, wrth gwrs. Dewch i mewn.'

Aeth yntau heibio iddi heb oedi, ond efo'r un wên swil ar ei wyneb. Arhosodd wrth droed y grisiau.

'Ewch i fyny Guto, ewch i fyny, wrth gwrs.'

'Diolch. A diolch am y llythyr,' meddai heb droi i'w hwynebu. Heb ddisgwyl am ateb, dringodd y grisiau.

Cerddodd Elsbeth i lawr am y Groes a'i chalon yn curo. Deuai canu grymus o Darsys, a llais soprano crynedig Letitia Me Cwin i'w glywed yn codi goruwch pawb arall, 'Pwy a'm dwg i'r ddinas gadarn…' Roedd y lôn i'r chwith heibio'r capel a'r fynwent yn mynd i'r Foty ond aeth hi yn ei blaen am Fwlch Swngwn a'r Hen Offis.

Ni fu i ben Mynydd y Ceiri ers blynyddoedd. Pa reswm wir fyddai iddi fynd yno? Ond heddiw teimlai atyniad cryf at y copa, felly camodd ymlaen yn benderfynol. Daeth Mr Robbins Parcia i'w chyfarfod.

'Wedi ca'l llus,' meddai Elsbeth gyda gwên.

'Do wir, 'mach i. Mae baw yr adar yn biws,' atebodd yntau heb oedi ei gam.

Dilynodd Elsbeth y llwybr uniongyrchol. Synnodd o weld ei hun yn cyrraedd y copa mor gyflym ac mor ddiymdrech. Copa oedd mor bell i ffwrdd o'i meddyliau ar foreau gwaith, ac eto mor agos bellach a hithau'n teimlo rhyw ryddid newydd wedi iddi anfon y llythyr at Guto.

Doedd neb arall i'w weld ar y copa. Edrychodd o'i chwmpas ac edrychai pob dim fel y cofiai hi nhw – y muriau, olion y tai, yr awyr yn las. Ond sylweddolodd hefyd cymaint roedd hi wedi ei anghofio am y mynydd wrth droedio ei lethrau is gyda'i phen i lawr. Collasai orfoledd yr unigrwydd, y golygfeydd rhyfeddol a'r distawrwydd llethol.

Eisteddodd ar wal isel gan grafu'r cen melyn a gwyrddlas oddi ar y garreg nesaf ati. Ymhell i lawr y llethr gogleddol roedd y chwarel, lle roedd Spinks y funud hon, mae'n siŵr, yn y gwaelodion di-haul efo Alwyn Morgan yn cynllwynio. Ffieiddiodd wrth feddwl amdani hi ei hun yn torri'r ffasiwn gyt o gwmpas Pwllheli yn ei gwmni o... Pa hawl oedd gan Spinks i ddod i'w plith a throi eu bywydau wyneb i waered, a hynny gyda'r fath fwynhad hunangyfiawn?

Edrychodd o'i chwmpas eto. Dros y môr am Feirionnydd, i'r dwyrain am Eryri ac yna dros y môr am Ynys Môn. Yna, syllodd yn hir ar ei chynefin ei hun, ar Eifionydd ac yna ar wlad Llŷn, fel braich yn codi ac yn ymestyn o'r môr at y nefoedd. Rhyfeddodd at harddwch y wlad a thawelwch y môr. Teimlai fod y tawelwch hwnnw'n treiddio i'w hanfod ac yn ei chysuro, yr harddwch yn wir yn ei hysbrydoli.

Yn bennaf oll, teimlai gadernid y bobl yn ei chynnal. Edmygai eu cymdogaeth, eu cyd-ddyheu, eu dewrder a'u gallu i oroesi. A mwy na goroesi, eu gallu i wynebu cyni a chaledi heddiw, a chredu mewn gwell yfory gyda ffydd ddi-ildio. Ar y copa gwelodd wylan wen yn herio'r gwynt a draw yn y gorllewin, yn sêm werdd ar y gorwel, gallai Elsbeth weld Iwerddon.

Rhag ei chywilydd, meddyliodd ar y copa. Roedd yn hen bryd iddi gallio. Byddai'n trin ei gwaith swyddfa fel gorchwyl ddiflas angenrheidiol gan feithrin ei hegni ar gyfer ei galwedigaeth greadigol. Byddai'n gorffen y gyfres o straeon a fu'n sefyll ers misoedd, yn dilyn cyngor Luned Pari ac yn eu cynnig i'w cyhoeddi. Cododd yn benderfynol a'i throi hi am adref i lawr y llwybr llydan. Yna, draw yn y Gerddi gwelodd rywun yn codi o blith y cerrig. Meddyliodd am eiliad mai Guto oedd yno, ond wrth gwrs, roedd o'n seiadu efo'i thad. Byddai'i hun, beiddia'i annerch, meddyliodd. Trodd yn fedrus i lawr y llwybr culach.

'Rhywsut rown i'n methu cadw draw heddiw,' meddai wrth Dafydd wedi iddi gyrraedd y Gerddi. 'Byddai rhywun yn meddwl 'mod i'n ca'l hen ddigon o fod ar y mynydd bob dydd gwaith, heb sôn am dreulio Suliau yma hefyd. Ond heddiw, roedd yn rhaid i mi ddringo i'r copa… i dawelu'r meddwl… i weld petha'n gliriach.'

'Lwyddoch chi?'

'Do, mae'n siŵr gen i. Hel llus ydach chi?'

'Fflori yn mynnu, ond o leia mae gwaith fel hyn yn rhwystro rhywun rhag hel gormod o feddylia.'

'Meddwl gormod ydy clwy pobl fel ni. A bwyta'r llus hefyd,' ychwanegodd hithau gan chwerthin, wrth sylwi ar ei wefusau porffor.

'Wel,' atebodd Dafydd gan sychu ei geg â hances wen gan wenu. 'Weithia mae'n anodd peidio ildio i demtasiwn.'

'Felly fuodd hi mewn gardd…'

'Ym… Ydach chi'n well? Ar ôl dydd Mercher, felly. Rown i 'di meddwl galw.'

'Ydw, diolch. Sut mae hi'n mynd efo'ch gwaith?'

Eisteddodd Dafydd ar garreg wastad a'i galon yn suddo. Eisteddodd hithau ar garreg ychydig uwchlaw iddo.

'Rown i heb ddeall fod y ffasiwn elyniaeth tuag ata i yma. Wyddoch chi fod rhywun yn ysbïo arna i ar ran cwmni'r chwarel? A'u bod nhw'n bwriadu atal 'y ngwaith i yma. Yna, gwnaeth gŵr hollol ddieithr fy rhegi wrth i mi ddringo i fyny'r llwybr. Hen ŵr, digon parchus yr olwg a chyfeillgar, nes i mi sôn 'mod i'n fab i 'Nhad.'

'Mr Robbins. Welais inna fo hefyd. 'I fab o, Benjamin Parcia, oedd un o'r tri a gafodd garchar adeg y streic fawr yn Chwarel Cwm Corun.' Ychwanegodd yn ddistawach, 'Ei unig fab o dri, gan iddo golli'r ddau arall yn y rhyfel.'

'Wyddwn i ddim am hynny. Ond pam yr elyniaeth tuag ata i?'

'Wyddoch chi ddim na wyddoch…?' Oedodd. Byddai'r gwir yn brifo, ond gwell hynny na'i adael mewn gwewyr o anwybodaeth. 'Roedd Benja yn un o'r tri llanc a roddodd y sied fawr ar dân adeg streic Cwm Corun. Y sied wedi ei chodi dros dro o goed ar gyfer y peiranna newydd fyddai'n disodli degau o weithwyr. Dyna oedd achos y streic. Diswyddo. Mecaneiddio. Ffeirio crefft amyneddgar am ru ffyrnig peiriant… P'run bynnag. Tad Guto roddodd y wybodaeth i'r plismyn amdanyn nhw. Wedi ei berswadio i ddilyn ei gydwybod, a dilyn cyfraith Prydain Fawr gan ei weinidog.'

Gwelwodd Dafydd.

'Mi gewch chi'r stori'n llawn gan 'Nhad. Tad Guto oedd 'i

bartner yn y chwarel. Fuodd 'Nhad inna byth 'run fath wedi hynny.'

'Do'n i ddim yn gwybod…' dechreuodd Dafydd.

'Mi gafodd y tri garchar am flynyddoedd a llafur caled. Gweithwyr cyffredin heb ddim crandrwydd o'u cwmpas i leddfu eu bai, na phobl fawr i eiriol drostyn nhw, yn ôl 'Nhad. Ddaeth yr un o'r tri yn ôl o Loegr wedyn, wyddoch chi. Mae rhai yn deud eu bod wedi trefnu i eraill gladdu 'u harfau chwarel efo'i gilydd i fyny yng Nghwn Corun liw nos, yn barod at y dydd y dôn nhw'n eu hola. I arddel eu hawl i weithio yno ac fel melltith ar y cwmni. Dyna'r stori i chi'n syml.

Mae dal dig am flynyddoedd yn siŵr o stumio a suro rhywun yn y pen draw, hyd yn oed y gora yn ein mysg. Aeth Mr Robbins i'w gragen yn raddol, a does ganddo fo ddim o gwbl i'w ddeud wrth Guto, na 'chwaith mae'n ymddangos, wrthach chi.'

'Rhyfedd na ddwedodd Guto ddim byd am hynny.'

'Falla na chafodd o wybod yr hanes yn llawn wrth i bobl 'i warchod o rhag y gwir. Wn i ddim. Ond pam mae rhywun yn ysbïo arnoch chi?'

'Clywad am hynny wnes i neithiwr a chlywad hefyd am Relacel, am berchnogaeth y cwmni ac am gymhlethdod eu trefniada masnachol, neu'r twyll i osgoi craffu swyddogol a thalu trethi. Rown i mewn parti o ryw fath yng Nghastell Corun. Spinks wedi 'mherswadio i fynd, ond gwnes i ddiflasu'n llwyr yn y diwedd.'

'Ia, rown i 'di deall fod rhyw rialtwch i fod yno.'

'Diflas iawn oedd o, heblaw am gasgliad y teulu o lunia. Dw i 'di bod yn gneud 'y ngora i anghofio'r noson. Petasech chi yno, buasech wedi fy achub i. Roedd Rhiannon Price yn deud iddi'ch gwahodd chi a chafodd ei siomi i'r eitha na ddaethoch, medda hi. Mi fuodd hi'n ffiaidd efo John Spinks gan ei feio fo am na ddaeth â chi efo fo.'

'Wel mae hynny'n rhwbeth i'w ddeud o'i phlaid hi.'

'Dynes ecsotig iawn. Yn rhamantaidd, atyniadol… yn y castell gothig 'na… ond yn anwadal.'

Torrodd Elsbeth ar ei draws. 'Dechreuais i stori ar thema rhywbeth yn debyg nos Fercher.'

'Rydach chi'n sgrifennu – wrth gwrs,' meddai Dafydd gyda chymysgedd o lawenydd a rhyddhad o gael newid y pwnc.

'Ydw, er dim byd mawr,' dechreuodd hithau ychydig yn swil. 'Straeon byrion. Ambell i delyneg i 'steddfoda lleol, i ddysgu'r grefft. Rydw i'n dal i chwilio am "bwnc mawr", ac mae hynny'n rhwystr o ryw fath. Er wn i ddim a ddyliwn i boeni am hynny.'

'Fyddwn i ddim yn poeni, cymryd y cyfla sy'n bwysig. Mae petha mawr bywyd yno i'w canfod, i rywun sy'n sylweddoli.'

'Ca'l amser ydy'r gamp, i sgrifennu mwy na darna byrion. Ond wedyn, mae rhyw hud mewn sgrifennu yn hwyr yn y nos wedi cynnwrf y dydd.'

Cododd Elsbeth ac aeth i eistedd ar garreg wrth ymyl Dafydd.

'Aderyn y nos ydach chitha hefyd, felly?' dechreuodd o, gan sylwi iddi ddod yn agosach ato. 'Ond beth am stori nos Fercher, os ydach chi'n barod i'w rhannu?'

Oedodd Elsbeth. 'Tydy o ddim yn beth cysurus i'w neud.'

Oedodd eto.

'Ond… stori fwriadol ystrydebol ydy hon, i ddechra o leia. Dau yn cyfarfod, yn wyliadwrus o'i gilydd. Yn teimlo atyniad, ond yn ansicr ac yn elyniaethus, hyd yn oed. Rhwystrau'n codi, ond yna'r ddau yn cyfarfod yn annisgwyl mewn *compartment* trên ar siwrna hir. Gan eu bod yn methu dianc, o'r diwedd yn siarad yn rhydd. Y stori'n dyfnhau, difrifoli a chymhlethu'n gyflym. Tymestl, tywyllwch, llawenydd, creu cymod a chariad anfarwol wrth i ddau begwn cryf wyro at ei gilydd... rhwbeth felly. Hen stori.'

'Ac yna?' holodd.

'Ac yna? chwarddodd hi, 'Wel, y daith sy'n ddiddorol, nid y diweddglo.'

'Cytuno. Ond yna?'

'Yna? Wel... dyna ble maen nhw ar hyn o bryd... ar eu taith.'

'Elsbeth wir... Sut fedri di 'nghadw i ar bigau drain fel hyn?'

Difrifolodd hithau. Trodd i'w wynebu gyda gwên hyderus. 'Beth tasa ni'n dau... yn gorffen y stori...?'

Oedodd y ddau ac yna'n gwbl fwriadol, gwyro ymlaen a chusanu.

'Roedd honna braidd yn annisgwyl,' meddai Elsbeth wedyn yn gynllwyngar.

'O, ia?' atebodd yntau gydag amheuaeth ysmala. Pwysodd yn ei ôl fel bod ei gefn ar wely trwchus o rug. Pwysodd hithau yn ôl a'i gwallt tonnog yn plethu efo'r blodau porffor.

Chwiliodd Dafydd am rywbeth gwych i'w ddweud, i gyfleu'r gorfoledd a deimlai. Ond y cyfan a ddywedodd oedd, 'Mae'r awyr mor las.'

'A'r cymylau mor wyn,' atebodd hithau gan chwerthin. Trodd ato'n gyflym fel ei bod yn edrych i lawr arno, ei phenelin ar y garreg a'i hwyneb yng nghrud ei llaw chwith.

'A phaid ti â dechra'r lol ystrydebol 'na, Dafydd Aspinall! Fy ngwaith i ydy hynny,' chwarddodd. Closiodd ato a'i gusanu eto.

'Gwell i mi hel rhyw 'chydig mwy o lus neu bydd Fflori

wedi digio, a fydd 'na ddim teisen llus. Yn nhŷ dy fodryb mae hi ar hyn o bryd. Wyddost ti hynny?'

'Wedi clywad yr hanes ddoe gan Anti Jini pan ddaeth hi draw at 'Nhad. Ond rŵan, mi rwyt ti'n lwcus, 'machgen i, mai fi oedd pencampwraig sdandard ffôr ar hel llus. Tyd, fyddwn ni fawr o dro. Ac yna awn ni draw i dŷ Anti Jini.'

Yn fuan roedd ganddynt ddigon yn y tun bisgedi iddynt fod yn barchus fel casglwyr llus. Cerddodd y ddau at yr Hen Offis a dangosodd Dafydd y car iddi. A hithau wrth gwrs yn ei hoffi gan wenu iddi hi ei hun, tra ei fod o yn rhy brysur yn edmygu i sylwi.

Gyrrodd Dafydd yn ofalus i lawr i dŷ modryb Elsbeth, tyddyn rhyw dri lled cae o'r pentref.

'Tyd i mewn, Dafydd,' meddai Fflori wrth i ddrws y gegin grafu'r llawr. 'O, Elsbeth, ti sy 'na. Tyd i mewn 'mach i.'

'Mae Dafydd yn ailbarcio'r car. Yn ei weld o braidd yn bowld yn y lôn y tro cynta.'

Gwenodd Fflori ati.

'Wedi bod yn hel llus i chi ydan ni. Dim rhyw lawer,' meddai Elsbeth gan roi'r tun bisgedi ar y bwrdd.

Agorodd Fflori'r tun. 'Hen ddigon am gacan. Gymerwch chi banad?'

'Na, gwell i mi beidio. Mi rydw i 'di bod o'r tŷ yn ddigon hir fel ag y mae hi.'

'Mae Jini yno ar hyn o bryd, cofia.'

'Gwell i mi fynd draw er hynny.'

'Aros di eiliad.'

Gwenodd Fflori eto wrth dynnu brigyn bach o rug o wallt Elsbeth a'i droi rhwng ei bysedd.

'Dyna ni. Mi rwyt ti'n gwbl barchus unwaith eto, 'ngenath i.'

'Ond...' dechreuodd Elsbeth gan wrido er ei gwaethaf.

'Fyddai dy dad byth wedi sylwi, wsti. Rŵan, ffwrdd â ti.'

Daeth Dafydd i mewn trwy'r drws agored.

'Na, cer di efo hi, Dafydd. Rhag iddi fynd i fwy o helynt.'

Aeth Elsbeth yn ei blaen, ond yna wrth y drws gafaelodd Fflori ym mraich Dafydd a'i ddal yn ôl.

'Morol di dy fod yn edrych ar ôl hon. Mae hi'n werth y byd i gyd, cofia,' meddai'n ddistaw.

'Ond…' dechreuodd Dafydd.

'Ffwrdd â ti rŵan. Mae hi'n disgwyl amdanat ti.'

Cerddodd Fflori yn ôl at fwrdd y gegin gan fwmian, 'Doedd o ddim i fod nag oedd, Guto bach? Ddim o'r cychwyn cynta.'

*

'Ddoi di i mewn?' gofynnodd Elsbeth wrth i Dafydd stopio'r car o flaen Bryn Pin.

'Tyd. I ti ga'l 'i gyfarfod o. Tydy o ddim mor ffyrnig â hynny.'

Roedd Jini yn y gegin yn llenwi ei basged wrth i'r ddau ddod i'r tŷ. 'Mae o 'di bod yn effro trwy'r pnawn,' meddai hi. 'Pam nad ei di i fyny rŵan? Mae'r dynion 'di mynd o'r diwadd. Ac mae ganddo fo newyddion i ti.'

'O, Mr Aspinall,' meddai hi wedyn wrth i Dafydd fynd i fyny'r grisiau gydag Elsbeth.

''Nhad, mae gen i rywun i'ch gweld chi. Dafydd, mab Mr Aspinall, Tarsys gynt.'

'Dafydd. Wel yn wir,' meddai Jim wrth gau llyfr a'i osod o'r neilltu. 'Mi rwyt ti 'di tyfu'n ddyn. Mi rown i'n nabod dy dad yn dda, yn dda iawn hefyd, er nad oeddan ni'n gweld llygaid yn llygaid ar bopeth, cofia. Ond mae'n dda gen i dy gyfarfod di eto 'machgen i.

Rŵan, Elsbeth. Mi rydw i 'di penderfynu gneud ac felly mae'n rhaid paratoi pob dim yn daclus. Mi fydda i'n dibynnu arnat ti, cofia. Ond mae'n gyfrifoldeb arna i i neud. Dyna be ddwedson nhw gynna ac felly yn y pen draw cytunais inna. Iawn felly?'

'Arhoswch 'Nhad. Be yn union gytunoch chi?'

'Wel y cyfarfod nos Iau, debyg. Mae'r hogia wedi 'narbwyllo i i siarad. Wel, Guto ddaru yn y diwedd a deud y gwir. Bydd yn rhaid i mi godi o'r gwely 'ma a gwisgo. Lwcus na chest ti dy ffordd a chael gwarad ar y siwt newydd 'na.'

'Be?'

'Rhaid i mi sgwennu fy araith. Mae hi gen i yn 'y mhen yn barod. Ond mi dwi am 'i sgwennu hi'n iawn, y tro yma, a minna braidd wedi colli'r arfer o siarad yn gyhoeddus.'

Daeth dagrau i lygaid Elsbeth, er llwyddodd i'w cuddio rhag ei thad.

'Mae hyn yn newyddion ardderchog,' meddai wrth droi yn ôl ato.

'Medrwn i eich danfon chi i Darsys yn y car, Mr Cadwaladr,' cynigiodd Dafydd.

'Car? Siort ora. Haws na cherddad, a chyrraedd mewn steil. Mae angen tipyn o sioe, wyddost ti, Dafydd. Ond wel, byddet ti'n gwybod yn iawn am hynny... a thitha'n fab i bregethwr. Ac yn bregethwr reit dda hefyd, meddan nhw.'

'Dw i'n mynd,' galwodd Jini fyny'r grisiau.

'Awn ni i lawr ati,' meddai Elsbeth gan hebrwng Dafydd yn benderfynol allan o'r ystafell wely. 'Fydda i fyny eto yn y munud 'Nhad.'

Ar y landin, wedi cau'r drws, gafaelodd Elsbeth yn dynn ym mraich Dafydd.

'Glywist ti o?' sibrydodd gan fethu peidio â chwerthin.

'Dyna bolitishian. "Yn nabod dy dad." Am 'i waed o debycach. Ac yntau "yn bregethwr reit dda hefyd". "Meddan nhw". O Dafydd, be wna i efo fo?'

Aeth y ddau i lawr y grisiau a ffarwelio â Jini.

'Gwell fydda i minna fynd hefyd,' meddai Dafydd.

'Ddoi di draw eto nos 'fory... i neud trefniada ar gyfer y cyfarfod? Byddai'n dda ca'l dy farn di ar 'i araith o. Tydy o ddim 'di siarad yn gyhoeddus ers tro byd. A bryd hynny mi nogiodd o ar ei ail ben... a cholli hyder, ond mae'n siŵr iddo anghofio am hynny bellach. Mi wna i ei sgrifennu iddo fo, ond i ti gymryd golwg arni hi hefyd... Wnei di?'

'Wrth gwrs,' atebodd yntau. Yna'n sydyn ac yn annisgwyl i'r ddau y tro yma a hwythau yn ei chartref, dechreusant gusanu. Yn hir. Camodd Elsbeth yn ôl fel bod ei chefn yn erbyn y wal gan deimlo pwysau ei gorff cyfan yn ei herbyn.

'Mi rydach chi wedi gneud hyn o'r blaen, Mr Aspinall,' meddai Elsbeth yn ddistaw.

'Ond 'rioed fel 'na.'

Ac yn sydyn roedd o wedi mynd. Clywodd Elsbeth sŵn y car yn tanio. Rhuthrodd i ffenestr ei llofft a thaflu ei hun ar ei gwely. Gwasgodd ei breichiau amdani ei hun cyn llithro ei dwylo yn araf orfoleddus ar hyd ei chorff. Yna, a'i chydwybod yn ei phigo aeth drwodd at ei thad.

'Bu Guto yma pnawn 'ma, wyddost ti,' meddai yntau gan droi tudalen o'i lyfr yn araf heb godi ei olygon.

'Do, mi welais i o. Wrth y drws ffrynt, am eilaid, cyn mynd allan.'

'Ddwedodd o ddim byd amdanat ti, cofia. Ond mi roedd o i'w weld yn ddigon hapus hefyd.' Rhoddodd Jim ei lyfr i lawr ac edrych yn syth ati. 'Felly, fel y gweli di ora, yntê 'mach i.'

*

Doedd dim golwg o'r Lancia wrth i Dafydd barcio o flaen y Plas. A phan aeth o i mewn sylwodd, er y tywydd braf, fod rhyw ias yn y tŷ gwag. Rhoddodd fatsen i'r tân oer a osododd Fflori yn y gegin. Yn y cwpwrdd bwyd roedd hi wedi gadael pastai iddo fo a Spinks. Agorodd botel o gwrw a dechreuodd fwyta hanner y bastai efo bara menyn, yn araf a meddylgar. Yna, sylwodd fod nodyn ar y ddresel, gan Spinks, yn dweud iddo symud i'r West End Hotel tan y byddai staff newydd o Lundain yn dechrau yn y Plas a bod ymadawiad Fflori wedi ei arbed rhag iddo'i diswyddo. Gwynt teg ar ei hôl hi.

Gwynt teg ar dy ôl ditha, debycach, meddyliodd Dafydd. Taflodd y nodyn i'r tân.

Eisteddodd drachefn. Roedd y tŷ yn ddistaw a'r gegin bellach yn cynhesu. Meddyliodd eto am y noson cynt, gan deimlo cywilydd iddo fod yn rhan o'r fath wagedd.

Ysgydwodd ei hun. Meddyliodd am Elsbeth. Dychmygai'r ddau ohonynt yn cerdded i lawr y stryd am y Brifysgol. Yn trafod yn frwd yn yr amgueddfa. Yn mochel yn dynn mewn drws siop rhag cawod o law, a hithau yn edrych i fyw ei lygaid...

28

Bu dechrau'r wythnos yn adeg rhyfedd yn y chwarel. Roedd rhyw awyrgylch ysgafn yn y gwynt, bron fel y dyddiau cyn y Nadolig. Âi'r chwarelwyr o gwmpas eu gwaith gyda phenderfyniad tawel ac am unwaith roedd popeth yn gweithio i'r dim. Roedd pawb yn meddwl, yn disgwyl, ac yn ysu am y cyfarfod. Pawb hefyd yn osgoi rhag troi'r drol yn rhy fuan, meddyliodd Elsbeth. Mi welodd hi Guto o bell ddwywaith ddydd Llun, ond osgôdd siarad ag o, er yr awydd cryf i drafod yr holl helynt.

Dydd Mawrth, cyrhaeddodd y posteri efo'r rheolau newydd. Bu'n rhaid eu cael o wasg yng Nghaer yn y diwedd. Y cyfan wedi ei drefnu gyda chryn drafferth gan Spinks ei hun wedi i weisg Caernarfon wrthod y gwaith. Bu'r is-reolwyr wedyn yn eu gosod ar hyd ac ar led y chwarel, gyda rhai'n grwgnach yn uchel am orfod gwneud.

Bellach, treuliai Alwyn Morgan a Spinks eu holl amser yn y swyddfa fewnol. Roedd aroglau sigârs yn drwm trwy'r lle ac yn codi pwys parhaus ar Elsbeth. Canai'r teliffon yn ddi-baid. Ambell dro byddai Morgan yn sleifio allan o swyddfa Spinks trwy'r drws cefn gyda phapurau a gadwai fel arfer dan glo yn ei ddesg. Ni chymerai'r un o'r ddau unrhyw sylw o Elsbeth, heblaw i daflu gwg ati.

Yna, yn gynnar prynhawn dydd Iau, aeth Alwyn drwodd i'r swyddfa gyffredinol a galw Leus i mewn at Spinks. Arhosodd wrth y drws yn smocio sierwt yn ystod y munud y bu Leus i mewn. Daeth hithau allan, yn wylo.

'Dyma dy gardia,' meddai Morgan, gan chwythu cwmwl o fwg i'w chyfeiriad a gwthio amlen fach i'w llaw. 'Mae gen ti bum munud i hel dy betha. Cyfra dy hun yn lwcus,' ychwanegodd gyda gwên sbeitlyd, wrth i Leus fynd drwodd i swyddfa'r staff iau.

'Fel yna mae trin bradwyr,' meddai Alwyn yn uchel wrth ddychwelyd at ei ddesg.

Yn ddig ac yn euog, cododd Elsbeth i fynd drwodd at Leus.

'Miss Cadwaladr,' meddai Alwyn yn ffyrnig, 'ymgeleddu'r gelyn?'

'Dim ond dau elyn sydd gen i, Mr Morgan. Ac mae'r ddau yn gweithio yr ochr draw i'r drws acw.'

Yna, cyn iddi droi daeth Spinks allan o'i swyddfa. Brasgamodd ati a safodd yn fud rhyngddi hi a drws y swyddfa gyffredinol.

'O'n… ffordd… i,' meddai Elsbeth.

Er syndod iddi gwywodd Spinks a throi am ei swyddfa ei hun heb ddweud gair.

Roedd Leus yn gwisgo'i chôt a'i het.

'Mae'n ddrwg gen i, Leus, mae'n wir ddrwg gen i,' dechreuodd Elsbeth.

Daeth Leus drosodd ati a gafael yn ei llaw.

'Nid ych bai chi ydy hyn, Miss Cadwaladr. Ond gwell fyddai i'r Alwyn Morgan 'na beidio dod yn agos at Ioan, neu wn i ddim be ddaw ohono fo.'

'Dw i'n gyfrifol, mae'n ddrwg gen i.'

Torrodd Leus ar ei thraws yn bendant. 'Na, tydach chi ddim. Rydan ni gyd yn gwybod yn iawn pwy sy'n gyfrifol. A bydd dial.'

'Fyddi di'n iawn?'

'Bydda, rown i'n disgwyl hyn. Dwi 'di ca'l lle arall yn barod. Mati Huws ddaru fy helpu i ga'l swydd gweini yn y Seagull's Nest ym Mhwllheli. Bydd yn rhaid i mi fyw i mewn, ond mi wnaiff hynny'r tro i mi am rŵan. Heblaw, wel, bydd rhaid i mi siarad Saesneg trwy'r dydd.'

'Arhosa di eiliad.'

Aeth Elsbeth drwodd i'w swyddfa ei hun. Roedd Alwyn wedi cilio at ei feistr. Gwisgodd ei chôt a'i het, casglodd ryw fân bethau o'i desg a mynd yn ôl at Leus.

'Mae gen i lawer i neud adra pnawn 'ma. Gormod o betha i aros yma'n cyboli efo Spinks ac Alwyn Morgan.' Ar hynny gadawodd y ddwy. Wrth gymryd cip yn ôl, gwelodd Elsbeth fod un o'r posteri newydd wedi ei osod ar ddrws y swyddfa. Rhwygodd o'n dipia.

Yn y swyddfa fewnol roedd Spinks ar y teliffon yn gwrando ar Evans-Davies, am y trydydd tro'r prynhawn hwnnw.

'Mae'n sicr bellach, byddan nhw'n gwrthwynebu'r rheol iaith heno ac yn mynd ar streic. Bu'n cyfeillion yn brysur trwy'r dydd ddoe a heddi yn troi'r botes eto...

Ydy, mae anrhefn yn ein siwtio ni'n iawn, er braidd yn gynnar o ystyried ein cynlluniau gwreiddiol. Ond *chaos is good*!

Nac oes, does dim hanes o Dawson na'i ddynion eto. Trefnais i lorri i fynd draw i'r Allt Goch i gyfarfod y trên. Byddan nhw'n aros ar y lôn fawr rhyw filltir i ffwrdd tan bydd corn y prynhawn wedi canu a'r gweithwyr wedi ymadael am y pentre. Yna, dôn nhw i mewn trwy'r brif fynedfa a pharatoi at heno... Paratoi ychydig o drais ac anrhefn addysgiadol,' chwarddodd wedyn.

Clywai gyda boddhad Evans-Davies yn chwerthin y pen arall i'r lein.

'A do, fe gefais i'r hawl i'w galw nhw'n *Specials,* o'r diwedd,' parhaodd. 'Eich llythyr chi at y Prif Gwnstabl wedi ei gyrraedd bore heddi o'r diwedd. A diolch i chi am roi pwniad arall wedyn i'r hen ffŵl…

Na, doedd e ddim yn awyddus o gwbl i ganiatáu iddyn nhw gymryd y llw ar y trên. Ac yn fy nghwestiynu i'n galed, er 'mod i wedi ei sicrhau mai criw o'ch dynion chi ydyn nhw, ac yn dod yma i "gadw'r heddwch"…

Na, does dim amser i fod yn rhyw or-fanwl, mae hynny'n wir. Ond mae'n rhaid cadw mân swyddogion lleol yn hapus. Felly, wedi tipyn o seboni…. Iawn, syr, mae'n ddrwg gen i am gymryd cymaint o'ch amser. Fe wna i'ch teliffonio chi gynted ag y bydden nhw 'di cyrraedd.'

'Nawr te,' meddai wrth droi at Alwyn Morgan. Agorodd gofrestr y gweithwyr ar ei ddesg. 'Awn trwy'r rhain unwaith eto. Rhaid i ni gael o leia pum enw ar hugain eto i gyrraedd y nod. Gyda llaw, a ddaeth McGuffin â rhestr enwau o'r drwgweithredwyr i chi bellach, Mr Morgan?'

'Naddo syr. Dim byd ganddo fo ers iddo ddod i'ch gweld chi. Doedd dim byd yn y blwch post cyfrinachol 'chwaith a dim golwg ohono fo yn y chwarel ers rhai dyddia.'

'Mae'n ffodus fod 'da ni eraill mwy cynhyrchiol, Mr Morgan. Ond dyna un enw arall o leia,' meddai Spinks gan chwerthin yn sur. Rhoddodd groes gyda phensel goch drwchus wrth enw McGuffin.

'Elsbeth Cadwaladr?' meddai wedyn.

'Marc coch, Mr Spinks,' atebodd Alwyn gydag arddeliad. 'A hitha'n ymgeleddu'r gelyn.'

'Cywir iawn, Mr Morgan, marc coch. Yn bendant ar ôl 'i hymddygiad prynhawn heddi. Roeddwn wedi cadw'i henw hi'n ôl gan feddwl y byddech chi'n mwynhau'i henwi.'

Yna cyrhaeddodd at enw Guto Tomos.

'Ia. Guto Tomos,' meddai Spinks wrth droi ei gadair efo'i droed. Torrodd y bensel yn ei law. Damiodd, o dan ei wynt.

'Guto Tomos? Marc coch, Mr Morgan. Does dim lle i sentiment ar adeg fel hyn. Na lle ychwaith i rywun deallus efo asgwrn cefn.'

Canodd y teliffon unwaith eto.

'Dawson,' meddai Alwyn wrth basio'r teclyn drosodd at Spinks.

'*What do you mean he's refused to bring you here? The driver can't refuse. He's been well paid. Tell him...*

How did he know?

He can't have gone already. Right. You'll have to march it. On the double...

No there is no other transport available. I had enough trouble getting this one all the way from Bethesda...

No, unless you can manage something yourself...

What? Improvise man, that's what you were trained to do...

No it's not twenty miles, whatever the driver said. It's ten at the most...

Stop complaining, man. Buy four bottles of rum. There's a public house across the road from the station...

What do you mean that's where you are now. Get them out. Immediately. And don't tell the men about the rum. And don't distribute any until you're in sight of the quarry. One shot then, and more when the workers' meeting is over...

Right. I'll expect you here in three and a half hours at the outside...

No man, it's not impossible.'

'Damo, damo,' meddai wrth daro'r ffôn yn galed. 'Rhyw dwpsyn ymysg dynion Dawson wedi sôn am "*Giving those taffys a good hiding tonight*". Gyrrwr y lorri yn deall Saesneg yn dda.

Wedi dyfalu pwy oedden nhw ac ar ba berwyl. Eu galw yn fradwyr a'u gadael yn y stesion. A minne wedi talu deg darn arian ar hugain iddo fe.'

Cododd, tynnu'i siaced, mynd at y seff a'i hagor. Cydiodd yn y gwregys a'r wain ledr a ddaethai gydag e'r bore hwnnw a'u gwisgo am ei ganol. Tynnodd y pistol allan, ei edmygu am eiliad gan ddal llygaid syn Alwyn Morgan, ac yna ei wthio'n ôl i'r wain. Cododd y teliffon eto.

'Whitehall 1212,' meddai wrth y cysylltydd.

'*Yes. Sir William Evans-Davies, Private Office… CMQ1…* Dyma fi eto mae arna i ofn.'

Cymerodd chwarter awr i fynd trwy'r prif bwyntiau drachefn cyn argyhoeddi Evans-Davies nad oedd yn bosibl newid eu cynlluniau bellach. Wedyn, yn anfoddog, cytunodd i gysylltu â'r Swyddfa Gartref. Yna byddai'n ffonio'r Prif Gwnstabl unwaith yn rhagor ac yn ei orchymyn i gasglu criw o blismyn lleol ynghyd a'u gyrru draw i'r Ceiri yn hwyrach y noson honno, er mwyn 'rhwystro unrhyw ymgais at dorri'r heddwch'.

Na, cytunodd Spinks, nid oedd gwarant o lwyddiant bellach. Ond roedd o'n gwbl benderfynol o wrthsefyll y gweithwyr hyd nes y byddai cymorth yn cyrraedd o bell.

29

Diwedd prynhawn dydd Iau roedd Dafydd yn teipio ar fwrdd bwyd y Plas. Eisteddodd yn ôl yn ei gadair. Y nosweithiau cynt bu draw ym Mryn Pin, yn helpu efo'r araith. Cymerodd Elsbeth nodiadau gan ei thad yn yr oruwch ystafell ac yntau wedyn wrth fwrdd y gegin yn ceisio pwytho'r clytiau'n araith. Nos Lun, bu'r syniadau'n gwibio rhyngddynt heb angen esbonio'r ystyr na'r cyd-destun. Daliai Dafydd ei llygaid hi o bryd i'w gilydd, a rhoddai hynny ias rhyfeddol o bleser iddo.

'Ond, wnaiff hyn 'mo'r tro, wyddost ti Dafydd,' oedd ei sylw wrth ddod i lawr am y tro olaf y noson honno. 'Mae o'n dal i fynnu siarad am hen hanes. Hanes ei fywyd o'i hun ac yna hanes streic ar ôl streic. A dim am y dyfodol. *Mae'r nod yn glir* medda fo, er nad ydy o'n deud beth ydy hwnnw. *Tactegau* ydy pob dim arall a *thorri drwodd i fuddugoliaeth unwaith eto*, ar ôl sôn drosodd a throsodd am streic a methiant. Beth fyddai hynny'n golygu i bobl y Ceiri nos Iau?'

'Fawr ddim, mae'n siŵr. Ond rhaid fod y nod yn glir a'r nod wedi ei archwilio o ran ei foesoldeb. Fel arall gallai'r gweithredu fod yn ddoeth, neu'n ddwl, yn garedig, neu mor giaidd ag sydd angen. Diffygion felly ddechreuodd y Rhyfel Mawr. Pobl yn pregethu rhyfel a gadael i'r diniwed ruthro at y weiran bigog a'r gynnau. Ond ddaw dim o weithredu gwyllt. Falla fod dy dad yn dewis peidio mynd â'i resymu i'w ben draw.'

Gwelodd yn syth ei fod wedi ei brifo. Damiodd ei glyfrwch

gwirion. Ac yna, megis ergyd i'w stumog gyda gordd, sylweddolodd mai am ei dad ei hun y bu'n siarad, nid am Jim.

'Mae'n ddrwg gen i, Elsbeth...' dechreuodd. 'Siarad am rywun arall oeddwn i...' ychwanegodd yn gloff. 'Fyddwn i ddim am dy frifo di am y byd.'

'Mae'n iawn i mi 'i feirniadu fo,' atebodd hithau yn gwta gan droi yn ôl i'r llofft. Daeth i lawr ar ei hunion efo, 'Mae o'n cysgu.'

Yna, o weld Dafydd yn edrych mor druenus, trugarhaodd wrtho a bu cymodi.

*

Nos Fawrth roedd gwell hwyliau ar Jim. Ond doedd o ddim am wneud mwy o baratoi. Am gymryd rhyw ychydig o amser i feddwl, ond bod rhwydd hynt i Elsbeth a'r gŵr ifanc hel syniadau, i lawr y grisiau.

'Mae peryg go-iawn o'n blaena ni, Dafydd. Ond dyna pryd bydd pobl fwya parod i newid hefyd. Dyna ddwed Mr Pari, beth bynnag. Gall gwrthdaro arwain at rywbeth gwell.'

Clywai Dafydd yr angerdd yn ei geiriau. Ond ni allai ddychmygu ei thad yn cyfleu grym ei dadl hi.

'Roeddet ti'n deud, ar ôl methiant streic Cwm Corun, nad oedd pobl am wynebu'r gwir.'

'Barn 'Nhad ydy hynny. Erbyn rŵan dw i'n dechra meddwl bod colli 'i bartner, ac yn fwya oll, colli Mam wedyn wedi bod yn ergyd drymach fyth iddo fo nag oeddwn i'n meddwl ac wedi ei neud yn wangalon.'

'Fydda hynny ond i'w ddisgwyl, mae'n siŵr...'

'Yli, roedd amgylchiada arbennig yng Nghwm Corun.

Methiant ariannol y cwmni oedd o. Ond nid ffrae am arian a phetha materol ydy hyn na ffrae am bris diweddara tunnell o gerrig lôn… ond ffrae am bwy ydan ni go-iawn. Ac mae bod yn rhan o'n cymuned ni yn gorfodi pobl i ddewis ochr. Does dim tir canol.'

'A beth ydy barn Luned a Roger Pari?'

'Mae ganddyn nhw barch mawr at 'Nhad, ond tra 'i fod o'n sôn am fod yn erbyn hyn a'r llall… mae ganddyn nhw weledigaeth am y dyfodol. Ond yli, Dafydd, tydy Mr a Mrs Pari, na minna, na titha 'chwaith, ddim yr un fath â phawb arall yma. Waeth i ni gydnabod hynny ddim. Mae addysg a phrofiad yn fraint ac yn felltith ar yr un pryd. Nid mater o ddosbarth yn unig ydy o. Ffordd o weld y byd. Ffordd o feddwl.'

'Mae Guto'n meddwl…'

'Yli, dw i'n deall petha'n yr un ffordd â chi'ch tri ond dw i'n blentyn fy rhieni hefyd, yn perthyn i gymuned o weithwyr, yn ddynion a merched. Chwarelwyr, tyddynwyr, a mama'n hanner lladd 'u hunan i ga'l dau pen llinyn ynghyd. Yn gofalu ac yn magu plant. Yn rhoi bwyd ar y bwrdd, a dim ar 'u platia nhw 'u hunain. Tydw i ddim yn deud nad ydy Guto'n meddwl, na 'chwaith bod Luned a Roger a titha'n ddifater. Ond gallet ti fynd yn ôl i Lundain 'fory nesa, gallet? Fedra i ddim. Bydda hynny fel ildio i'r lleill.'

'Felly, Elsbeth Cadwaladr annwyl, rhaid i ti dderbyn yr her neu dderbyn yr ergyd. Os na wnei di dderbyn yr her a sefyll dy dir, yna byddwn ni yn nwylo pobl fel Spinks yn dragywydd. "Meddylwyr" fel Spinks. Os felly bydd hi, wel, Duw a'n helpo ni.'

*

Erbyn nos Fercher roedd hen ddigon o drefn ar eu nodiadau. Ond roedd Jim fel petai wedi colli diddordeb yn llwyr, yn dweud y byddai pob dim yn iawn. Roedd o am bori yn ail gyfrol Carnfallwch a ddaeth gyda'r post o Bwllheli y bore hwnnw. Doedd dim angen nodiadau. Byddai'r dorf a'r awen yn ei gario.

'Ydy hi'n ddoeth ymddiried yn hynny,' gofynnodd Dafydd yn bryderus dros fwrdd y gegin.

'Mae o'n poeni, mae hynny'n amlwg. Traddododd areithia mawr yn 'i ddydd heb yr un pwt o nodyn. Yn dadansoddi a thrafod 'i destun ger bron y dorf yn union fel petai'n darganfod y rhesymeg am y tro cynta. Nhwtha felly yn teimlo'n rhan o'r ymchwil, yn perchnogi'r ddadl ac yn barod i weithredu. Neu felly roedd hi'n ymddangos i mi. Ond plentyn own i a heb glywad mwy na rhyw dameidia o'r sgyrsia maith fydda rhyngddo fo a Mam ar byncia'r dydd. Ond tydy hi ddim efo ni rŵan…'

Estynnodd Dafydd ei law iddi ar draws y bwrdd.

'Prin bydd o'n siarad ag unrhyw un y tu allan i'w gylch bach 'i hun erbyn hyn. Pan siaradodd yn gyhoeddus ddwetha, yng nghynebrwng Eifionfab, mi aeth hi'n flêr. Fo wedi bod yn dadla am 'i gerddi efo Mrs Pari yn y bora ac yna, yn y prynhawn yn colli hyder o flaen y bobl. Tewi ar ganol brawddeg. Gwell fydda i ni orffen paratoi.'

Felly, gan fod rhaid i Elsbeth fynd i'w gwaith yn y bore, cytunodd Dafydd i beidio â mynd i'r mynydd i roi sglein ar y cyfan a theipio'r araith yn barod at y cyfarfod.

Rhyw ddeuddeg cant o eiriau. Y ddadl wedi ei gosod allan yn fyr i gychwyn, yna'n allafael ynddi, â'r pwyntiau manwl yn cydblethu tuag at gasgliadau cyffredinol a chodi pwyntiau ar gyfer ystyriaeth bellach. Rhyw chwarter awr wrth y pulpud, o ganiatáu ychydig o amser rhag ofn y byddai cymeradwyaeth.

Roedd o hyd yn oed wedi medru cynnwys brawddeg emosiynol iawn, yn mynegi dicter at y bygythiad i gau'r chwarel, cystal ag unrhyw un o ymdrechion y Parchedig Gilbert Aspinall. Heblaw bod yr araith hon yn tywys y gwrandawyr yn rhesymol ac yn eglur at bethau'r byd yma.

Cododd i fynd drwodd i'r gegin gan fras ddarllen yr araith eto wrth gerdded. Teimlai bleser, ac ychydig o bryder, rhaid iddo gyfaddef, o gynnwys adnod o'r Galatiaid a yrrodd Geraint ato.

Roedd ei frawd yn cynorthwyo efo cyfieithiad newydd ac wedi gweld yr adnod ar ei ffurf ddiwygiedig yn gweddu o ran y frwydr yn y Ceiri. Roedd Dafydd ei hun yn amheus oherwydd agwedd Jim at grefydd. Felly, ni nododd y ffynhonnell, dim ond ei gosod ar hap braidd ar ganol paragraff.

Disgynnodd golau o'r ffenestr ar ganol y dudalen wrth iddo fynd heibio a darllenodd yr adnod eto.

'Safwch yn gadarn felly, a pheidiwch â phlygu eto i iau caethiwed.'

30

Galwodd Dafydd ym Mryn Pin yn gynt nag y trefnwyd er mwyn iddo gael mynd dros yr araith efo Jim. Pryderai hefyd am fynd â'r hen ŵr i'r car ac i'r capel a hithau'n glawio'n drwm. Daeth Elsbeth at y drws a'i arwain i'r gegin. 'Dyma hi,' meddai Dafydd gan dynnu'r araith o boced fewnol ei gôt law a'i rhoi ar y bwrdd.

'Diolch i ti, ond rŵan mae o'n bendant 'i fod o am siarad o'r frest. Gwell fyddai dod â hi efo ni, rhag ofn.'

'O iawn,' meddai Dafydd yn methu cuddio'i siom.

'Does dim brys mawr. Mae'n siŵr y byddan nhw'n dechra'r cyfarfod efo gweddi, neu hyd yn oed emyn a gweddi, a fydda 'Nhad ddim am fod yn rhan o hynny.'

Dilynodd Dafydd Elsbeth i fyny'r grisiau a synnodd wrth weld Jim Cadwaladr eisoes yn eistedd ar erchwyn y gwely mewn siwt frethyn a chap am ei ben. Edrychai gymaint yn iau. Daeth yn ddidrafferth i lawr y grisiau ac allan i sedd flaen y car. Rhoddodd Elsbeth flanced dros ei goesau cyn eistedd yn y sedd gefn. O fewn dim roeddan nhw wedi cyrraedd y tu allan i Gapel Tarsys.

Yno, roedd Guto yn eu disgwyl wrth y drws, ac yn dal ymbarél fawr. 'Maen nhw 'di dechra'n brydlon ac mae George Scott wrthi'n siarad. Dowch i mewn rŵan Jim, ynta ydach chi am aros am dipyn?'

'Elsbeth, cer di i mewn. Guto, be mae George 'di bod yn 'i ddeud?'

'O, yr un hen stori. Galw arnon ni i bwyllo. I beidio mynd i gwfwr gofidia. Cymedroldeb ym mhob peth. A deud na ddaeth neb o swyddfa'r Undeb heno, felly bod rhaid i ni oedi.

Ond ylwch, Jim, mae o'n iawn i radda, er na ŵyr o mo hynny 'i hun 'chwaith. I chi ga'l deall, bu rhai o'r hogia ifanc yn yr Albert yn gynharach heno. Rhywun 'di rhoi pres iddyn nhw ga'l diod. Wn i ddim pwy ar hyn o bryd, ond yno buon nhw nes i Mrs Blake ddeall be oedd y gêm a'u troi nhw allan. Gallai hi fynd yn reit flêr, os na fyddwn ni'n ofalus.'

'Hen dacteg,' oedd unig sylw Jim.

Aeth Elsbeth drwodd i'r capel. Roedd y lle dan ei sang. Eisteddai Luned a Roger Pari yn y sêt nesaf at y drws a gwyrodd Luned drosodd gan estyn ei llaw allan i law Elsbeth a'i gwasgu'n ysgafn. Gwenodd Roger ati. Yna, sylwodd fod pobl na welsai hi erioed o'r blaen wedi dod i'r cyfarfod, ynghyd â nifer o bobl fusnes o Bwllheli, gan ei bod hi'n hanner diwrnod arnynt. Eraill yn gydnabod iddi, yn amaethwyr a'u gweision, ond yn bennaf wrth gwrs, teuluoedd cyfan o chwarelwyr. Sylwodd, fel petai am y tro cyntaf, mor llwyd yr edrychent, mor welw, mor denau. Eisteddai Leus yn anesmwyth yn y Sêt Fawr yn ei ffrog orau. Gwenodd ar Elsbeth.

'Rwy'n apelio'n arbennig rŵan at y to ifanc, heno,' meddai George Scott yn ei lais soniarus.

'Yn apelio yn arbennig iawn atoch chi i beidio â gorymateb. Mae hi'n anodd arnoch chi, mi wn i hynny'n iawn. Mae'r hogan fach 'ma yn y Sêt Fawr wedi ca'l cam hegar. Mae hi o bawb yn gwbod hynny. Mi rydan ni i gyd yn gwbod hynny. Ydan wir.

A chitha, o weld ych hunan yn ca'l y fath gam, yn beryg o gynddeiriogi. Ond rŵan ydy'r adeg am gymedroldeb. Rhaid i ni ddangos i Mr Spinks a'r cwmni ein bod ni'n well pobl na nhw. A dangos hynny i'r byd i gyd. Rwy'n falch iawn o weld y wasg yma heno i gofnodi hynny, a chroeso arbennig i chi, syr, Mr Rheinallt ap Iwan, golygydd newydd *Y Star*.'

Trodd amryw o'r gynulleidfa eu golygon tua'r balconi, lle eisteddai Rheinallt ar ganol y rhes flaen efo pensel a llyfr nodiadau yn ei law.

'Can's rhaid i ni gofio gyfeillion,' parhaodd George Scott, 'mi fydd llygaid y byd arnom ni yma yn y Ceiri ar gownt hyn. Cymedroldeb ydy'r ffordd ymlaen. Wedyn, beth bynnag a ddaw i'n rhan, gallwn gerdded â'n pennau yn uchel.'

Aeth Elsbeth allan i'r cyntedd. 'Pwy sy nesa, Mr Baum?' sibrydodd wrth geidwad y drws.

'Ymddiheuriada a chyhoeddiada 'mach i. Yna, Mr Mitchel, peiriannydd y chwarel gynt. Mae o 'di dod yma pob cam o'r Allt Goch i ddeud na fu methu siarad Cymraeg erioed yn rhwystr nac yn beryg iddo fo dros ddeugain mlynedd o wasanaeth. Wedyn dy dad. Mae Major Jones, yr Aelod Seneddol wedi gaddo dod, er ei fod o'n ddyn prysur drybeilig wrth gwrs. Fo fydd yn gosod y cynnig efo'r Gweinidog yn eilio.'

'Beth fydd y cynnig hwnnw felly?'

'Wel, ddylsiwn i ddim deud wrthat ti. Ond dweda wrth dy dad 'yn bod ni wedi cytuno i godi pwyllgor swyddogol ac y bydd o'n aelod ohono. Byddai'n dda pe bai o'n cytuno yn syth bin. Ond mi ydw i'n deall sut un ydy dy dad, a beryg bydd o isio mynd rownd rhyw 'chydig cyn cyd-weld.'

Aeth Elsbeth yn ôl at y car yn isel iawn ei hysbryd.

'Ddowch chi rŵan 'Nhad? Waeth i chi ddod bellach, heb oedi.'

'Yn y munud. Mae'n dda o beth eu cadw nhw i ddisgwyl, wyddost ti.'

O'r diwedd gadawodd Jim y car ac er bod Mr Mitchel bellach ar ei berorasiwn, bu ychydig o guro dwylo wrth i Jim ymddangos o dan y balconi. Ond arafai ei gamau wrth fynd am y Sêt Fawr a bu'n rhaid iddo gael cymorth i ddringo'r gris olaf.

Cymeradwyodd y gynulleidfa eiriau olaf Mr Mitchel gyda chwrteisi, er heb frwdfrydedd, a llawer ohonynt heb ddeall fawr ddim o'r hyn a ddywedodd. Cyflwynodd George Scott Jim Cadwaladr i gymeradwyaeth gref. Cododd yntau. Edrychodd o'i gwmpas yn araf cyn siarad.

Croesawodd bawb i'r cyfarfod gan fynnu mai argyfwng i'r gymuned gyfan ydoedd hwn. Yna soniodd am achosion cynt. Gwrthdaro iaith ar y rheilffyrdd ac yntau'n ddyn ifanc. Y frwydr faith dros weithio llai o oriau. Streic fawr 1905. Yna'r ymgyrch i gael wythnos o wyliau efo cyflog i bawb. Daeth murmur o ryddhad wrth iddo ddod i ddiwedd y rhestr hir a chyfarwydd. Wedyn meddai, onid oedd yr Eisteddfod Genedlaethol ei hun wedi pasio rheol Gymraeg eleni? Daeth ton fach o gymeradwyaeth bellach i'r sylw hwnnw hefyd.

Yna cododd hanes Streic Fawr Cwm Corun. Nododd fel y caewyd Cwm Corun, a'i ddicter at y cwmni am fygwth cau y Ceiri rŵan. Mynnodd y byddai'r undeb eisiau setlo'n dawel y tro yma eto, ond mai undod y gymuned fyddai'n cario'r dydd, er gwaetha'r undeb.

Yna oedodd. Edrychodd o'i gwmpas. Anesmwythodd y gynulleidfa wrth iddo siarad fel petai wrtho fo'i hun.

'Ia,' meddai wedyn yn uwch, 'paham na allwn ni alw fy hen bartner yn ôl i helpu? Tad Guto. Lle rwyt ti, Guto bach? Coda 'ngwas i, i bobl ga'l dy weld di.'

Ond Mr Robbins Parcia a gododd o'i sedd a cherdded allan. Aeth murmur o gydymdeimlad tuag at Mr Robbins ac nid at Jim. Ymddangosodd Fflori wrth benelin Elsbeth a'i gwthio ymlaen at y Sêt Fawr at ei thad. Gafaelai yntau'n dynn yn y pulpud bach gan ymddangos fel petai am ddisgyn.

'Rhaid i mi eistedd am eiliad,' sibrydodd wrthi. 'Darllena di weddill fy araith i mi, 'mach i.'

Camodd y Gweinidog ymlaen ac wedi gair byr wrth y codwr canu dywedodd, 'Gyfeillion, mi gawn ni ganu emyn cenhadol Watcyn Wyn, emyn priodol iawn i ni yma heno.'

Cododd Robat Jôs Sowldiwr o'i safle yng nghefn y Sêt Fawr. Trodd at y gynulleidfa, a lediodd gyda 'Rwy'n gweld o bell y dydd yn dod…' efo'i lyfr emynau mawr hen nodiant rhwng ei ddwy law. Ymunodd y gynulleidfa, er yn anfodlon ar y dechrau, ond erbyn diwedd y pennill cyntaf, er eu gwaethaf, roedden nhw'n ei morio hi.

Eisteddodd Jim.

Wrth i'r emyn ddod i ben, edrychodd Elsbeth o'i chwmpas am yr araith a baratôdd Dafydd. Doedd dim golwg ohono fo. Camodd ymlaen at y pulpud bach, gwenodd Leus arni a daliodd lygaid Luned Pari.

'Mae 'Nhad wedi gofyn i mi orffen ei araith iddo fo…'

Ymddangosodd Dafydd wrth y drws efo'r araith yn ei law. Ysgydwodd hithau ei phen.

'Mi rydan ni yma heno, nid o'n gwirfodd, ond am fod rhaid i ni fod yma. Yma i ddangos ein hochr yng ngwyneb bygythiad anghyfiawn. A hynny am fod gynnon ni ein hiaith ein hunain. Nid am i ni ei cheisio hi, neu ei dyfeisio hi er mwyn bod yn wahanol. Roedd hi yma i ni, fel yr awyr iach y byddwn yn ei anadlu. Yn gyflawn ac yn gryf. A rŵan, mae rhywun yn mynnu ei dwyn hi oddi arnom ni. Yn fwriadol, neu'n ddifeddwl. Tydy o mo'r ots pa'r un. Maen nhw am ei difa hi, ac am ein difa ninna fel pobl y Ceiri.'

Gwelai, gyda rhyddhad, fod y gynulleidfa yn gwrando. Cymerodd ei gwynt.

'Dydd Sul mi es i am dro i ben y mynydd. Ar y copa mi

welwn ein gwlad, yno yn ei harddwch. Ond, gwyddwn hefyd fod pobl yn mhob tŷ, ym mhob tyddyn, bod pobl ym mhob capel... pobl yn ysu am well dyfodol. A dyma fi'n meddwl, mai dyma yw ein cyfla ni. Cyfla i ni godi oddi ar ein glinia. Cyfla i ni sefyll yn erbyn gorthrwm, cyfla i ryddhau ein hunan o faich yr hanes maith o golli sydd ar ein hysgwydda. Mwy na hynny, hyd yn oed, cyfla i ni fynnu dyfodol gwell. Cyfla i ni obeithio.'

Cymerodd gipolwg ar ei thad, ond roedd o fel petai yn ei fyd bach ei hun bellach.

'Ddaru Geraint, brawd Dafydd Aspinall yrru adnod o'r cyfieithiad newydd o'r Galatiaid atom ni yma heno. Gan wybod y byddai'r neges yn ysbrydoliaeth i ni:

Safwch yn gadarn felly, a pheidiwch â phlygu eto i iau caethiwed.'

Cododd ton o gymeradwyaeth. Parhaodd hithau i siarad wrth i'r don gynyddu at uchafbwynt penfeddwol. 'Nid sefyll yn gadarn yn unig... ond mynnu gobeithio... a gweithio... gweithio er gwell yfory.'

Teimlai hyder cyffrous yn ei sbarduno ymlaen.

'Nid ni ydy'r cynta i wynebu cyfyngder fel hyn. Mi dreuliais i gyfnod yn Llydaw ble mae ein chwaer iaith, y Llydaweg o dan y fath warchae. Gwarchae gan Lywodraeth y Ffrancwyr sy'n gorthrymu'r Llydaweg yn ddidrugaredd.

Ar draws y byd mae dwrn dur yr Ymerodraeth, ein hymerodraeth ni cofiwch, yn mygu ieithoedd y bobl gan reibio eu gwledydd o'u cyfoeth.'

Sylwodd Elsbeth fod llond dwrn o bobl yn ymadael, gan ysgwyd eu pennau.

'Ond does dim rhaid sôn am wledydd pell,' ailddechreuodd. 'Does ond rhaid cofio'r Ysgol Fomio, cwta saith milltir i ffwrdd.

Fe gollon ni'r frwydr honno. Ond chollwn ni 'mo'r frwydr hon.'

Roedd rhai yn y gynulleidfa bellach yn porthi gyda geiriau o gymeradwyaeth ond sylwodd Elsbeth fod nifer eto yn ymadael â'r cyfarfod ond heb wneud sioe o'r peth.

'Er colli ym Mhenyberth, fel y dwedodd Mr Scott, rydan ni'n cerdded heddiw â'n penna'n uwch oherwydd y ffordd urddasol y gwnaethon ni frwydro. Sefyll dros gyfiawnder sydd rhaid i ninna hefyd. Ar bonciau ein chwarel ac ar ein haelwydydd. Mae'r frwydr hon yn frwydr i ni gyd. Chollwn ni 'mo'r frwydr hon. Na wnawn ni'n wir.'

Cododd ton o guro dwylo a chwibanu. Teimlai Elsbeth ei hun yn mynd i hwyl. Roedd hyn yn hawdd. Roedd hyn yn fwynhad. Doedd dim rhaid meddwl. Myned ble bynnag y mynnai'r awen a byddai'r dorf efo hi. Rhannu syniadau a ddeuai megis trwy hud o rywle. A rhesymu ger bron y bobl ar don ar ôl ton o gymeradwyaeth.

Tynnwyd sylw Dafydd gan siarad uchel o'r lôn ac aeth allan i geisio tawelu'r sŵn. Guto oedd yno, gyda Mr Baum, yn sefyll nesaf at gar mawr du ac yn siarad â gŵr canol oed a oedd yn amlwg ar fin ymadael.

'Na, na, dyna ddiwedd ar y mater,' bloeddiodd y dyn. 'Medrwn ddioddef dilyn Jim Cadwaladr. Byddai'n bleser 'i sodro fo yn ei le. Mae pawb call yn 'i gymryd o'n ysgafn p'run bynnag. Ond ddwedsoch chi ddim fod dynes yn siarad, pwy bynnag ydy hi.

Mi glywais hi wrthi rŵan yn y drws. Mae'n gwbl amlwg mai welsh-nash rhonc ydy hi. Nid lle i bolitics plaid ddylia cyfarfod fel hyn fod. Tydw i'n bendant ddim am iselhau fy hun trwy ymroi i ddadlau efo un o'i siort hi. Tydyn nhw ddim gwell na theyrnfradwyr. Y cwbl lot ohonyn nhw. Comiwnyddion i gyd.

A chitha hefyd yn eu sgil nhw. Rhag eich cywilydd chi am roi llwyfan iddi hi.'

Ac ar hynny gwthiodd ei ffordd heibio Mr Baum ac i sêt gefn y car ac fe'i gyrrwyd yn swnllyd i lawr yr allt.

'Twll dy din di'r diawl,' gwaeddodd Guto. 'Mi gofiwn ni'r lecsiwn nesa. Paid ti â phoeni, y cythraul.'

'Beth ar y ddaear?' dechreuodd Dafydd.

'Ein Haelod Seneddol,' meddai Guto. 'Ac yn fuan iawn gobeithio, ein cyn-Aelod Seneddol.'

Yn ôl yn y capel roedd Elsbeth yn cyrraedd uchafbwynt â'i hwyneb yn wyn.

'... Diodda colli ein hiaith, neu dderbyn yr her i ennill ein hawlia. Cofiwch, yr unig hawlia gwerth eu ca'l ydy'r rhai ddaru ni eu hennill ein hunan. Trwy ddyfalbarhad, trwy aberth, a thrwy obaith na ddiffydd byth.'

Daeth ton arall o gymeradwyaeth frwdfrydig dros y gynulleidfa.

'Ac mi ddyweda i hyn wrth John Spinks, a phob John Spinks bach arall a ddaw i'w ganlyn o. Ni ydy pobl Ceiri. Ni greodd lwyddiant y chwarel. Ni greodd ffyniant y chwarel. A... a... myn coblyn i... ni sydd pia'r chwarel.'

Cododd y gynulleidfa ar ei thraed. Roedd y curo dwylo yn parhau ac Elsbeth heb syniad sut i ddod â'r peth i ben... Yna, daeth bloedd o gefn y balconi,

'I'r chwarel â ni!'

31

Welodd Dafydd ddim pwy wnaeth weiddi, ond cododd lleisiau eraill hefyd gan alw, 'I'r chwarel â ni.' Yna brasgamodd criw swnllyd allan o'r capel gydag Alun yn eu dilyn dan weiddi mewn angrhedinedd,

'Na, peidiwch â bod yn wirion. Nid heno…' Yna cri anobeithiol, 'Dowch yn ôl, y ffyliaid. Dyma be maen nhw isio.'

Roedd cynnwrf yn y capel efo pobl yn codi a rhai yn troi am y drysau. Sylwodd Guto ar Wil Clustia yn sleifio allan. 'Tyd yn ôl y 'ffernol,' galwodd, ond diflannodd Wil ynghanol y dorf.

Trodd Guto at Dafydd a meddai, 'Cer ag Elsbeth a'i thad adra.'

'Ond…' dechreuodd Dafydd.

'Rŵan!'

Ac ar hynny ymadawodd yntau ar ôl Alun trwy'r glaw am y chwarel, gan ddilyn tyrfa a oedd bellach yn sylweddol.

Draw yno roedd Spinks yn sefyll o flaen y dorau caeedig. Y tu cefn iddo, yn edrych fel petaent wedi ymlâdd yn llwyr, safai criw anfodlon o ddieithriaid, rhai'n cario pastynau a'r rheiny'n llipa yn eu dwylo, wrth i'r chwarelwyr agosáu.

'Dim cam yn agosach. Mae hwn yn orchymyn swyddogol,' sgyrnygodd Spinks gan oleuo wynebau'r dynion agosaf ato â fflachlamp gref yn ei law chwith. 'Rwy'n gwybod pwy y'ch chi i gyd pob un. Caiff yr ynadon wybod hefyd a fydd dim gwaith i chi 'ma wedyn.'

Trodd y golau ar ddarn o bapur yn ei law dde a'i chwifio'n uchel yn y gwynt. Oedodd y dorf, ond gyda'r rhai yn y cefn yn dal i wthio ymlaen. Roedd llais gwichlyd i'w glywed o bell y tu ôl i'r dorau yn baglu darllen y Ddeddf Terfysg yn uchel yn Saesneg. Cadwodd Spinks y papur yn ei gôt cyn troi'r golau arno ef ei hun.

'Yn ôl â chi y cythreuliaid, neu fe gewch chi flas ar rywbeth arall.'

'Watsiwch, mae gynno fo wn,' galwodd rhywun.

'Y cachwr! Ymladd efo'u dyrna bydd dynion go-iawn,' meddai llais arall.

Nesaodd y chwarelwyr yn fygythiol. Tynnodd Spinks ei bistol o'r wain a'i chwifio at y rhai i'r dde ohono.

'Mae'r Ddeddf Terfysg wedi ei darllen. Mae'r dynion y tu ôl i mi yn gwnstabliaid.'

'Bradwyr,' daeth y gri, o sawl cyfeiriad.

'Mae gen i'r hawl i danio,' meddai Spinks eto, gan chwifio'i fflachlamp yn ôl a blaen, fel petai'n chwilio am darged.

Roedd Arthur Jones Cae Plan wedi cyrraedd yn hwyr ac wedi cerdded yn araf a distaw i fyny at Spinks o'r ochr. Gwaeddodd Spinks, '*Arrest them.*' Gwelodd Arthur ei gyfle. Camodd ymlaen. 'Hwda'r cythraul,' meddai gan roi ergyd nerthol i Spinks gyda'i ddwrn chwith yn daclus ar ganol ei foch. Wrth i Spinks gwympo, taniodd y pistol i'r awyr, wrth iddo golli'i afael arno. Diflannodd y gwn a'r fflachlamp rhywle y tu ôl iddo.

'Doedd o ddim yn disgwyl y lefftar,' meddai Arthur Jones gan wenu, wrth gamu dros gorff diymadferth Spinks gyda chri, '*Up the BEF!*'

Rhuodd y gweithwyr gan lamu ymlaen yn un criw buddugoliaethus, gan floeddio, gwthio a dyrnu mewn rhuthr gorfoleddus. Roedd y gwffas yn un fer a'r dieithriaid heb arweiniad, yn ddigon bodlon ildio. Cilagorwyd y dorau a diflannodd Alwyn Morgan ar ei feic i'r tywyllwch. Enciliodd y bradwyr trwy'r dorau ac i'r cwt, ble buont cynt yn ymochel rhag y glaw, gan gloi'r drws o'u hôl. Cyrhaeddodd Guto ac Alun wrth i'r dorf wasgaru yn ddigynllun o gwmpas y chwarel gan chwerthin a gweiddi.

'Y blydi ffyliaid,' meddai Guto mewn anobaith. Dilynodd y ddau y criw mwyaf niferus am y Twll Mawr.

O gysgod arwydd y chwarel camodd Wil McGuffin ymlaen. Tynnodd fflachlamp fach o boced gudd lydan oddi mewn i'w gôt fawr. Cododd y gwn oddi ar y llawr a'i roi yn ei boced. Aeth yn ei ôl at Spinks ac wrth i hwnnw hanner codi, cafodd ddwrn arall o dan flaen ei ên am ei drafferth a chwympodd eto ar lawr.

Llithrodd Wil yn ddistaw i mewn i swyddfa'r chwarel trwy'r drws agored. Gwisgodd fenyg tenau a gosod cadair yn erbyn y drws. Aeth drwodd i ystafell Spinks. Trodd lamp y ddesg ymlaen a'i rhoi ar lawr fel na fyddai'r golau i'w weld trwy'r ffenestr.

Symudodd y darlun o'r neilltu. Tynnodd ddril llaw bach o'r boced gudd a gosod bit newydd miniog a chaled yn y genau. Yn ofalus, driliodd i mewn i glo'r seff a thorri tyllau mewn cylch bach taclus. Estynnodd i'w boced eto am ddarn o ffrwydryn meddal newydd a ddygodd o'r cwt powdwr yr wythnos cynt. Gwthiodd ffrwydryn i'r tyllau gan wneud teisen fach efo'r gweddill ar ben y cyfan. Stwffiodd ddarn o gortyn tanio i'w le. Taniodd flaen y ffiws a cherdded yn hamddenol allan i'r swyddfa drws nesaf. O fewn eiliadau daeth clec galed y ffrwydrad a sŵn gwydr yn torri.

Roedd drws y seff wedi ei stumio ac yn agored led y pen.

Tynnodd swp o ddogfennau allan a'u gosod ar y ddesg. Roedd *Top Secret* wedi ei stampio ar y dalenni blaen. Gwenodd.

Estynnodd i'r seff am yr amlen arian, ond roedd honno wedi diflannu. Rhegodd o dan ei wynt. Yna sylwodd fod llyfr cyfrifon yn y cefn a chymerodd gipolwg ar restr enwau 'cyfeillion' Spinks ymysg y gweithwyr. Chwibanodd yn isel.

Aeth drwodd i'r swyddfa gyffredinol yn gyflym ac estyn amlen o'r pentwr nesaf at fasged y post. Sgriblodd enw ar y tu blaen efo pwt o bensel o'i boced. Rhoddodd y llyfr cyfrifon i mewn a'i selio. Yna, aeth yn ôl drwodd a rhoi cynnwys y seff i mewn yn y sach liain a dynnodd o'r boced a'i rhoi yn ôl yn ei gôt. Agorodd y ffenestr led y pen gan sgubo siwrwd gwydr o'r neilltu efo'i lewys. Ond yna oedodd.

Tynnodd far hoelion bach o'i boced gudd a gwthio ei flaen rhwng drôr uchaf y ddesg a'r ffrâm. Torrodd y clo. Cododd y bocs arian parod o'r drôr a thorri clo tila hwnnw. Rhoddodd y rholyn o bapurau punt yn gyflym ym mhoced ei drowsus gyda gwên, gan adael y bocs ar y ddesg, â'i gaead agored yn wynebu drws swyddfa'r staff.

Erbyn hyn, roedd rhywun yn curo ar y drws ffrynt ac yn rhoi ysgwydd yn ei erbyn. Sylwodd fod cwdyn goriadau Spinks yn y drôr. Rhoddodd hwnnw yn ei boced hefyd, a gyda chwerthiniad isel llithrodd allan trwy'r ffenestr i'r tywyllwch wrth i'r drws ffrynt ildio gyda chlec.

Aeth i lawr am y Twll Mawr a gweddill adeiladau'r chwarel. Cyrhaeddodd y tanciau olew gan estyn am y ces bach a guddiodd yno cyn y cyfarfod a mynd ymlaen am y cei. Ond bu'n rhaid iddo guddio am rai munudau wrth i griw o chwarelwyr ddod i fyny'r lôn i'w gyfarfod yn y glaw. O'r cysgodion, gwelodd lorri gyda chriw o blismyn arni'n mynd heibio'n araf.

I lawr ar y cei roedd llong o Iwerddon ar fin hwylio. Safai'r Mêt wrth yr ysgol.

'*A chara,* Liam,' meddai wrth weld McGuffin yn dod ato. 'Rown i'n dechra meddwl na fyddech chi'n cyrraedd,'

'O chi o ychydig ffydd, Colm,' atebodd Wil gyda gwên. 'Rown i am fynd ati pan fyddai'r cyfarfod ar ei anterth. Ond, roedd Spinks wedi trefnu rhyw sioe fach arall i'n difyrru ni a bu'n rhaid i mi ailfeddwl.'

'Sut felly?'

'Cawn drafod wedyn. Rŵan, mae'n rhaid i ni adael. Bydd y Polis yma gyda hyn.'

Yna sylwodd fod dyn ifanc yn sefyll ar y cei yn barod i ddatglymu rhaffau'r llong.

'Aros eiliad bach eto.'

Aeth drosodd at y dyn.

'Dywed i mi, hogyn pwy wyt ti?'

'Hogyn Walter Cae Pella.'

'Ti sy am briodi Leus o'r swyddfa?'

'Ia, pan gawn ni fodd.'

'Wyt ti'n ddyn gonast?'

'Yndw, mi rydw i'n ddyn gonast, Wil Clustia,' atebodd Ioan yn heriol.

'Wel, dos â hwn i mi yn y bora. Mae'r enw arno fo.'

Estynnodd yr amlen i Ioan o'i boced. Daliodd lygaid y dyn ifanc.

'A dyro'r rhain yn dy bocad dy hun. Gwaria nhw'n araf... A phaid â deud wrth neb, cofia,' meddai gan roi rholyn o bapurau punt iddo.

Dringodd Wil yr ysgol. Codwyd honno a thaflwyd y rhaff olaf o'r lan. Safodd yn y starn wrth i'r llong ymadael, yn gwylio amlinell y gorwel yn newid, gan ddatgelu'r fagl rhwng y Ceiri a'r Corun.

Daeth llongwr draw ato a saliwtio.

'Cyfarchion y Capten, syr. Mae croeso i chi ymuno ag o a'r Mêt ar y bont.'

Saliwtiodd yn ôl. Cymerodd gip olaf ar oleuadau'r chwarel cyn troi am y bont. Oedodd, wrth droed y grisiau agored. Chwarddodd eto wrth estyn cwdyn goriadau Spinks o'i boced a'u taflu dros ei ysgwydd i wely'r môr.

32

Yn ôl yn y chwarel roedd lorri'r heddlu wedi cyrraedd. Aeth y Prif Arolygydd a dau gwnstabl yn syth i mewn i'r swyddfa.

'Ry'ch chi'n rhy hwyr,' meddai Spinks yn brudd ac yn wlyb at ei groen o gadair wrth ddesg Alwyn Morgan. 'Mae rhywun wedi torri i mewn i'r swyddfa,' ychwanegodd gan godi cadach gwlyb i'w foch chwyddedig.

Edrychodd y Prif Arolygydd yn feirniadol o gwmpas yr ystafell. 'Aroglau ffrwydron, Mr Spinks,' dywedodd, cyn troi at swyddfa'r rheolwr.

'Rhyfedd iawn, Mr Spinks,' meddai wrth ddod yn ei ôl. 'Terfysg ymysg y gweithwyr a byrgleriaeth ar yr un noson. Rhywun wedi chwythu'r seff. Joban broffesiynol, dybiwn i. Beth sydd wedi ei ddwyn?'

'Fawr ddim. Rhai papurau. Dim byd o bwys i chi.'

'Pa fath o bapura?'

Tynnodd Spinks gerdyn adnabod swyddogol o'i waled a'i ddangos i'r Prif Arolygydd gan ddweud, 'Papurau sydd o ddim diddordeb i chi.'

Edrychodd y Prif Arolygydd i fyw llygaid Spinks. 'Rhowch restr gyflawn ohonyn nhw i mi yn y bore. Yn ddi-ffael. A bydd rhaid i mi siarad efo'r Prif Gwnstabl a'ch penaethiaid yn Llundain. Rŵan, oedd unrhyw beth arall yn y seff, arian er enghraifft?'

'Na, dim. Cymerais yr arian oedd yno i dalu i'r cwnstabliaid arbennig heno. Ac nid yw cynnwys arall y seff yn fater i chi.'

'Mi sylwoch chi, mae'n siŵr, fod ein lleidr wedi agor drôr eich desg a'r bocs arian parod hefyd. Faint oedd yn y bocs?'

'Fawr ddim. Tua hanner can punt. Ond mae e wedi dwyn fy allweddi hefyd. Nawr te, Arolygydd, mae'n rhaid i mi ffonio Llundain a thalu i Dawson, arweinydd y dynion.' Estynnodd Spinks amlen drwchus o'i boced wrth hanner codi.

'Prif Arolygydd, Mr Spinks, a chewch chi mo'i weld o. Rydych chi eich dau yn dystion ac i chi ddeall, Mr Spinks, tydw i ddim yn lecio'r math yma o waith budr yn 'y mhlwy i, yn arbennig gan na chefais wybod ymlaen llaw. Mi wnes i hynny'n gwbl glir i Lundain wedi miri dan din yr Ysgol Fomio.'

'Mae'r Prif Gwnstabl yn gwybod popeth ac wedi cydsynio.'

'Wel, ddywedodd o ddim gair wrtha i. Mater i mi ydy hyn, Prif Gwnstabl neu beidio. Ond ta waeth am hynny, aeth y gweithwyr i gyd adra heb greu rhagor o dwrw pellach?'

'Do, wrth iddi fwrw glaw'n drymach.'

'Ia, wel, dyna'r plisman gora, y glaw. Gwell felly fyddai i chi gael doctor i gael golwg ar eich boch, a'ch trwyn hefyd… sydd wedi torri, dybiwn i. Dr Jac ydy doctor y chwarel, yntê?'

Trodd at un o'r cwnstabliaid. 'Roberts, teliffonia Dr Jac a gofyn yn garedig iddo fynd draw i'r Plas at Mr Spinks. Fyddwch chi'n iawn i ddreifio yno?'

'Rwy'n aros yn y West End Hotel, Pwllheli, ar hyn o bryd.'

'O, felly… Roberts, ffonia Meddyg yr Heddlu ym Mhwllheli a dweda wrtho fo am fynd i'r West End i dendiad ar Mr Spinks.'

'Ond allaf i ddim gadael. Mae galwadau teliffon pwysig gen i i'w gwneud ac mae'n rhaid talu i'r dynion.' Hanner cododd

Spinks ac yn anfwriadol gadawodd i'w gôt ddisgyn yn ei hôl.

'Gorchymyn swyddogol ydy hwn, Mr Spinks, i chi adael. Mae'r lle yma yn safle troseddol, a chithau yn un o'r tystion a phwy a ŵyr beth arall. Oes gynnoch chi wn i'r wain wag yna a wela i am eich canol, ac os felly oes gynnoch chi drwydded ddilys i'w gario fo? Hefyd, ble mae'r gwn?'

Atebodd Spinks ddim.

'Mi wela i. Mae hwn felly'n fater i ni ei ystyried ymhellach gan fod arf peryglus didrwydded ar goll. Byddaf yn eich holi chi'n fanwl yfory. Ond, am rŵan, ewch, ac ystyriwch eich hun yn lwcus o gael cysgu mewn gwely braf yn y West End ac nid yn un o'n celloedd ni.'

Gadawodd Spinks a'i ben yn isel.

'Yn ôl at p'run bynnag garreg y llithrais ti oddi tani,' ychwanegodd y Prif Arolygydd o dan ei wynt. Trodd at y cwnstabl arall.

'Rŵan, P.C. Jones, be wnei di o beth fel hyn, felly?'

'Wn i ddim syr. Dim o werth yn y seff a'r byrglar felly wedi chwilio'r ddesg?'

'Anghywir ar y ddau gyfri, Jones. Bydd rhaid i mi ffonio Llundain i fynnu gwybodaeth am yr hyn oedd yn y seff. Ond o ran y bocs arian parod, tynnu ein sylw a'n drysu ni oedd hynny. Am i ni feddwl mai lladrad cyffredin oedd hwn. Mae ein byrglar ni'n hogyn clyfar.'

Daeth cnoc ar y drws ac aeth Roberts i'w agor a siarad â'r ymwelydd. 'Y wasg syr – golygydd *Y Star*,' meddai dros ei ysgwydd.

Amneidiodd y Prif Arolygydd a daeth Rheinallt i mewn.

'Rŵan, cyn i chi holi, bydd y mater yma'n mynd ger bron y llys. Yn *subjudice*. Felly does dim stori. Waeth i chi fynd adra ddim.'

'Ond, mae gan ddarllenwyr y *Star* yr hawl i wybod... mae hon yn stori bwysig.'

'Digon teg, ond nid rŵan hyn. Ylwch, mae mwy i hyn na mater o streic a chwffas. Felly, taw pia hi am rŵan ac mi gewch chi'r manylion yn llawn eto.'

'*Exclusive*?'

'Ia, iawn, *exclusive*.'

'Aiff y stori ddim i bapur arall. *Guaranteed*?'

'Cytuno... *guaranteed*.'

'Iawn,' meddai Rheinallt gyda gwên wrth droi yn ôl am y drws. 'Taw pia hi am rŵan, felly.'

'Rŵan, Jones, cer di i nôl y Dawson 'na yma.'

Daeth Dawson i mewn, yn larts, ond efo Cwnstabl Jones yn gafael yn ei fraich. Torrodd yn rhydd wrth gyrraedd desg Elsbeth ble eisteddai'r Prif Arolygydd bellach.

'*Now look here Taffy. What's all this? I haven't done anything wrong tonight and neither have my lads. You got no right to keep us cooped up in that shed. We've been sworn in properly as Specials – on the train coming here.*'

'*I know nothing of any swearing in, Mr Dawson. But I do know that there have been serious incidents here tonight. I, and a number of my colleagues, have been called to restore the peace and investigate, all the way from our Thursday night choir practice in Bethesda. The other parties to this disturbance have absconded. It is my duty to investigate the matter further. But it appears to me that you and your men may well be implicated.*'

'*What?*'

'*It is best that you understand here and now, Mr Dawson, that I do not approve of your sort. This is no place for cowboy outfits. So, I intend to question you all closely and thoroughly. This may take some time. But then again, we have all night.*'

'You can't be serious…'

'I most certainly am serious, Mr Dawson. Very serious indeed. So, I suggest that you return to your "lads" and make sure they behave themselves. If they do, and if you all provide me with some proper answers, one by one over the course of the next few hours, then you may be free to go.'

'But we haven't been paid.'

'I know nothing of that, either. But I do know that the early train leaves Allt Goch at 5.17 tomorrow morning. You and your "lads" might be wise to avail yourselves of it. It's a pleasant enough stroll from here to the station, even in the dark, and only ten miles or so… But then again you might of course prefer a tour of our equally picturesque police cells.'

33

Drannoeth, a hithau'n tynnu at amser cinio, roedd Dafydd ac Elsbeth yn eistedd wrth fwrdd cegin Bryn Pin gyda the yn oeri rhyngddynt. Buont yn trafod digwyddiadau'r noson cynt yn ysbeidiol trwy'r bore, gydag Elsbeth bron â mynd o'i cho mewn euogrwydd a gofid mai hi achosodd yr helynt trwy siarad yn fyrbwyll. Ceisiai Dafydd ei hargyhoeddi fel arall, ond yn ofer wrth i'r sgwrs din-droi'n gynyddol ddi-fudd.

'Roedd o'n beth mor wirion i'r dynion neud, Dafydd. Pam creu helynt a chwalu'r cyfarfod? Rhoi esgus perffaith i Spinks a'r cwmni ddial.'

'Rwyt ti'n ateb dy gwestiwn dy hun. Dyna oedd cynllun Spinks. Er fedra i ddim credu mai dyna oedd bwriad y rhan fwyaf a fu wrthi neithiwr, yn arbennig y rhai iau.'

Daeth cnoc ar y drws cefn a cherddodd Guto ac Alun i mewn.

'Wel, does dim amheuaeth erbyn hyn fod yr holl beth wedi ei drefnu,' meddai Guto heb oedi. 'Nid gan yr hogia gwirion yna fu yn yr Albert. Ond mae'n glir bod rhai eraill 'di bod yn troi'r botas ar y slei, ers dyddia.'

'Pwy fyddai'n mynd ati'n fwriadol i neud y fath niwed i'n hachos?' gofynnodd Elsbeth.

'Fuon ni'n holi dau o'r bois ifanc,' meddai Alun. 'Ond doedd yr un o'r ddau yn medru rhoi enwa i ni. Dynion o bonciau eraill, dyna'r cyfan ddwedon nhw. Hynny ydy'r gwir hefyd, hyd y gwela i.'

'Ydy hynny'n bosib, Alun? Na fyddan nhw'n nabod o leia ambell un?' meddai Dafydd.

'Wn i ddim. Tydy pawb ddim yn crwydro o'u ponciau, yn arbennig y rhai iau sy'n dysgu'r grefft. Bu Spinks yn cyflogi dieithriaid yn ddiweddar, wrth gwrs. Ond i mi, bu rhyw ddrwg yn y chwarel ers blynyddoedd, a dim tryst i'w roi ar rai. Ddaeth y Wil McGuffin 'na ddim yn 'i ôl i'w lojins neithiwr, gyda llaw. Yr euog a ffy...'

Bu Guto'n edrych yn gynyddol anesmwyth wrth wrando ar eiriau ei bartner.

'Roedd Wil Clustia'n mynd i weld Spinks trwy ddrws cefn y swyddfa,' ebychodd ar un gwynt. 'Beryg iddo fod yn un ohonyn nhw.'

'Sut wyddost ti hynny?'

'Yli, Alun. Dw i'n gwbod, dyna'r oll. Mi fuo fo'n cario baw.'

'Wel, mi fydd talu'n ôl pan gawn ni'r enwa, os cawn ni nhw,' meddai Alun yn oer.

'Pwy oedd y dynion yn gefn i Spinks neithiwr?' gofynnodd Elsbeth gan gesio troi'r sgwrs.

'Criw o ffwrdd,' atebodd Alun. 'Wedi eu cario i mewn yn ddirgel ddoe gan Relacel. Hynny'n brawf pellach fod yr holl beth wedi ei drefnu cynt. Ond maen nhw wedi diflannu erbyn heddiw. Roedd Dic Pari'n cario cania llaeth peth cynta bora 'ma ac wedi eu gweld yn y stesion, wedi ymlâdd. Gyda llaw, mae'r chwarel 'di cau heddiw a'r plismyn yn dal i fod yno. Wn i ddim pam 'chwaith a'r holl beth drosodd neithiwr, erbyn deg.'

'Roedd gan Spinks bistol, yn doedd?' meddai Elsbeth yn ddistaw.

'Oedd, er wn i ddim a oedd o'n bwriadu 'i danio fo. Fydd o ddim o gwmpas am ddyddia...' meddai Alun. 'Rhywun 'di torri

’i drwyn o meddan nhw,’ ychwanegodd gyda chwerthiniad sych.

‘Pwy roddodd y beltan iddo fo, felly?’ holodd Dafydd.

Gwenodd Alun. ‘Paid â holi, rhag i ti orfod deud celwydd o flaen llys barn. Ond ddweda i gymaint â hyn, doedd o ddim yn chwarelwr.’

‘Be mae dy dad yn neud o hyn i gyd, Elsbeth?’ gofynnodd Guto.

‘Tydw i ddim ’di trafod efo fo’n iawn. Heb y galon a minna ’di creu’r fath lanast.’

‘Tydy’r hyn ddigwyddodd neithiwr ddim o dy achos di,’ meddai Alun yn bendant.

Ond nid oedd cysuro ar Elsbeth.

‘Mi rydan ni newydd ddod o dŷ George Scott,’ meddai Guto. ‘Yn dal pen rheswm efo fo a’r pwyllgor. Mi gytunon nhw, yn y pen draw, i alw streic. Ond am wythnos yn unig. Bydd yn rhaid disgwyl i Drefnydd Rhanbarthol yr Undeb gyrraedd yma o Lerpwl i roi ei farn ar y penderfyniad.’

‘Beth fydd ganddo fo i’w ddeud, tybed?’ gofynnodd Dafydd.

‘Fuodd o ar y teliffon. Yn deud cymaint o helynt rydan ni wedi ei achosi i bawb ac yn cwyno bod yntau’n gorfod dod bob cam yma, ar y fath frys. Ac yn deud hefyd ’u bod nhw ’di bod yn trafod efo’r cwmni’n barod. Yn Llundain wrth gwrs. Wedi bod yn gweithio ar ein rhan ni oll y tu ôl i ddrysa caeedig, yn y dirgel, y tu hwnt i ddeall meidrolion syml fel ni a’u bod nhw ’di setlo. Heb ofyn i ni. Rhag i’r cwmni gau’r chwarel yn gyfan gwbl, medda fo. Er mi gawn ni weld am hynny.’

‘Be?’ meddai Dafydd wrth hanner codi o’i gadair.

‘Fel ein cyfraniad ni at yr ymdrech ryfel byddwn yn torri

swyddi, newid i gynhyrchu metlin yn unig, dod â'r *German Chopper* i mewn. Felly fydd dim angen setsmyn bellach.'

'Mae hyn yn warth,' meddai Dafydd.

'Dwy ran o dair o'r gweithwyr i fynd. Bydd y rhestr ar ddorau'r chwarel ymhen yr awr. Ddowch chi efo ni i weld beth fydd ein hanes ni? Er does dim rhaid dyfalu 'chwaith.'

'Gwell fyddai i ni fynd i fyny i weld 'Nhad gynta,' meddai Elsbeth yn dawel. Aeth hi a Guto i fyny i'r llofft, er fuon nhw ddim yn hir cyn dychwelyd.

'Beth ddwedodd o?' gofynnodd Dafydd yn ddisgwylgar.

'Fawr o ddim,' atebodd Elsbeth efo gwên gam. 'Heblaw am hawlio buddugoliaeth hanesyddol. Carreg filltir arall ar daith hir y dosbarth gweithiol tuag at ryddid a chyfiawnder. A nodi, yn gwbl gywir, mai cloi allan ydy hyn, nid streic...

Mae o'n teimlo'n llawer iawn gwell ac yn meddwl codi toc a phob dydd wedi hynny hefyd, medda fo. Mae o wrthi'n sgwennu baled am yr holl achos. Wn i ddim wir...'

Cydgerddodd y pedwar am y chwarel. Wrth iddynt agosáu daeth Ifan Jôs y Gof i'w cyfarfod.

'Waeth i chi beidio mynd gam pellach, lats. Mae ych enwa chi yno, Guto ac Alun. Chitha hefyd, Elsbeth a'n enw inna. Hefyd, George Scott, Robat Jôs Sowldiwr, a myrdd o rai eraill. Dros hanner y gweithwyr, o leia, hyd y gwelwn i. Wedi 'yn stopio o bump o'r gloch neithiwr. Chitha, Elsbeth, am ryw reswm yn sbesial, wedi ych stopio ganol dydd.

'O, ac mi welais i dy frawd, Alun. Bu plisman acw, ar foto-beic ac efo symans. Cwrt ymhen pythefnos i ti a rhyw ugain o rai eraill a fu wrthi neithiwr, am darfu ar yr heddwch, er nad pawb, cofia.'

'Damia nhw. Wedi paratoi pob dim yn barod, wrth gwrs, y diawliaid.'

'Ond mae hynny'n gwbl annheg. Gwnest ti dy ora glas i'w cadw nhw rhag mynd i'r chwarel,' meddai Dafydd.

'Roedd 'yn enw i ganddyn nhw ymhell cyn neithiwr, Dafydd. P'run bynnag, wna i ddim aros am y gwrandawiad, mae gen i le da i fynd iddo fo yn Slough. Bydd lle i titha yno hefyd, Guto, cofia. Bydda i'n cychwyn am Loegr bora 'fory Mr Jôs. Gwell i mi fynd rŵan i orffen hel 'y mhetha. Mi alwa i draw yn y Foty pnawn 'ma, Guto.'

Aeth y tri arall at ddorau'r chwarel, i weld enwau Guto, Alun ac Elsbeth ar y rhestr.

'Gwell i minna 'i throi hi am adra, mae'n siŵr,' meddai Guto, yn anesmwyth yng nghwmni'r ddau arall a hwythau bellach mor amlwg yn fwy na ffrindiau. Ond, ailfeddyliodd a phenderfynu cael gair efo ambell un arall a deimlai'n benisel iawn.

'Rwyt ti'n un da,' meddai Elsbeth, gan gyffwrdd ym mraich Guto, cyn troi at Dafydd ac ymadael.

Cyrhaeddodd criw o ddynion ifanc a gweld bod eu henwau i gyd ar y rhestr. Trodd y criw yn ôl am y pentref hefyd ac yn eu plith roedd Ioan Cae Pella a oedodd i sgwrsio.

'Dy enw di lawr, Ioan…?' dechreuodd Guto.

'Ydy. Ond doedd hynny ond i'w ddisgwyl.'

'Be wnei di rŵan?'

'Wn i ddim. Roedd Leus a minna am briodi. Ond dw i'n rhyw feddwl mynd am G'narfon i'r fyddin. Welsoch chi mo'r llun mawr yn y *Star*? Maen nhw'n recriwtio.'

'Gwell i ti beidio â mynd yno. O ddifri rŵan, Ioan. Mae 'na ryfel ar y gorwel.'

'Pa ddewis arall sy gen i? Does dim byd i mi yma.'

'Yli, arhosa adra, am 'chydig, o leia. Fuodd hi 'rioed yn syniad da i bobl fel ni ruthro i'r fyddin, yn arbennig cyn rhyfel. Gall Alun edrych am le i ti'n Slough, dwi'n siŵr.'

'Wn i ddim,' atebodd Ioan yn araf. 'Welais i 'rioed fy hun yn sowldiwr ac mae 'na betha i'w gneud rownd y lle 'cw. Angan ailgodi walia. Mae gen i ddigon wedi ei hel i'm cadw am sbel.'

'Siort ora,' meddai Guto. 'Mi fydd Alun yn siŵr o sgwennu atat ti'n fuan. Mae 'na ddigon o waith i'w ga'l yn Slough, medda fo. Mi wna i sgwennu, os mai mynd wna inna,' ychwanegodd yn ddistaw.

'Rhwbeth arall sy gen i dan sylw, Guto. Wil Clustia roddodd hwn i mi neithiwr.' Estynnodd yr amlen oedd o dan ei gesail.

'Helpu efo'r llwytho oeddwn i a felly'n methu mynd i Darsys. Dyma Wil Clustia yn cyrraedd trwy'r glaw. Dw i'n saff mai Wil oedd o, 'blaw roedd o'n ymddangos yn wahanol… bron fel tasa fo'n frawd mawr i Wil... yn sefyll yn sythach. A llais cry ganddo fo. Beth bynnag, 'madael wnaeth o ar long Werddon.'

'Llong Werddon?' meddai Guto'n syn.

'Ia, ar y llong aeth o, i Ddulyn. Yn llawia efo'r Mêt, o be welwn i. Ond cyn mynd mi ddaru o neud i mi addo rhoi hwn i chi.'

Estynnodd yr amlen i ddwylo Guto. Darllenodd hwnnw ei enw mewn syndod.

'Diolch, Guto…' meddai Ioan wedyn wrth droi. 'Diolch i chi am bopeth.'

'Croeso,' atebodd Guto yn ddistaw wrth fyseddu'r amlen. Yna, wedi i Ioan adael fe'i hagorodd, tynnodd y llyfr allan a darllen y dudalen gyntaf. O dan y pennawd *Management information – work-force sources* roedd rhestr o enwau a llysenwau, a phedair colofn nesaf atynt. Enw cyfrin, dyddiad recriwtio, gwerth y ffynhonnell wedi ei raddio o un i ddeg, a'r swm arferol i'w dalu. Sychodd ei geg wrth iddo weld pa mor sylweddol oedd y rhestr, ac o weld rhai o'r enwau oedd arni.

Ar y tudalennau dilynol roedd cofnod byr, fesul y gweithiwr unigol, tudalen i bob un. Y wybodaeth a gafwyd yn gryno, y dyddiad, asesiad llawn o'i gwerth a'r swm a dalwyd wedi ei nodi eto. Edrychodd Guto yn ôl a blaen yn frysiog rhwng y brif restr enwau yn y llyfr a'r rhestr ar y dorau. Roedd y mwyafrif llethol o'r *work-force sources* ffyddlon wedi eu diswyddo.

Yna, chwiliodd y llyfr am ei enw fo ei hun. Doedd o ddim yna. Chwiliodd am enw Wil McGuffin. Roedd o yn ei le yn ôl y wyddor, wedi ei raddio yn ddau allan o ddeg. Y wybodaeth yn denau iawn ac yn gyffredinol, a'r symiau a dalwyd iddo'n bitw. Ar draws gwaelod y dudalen ysgrifennwyd y geiriau, '*Very low grade. No names revealed.*' Ac yna '*Minimal physical pressure employed. Some names revealed, but of very limited value. Possibly discard at next review. Stop payments immediately.*' Edrychodd i fyny, ac oedd, roedd enw Wil McGuffin hefyd ar restr y dorau.

Cerddodd Guto am y Foty a'i ben yn isel. Yn y tŷ rhoddodd yr amlen ar y bwrdd trichoes. Eisteddodd am funud ac yna gwyrodd drosodd a thynnu'r llyfr allan eto. Darllenodd y rhestr daclus o enwau a rhyfeddu.

Daeth atgofion iddo am yr holl eiriau cas a ddioddefodd ei dad. Ambell i ddwrn annisgwyl. Yr esgymuno. Y cywilydd parhaus. Cofiodd yr hyn a ddaeth i'w ran yntau: ei dad yn diflannu; gorfod gadael eu tŷ rhent; byw yng nghefnau'r Plas; colli ei le yn y Cownti Sgŵl; gorfod mynd i'r chwarel. Er bod rhai'n ceisio claddu'r gwir, cofiodd y chwerwder a'r rhwygiadau a barhaodd am flynyddoedd wedi helynt Cwm Corun. Rhoddodd y llyfr yn ôl yn yr amlen.

Cododd, estynnodd y gist de a'i hagor efo'r goriad o'r ddresel. Tynnodd y llythyrau o America allan a'u rhoi ar y bwrdd. Oddi tanynt roedd ei dystysgrif geni, tystysgrif priodas ei rieni a thystysgrif marwolaeth ei fam. Darllenodd eto, gydag ochenaid y rheswm am ei marwolaeth. TB. Tiwberciwlosis. Y dicáu dieflig. Rhoddodd y tystysgrifau'n ôl yn y gist a'r llyfr yn ôl yn ei amlen. Treuliodd weddill y bore'n agor llythyrau ei dad am y tro cyntaf, eu darllen ac yna eu hail a'u trydydd ddarllen, yn arbennig esboniadau poenus ei dad dros ymadael. Nid bradwr mohono, ond dyn o gydwybod a ymadawodd rhag bod yn achos cynnen barhaol.

Ai esgus oedd hyn? Hunangyfiawnhad dyn euog. Estynnodd Guto y llyfr cyfrifon allan unwaith eto a chwilio'n wyllt am enw ei dad, gan wybod yn barod mewn gwirionedd na fyddai o yno. Ond drylliwyd ei orfoledd yn syth o sylweddoli mai rhestr Spinks oedd hon. Yna cofiodd fod mwyafrif yr enwau wedi eu nodi gyda seren a'r esbonaid ar droed y dudalen gyntaf, *'Carried over from Johnston & Son'*.

Nid oedd ei dad ymysg y rheiny ychwaith. Nid bradwr oedd o. Dywedodd hynny wrtho'i hun drosodd a throsodd fel y medrai wthio unrhyw awgrym o gyfrifoldeb ei dad at ei gyd-weithwyr a'r ergyd a ddioddefodd yntau mor ifanc i gefn ei feddwl. Felly rhyddhawyd baich euogrwydd y mab a mendiwyd y clwyf emosiynol a fu'n ei lethu cyhyd.

Dychwelodd y llythyrau i'r gist, ei chloi, a gosod y llyfr a'r gist ar ei ben, yn ôl ar y silff. Daeth cnoc ar y drws, wrth i Alun ymddangos efo'r cyfarchiad arferol, 'Oes 'na bobl?'

Galwodd Guto dros ei ysgwydd, 'Iawn, dw i am ddod efo chdi i Slough.'

34

Doedd y Cadfridog ddim yn hoffi hedfan. Ond pa ddewis oedd iddo, efo'r siwrnai trên i ogledd gorllewin Cymru mor hir, a'r gwasanaeth mor annibynadwy. Fel arall byddai wedi ymweld yn amlach â chartref y teulu ger Caernarfon. Roedd yn hoff o'i ddwy chwaer hŷn, ond Enid, nid Ena ffroenuchel, oedd orau ganddo o'r ddwy. Enid arhosodd i gadw cartref i'w mam yn ystod ei gweddwdod hir. Enid fyddai'n cadw'r hen dŷ ar lan y Fenai a chroesawu ymweliadau cynyddol anfynych ei brawd.

Wrth i'r awyren droi i lawr dros y Foryd at fachlud gogoneddus arall, cofiodd am y tri ohonynt yn chwarae ar y lan. Ena yn herio'i brawd bach i fentro i'r dŵr bas lleidiog. Enid yn cadw ei bart hyd at ffrae rhwng y ddwy. Rhedeg yn droednoeth wedyn i fyny'r lawnt i gael te efo Mama a'r babi newydd. Ia, y babi newydd, ei wir ffefryn.

'Lle mae Papa?' byddai'n gofyn.

'Yn Llundain bell, druan. Yn hel pobl ddrwg at eu haeddiant.'

Am flynyddoedd credai mai dyna hefyd wnaeth ei dad, y Barnwr, iddo yntau, pan yrrwyd o i ffwrdd i'r ysgol yn wyth oed. Yno y bu'n dioddef yn unig dros yr holl flynyddoedd, tan dod i adnabod bachgen o'r Allt Goch mewn sesiwn ymarfer cadetiaid yr ysgol, hwnnw hefyd yn hiraethu yn anialwch Berkshire.

Glaniodd yr awyren. Aeth heibio'r gard er anrhydedd ac yn syth i'r car. Ychydig funudau'n ddiweddarach cyrhaeddodd y tŷ, gydag ochenaid o ryddhad. Fel arfer, roedd ei chwaer yno wrth y drws. Ymlaciodd. Yma o leiaf roedd yn ddiogel. Ond drannoeth byddai yn y barics yng Nghaernarfon am wyth ar ei ben.

Mewn gwirionedd, doedd fawr ddim iddo'i wneud cyn ei gyfarfod cyntaf. Felly darllenodd grynhoad o'r adroddiad swyddogol ar helynt Chwarel y Ceiri.

Roedd yr holl beth yn llanastr. Y diffyg paratoi. Drysu'r ffin rhwng gweithredu swyddogol a masnach ddiegwyddor. Spinks yn procio streic yn fwriadol er mwyn diswyddo gweithwyr fel y medrai gynyddu elw'r cwmni. Peryglu adeiladu dolen gwbl allweddol o'r system radar genedlaethol newydd. Cynlluniau'r orsaf yn disgyn i ddwylo'r gelyn. Llanastr. Ond, yn ffodus iawn iddo fo, meddyliodd, llanastr Evans-Davies a'i gyfaill uchelgeisiol, y Gweinidog, oedd hwn.

Cofiodd am yr ystafell holi danddaearol ac Evans-Davies yn mynnu mai ei ddyletswydd oedd taro Maldwyn i'w frawychu i ildio. Yntau'n gwrthod. Ac Evans-Davies yn ei orchymyn yn ffurfiol i wneud hynny. Ei sarhau ger bron milwyr cyffredin, Snaithe a'r arbenigwr.

Byddai Evans-Davies yn derbyn ei lawn haeddiant. O, byddai wir!

Ond yn gyntaf, roedd gwaith trwsio i'w wneud. Am hanner awr wedi wyth galwodd y Prif Gwnstabl i mewn. Roedd y cyfarfod yn un poenus, a'r plismon yn crafu i esbonio paham iddo ildio i bwysau gan Evans-Davies. Doedd dim i'w ennill wrth siarad efo hwn ac felly daeth y Cadfridog â'r sgwrs i ben ar ôl chwarter awr. Byddent yn ei gadw yn ei swydd am gyfnod digon parchus, ond cyn fyrred â phosibl.

Cynhesodd y Cadfridog at ei ymwelydd nesaf yn syth. Ni fu'n rhaid iddynt drafod yn hir cyn iddo weld bod hwn wedi mynd i'r afael â'r sefyllfa gyda hyder a phenderfyniad proffesiynol. Roedd y ddau yn ffieiddio Spinks a'i ddulliau, er am resymau gwahanol. Cytunwyd ar ffordd effeithiol o drin yr achosion yn erbyn y chwarelwyr, a chafodd gyngor defnyddiol ar benodiadau newydd i swyddi lleol amrywiol y Goron. Boddhaol iawn, meddyliodd wrth i'r Prif Arolygydd ymadael. Datrys canlyniadau dyrys y terfysg, cael enwau newydd i swyddi allweddol a chanfod olynydd mwy na theilwng i'r Prif Gwnstabl, y cyfan o fewn hanner awr. Yr unig gnonyn o bryder a deimlai oedd ei amheuaeth ynghylch tueddiadau gwladgarol y Prif Arolygydd. Doedd dim byd o'i le ar fod yn wlatgar, ond at ba wlad?

Yna, cafodd gyfarfod byr ffurfiol gyda'r Uchel Siryf a'r Arglwydd Raglaw, ac un hir ac ymarferol iawn efo swyddog y Peirianwyr Brenhinol a fu'n archwilio'r safle i'r orsaf radar ym mhen pellaf Llŷn.

Un ymwelydd oedd ar ôl, a chyrhaeddodd hwnnw yn union ar amser.

'Rheinallt,' meddai'r Cadfridog gyda gwên, 'Mae'n dda gen i dy weld, ac yn edrych cystal. Mae bywyd yma'n dy siwtio di, mae'n amlwg.'

'Fyddwn i ddim yn dweud hynny, cweit, Yncl Tom. Rhaid cyfadda 'mod i 'di blino gorfod smalio'n eithafol 'mod i'n casáu'r lle.'

'Wel, mi lwyddaist ti'n rhagorol yn hynny! Diolch i ti eto am dy adroddiada i'r Pencadlys. Manwl a chraff, dadlennol a defnyddiol. Hefyd am y ffordd y buost ti'n trin y stori yn y papur newydd. Ardderchog.'

'Chi ddysgodd fi. Tudalen pymtheg gafodd hi. Hanner

colofn ar ganol y prisia o'r mart. Ei chuddio yn wyneb yr haul a llygaid goleuni, fel petai. Dyna e*xclusive*!'

Chwarddodd y ddau.

'Wel, mi rwyt ti wedi profi dy allu ac mae galw pellach am dy wasanaeth yn syth. Mae'r Bosch yn saff o weithredu, er wyddon ni ddim yn union ym mha le, na pha bryd. Efallai yn y Sudetenland. Newyddion da i ti. Rydan ni am dy osod ar staff y *Daily Sketch* am gyfnod, ar yr ochr olygyddol. Yna, pan fyddi wedi dy sefydlu fel newyddiadurwr yn gredadwy, cei dy yrru dramor. Gohebydd arbennig yng Ngwlad Pwyl mwy na thebyg, er nid fi sydd â'r gair olaf. Sut mae hynny'n dy daro?'

'Gwych, wrth gwrs. Mae rhedeg y papur wedi colli rhywfaint o'i apêl, a'r gwaith yma ar ben, mwy neu lai, on'd ydy?'

'Ydy. Byddwn yn symud safle'r orsaf radar i lawr y penrhyn, gan fod y cynlluniau ar gyfer Mynydd y Ceiri wedi disgyn i ddwylo ein gelynion, efallai i ddwylo'r IRA neu'r Almaenwyr, neu i elfennau gwrth-Brydeinig yng ngwasanaeth cudd milwrol y Wladwriaeth Rydd. Wyddon ni ddim yn bendant ar hyn o bryd. Ond mae'r gath allan o'r cwd erbyn hyn. Bydd hynny'n bluen yn het rhai o'r Gwyddelod, mae'n siŵr a hwythau bellach yn mynnu eu bod yn weriniaeth.

P'run bynnag, rwyf wedi trefnu bod yr Uchel Siryf a'r Arglwydd Raglaw yn croesawu'r datblygiad newydd ar y penrhyn yn ddistaw ymysg cylchoedd blaenllaw y sir. Rhywbeth na feddyliodd Evans-Davies ei wneud erioed. Felly, "Cyfraniad gwerthfawr y Sir at ddiogelwch ein llynges fasnachol ac Ymerodraeth Prydain Fawr ar adeg o densiwn rhyngwladol" fydd hi. Stori fach sydd â'r fantais o fod â mwy na gronyn o wirionedd wrth ei chalon.'

'Da iawn.'

Oedodd y Cadfridog wedyn cyn gofyn am ei chwaer fach,

babi'r teulu. Y ffefryn go-iawn, ond yr un a briododd y tu allan i'r llwyth.

'A sut mae dy rieni. Dy fam?'

'Iawn, fel mae hi. Yn crafu byw ar gyflog athro. Mae ei gyfrol nesa o'n dod o'r wasg yn yr hydref a'r ddau wedi gwirioni. Casgliad o soneda. Ac fe gafodd tair o'i ddisgyblion le yn y Normal eleni. Mae hynny'n plesio'n arw.'

'Digon teg. Camp yn wir, o ystyried safon ei ysgol a thras ei disgyblion. Ond wn i ddim a oes angen tair athrawes Gymraeg arall ar y byd. Na mwy o soneda 'chwaith o ran hynny.'

'Nid felly y gwelan nhw betha…'

'Na. Digon teg. Mi fyddwn i'n helpu… Pe byddai hi'n fodlon derbyn…'

'Rydach chi wedi gwneud cymaint drosta i'n barod. Ond mae rhoi addysg i mi yn gwbl wahanol i dderbyn nawdd iddyn nhw eu hunain. Neu iddi hi, yn gywirach, gan nad ydy o'n gweld dim pellach na'i drwyn a hwnnw'n fythol mewn llyfr.'

'Iawn. Biti. Wel, wyt ti'n barod? Mae gen ti dri diwrnod prysur iawn o dy flaen yn y pencadlys.'

'Ydw, a gall y papur ddioddef hebddof, am ychydig o leia.'

Chwarddodd y ddau eto.

Roedd yr awyren Anson yn disgwyl amdanynt ar y llain yn Llandwrog, ac ymhen dim roeddent yn hedfan am Lundain.

35

Roedd ystafell newydd y Cadfridog yn y Swyddfa Ryfel yn dawel. Dim papurau ar y ddesg nac ar y bwrdd petryal nesaf at y drws; y bin sbwriel yn wag ac yn lân; y lluniau ar y waliau mewn rhesi unionsyth; y cypyrddau i gyd wedi cau a'r haul yn disgleirio'n hyfryd a chryf trwy'r ffenestr fawr. Eisteddai yntau'n llonydd. Roedd ganddo orchwyl arbennig i'w chyflawni, ac roedd o am fwynhau'r dasg. Daeth cnoc ar y drws.

'Dewch-i-mewn,' meddai, yn glir ac yn hyderus. Roedd ei leferydd wedi gwella'n rhyfeddol ers llanastr y nos Iau honno yn y Ceiri, meddyliodd gyda boddhad. Daeth Billy Evans-Davies i mewn. Nid oedd cadair iddo.

'Iawn Billy. Awn ni ati'n syth. Fyddwn ni ddim yn hir. Mae'n eglur mai eich methiant llwyr chi arweiniodd at y drychineb fach yma. A methiant eich ased arbennig, John Spinks, a fu mor esgeulus efo'n cynllunia.'

'Yn gyntaf felly, rydym yn symud Spinks o'r wlad. Gobeithio bydd ein Gweinyddiaeth Ymherodrol yng ngogledd Rhodesia yn gwerthfawrogi sylw Mr Brown, fel y'i gelwir o hyn allan. A sylw ei wraig, Mrs Brown. Hi fydd pennaeth y stesion yno.

Estella Brown Barnett. Mi gofiwch chi Estella debyg iawn, a chitha wedi croesi cleddyfa mor ffyrnig efo hi. Cyn iddi briodi Hastings Barnett ar y fath ras yr hydref hwnnw, ac fel gwraig briod yn gorfod ymddiswyddo wrth gwrs. Ond rwyf wedi mynnu'r hawl i'w galw hi'n ôl ar sail "gofynion yr argyfwng", a'r flaenoriaeth strategol o ddiogelu ein cyflenwad copr. Does neb byth yn ymadael yn llwyr â'r Gwasanaeth wrth gwrs. Dyletswydd oes ac ati...' ychwanegodd bron iddo'i hun.

'Dewis da i ogledd Rhodesia, byddech chi'n cytuno?' parhaodd. 'Hithau wedi gwneud gwaith mor rhagorol yn gwarchod ein diddordebau olew ym Mhersia cyn dod yn ôl i'r pencadlys. Gwraig styfnig iawn, ond galluog iawn hefyd... a hardd,' ychwanegodd o dan ei wynt. Yna'n uwch, 'Er, wn i ddim beth ar y ddaear mae hi'n ei weld yn Spinks. Ond dyna ni, ffansi mulas 'di mul.'

Pwysodd yn ôl yn ei gadair gan edrych gyda diflastod amlwg at y llall.

'Felly... yn ail... Beth wnawn ni efo chi, Billy? Mi wyddoch i ni lwyddo i gadw'r digwyddiadau anffodus yn y Ceiri o'r wasg genedlaethol trwy *D Notice*. Ac o'r wasg leol hefyd bron yn gyfan gwbl. Y cyfan ar gost o ildio i raddau i'r gweithwyr. Bydd yn rhaid eu trin yn fwy gofalus yn y dyfodol. Ar y llaw arall bydd hynny'n haws gan fod y chwarel, a'r mynydd hefyd bellach mewn perchnogaeth gyhoeddus, tra pery'r argyfwng o leiaf.

Rŵan, fyddech chi heb glywed am hyn yn eich rheng newydd chi yn y Gwasanaeth – rheng is, wrth gwrs...'

Gwgodd Evans-Davies, er ceisio cuddio hynny.

'Bydd y chwarel o dan reolaeth hyd braich y Swyddfa Ryfel, gan fod ei chynnyrch o ansawdd ardderchog at ein pwrpasau milwrol. Gallwn fforddio bod ychydig yn hael am rŵan. Heb fod yn rhy wirion. Plesio rhyw ychydig. Dileu'r rheol iaith, wrth gwrs. Hefyd trefnais roi arwydd yn Gymraeg wrth y fynedfa. "Mae'r chwarel hon bellach yn cael ei rhedeg er budd y bobl". A pholyn nesa ato ar gyfer yr Iwnion Jac. Rhywbeth arall na feddylioch chi ei wneud.

Yn ffodus iawn, ni ddaeth eich ymddygiad twyllodrus at yr archeolegwyr i sylw neb o bwys. Ond lwc oedd hynny, a dim clod i chi. Felly Billy, does dim dyfodol i'ch is-adran amaturaidd chi. Roeddwn wedi darogan hynny o'r dechrau. Ond roedd eich cyfaill, y Gweinidog, yn mynnu rhoi cyfle i chi. Y cyn-weinidog bellach, fel mae'n siŵr y clywsoch chi, wedi i'r Prif Weinidog lanhau ei Weinyddiaeth o rai o gefnogwyr amlwg dulliau economaidd y Reich. Ac felly… Billy… Billy bach…'

Sythodd Evans-Davies rhyw ychydig.

'Ia… eich dyfodol chi ac erwau diffaith Gogledd Iwerddon amdani. Mae angen dyn yno i gadw trefn ar betha. Mae Pennaeth lleol y Gwasanaeth yn ffŵl, ond yn ffŵl efo cysylltiadau da ymysg ein cyfeillion unoliaethol yn Stormont ac yn amhosibl ei symud.

Felly, rhif dau fyddwch chi, efo cyfyr fel Ysgrifennydd y Post Brenhinol. Teitl cwbl ddiystyr wrth gwrs, ond ymerodraeth fach, yn eiddo'n hollol i chi eich hun. Byddwch yn cadw golwg ar y Pennaeth a'i ffrindia yn gyntaf, wrth gwrs; y trefniadau gwrando ar alwadau teliffon ac agor llythyrau yn gudd; bydd angen dechrau sïon, sicrhau'r canlyniadau cywir mewn etholiadau, archwilio ar gyfer penodiadau cyhoeddus, oll yn gyfrifoldeb i chi.

Does gen i fawr ddim i'w ddweud o blaid pethau felly fy hun. *Ungentlemanly. Not intelligence work at all.* Ond mae Ulster yn achos arbennig a waeth i ni beidio meddwl defnyddio tactegau swcro. P'run bynnag, byddwch yn mwynhau'r gwaith, oni fyddwch? Union eich petha chi a Snaithe…

Mae Snaithe wedi ei orfodi i ymddeol o dan gwmwl. Wedi i ni ddarganfod ei orhoffter o bobl y gorllewin. A'i anallu i gau ei geg. Biti. Un dawnus iawn yn ei faes, er na allwn ei ddioddef fy hun. P'run bynnag, mwy o waith hanfodol, mwy o waith caled i chi. Mae'r manylion i gyd gan fy ysgrifenyddes at eich sylw ar y ffordd allan. Bore da.'

Safodd Evans-Davies yn ei unfan am ennyd, ei wyneb yn goch a'i ddyrnau wedi cau. Edrychodd y Cadfridog i fyny gan ychwanegu mewn llais gor-garedig, 'O ia, ac un peth bach arall, cyn i chi fynd. Mae Monti'n cofio atoch chi, yn gynnes ac yn ddiolchgar. Mi welais i o y noson o'r blaen am eiliad. Yn yr *Universities.*

Gorfod bod yno oeddwn i, i weld rhyw bobl. Lle digon siabi, ond mae o'n mwynhau ei hun yn arw yno. Ac ym merw petha hefyd yn ei swydd newydd. Yn falch na fyddwn yn cyffwrdd â'r olion ar Fynydd y Ceiri wedi'r cyfan.

Felly, gydag Ena fy chwaer ar ben ei digon hefyd, perffeithrwydd ddywedwn i, yntê. Bore da i chi eto.'

Ac wrth i Evans-Davies ymadael clywai'r Cadfridog yn mwmian wrtho'i hun, 'Billy y bwbi.'

Wedi i'r drws gau cododd y Cadfridog y ffôn.

'*Wembley 621.*

Hello Estella…

Yes, yes, it all went very well. Billy the booby got his comeuppance, as you wished.

No… no difficulty whatsoever…

To Ulster of course. I could barely stop myself from laughing in his face. He was furious…

Evans-Davies and Ulster. Yes, they fully deserve each other. A match made in hell.

I'm afraid though that your little friend, Snaithe, has gone too. With some dishonour apparently…

No, I knew nothing of it. But I'll see what I can do for him. A man with his talents won't go hungry with the war coming. The same goes for Evans-Davies as well of course, unfortunately…

So you've got your John exactly where you want him too. If you're really sure that is what you really want?

No, no. As you wish, of course my dear. I wasn't suggesting otherwise…

Yes, the locals in Wales think they have won something of a victory, and in a small way I suppose they have. Then again, they didn't know what was really at stake…

Indeed, sometimes softly softly works best…

Look, my brother-in-law understands perfectly well. He's delighted with his new position and has no reason to divulge anything, quite the opposite in fact…

Indeed we have seen off the jerry lovers. There'll be no aping the Nazi State, no cozy deals between the Service, the military and business, for now at least. And with minimal concessions, we at the centre retain absolute control…

That's a good one, "All governments are socialist in a time of war". But what has been given can always be taken back later…

So then, with all your requirements fulfilled, with my new senior position and with my nephew's future settled, all very neat and a jolly good outcome all-round I'd say…

This weekend? The little woman thinks I'm going on maneuvers on Salisbury Plain…

Yes, it is a wonderfully remote place, and indeed, not a telephone for miles…

So, one more time for us both before you leave, and Brighton, the races, and… so on, it is then.'

36

Eisteddai Dafydd ac Elsbeth ar wal isel ger drws y Plas yn siarad a mwynhau haul y bore. Roedd holl eiddo Dafydd wedi ei gasglu yn ddiogel i ddau ges mawr yng nghefn y car.

Cawsant swper y noson gynt yng nghegin y tŷ mawr gwag. Wedyn yng ngolau tân y parlwr eistedd i siarad, ac yna gorwedd yn hir ar y soffa fawr wichlyd. Ond er ei hawydd i aros ni allai Elsbeth fentro gadael ei thad ar ei ben ei hun dros nos.

Roedd Dafydd yn mynnu ei dreifio hi adref ond hithau'n gwrthod. Byddai sŵn car y tu allan i'w thŷ mor hwyr yn tynnu sylw a byddai pobl yn siŵr o siarad. Felly cerddodd y ddau yng ngolau'r sêr gan aros i edrych draw at y môr a chusanu. Estynnodd Dafydd i boced ei gôt am y cwdyn melfed, ond yn ofer ac yntau wedi ei adael nesaf i'r soffa.

'Damia…' meddai o dan ei wynt.

'Beth sydd?'

'O dim… ym – meddwl am orfod gadael 'fory oeddwn i…'

Aeth Elsbeth yn ôl am y Plas drannoeth wedi i'w modryb gyrraedd, ond ar y lôn gwelodd Alun ac oedi i'w holi am yr achos llys a fu'r diwrnod cynt.

'Dim ond punt o ddirwy yr un gawson nhw yn y diwedd, a dim amoda!' meddai Dafydd pan glywodd yr hanes ganddi.

'Wel, roedd yr ynadon yn griw lleol, yn ôl Alun. Wedi eu dewis yn arbennig gan swyddogion yr Arglwydd Ganghellor o Gaer a dim buddugions yn 'u mysg. Cam tactegol fydd 'y nhad yn siŵr o ddweud, wrth gwrs. "Ennill safle gwell iddyn nhw'u hunan yn y frwydr oesol rhwng y dosbarth gweithiol a'r cyfalafwyr." Rhyw gynnig at blesio'r brodorion anwar, debycach i mi.'

'Y brodorion anwar hynny'n digwydd bod yn perthyn yn benna i ddosbarth gweithiol dy dad.'

'*Touché.* Siaradodd y Prif Arolygydd o blaid y dynion, a hynny'n Gymraeg. Yn deud na wnaethon nhw ddim difrod ac na fu'n bosib canfod pwy ymosododd ar Spinks. Ond pwy bynnag oedd o, roedd yr heddlu'n saff nad oedd o'n chwarelwr. Bod gan Spinks wn, heb drwydded. Doedd hynny'n plesio dim ar y Fainc, na'r ffaith iddo ymadael am wlad dramor.

Yna siaradodd Guto o'u plaid, yn Gymraeg hefyd, yn dda, meddai Alun. Traed ar y ddaear. Dim pwrpas cosbi rhai a gawsai eu harwain ar gyfeiliorn, er na ddwedodd pwy fu'n eu hudo ar gyfeiliorn 'chwaith!'

'Ydy Guto'n dal yn benderfynol o aros yn Slough?'

'Ydy. Cafodd waith yn barod mewn ffatri offer trydanol… *defence electronics* medda fo a gan eu bod nhw'n ymestyn y ffatri, mae digon o waith yno. Mae 'Nhad 'di gwirioni efo'r moderneiddio. Dileu gwaith caled diflas. Torri'r wythnos waith. Digon o amser hamdden i bawb ac amser i wleidydda, mae'n siŵr.'

'Ddaw gwaith *defence electronics* ddim yma i'r Ceiri, debyg?'

'Na ddaw siŵr. Ond, mae 'na rwbeth ar droed yn y chwarel, efo Spinks wedi mynd. Mae arwydd newydd wrth y giât, "*Mae'r chwarel hon bellach yn cael ei rhedeg er budd y bobl*" – a hynny yn Gymraeg, cofia. Ond, mae Jac yr Undeb nesaf ato.

Alwyn Morgan wedi hel ei draed at ei fodryb yn Eccles a dyn clên iawn o Langefni yno'n Rheolwr Dros Dro. Rhedeg y co-op sirol oedd o a rhyw ffordd gartrefol ganddo fo. Ond wn i ddim sut ddyfodol fydd yno. Roedd Spinks yn bendant y byddai'r lle'n cau oni fyddai o'n ca'l moderneiddio. Ond mae mwy 'di ca'l mynd yn ôl, neu o leia, llai yn colli'u gwaith nag yr oedd Spinks yn bygwth.'

'Ond y dôl fydd hi i'r gweddill…'

'Ia, y dôl, neu fudo, neu'r fyddin, a rhyfel ar y ffordd. Ond fe gawn ni weld be ddaw. Bydd 'Nhad yn deud o hyd fod pob llywodraeth â rhyw lun o sosialaidd yn perthyn iddi pan fo rhyfel ar y gorwel. Ac yn Gymry pybyr hefyd mae'n siwr, yn galw gwŷr ifanc at y faner – er nad oes draig arni.'

Eisteddodd y ddau'n ddistaw am funud.

'Wyt ti 'di penderfynu'n derfynol be wnei di wedi gweld yr Athro?'

'Wel, wna i byth sowldiwr efo'r pen-glin 'ma. Felly, aros yn y Brifysgol mae'n siŵr gan fod yr ymchwil ar ben am rŵan. Er soniodd yr Athro y byddai gwaith i mi efo'i gomisiwn newydd, Comisiwn Diogelu Trysorau'r Genedl. Eu cadw'n ddwfn mewn chwareli llechi, rhag ca'l 'u dinistrio gan fomio o'r awyr.'

'Trysora pa genedl fyddai'r rheiny, felly?'

'Oes rhaid gofyn… Beth bynnag mae'r Athro wedi cael sicrhad swyddogol erbyn hyn na fyddan nhw'n cyffwrdd â'm safle i. Felly pwy a ŵyr, falla ga i gyfla eto flwyddyn nesa pan fydd yr argyfwng drosodd. A titha? Wyt ti am dderbyn cynnig Mrs Pari?'

'Ydw, ond wn i ddim beth i neud efo 'Nhad. Mae o 'di ca'l rhyw fath o adferiad wrth gwrs… wedi tewi am adar corff ac ati.

Mae Anti Jini yn mynnu edrych ar 'i ôl o. Fy nghefnder, 'i mab yn gweithio yn Runcorn ac wedi priodi. Hitha'n weddw a dim byd arall yn galw. Heblaw am ga'l bywyd iddi hi 'i hun, o'r diwedd. Ond, "Fy mrawd i ydy o, be arall wnawn i?" ydy hi ganddi.'

'Bydd gen ti'r car…'

'Bydd. Gallwn fynd a dod bob dydd… falla. Ond mae rhwbeth arall hefyd. Fyddwn i byth yn cymryd fawr o sylw o wleidyddiaeth 'Nhad. Fo oedd yn iawn, yn y bôn o leia. Er bod Mam a minna, yn fwy gwyrdd na choch. Ond, doedd hynny'n cyfri dim 'chwaith ac ynta'n Gymro diffuant heb orfod meddwl. Bellach, tydy hynny ddim yn ddigon ac mae gofyn iddo fo newid hefyd.'

'Bydda'n gysur mawr i mi ga'l cymodi efo 'Nhad inna. Ond newidith o ddim, er 'i fod o'n gwybod yn iawn 'i fod o ar fai.'

'Ond cryfder ydy dygymod dros dro, yntê? Gwthio yn ôl pan ddaw cyfla. Gobeithio. Ildio byth. Felly fydd hi efo'r chwarel debyg. Y cyfla wedi ei golli'r tro yma. Felly goroesi a gobeithio am well…

Ta waeth. Ydw, dw i am weithio yn y siop a sgwennu i'r papur newydd. O dan lygaid Mrs Pari, wrth gwrs, mae hynny'n rhan o'r fargen. Ca'l trefn ar ddosbarthu a chodi gwerthiant. Cytunodd y ddau, ar ôl dadl boeth, i mi neud tipyn ar ochr y wasg. Weli di fi fel newyddiadurwr, neu hyd yn oed cyhoeddwr?'

'Byddi cystal newyddiadurwr ag o gyhoeddwr. Ond cofia mai awdur wyt ti go-iawn.'

'Hollol wir. Diolch eto am y teipiadur. Dwi 'di mynd i'r afael efo fo, braidd yn chwithig. Ond mae Leus wedi cynnig 'nysgu i'n iawn. Ond yli, ges i gynnig arall hefyd… cynnig gan Guto.'

'Guto,' meddai Dafydd yn ddistaw.

'Cynnig i mi gymryd y Foty ar rent. I neud cartref i mi fy hun, medda fo. Roedd o wedi sgwennu at Richard Emrys yn barod, heb fynd i'r drafferth o ofyn i fi, wrth gwrs. Hwnnw wedi cyd-weld.'

'Fydd Guto ddim yn dod yn 'i ôl 'i hun, rhyw ben?'

'Slough a *defence electronics* ydy pob dim ganddo fo rŵan. Fe wnes i wrthod yn syth beth bynnag. Doedd dim rhaid i mi gysidro am eiliad. Ddeudais i wrtho fo i gynnig y lle i Fflori, iddi ga'l cartref iddi hi 'i hun o'r diwedd wedi'r holl flynyddoedd o fyw i fyny'r grisia cefn.'

'Ti'n feddylgar.'

'Doeddwn i heb feddwl sôn wrthat ti... ond daeth llythyr arall ganddo fo bora 'ma yn gofyn i mi holi Mrs Pari a fyddai ganddi hi ddiddordeb mewn prynu 'i lyfra fo. Mi fydd o'n waith go fawr 'u cario nhw i'r siop. Felly ga i ddefnyddio'r car i fynd â nhw i Bwllheli?'

'Pwllheli!' gwaeddodd Dafydd yn wyllt. Neidiodd y ddau am y car.

Ar blatfform yr orsaf rheilffordd safai Dafydd wrth y ddau ges yn taro golwg bryderus bob yn ail at y trên ac at y fynedfa. Yna daeth Elsbeth trwy'r porth gyda thocyn platfform yn un llaw a'r *Utgorn* diweddaraf iddo yn y llall.

'Diolch ond doedd dim angen,' dechreuodd Dafydd. 'Yli, mae'n rhaid i mi fynd.'

Seiniodd y chwiban eto.

'Cofia fod yn ofalus efo'r car. Mae o'n dipyn o fwystfil.'

'Ydy, yn dipyn o fwystfil,' atebodd hithau gan edrych ato'n bryfoclyd. 'Ond dwi'n feistras corn arno fo erbyn hyn, ond tydw i?'

Gwridodd Dafydd a dweud 'Mi fydda i'n ôl tair wythnos i 'fory.'

Fe'i cofleidiodd hi'n dynn a'i chusanu, a heb air pellach gwthiodd y ddau ges i mewn i'r trên. Yna, ac yntau'n gwyro allan trwy ffenestr y drws, gadawodd y trên yr orsaf gan guddio Elsbeth rhagddo mewn cymylau o fwg gwyn.

A hithau'n ddiwrnod mor braf gallai fod wedi aros i edrych

mewn ffenestr ambell i siop. Gwasgodd ei sbectol yn dynnach ar ei thrwyn, taniodd y car a gyrrodd am Siginsed. Ond bu'n rhaid iddi oedi ar groesffordd Ben Cob wrth i gonfoi hir o gerbydau'r awyrlu fynd heibio am Benyberth.

Parciodd y tu cefn i'r wasg a cherddodd at y drws. Ond tynnwyd ei sylw gan rywbeth yn y ffenestr. Am eiliad ni allai ddirnad beth. Camodd yn agosach a chyda gwên edrychodd heibio'r adlewyrchiad gwan ohoni hi ei hun a welodd yn y gwydr yn gyntaf, gyda diddordeb newydd ar y casgliad o gloriau pamffledi ar y pared mewnol.

Yna, wrth iddi fynd trwy'r drws teimlodd rywbeth ym mhoced ei chôt ysgafn yn taro yn erbyn y cilbost. Rhywbeth bach trwm a lithrodd rywsut i'w meddiant tra oedd hi ar y platfform. Cwdyn melfed. Ac ynddo roedd rhywbeth disglair, euraidd, hardd. Daliodd y drisgel yn ei llaw Edmygodd hi am eiliad yng ngolau'r haul. Yna, gyda gwên, rhoddodd hi'n ofalus yn ôl yn y cwdyn a rhoi hwnnw'n ddiogel yn nyfnder ei phoced.

£9.99

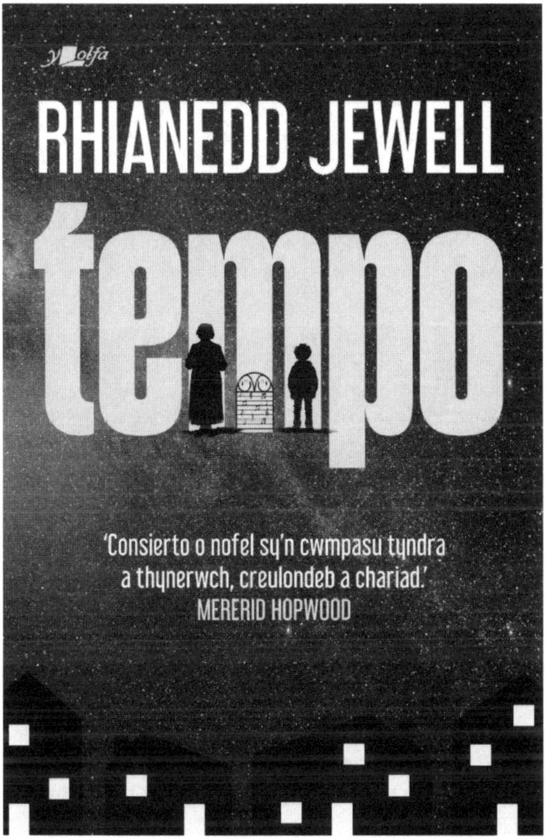
y Lolfa
RHIANEDD JEWELL
tempo
'Consierto o nofel sy'n cwmpasu tyndra
a thynerwch, creulondeb a chariad.'
MERERID HOPWOOD

£9.99

DROS
GYMRU'N
GWLAD
HANES SEFYDLU PLAID
GENEDLAETHOL CYMRU
ARWEL VITTLE · GWEN ANGHARAD GRUFFUDD

£14.99